CORRESPONDANCE
1920-1931

STEFAN ZWEIG

Correspondance
1920-1931

TRADUCTION DE L'ALLEMAND PAR LAURE BERNARDI

Édition établie par Knut Beck et Jeffrey B. Berlin

GRASSET

Titre original :

STEFAN ZWEIG, BRIEFE 1920-1931
Éditions Fischer, à Francfort-sur-le-Main, 2000.

Cet ouvrage a été traduit avec le concours
du Centre National du Livre.

De nombreuses lettres publiées dans ce volume ont été rédigées
en français par l'auteur, et ne sont donc pas le produit d'une
traduction. Il s'agit pour l'essentiel de lettres adressées à Romain
Rolland, qui était l'un des principaux correspondants de Zweig
dans les années 20. Nous avons choisi de publier ces lettres sous
leur forme originale, quand bien même elles comportent un certain nombre de maladresses ou d'incorrections. En revanche,
nous avons rectifié l'orthographe et opéré quelques modifications
minimales quand l'intelligibilité du texte était entravée par sa
rédaction.

A Julius Bab [1]

Salzbourg, 3 janvier 1920

Cher Julius Bab,

Merci beaucoup pour votre aimable et longue lettre, et, je vous prie, n'hésitez pas à traduire quelques poèmes, car l'édition de Verlaine [2] qui avant-guerre n'était qu'un projet purement littéraire est désormais devenue un manifeste. Les écrivains allemands pourront montrer par leur unité que pour eux, la guerre de l'esprit n'existe pas, et je ne voudrais pas voir notre nom absent là où les meilleurs – Rilke, Werfel [3], Dehmel [4], Hasenclever [5], Eulenberg [6] *e tutti quanti* – seront représentés. Vous trouverez certainement quelque chose qui fera avancer l'entreprise et me réjouira du même coup.

C'est avec la plus grande joie que je salue votre

---

1. Julius Bab (1880-1955), écrivain, éditeur, dramaturge et critique littéraire berlinois.
2. Le projet de publication des œuvres complètes de Verlaine aux éditions Insel avait été initié par Zweig en 1914 et interrompu au moment de la guerre.
3. Franz Werfel (1890-1945), écrivain autrichien.
4. Richard Dehmel (1863-1920), écrivain allemand.
5. Walter Hasenclever (1890-1940), dramaturge expressionniste allemand.
6. Herbert Eulenberg (1876-1949), écrivain allemand.

désir de prendre part à la Bibliotheca mundi [1], même si votre proposition de contribution sur Goethe ne peut malheureusement pas entrer en ligne de compte. On a d'ores et déjà arrêté sur ce point une forme si singulière et définitive que vous en serez vous-même étonné, mais il reste bien d'autres possibilités, et je me permettrai bientôt de vous adresser une proposition. Je sais parfaitement la valeur et la fiabilité de votre sensibilité lyrique, et vous êtes depuis longtemps sur la liste des collaborateurs principaux.

Oui, cela me désole de ne pas vous avoir vu à Berlin, et je vous ai particulièrement regretté lors de ma conférence [2]. A mon tour, je vous ferai bientôt parvenir un livre, cette longue étude différée depuis des années, Balzac, Dickens, Dostoïevski, dans laquelle j'essaie de considérer la psychologie du romancier sous un angle tout à fait novateur et ambitieux [3]. Vous aurez bientôt de plus amples nouvelles, pour aujourd'hui, recevez les sincères salutations de votre cordialement dévoué,

Stefan Zweig

———◇———

1. Collection de littérature étrangère en langue originale initiée et dirigée par Zweig aux éditions Insel.

2. Zweig y avait fait une conférence sur Romain Rolland le 26 octobre.

3. SZ, *Drei Meister. Balzac. Dickens. Dostojewski*, Leipzig, 1920.

A Romain Rolland[1] [lettre en français]

[Salzbourg,] 14. I. 1920

Mon cher, mon grand ami, je suis très heureux d'avoir votre bonne lettre du 4 janvier et je vous remercie pour vos bons vœux pour la nouvelle année. Qu'elle vous soit fertile : la nouvelle que vous avez repris *L'un contre tous*[2] me réjouit. Ne croyez-vous pas qu'il soit mieux de ma part avant de conclure mon livre sur vous[3] d'attendre le roman ? Je crois qu'il dira bien des choses définitives et que mon livre manquerait d'actualité s'il oubliait le roman où vous réunissez dans une forme artistique vos idées pendant la guerre. Si vous croyez le finir avant l'automne, j'attendrai avec plaisir – j'aimerais que ma biographie paraisse avant Noël en Allemagne.

La traduction de *Liluli*[4] est presque achevée. C'était excessivement difficile à faire, je me heurte souvent à des obstacles qui sont dans l'esprit de la langue même. Voilà une des questions les plus difficiles – je me crois obligé de changer le titre, le nom même de Liluli. D'abord, l'Allemand, quand il voit Liluli imprimé, prononce Li*lou*li. Et puis vous dites « L'illusion » (Liluli), l'Allemand « *Die* Illusion », alors le L du Liluli est incompréhensible. J'ai donc

_____

1. Romain Rolland (1866-1944). Zweig entretenait une correspondance assidue avec l'écrivain français depuis 1910. L'essentiel de cette correspondance est en français.

2. Il s'agit du titre originel du roman de Rolland : *Clérambault. Histoire d'une conscience libre pendant la guerre*, Paris, 1920.

3. SZ, *Romain Rolland. Der Mann und das Werk*, Francfort-sur-le-Main, 1921.

4. Cette traduction de la comédie de Rolland (*Liluli*, Genève, 1919) resta inédite à la demande de l'auteur.

l'intention de la nommer « Illusine » (prononcé Illousine comme Mélousine et beaucoup de noms de femmes dans les fables allemandes). Il manque, je le sens bien, dans ce nom l'accent de raillerie et de légèreté, mais tout de même il semble rendre mieux que tout autre le personnage en allemand. De même je serai obligé de changer d'autres noms, de rédiger certains passages – une traduction textuelle est absolument impossible. Toutefois j'aimerais avoir votre consentement pour un changement aussi important que celui des titres, par exemple j'appellerai L'hopi = Publicia, les Huluberloches = Sauerfresser (supposés Sauerkrautfresser, mangeurs de choucroute), certains jeux de mots seront supprimés ou changés. Mais je ne peux pas faire autrement. J'ai fait la traduction du *Temps viendra* en 6 jours, je travaille à celle-là depuis des mois et j'ai pris comme aide et pour être plus sûr dans les questions de faits mon ami Erwin Rieger [1] (ami de Jouve et Arcos [2]) comme collaborateur. Mais je ne vois pas d'autre possibilité. Si vous y consentez, le livre peut aller chez Rütten & Loening [3] dans quinze jours, il vous enverra son contrat.

Le Temps viendra est imprimé, mais retardé chez le relieur. Il sera entre vos mains dans quelques jours [4].

---

1. Erwin Rieger (1889-1981), écrivain et traducteur autrichien.
2. Pierre Jean Jouve (1889-1976) et René Arcos (1880-1959), écrivains français et amis communs de Zweig et Rolland.
3. Editeur allemand établi à Francfort.
4. Romain Rolland, *Le Temps viendra*, Paris, 1903. La traduction allemande de Zweig parut en 1919 à Leipzig et Vienne aux éditions E.P. Tal.

10

Reinhardt[1] montera votre *Danton*[2]. Pour *Le Temps viendra* et *Liluli*, j'empêche toute représentation jusqu'à votre permission et celle de la Société d'Auteurs.

Si vous avez fini quelque chose que vous aimeriez à voir traduit, envoyez-le tranquillement. Jamais je n'ai tant à faire qu'une traduction venant de vous ne me rendrait pas heureux.

Et maintenant mon cher ami, venons-en à la question capitale de votre lettre. Permettez-moi d'écrire ce passage en allemand, car je veux m'exprimer avec la plus grande clarté possible. « Bien entendu, mon assentiment à cette publication que vous entreprenez[3], cher et vénéré ami, est acquis ! La seule chose que je craigne, – ce sont mes lettres. Je n'ai plus à l'esprit la moindre ligne d'elles, rien que le sentiment confus qu'elles devaient être bien insensées. J'ai quelque angoisse à l'idée de me voir tel que j'étais à l'époque – mon journal, que j'ai parcouru, comporte plus d'une folie. Mais ce que je crains aussi... c'est que ces lettres, du fait même qu'elles étaient soumises à la censure, n'aient pas été tout à fait directes, qu'au lieu de parler librement elles aient souvent fait des détours, qu'elles soient peut-être parfois plus prudentes que ne l'était ma pensée.

---

1. Max Reinhardt (1873-1943), acteur et célèbre metteur en scène, directeur du Deutsches Theater de Berlin de 1905 à 1932. Avec Hofmannstahl et Richard Strauss, il fonda en 1919-1920 le festival de Salzbourg, dont il avait conçu le projet dès 1917.

2. Romain Rolland, *Danton*, Paris, 1900.

3. Rolland projetait de publier une partie de ce « Journal des années de guerre 1914-1919 » (paru à titre posthume en 1952), qui contenait un certain nombre de documents de la main de Zweig.

Je ne vous demanderai donc que deux choses : 1) que vous spécifiiez explicitement que ces lettres étaient soumises à la censure, et donc devaient observer la prudence et une certaine hypocrisie 2) que vous me soumettiez peut-être les épreuves avant (bien que je fasse une entière confiance à votre sentiment pour supprimer tout ce qui est personnel). Pour tout ce qui est d'ordre personnel, ma retenue est très grande, vous avez pu voir que je n'ai donné qu'une édition privée du livre de Verhaeren [1], et – disons-le franchement – si mon livre sur vous est si long à venir, c'est que je veux éviter de parler en intime, de livrer ce dont je n'ai connaissance que grâce à votre bonté. C'est une grande lutte entre passion intérieure et souci d'objectivité. Jouve a la partie plus facile – il se livre entièrement dans son œuvre : pour ma part, quand je parle d'un point de vue extérieur, j'essaie de le faire de la même façon que je ressens les choses de l'intérieur.

La semaine prochaine je vais à Vienne pour me marier avec Madame de Winternitz : la République a eu cet avantage pour nous d'abolir ce stupide obstacle [2]. Nous penserons à vous en cette journée comme nous le faisons toujours. Dans peu de temps vous aurez mes nouveaux livres : pour aujourd'hui, mon cher ami, mes meilleurs vœux et respects ! Votre fidèle

StZ.

---

1. SZ, *Erinnerungen an Emile Verhaeren*, Vienne, 1920.
2. Friderike Maria von Winternitz (1882-1971), divorcée depuis 1913 et compagne de Zweig depuis lors. La monarchie austro-hongroise interdisait le remariage. Les dispositions légales changèrent en 1919.

P. S. Je vous ferai parvenir l'admirable livre de Oswald Spengler *Le Déclin de l'Occident*[1], la plus grande vision historique depuis Hegel, une œuvre d'une érudition immense et d'une force étonnante.

◦◦◦

A Victor Fleischer[2]
Vienne [non datée ; vraisemblablement 27.I.1920]

Mon cher Victurl, j'ai été bien déçu de ne pas te revoir, je suis arrivé à l'heure dite ce mardi matin, et je me marie demain midi. Je voudrais seulement te faire part de quelques projets qui m'ont traversé l'esprit.

Que dirais-tu de publier *Vérité et Poésie* [sic] de *Goethe* dans une édition richement illustrée, mais *uniquement* la partie sur Francfort, avec des portraits, des lieux, des personnes ? Cela formerait une *vraie* unité, cela ferait juste 300 pages avec beaucoup d'illustrations. On pourrait appeler cela « Vérité & Poésie » de Goethe, « Les Années Francfortoises ». Ce serait peut-être mieux encore que « Le Francfort de Goethe » – si le livre marche, on pourrait faire un deuxième tome sur Leipzig, un troisième sur Wetzlar, un quatrième sur Strasbourg, un cinquième sur Weimar, un sixième pour le Voyage en Italie – une

---

1. Oswald Spengler, *Der Untergang des Abendlandes*, Vienne, 1918.
2. Victor Fleischer (1882-1952), écrivain et éditeur autrichien, fonda la Frankfurter Verlags-Anstalt cette même année.

édition complète divine, avec des centaines de portraits, qui pourrait paraître très progressivement,
tome après tome.

Pour ta revue, je te déconseille Donath. C'est un
tire-au-flanc qui ne dépasse jamais le stade du
brouillon, et qui est incapable de tout travail sérieux[1].
Les *Femmes allemandes* ne me disent rien qui vaille
non plus, — on n'a justement pas de Sainte-Beuve
(dont les *Portraits des femmes* n'ont pas encore été
traduits, à ce qu'il me semble). Essaie plutôt de faire
un livre avec des esquisses du vieux Francfort, un
recueil, avec du Goethe, du Heine, du Börne[2], des
lettres de voyages et des textes de célébrités locales,
cela pourrait être charmant.

Et puis intéresse-toi à *Mayence* ! Le siège de
Mayence décrit par Goethe est le chapitre le plus
intéressant de la Révolution française. A l'époque,
Forster[3] était à la tête des clubistes ; ses souvenirs, ou
un volume composé d'une *bonne sélection* de ses écrits,
donneraient quelque chose d'extrêmement intéressant. Va donc y voir de plus près, c'est extrêmement
actuel, cette première tentative de révolution allemande, et il n'y a pas un livre là-dessus, excepté celui

---

1. Adolf Donath (1876-1937), écrivain autrichien, critique
d'art et poète d'orientation sioniste, collaborateur de la revue
Neue Freie Presse. En dépit des conseils de Zweig, il devint un
collaborateur de Fleischer.
2. Ludwig Börne (1786-1837), écrivain allemand.
3. Après la conquête de Mayence par les troupes françaises
révolutionnaires (1792) et la proclamation de l'éphémère « République rhénane », Johann Georg Adam Forster (1754-1794) fut
envoyé à Paris pour demander l'intégration de la République
rhénane à la République française.

du français Chuquet[1]. Mais il existe *forcément* des documents d'époque. Cela te permettrait d'élargir ton spectre[2].

La correspondance de Jean-Paul[3] est sur le point de paraître chez Georg Müller. Je te conseille plutôt ses poèmes. S'il me vient une idée rapidement, je t'écrirai. Bien affectueusement à toi

Stefan

Bonjour à ta femme !

A Friderike Maria v. Winternitz
[Vienne, non datée ; vraisemblablement 27.1.1920]

Chère Fritzi, j'ai fait très bon voyage, malheureusement sans compagnie féminine aucune[4], suis arrivé à l'heure, tout va bien, je suis allé avec le jeune stagiaire chez le magistrat, et la cérémonie a été fixée à mercredi 28.1 à 11 h. Felix et consorts sont déjà au courant.

Je n'ai pas pu téléphoner à ta mère parce que tu ne m'as pas donné son numéro de téléphone, mais

---

1. Arthur Chuquet (1853-1925), *Les Guerres de la Révolution*, vol. *7 Mayence*, Paris, 1892.

2. Aucune des suggestions apportées par Zweig dans cette lettre ne donna lieu à un ouvrage.

3. Jean-Paul Richter (1763-1825), grand écrivain allemand.

4. Invoquant des motifs de décence qui échappaient à Zweig, F. M. v. Winternitz avait décidé de se faire représenter par leur ami commun Felix Braun (*cf.* suite de la lettre) à son propre mariage.

j'irai la voir demain ou après-demain. Ici, c'est la désolation absolue, les gens ont une *peur* panique du bolchevisme[1]. Je t'écrirai pour te parler de la cérémonie, j'irai après-demain chercher tes bijoux qui sont déjà dégagés.

Bien affectueusement à toi,

Stefan

<hr>

A Anton Kippenberg[2]

Salzbourg, le 9 février 1920

Cher Monsieur,

Je reçois à l'instant votre lettre du 2 février, et vous trouverez ci-jointe ma réponse pour ce qui relève de l'affaire principale[3]. Je vous ai envoyé le 6 décembre un télégramme dans lequel je vous demandais de me faire savoir quand Morisse[4] serait chez vous, et quand il viendrait à Munich, mais je n'ai pas reçu de réponse à ce jour. J'imagine que Morisse a surestimé les capacités du système postal, et toutes les lettres que je lui ai adressées poste restante, et même les télégrammes, semblent être arrivés trop tard. Il est aujourd'hui quelque part en Alle-

---

1. La Révolution spartakiste de 1919 avait suscité à Vienne de vives réactions.

2. Anton Kippenberg (1874-1950), directeur des éditions Insel où parurent tous les livres de Zweig à partir de 1904.

3. Kippenberg et Zweig emploient le terme « Hauptgeschäft », emprunté aux journaux de Goethe, qui l'utilisait pour désigner les travaux importants en cours.

4. Paul Morisse (1866- ?), traducteur français.

magne sans que je sache où, ni aie la possibilité de lui écrire ou de lui télégraphier. Dans tous les cas, je partirai pour Munich dès que j'aurai de ses nouvelles, je dois également m'y renseigner au sujet de l'affaire principale.

Une dernière chose : connaissez-vous le livre *Hitopadesa ou l'instruction utile* que j'ai lu autrefois en traduction française [1] ? Il s'agit d'un recueil d'histoires et de maximes traduites du sanscrit. Peut-être pourriez-vous vous renseigner, l'époque actuelle se prête très bien à toutes les œuvres venues de l'Orient, et ce serait une bonne chose pour Insel que d'avoir quelques œuvres de littérature indienne ancienne. Il ne naît pas des Eugen Karl Neumann [2] tous les jours, mais il se trouve certainement quelqu'un parmi les jeunes lettrés qui serait susceptible d'en tirer quelque chose sur le plan poétique.

J'attends avec impatience mes propres livres, j'espère qu'ils arriveront bientôt. J'en profite pour vous confirmer que j'ai bien reçu la mensualité de janvier pour la Bibliotheca, et je vous en remercie.

Salutations cordiales,

Stefan Zweig

---

1. *Hitopadesa ou l'Instruction utile, recueil d'apologues et contes traduits du sanscrit par M. Lancereau*, Paris, 1885.
2. Karl Eugen Neumann (1865-1915), traducteur de Gotamo Buddho, dont un recueil était paru chez Insel en 1919.

Affaire principale :

Commençons par ce que vous me dites de Dante. Vous avez, bien entendu, mon assentiment pour reprendre la *Vita nuova*, à une petite réserve près : je me demande si le titre *Opera omnia* est bien justifié. Outre le *Convivio*, qui, il est vrai, n'est pas d'un grand intérêt poétique, il existe aussi quelques autres écrits de Dante ; cela dit, je pense que vous pouvez tout de même prendre la liberté de choisir ce titre. A défaut, dans la série, on pourrait envisager les *Fioretti* que vous proposez, ou les *Rime* de Pétrarque, ou la *Poesie* de Leopardi. Je pense que nous pouvons tranquillement choisir les *Fioretti* si vous en espérez plus de succès que du Pétrarque (qui est pourtant d'une très grande valeur littéraire) ; les deux volumes catholiques seront largement compensés par le Spinoza et le Luther[1].

Mais l'idéal serait que vous acceptiez ma proposition, et que nous annoncions d'emblée 30 volumes au lieu des 20, ce qui nous soustrairait à cette position inconfortable, et que nous commencions par quelques volumes qui feront office de test. Je crains en effet que nous ne manquions les fêtes de Noël si nous attendons l'ensemble des 20. Nous nous sommes engagés là sur un terrain si nouveau, et les atrocités

---

1. Les œuvres complètes de Dante parurent en deux tomes chez Insel dans la collection Libri Librorum. La publication des *Fioretti* de saint François d'Assise fut annoncée mais n'eut pas lieu, pas plus que celle des *Rime* de Pétrarque. En revanche, la *Poesie* de Leopardi parut dans le texte original dans la collection Pandora. Des œuvres de Luther et de Spinoza furent annoncées mais pas publiées.

de notre époque sont si imprévisibles qu'il me semble dangereux de vouloir s'en tenir à un nombre précis. Peut-être serait-ce une bonne chose que de lancer à titre de test le Goethe, le Byron, le Baudelaire, l'anthologie russe et l'Horace, cinq ouvrages de poésie fiables à mort [sic] [1].

Je me réjouis surtout de l'anthologie hébraïque [2], elle a suscité dans les milieux compétents plus que de l'enthousiasme – un étonnement immense à l'idée que cet ouvrage n'existe pas encore, que personne n'en ait envisagé la possibilité. Selon toute apparence, ce domaine recèle encore des possibilités tout bonnement incroyables, que nous pourrions progressivement exploiter dans la Bibliotheca mundi, au premier rang desquelles l'œuvre philosophique mondialement connue de Moïse Maïmonide, sur laquelle repose toute la théologie du Moyen Age, et dont il n'existe plus d'édition correcte depuis longtemps [3].

J'attends aussi beaucoup du livre sur Napoléon pour lequel je me suis entendu avec Paul Amann à Vienne [4]. Etonnamment, il n'existe en France aucun livre de ce type qui soit aussi condensé.

Je déploie toute mon énergie pour faire avancer

---

1. Ces cinq volumes (Goethe, *Hermann und Dorothea*, Byron, *Poems*, Baudelaire, *Les Fleurs du Mal* et l'anthologie *Russki parnass* de Sostavili Aleksandr i David Eliasberg et *Q[uinti] Horatii Flacci opera*) parurent en 1920 et 1921 dans la Bibliotheca mundi.

2. *Anthologia Hebraica, poemata selecta a libris divinis confectis usque ad Judaeorum ex Hispania expulsionem quae digesta atque disposita tractavit H[einrich, d. i. Hajjim] Brody aiuvante M[eïr] Wiener* parut (en hébreu) en 1922 dans la Bibliotheca mundi.

3. Zweig et Kippenberg ne donnèrent pas suite à ce projet.

4. Le recueil *Napoléon. Documents. Discours. Lettres*, édité par Paul Amann parut dans la Bibliotheca mundi en 1921.

les négociations sur les volumes dont je m'occupe, l'essentiel est déjà réglé. Ce qui demande le plus de travail est l'anthologie hébraïque, car il faut produire quelque chose d'immense à partir de rien, et j'ai l'intention pour cela de faire collaborer l'excellent éditeur Meïr Wiener avec le génial Agnon[1]. Et ce n'est pas facile, parce que Wiener est parti pour Prague pour étudier le matériau, qu'Agnon vit près de Munich, et que les liaisons postales sont absurdes. Je réitère pour ma part ma requête, et vous demande de m'informer de l'état des négociations pour :

l'anthologie grecque[2]
Goethe
Luther
la Renaissance de Schaeffer[3]
l'anthologie hollandaise[4].

Pour ce qui est de l'anthologie, il s'est produit en moi une certaine évolution. Peut-être serait-il préférable, dans le cas des *grandes* nations, de diviser l'anthologie générale en différents volumes, par exemple de scinder l'anthologie italienne en un volume pour une première période, Pétrarque, la Renaissance et Leopardi, et un volume pour la modernité, et, de la même façon, la poésie allemande

---

1. Meïr Wiener (1895-1941), intellectuel polyglotte, et Samuel Josef Agnon (Samuel Yosef Czaczkes, 1888-1970), auteur d'une œuvre littéraire en yiddish puis en hébreu, prix Nobel de littérature 1966. Agnon ne participa finalement pas à l'entreprise.

2. Un volume fut annoncé mais aucune anthologie grecque ne parut dans la Bibliotheca mundi.

3. Le volume *Il Rinascimento, Anthologia Italica ab saeculo decimo tertio usque ad saeculum decimum sextum* parut en 1923 mais Emil Schaeffer n'y contribua pas.

4. Le projet n'aboutit pas.

par exemple en un volume de poésie pour une première période, les poètes antérieurs à Goethe, Goethe, Schiller, les Romantiques, les poètes souabes, les Lieder liturgiques protestants, la poésie catholique, etc. Je crois que tout cela ne se règlera qu'avec le temps, et nous ferions peut-être mieux de nous contenter au départ de constituer les anthologies des nations *plus petites*, pour ne pas fixer trop précocement une forme que nous serons peut-être amenés à détruire par la suite. Pour les premières séries, mon principal souci est de ne rien figer, et de toujours nous laisser la possibilité d'éditions complètes et de présentations générales ultérieures.

Le papier « Bibliotheca mundi »[1] n'est pas encore arrivé, peut-être pourriez-vous me prévenir également dès que le grand quartier général sera au complet, et me dire ce que vous avez décidé dans l'affaire Otto Hauser[2]. Avec les salutations cordiales de votre très dévoué

Stefan Zweig

—◦—

A Anton Kippenberg

Salzbourg, le 25 février 1920

Cher Monsieur,

Il me faut aujourd'hui vous demander conseil au

---

1. Il s'agit de papier à lettres à l'en-tête de la collection.
2. Otto Hauser (1876-1944), traducteur et historien de la littérature autrichien que Zweig avait recommandé à Kippenberg pour un poste de correcteur. Hauser ne fut pas recruté.

sujet d'une affaire curieuse. J'ai reçu aujourd'hui du traducteur américain de mon livre sur Verlaine [1], qui est paru là-bas il y a dix ans, une lettre amicale me communiquant l'information suivante :

« Je désirerais aujourd'hui vous poser une question concernant la traduction anglaise récemment parue ici de votre nouvelle : *Brûlant secret*. Votre nom n'est pas mentionné sur la couverture, et l'éditeur présente le livre d'une façon qui laisserait supposer qu'il s'agit de l'original d'un auteur anglais ou américain du nom de *Stephen Branch*. J'ai aussitôt vu qu'il s'agissait là d'une simple traduction de votre nom en anglais, et j'ai attiré sur ce fait l'attention de quelques critiques qui écrivaient sur le livre. Or, l'un d'entre eux m'écrit que l'éditeur affirme avoir agi selon votre désir et avec votre consentement, pour éviter que ne nuise aux ventes l'atmosphère anti-allemande qui règne actuellement. Connaissant l'impudence d'un certain type d'éditeurs, je réagis à cette affirmation avec un certain scepticisme, et vous prie de me dire si elle est ou non justifiée. Dans l'hypothèse où elle ne le serait pas, j'informerai aussitôt les messieurs concernés du caractère mensonger du propos. »

Que dites-vous de cette histoire, dans laquelle vous vous trouvez lésé dans vos droits aussi bien que moi, car je n'ai pas touché un sou, ni donné la moindre autorisation, et ne sais si nous avons le droit d'engager une procédure ou d'exiger un dédommagement financier ? J'ai en tout cas demandé à ce monsieur de m'envoyer un exemplaire du livre, pour l'avoir sous la main. Quant à savoir ce que nous

---

1. Otto Frederick Theis (1881- ?), traducteur du *Verlaine* de Zweig (Berlin, Leipzig, 1904).

devons faire, et si nous pouvons faire quelque chose, vous serez plus à même de me le dire.

Salutations cordiales,

Stefan Zweig

A *Frans Masereel*[1] [lettre en français]
[Salzbourg,] 29. III. 1920

Mon cher Frans, j'étais très heureux de ta lettre ! La vie est tellement dégoûtante qu'on préfère vivre dans la vision de ses amis : tu ne devines pas la dépression qui sort ici de la bouche de chacun comme une sale odeur. Enfin les bonnes gens commencent à comprendre qu'après une guerre perdue on sera très très pauvre, et eux – qui avaient tout le temps le double, le triple du salaire – sont étonnés de voir les prix centuplés. Mon ami, si ce n'était pas si triste, on aurait envie de rire : tu vas dans une boutique pour acheter un crayon. Il coûte 3 couronnes. Tu entres après deux jours dans la même boutique pour acheter le même crayon, il coûte déjà 12 couronnes. Une lettre de Suisse avait un timbre de 25 heller ; depuis un mois c'est 1 couronne, à partir du mois prochain 2 couronnes. Tu peux bien comprendre que les gens deviennent fous. C'est trop vite venu pour leurs têtes stupides – moi je l'ai prédit depuis deux ans !

Tout de même, mon cher Frans, la vie te plairait

---

1. Frans Masereel (1889-1972), dessinateur, graveur et peintre flamand, pacifiste convaincu. Il illustra de nombreuses œuvres littéraires de l'époque.

ici infiniment. La nourriture naturellement est peu satisfaisante, mais on se résigne. En Allemagne tout est mieux – seulement je crains que, si tu veux t'installer à Munich, tu ne trouves difficilement un logis. Tout est rempli, des gens attendent des mois entiers, et surtout pour les étrangers on est excessivement rigoureux. Mais l'idée elle-même est excellente : tu trouverais sûrement en Allemagne énormément à faire et tu seras très connu dès que tes livres auront paru chez Insel et Kurt Wolff[1]. Seulement je ne sais pas si la vente des livres et surtout des livres illustrés continuera : ils sont déjà maintenant rudement chers. Et puis, quelles difficultés ! *La contrainte*[2] est encore loin de paraître, à Leipzig on faisait des barricades au lieu des reliures, Dieu sait quand l'ordre se rétablira[3]. Pour nous cela serait naturellement le plus grand bonheur de te savoir à Munich, car nous sommes à deux heures et demie de distance et on se verrait souvent. Peut-être pourrais-tu t'installer à la campagne à une heure ou deux de Munich pour y vivre la vie paisible de la campagne et ne venir en ville qu'une fois ou deux fois par mois. En tout cas viens examiner le terrain, si tu venais par Munich, je ferais le voyage pour t'aider et te guider chez nous !

Tu sais que le congrès qui devrait être tenu à Berne aura peut-être lieu ici[4] : on se rencontrerait avant en Suisse et je viendrais avec plaisir pour te

---

1. Masereel vivait à Genève depuis 1915. Il s'installa définitivement à Paris en 1921.

2. SZ, *Der Zwang*, Leipzig, 1920.

3. Zweig fait allusion à la grève générale qui suivit le putsch Kapp en mars 1920.

4. Il s'agit d'un congrès d'intellectuels européens qui n'eut finalement pas lieu.

revoir, seulement le voyage est très, très cher pour nous. Il semble que les bons Suisses ont fait trop d'affaires et qu'ils étouffent en leur propre graisse : pour vous naturellement la situation est autre, comme vous dépendez des autres pays. Pour toi le sauvetage serait de trouver un éditeur américain : je suis maintenant en relation avec l'un d'eux, peut-être que je peux faire pour toi quelque chose. Là-bas tu pourrais avoir un succès immense, assez pour te payer un voyage autour du monde (ce sale monde, qu'on aime tout de même éperdument ! qu'on voudrait fouiller jusqu'aux entrailles avec amour et fureur !) J'ai peur que pour Jouve et Arcos la situation soit plus difficile : toi tu es justement avant une grande célébrité. Ne t'oppose pas à cela avec une fausse modestie — mon cher Frans, j'ai prouvé mon bon flair, j'ai connu d'avance le succès de Verhaeren, de Rolland et maints autres. Je suis sûr du tien et je suis sûr de toi, que jamais tu n'en abuseras.

Mon vieux, voilà une longue lettre pour un écrivain qui est obligé d'en fabriquer une à deux douzaines par jour : mais puisse-t-elle te prouver mon amitié. Ma femme répond avec tout son cœur aux salutations de ta chère famille : nous parlons si souvent de vous ! Ton portrait est sur notre secrétaire et nous fait beaucoup de joie — mais pas autant que l'original ne le ferait lui-même.

Je t'embrasse, mon cher Frans !

Stefan

La Contrainte paraîtra en avril !
Meilleurs saluts aux amis !

—◦—

A Frans Masereel

Salzbourg, Kapuzinerberg 5
[non datée ; vraisemblablement début mai 1920]

Mon cher Franz, je t'écris aujourd'hui en allemand pour m'exprimer mieux et plus clairement. Car la joie que j'ai ressentie lorsque j'ai reçu ton livre [1] (les exemplaires pour Heller [2] ne sont pas encore arrivés) était plus grande que tu ne peux certainement l'imaginer, car c'est *toi*, qui nous es si cher, qui venais à nous à travers ces pages, accueilli avec une joie presque aussi grande que l'aurait été le véritable Frans s'il avait gravi les deux cents marches qui mènent à notre maison. Je connais peu d'œuvres picturales qui soient si pleinement identiques à l'être humain, et j'ai été immédiatement saisi par la tristesse, la force et le sérieux qui s'en dégagent. Quel homme entier es-tu, droit et clair (clair en dépit de toutes ses profondeurs), on t'envierait presque la liberté bénie avec laquelle tu t'appartiens à toi-même. J'ai lu ensuite la biographie de Whitman par Bazalgette [3], et j'ai eu l'impression que c'était presque une paraphrase.

Friderike vient d'arriver, et elle veut aller se promener, car tout est divinement beau en ces jours de mai (on en oublie cette époque terrible). Je cède, je vais m'habiller, je t'embrasse une fois encore de loin, en toute reconnaissance et fraternité ! Bien affectueusement à toi,

Stefan

---

1. L'édition allemande de *Mon livre d'heures* (1919) de Masereel.
2. Hugo Heller (1870-1923), éditeur et libraire viennois.
3. Léon Bazalgette (1873-1929), *Walt Whitman. L'homme et son œuvre*, Paris, 1908. Bazalgette était un ami de Zweig.

Mon cher ami, [en français]

je vous embrasse pour votre livre d'heures. Il
n'est pas un jour que nous ne parlions de vous et des
amis là-bas. Nous allons bien ici. Mes compliments
à Mme Masereel et bien des choses à tous les amis.

Sincèrement cher ami,
votre

Friderike

Rieger est à Lugano poste restante.

◄◇►

A Joseph Chapiro [1]

Salzbourg, le 19 juin 1920

Cher Chap,

Je peux enfin vous écrire à nouveau, maintenant
que je suis débarrassé du gros travail que représentait
le livre sur Rolland. C'est devenu un épais volume
d'environ 350 à 400 pages qui paraît simultanément
en anglais. Il contient même déjà une évocation de
son nouveau roman qui ne paraîtra qu'à Noël, et qui
est par ailleurs un livre tout à fait grandiose. Je peux
désormais recommencer à penser à mes amis, et je
me suis beaucoup réjoui d'avoir des nouvelles de ce
que vous devenez.

Vous avez sans doute déjà reçu de la maison
d'édition mon livre sur les « Trois Maîtres » (Balzac,

---

1. Joseph Chapiro (1893-1962), journaliste berlinois originaire de Kiev.

Dickens, Dostoïevski), j'avais fait mettre votre nom sur la liste. Peut-être qu'en tant que Russe vous êtes plus que quiconque habilité à parler de Dostoïevski[1]. Si vous ne l'aviez pas reçu, réclamez-le-moi immédiatement, ou plutôt demandez-le de ma part à Insel, car l'acheminement du courrier vers l'Autriche est atrocement poussif.

Vous savez certainement que tous les amis genevois sont en Italie ; ils ne semblent pas s'y plaire outre mesure, et je crois qu'ils se décideront tous à faire ce qu'il y a de plus raisonnable, à savoir rentrer en France, où ils obtiendraient de meilleurs résultats. Il va bientôt sortir un essai sur Dostoïevski en russe, j'aimerais vous envoyer les épreuves pour avoir l'avis d'un spécialiste, mais peut-être est-ce trop demander ?

Avec nos salutations cordiales à tous les deux, votre sincèrement dévoué

Stefan Zweig

———◦———

A Marek Scherlag[2]

Salzbourg, le 22 juillet 1920

Cher Monsieur,

Je vous remercie vivement de votre aimable lettre et de bien vouloir vous donner la peine de résumer une œuvre qui s'étend sur des années, et que

---

1. Chapiro rédigea un article sur le *Romain Rolland* mais pas sur les *Trois Maîtres*.
2. Marek Scherlag (1878-1962), employé de banque, écrivain et traducteur sioniste originaire de Galicie.

je complète aujourd'hui de surcroît en vous envoyant en même temps que ce courrier mon nouveau livre, *Trois Maîtres*. La composante nationale de mes travaux réside bien moins dans leur contenu que dans l'évidence naturelle qui ici déborde le cadre allemand, et devient véritablement internationale, et qui tente de relier l'esprit de *toutes* les nations avec le nôtre, et donc avec l'esprit pur. Car le sens du lien nous est inné, et il nous est dévolu à titre de mission historique tout autant que la tendance à la décomposition que l'on déplore tant : je me suis toujours attaché à le servir, inconsciemment d'abord, puis de façon toujours plus consciente à mesure que je pensais mieux comprendre que c'était là notre mission européenne. Vous avez vu juste, la dimension de l'errance qui apparaît dans le livre *Voyages* [1] et dans tant de poèmes n'est pas une simple fébrilité héritée, mais aussi cette curiosité pour le monde qui devient littérature, puis psychologie. Pour nous tous, c'est dans la *compréhension* que réside l'essentiel du processus créateur, et dans mon nouveau livre, et en particulier l'essai sur Dostoïevski, vous verrez que je ne suis pas moins attaché que vous à aller toujours plus loin dans ce sens.

Quant à ce que vous dites du *Thersite* [2], cela me semble étonnamment juste, il dépeint effectivement le premier acte de résistance contre l'idéal de puissance héroïque grec, et cela correspond tout à fait à l'état d'esprit que Renan prête au peuple lorsqu'il dit que, contrairement à la Grèce, le judaïsme exprimait à la même époque la pensée sociale, celle d'un refus

---

1. SZ, *Fahrten. Landschaften und Städte*, Leipzig, Vienne, 1919.
2. SZ, *Tersites*, Leipzig, 1907.

du pouvoir. A mon sens, il ne s'impose d'ailleurs pas de réduire l'essai à sa dimension judéo-nationale, et toute violence serait également dommageable, mais je pense que grâce à la précision de vos connaissances, et à votre amitié éprouvée, vous ferez pour le mieux, et je vous en remercie vivement par avance.

Votre dévoué
Stefan Zweig

P. S. : Pour moi, sur le plan politique, la mission de la judéité consiste à déraciner le nationalisme dans tous les pays de façon à créer du lien dans l'esprit pur. C'est la raison pour laquelle je refuse également le nationalisme juif, parce qu'il est lui aussi orgueil et enfermement : nous ne pouvons aujourd'hui, après avoir 2 000 années durant ensemencé le monde de notre sang et de nos idées, nous contenter de redevenir une petite nation en territoire arabe. Notre esprit est un esprit *universel* – c'est pour cela que nous sommes devenus ce que nous sommes, et s'il nous faut souffrir pour cela, c'est notre destin. Rien ne sert d'être fier du judaïsme ou d'en avoir honte – il faut le professer tel qu'il est, et vivre également ainsi que le veut notre destin, c'est-à-dire sans patrie, au sens le plus fort du terme. C'est pourquoi je ne crois pas être internationaliste et pacifiste par hasard, il me faudrait me renier et renier mon sang si je ne l'étais pas ! Dans le *Jérémie*[1] aussi, le sens du texte va contre une réalisation de notre nationalité – cette nationalité est notre rêve, et elle est plus précieuse que toute réalisation. Il n'y a

---

1. SZ, *Jeremias*, Leipzig, 1917.

qu'à regarder les Polonais pour comprendre ce que cela a de tragique, quand les rêves se réalisent !

———◇———

A Victor Fleischer

[Salzbourg, non datée ;
cachet de la poste : 22. 8. 1920]

Cher Victor,

je le jure, j'ai voulu t'écrire chaque jour, mais tu ne peux pas imaginer ce que c'est que Salzbourg. A côté, le Café Beethoven, ce n'est rien. Tout le monde, absolument tout le monde était là, est là, est dans le coin, va revenir, téléphone, veut un rendez-vous. Stefan est souvent en proie à un désespoir rageur, et chaque fois que je peux éviter, repousser ou différer quelque chose, je le fais ; mais entre la maison, l'Institut de formation régional, l'éducation des enfants [1] et le jardin, je ne vois pas où trouver le temps d'écrire à *qui* je *veux*. Sinon, je vais bien. Avec le « petit », comme tu dis, c'est souvent difficile, car il est parfois violent, même devant les gens, et je ne le supporte pas toujours avec l'égalité d'humeur qui conviendrait aux circonstances*. Je suis également agacée par l'impudence de Mesdames ces intellectuelles, si mûres qu'elles en sont presque blettes, qui expérimentent tranquillement sur lui leurs études de cas, dans mon dos, au point que j'en éprouve déjà un

---

1. Friderike Maria von Winternitz avait deux filles de son premier mariage : Alix Elisabeth (née en 1907) et Susanne Benedictine (née en 1910).

véritable dégoût pour mon propre sexe. Nous sommes très bien installés, c'est paradisiaque. Mais je préférerais n'importe quel recoin si je pouvais jouir de plus de sérénité dans mes propres foyers. Je me réjouis d'autant plus que tu aies trouvé quelque intérêt à mon roman [1] que je te connais comme Viktor le Sévère. J'aimerais avoir à nouveau plus de calme autour de moi pour en écrire un autre. J'espère que tu as toujours ta chère femme auprès de toi. Transmets-lui mes sincères salutations, ainsi qu'à Madame ta mère. Sincères salutations de ton amie

Friderike

Je laisse de la place à Stefan.

Cher Victurl, je t'écris depuis la forteresse assiégée qu'est Salzbourg [2]. Mon cher, il n'est pas un Juif qui ne soit ici à Salzbourg, et depuis que Reinhardt est là, le peuple s'assemble comme des mouches noires, Aussee [3] vomit sa population, il nous faut parfois lutter farouchement pour nous défendre. Mon travail en pâtit salement. Moi qui aurais tant de choses à faire !

   Vathek [4] est un livre tout à fait honnête, mais rien d'extraordinaire, et déjà publié à plusieurs reprises. Il pourrait à la rigueur avoir du succès dans une collection comme celle de Kurt Wolff, mais on ne peut lancer ça depuis Vienne. Je te le déconseille *formellement*.

   Tout va bien pour nous. Fritzi est très jalouse,

1. Friderike Maria Winternitz, *Vögelchen*, Berlin-Vienne, 1919.
2. La lettre est datée du premier jour du festival de Salzbourg.
3. Lieu de villégiature estivale très couru à l'époque.
4. William Beckford (1789-1844), *Vathek*.

bien que mes incartades se comptent encore sur les doigts de la main, et aient été prévues au programme dès le départ. Mais c'est son point faible, et malheureusement aussi le mien.

Je viendrai à Vienne cet automne ! Je te salue bien,

Stefan

* Au cas où tu entendrais jaser sur notre « bonne » entente, je t'en prie, ne prends pas ça au tragique.

———◇———

A Jean-Richard Bloch [1] [lettre en français]
Salzbourg, Kapuzinerberg 5
6 septembre 1920

Mon cher ami, je vous réponds immédiatement à votre belle lettre qui m'annonce la perte d'une autre, antérieure. Je vous remercie de tout mon cœur de vouloir vous charger de l'édition française de mon *Jérémie* : pour ma part j'ai renoncé à tous les pourcentages pour les premières éditions, pour vous faciliter votre projet retardé. Le fait qu'une édition anglaise et russe paraissent, et la belle étude de Rolland [2] faciliteront, j'espère,

---

1. Jean-Richard Bloch (1884-1947), écrivain français, cofondateur de la revue *Europe*.
2. Rolland avait écrit un article sur la pièce de Zweig. « Vox clamantis... Jeremias, poème dramatique de Stefan Zweig », in *Coenobium*, Lugano, 20.11.1917.

33

la vente. Je suis très heureux que ce livre paraisse en France grâce à vous.

Pour l'autre brochure [1] que vous me proposez, je regrette de ne pouvoir l'écrire. Car je ne veux pas mentir. Parlons franchement entre amis : la Révolution allemande et l'autrichienne [2] étaient si *laides*, si dépourvues d'esprit révolutionnaire, qu'on travestirait la vérité en le proclamant. Les Allemands ont expédié l'empereur dans l'espérance d'obtenir des meilleures conditions matérielles. Ils ont eu peur de payer. Et quand la révolution tournait vers le pivot révolutionnaire et que leur bourse bourgeoise était menacée par la révolution, ils ont tué Liebknecht et Luxemburg comme des chiens [3]. Et ceux qui sont aujourd'hui les grands maîtres d'état sont en même temps les complices de leur assassinat. En Autriche, on faisait la révolution dans l'excitation du moment et par esprit de rancune : maintenant on le regrette. Nul esprit révolutionnaire ni chez nous ni chez eux. Il faudrait mentir grossièrement pour donner à nos « révolutions » une couleur héroïque – excepté les grandes figures de Liebknecht et de Landauer et Luxemburg [4], ces juifs panhumains, qui, méconnaissant le peuple allemand, rêvaient, dans leur idéalisme, qu'on pourrait changer un peuple militariste, qui ne connaît que la joie d'obéir ou de commander, en peuple démocra-

---

1. Le contexte n'a pas été reconstitué.

2. Zweig fait ici allusion à la Révolution spartakiste.

3. Karl Liebknecht (1871-1919) et Rosa Luxemburg (1870-1919), grandes figures du mouvement spartakiste. Tous deux furent assassinés.

4. Gustav Landauer (1870-1919), écrivain allemand, ministre de l'Education populaire de l'éphémère République des conseils, assassiné en prison le 2 mai 1919.

tique. Non, mon cher ami, je n'ai pas le courage de ce mensonge. Notre république et l'allemande sont un amas de compromis et de chantage. L'état est souillé par le mercantilisme et la politique – taisons l'état moral d'Allemagne et d'Autriche, si nous voulons lui être utile. Si une partie minime de l'exaltation pour la révolution avait été vraie – aurait-elle pu disparaître en six mois si complètement qu'on ne retrouve plus une lueur, excepté dans nos cœurs ? En Allemagne, la haine qui se dirigeait contre les ennemis n'a pas disparu ; elle se décharge maintenant entre les partis et surtout contre les Juifs, *parce qu'ils ont fait la révolution*. Et, mon cher ami, ils ont raison. C'étaient quelques juifs seulement qui étaient révolutionnaires en Allemagne, *la nation elle-même est la même qu'autrefois, pas un seul vrai Allemand qui soit républicain de cœur*. Si Curtius [1] écrit cette histoire, il ne dira pas la vérité. Moi, je vous la dis, mais *entre nous*. Il faut taire quelques vérités : car si on savait en France le vrai état d'esprit en Allemagne, la haine deviendrait éternelle.

J'ai regretté énormément que notre réunion échoue. Je n'espère rien d'une entrevue du point de vue pratique – seulement j'espère *pour nous* une certaine élévation morale. On se verrait, on sentirait sa fraternité plus vivante, on se battrait mieux contre son scepticisme d'action. Ne laissons pas cette idée. Il faut que nous nous revoyions. Moi, je viendrai à toute heure et en chaque ville (excepté en France, car je ne veux pas faire des démarches pour obtenir grâce à des protections une permission de passer la frontière). Pour nous le voyage et les frais sont très

---

1. Ernst Robert Curtius (1886-1956), universitaire allemand, historien de la littérature française.

élevés, beaucoup plus que pour vous, mais je profite de la vente de mes livres, qui après des années de silence commencent à marcher bien.

J'espère toujours encore, mon cher ami, que votre roman [1] paraîtra enfin en allemand. Qu'en est-il d'une éventuelle édition anglaise ? Je pourrais le recommander à mon éditeur américain, si vous n'avez pas encore disposé : Je crois que le livre intéresserait beaucoup là-bas (surtout si vous consentiez à quelques coupures, le livre gagnerait beaucoup si on le dégageait de quelques détails).

Mon cher ami, je vous remercie de tout mon cœur pour votre bonne lettre. Espérons ! Espoir est vivre dans une époque où la vie devient si morne, si étroite, si dépourvue de grandeur. Et travaillons ! Il n'y a que le travail pour oublier et pour combattre notre scepticisme. Je vous envoie encore un livre d'essais, et je serais heureux si vous pouviez lire l'étude (très difficile) sur Dostoïevski, qu'on estime beaucoup chez nous et qui est vraiment ce que j'aime le plus de mes efforts critiques.

De tout mon cœur votre

Stefan Zweig

J'ai lu quelques mots de Grautoff [2] sur vous – indifférents et quelconques comme tout ce qu'il écrit.

———◦———

1. Jean-Richard Bloch, ...*Et Cie*, Paris, 1918.
2. Otto Grautoff (1876-1934), historien de l'art, romaniste. Traducteur du *Jean-Christophe* de Rolland, il s'était ensuite brouillé avec lui pour des raisons politiques.

A Rudolf Pannwitz [1]

Kapuzinerberg 5
Salzbourg, 13.IX.1920

Cher Monsieur, permettez-moi de vous remercier vivement pour l'extraordinaire présent que constituent votre livre [2] et vos propos. Le terme « introduction » dans votre ouvrage sur Nietzsche me semble trop réducteur, car, à bien des égards, c'est *au-delà* de l'œuvre – consciemment ou non – que ce texte nous conduit, en éclairant ses idées à un degré très élevé à travers la valeur symbolique de son existence, en ouvrant l'œuvre plus qu'il ne la clôt : on sent bien qu'il y a encore derrière tout un champ pour l'esprit.

Puis-je me permettre ici une remarque de principe ? Je sais que je touche là à quelque chose qui chez vous est depuis longtemps devenu une décision fermement arrêtée, et qu'il serait téméraire d'infléchir. Mais je vois dans votre œuvre une volonté croissante de trouver un écho non seulement allemand, mais *européen*, et il me semble qu'une caractéristique externe fait obstacle à cet écho : l'écriture en minuscule, et l'abandon de la ponctuation [3]. Pour ma part, l'effort supplémentaire ne me gêne en aucun cas, et j'approuve votre décision (héroïque), que j'attribue à la nécessité personnelle : mais avez-vous jamais pensé que les étrangers à qui la langue alle-

---

1. Rudolf Pannwitz (1881-1969), essayiste, poète et traducteur allemand.

2. Rudolf Pannwitz, *Einführung in Nietzsche*, Nuremberg-Feldafing, 1920.

3. Depuis 1917, Pannwitz écrivait en minuscules et sans employer la virgule.

mande est certes connue, mais n'est jamais familière à ce point, se voient interdit l'accès à vos œuvres ? Que lorsque j'ai placé votre livre entre les mains de Rolland par exemple, de Brandes [1], de Merejkovski [2] ou de quelque autre Européen de grande culture et de grande valeur, il lui a fallu, malgré sa maîtrise d'ordinaire suffisante de l'allemand, confesser ici son incapacité à comprendre, et ce en raison de cette simple caractéristique externe. Je ne veux pas dire là qu'il vous faudrait dorénavant renoncer à cette forme, qui est désormais la marque de votre œuvre – mais ne serait-ce pas une bonne idée qu'un jour vous publiiez aussi un écrit fondamental, votre « Ecce homo », dans la graphie plus courante, simplement pour faire entendre votre voix par-delà les frontières de l'étroite Allemagne (qui, d'ailleurs, est elle-même connue pour être sérieusement dure d'oreille, et ne tend l'oreille qu'une fois qu'un nom lui parvient en retour, depuis l'autre côté de la frontière ?) Dans le cadre de cette approche européenne, et dans celui-là seul, il me semble qu'il serait tout indiqué de publier un jour un choix de textes essentiels tirés de votre œuvre dans la forme d'impression habituelle, et j'espère que vous approuverez ma suggestion en l'attribuant au moins au désir de voir votre œuvre honorée dans la sphère qu'elle mérite, la sphère européenne.

Je me réjouis que vous vous adonniez à un travail de cette ampleur, et je m'y associe avec la plus grande impatience, plein de gratitude pour la richesse

---

1. Georg Brandes (1842-1927), écrivain danois.
2. Dimitri Sergueievitch Merejkovski (1866-1941), écrivain russe.

et la profondeur de ce que vous nous avez donné et pour l'exemple de passion intellectuelle, devenue si rare de nos jours, que vous représentez. Avec toute l'estime de votre dévoué

Stefan Zweig

—◦—

A Friderike Maria Zweig
[Heidelberg, non datée ;
cachet de la poste : 25. 10. 20 [1]]

Chère F., par une splendide journée d'automne – d'ailleurs je ne sais même plus à quoi ressemble la pluie – sur la terrasse du château à Heidelberg, vue très large et doucement ouverte sur les vignes. Etrange ressemblance avec Salzbourg – à ceci près qu'on a là une ville italienne construite dans un paysage allemand, ici une architecture allemande dans le paysage aux douces et aimables collines d'un pays du Sud. S'il n'y avait pas ce soir une conférence à donner, on ressentirait cette heure-là de façon beaucoup plus pure, mais c'est aujourd'hui la dernière (non seulement pour cette fois, mais aussi pour longtemps, si l'on excepte les publics d'étudiants ou de jeunes gens). La ville elle-même me fait un effet désagréable avec ses corporations étudiantes : même si l'université n'a pas encore repris, cela grouille de militaristes arborant ou dissimulant leurs couleurs. Demain, direction l'ennuyeux « Laipzich », ensuite je

---

1. Zweig était parti le 16 octobre en Allemagne pour une série de conférences sur Romain Rolland.

serai le 29 à Munich, fidèle à mon programme comme
un chanteur de concert aphone à force de chanter,
et, j'espère, animé des impressions les plus diverses.
Bien à toi — pardonne-moi de ne pas t'envoyer une
carte postale avec le château éclairé en rose et un
poème de Scheffel[1]. Ces choses-là me font horreur.

Ton Bô

———— <o> ————

A Romain Rolland [lettre en français]
Salzbourg, 2 novembre 1920

Mon cher et grand ami, rentré à Salzbourg je trouve
le livre du cher Jouve[2]. Laissant tout travail de côté,
je l'ai lu immédiatement et avec beaucoup de joie.
Jouve par sa ferveur, sa fidélité intrépide, a donné
une œuvre tout à fait unique : il a traité toutes les
évolutions de votre pensée dans les plus intimes fluc-
tuations. Et avec quel tact a-t-il su raconter tous les
faits sans jamais devenir indiscret. Pour moi le feu,
la tendresse qui allume les pages et pénètre chaque
phrase avec sa chaleur bienfaisante, était quelque
chose de sacré. Et vraiment, Jouve s'est élevé par
son intensité d'admiration et de ferveur au-dessus de
son propre talent : il a grandi en aimant la grandeur,
en professant sa foi. Rarement un homme vivant a
eu cette satisfaction de voir pénétrer sa vie intellectuelle avec tant d'intimité et véracité comme vous par

---

1. Joseph Victor von Scheffel (1826-1886), poète allemand.
2. Pierre Jean Jouve, *Romain Rolland vivant 1914-1919*, Paris,
1920.

le livre de Jouve – mais, mon cher ami, c'est vous qui avez créé non ce livre, mais la foi qui l'anime. Et tout ce que nous donnons est bien faible en comparaison de ce que nous avons reçu.

Mon livre paraîtra à côté de celui de Jouve peut-être froid, et moi-même je suis le premier à reconnaître la supériorité du sien. J'étais – je le vois bien – trop peureux pour montrer toute mon affection, je feignais une fausse objectivité au lieu d'ouvrir mon cœur avec effusion. Mais dans mon premier livre (le public) sur Verhaeren, je gardais aussi cette forme contre ma volonté secrète. Je suis donc plus qu'heureux qu'un si cher ami que Jouve place à côté de mon livre le sien, et dise avec plus de franchise la gratitude qui nous anime.

Mon livre paraîtra vers le 15 novembre. Vous l'aurez fin novembre, cinq exemplaires et un peu plus tard un exemplaire de luxe (on en livrera vingt). Pour le Clérambault tout est réglé avec Rütten & Loening ; pour *Pierre et Luce*, j'ai proposé Paul Amann comme traducteur à Kurt Wolff[1]. Le pauvre homme, qui vient de perdre sa femme en des circonstances si malheureuses, a bien besoin (aussi matériellement) d'un appui. Il est si honnête !

Aujourd'hui nous recevrons ici à Salzbourg la visite de Maurice Ravel, qui a eu des succès énormes à Vienne, un vrai festival Ravel[2]. J'estime beaucoup son talent, sans pourtant aimer trop sa manière. Mon admiration se porte plus vers la grande hardiesse,

---

1. Romain Rolland, *Pierre et Luce*, Paris, 1921. La traduction de Paul Amann parut à Munich en 1921.
2. Maurice Ravel (1875-1837) était arrivé à Vienne le 20 octobre.

41

vers cette dimension « démonique » dont Goethe parle toujours et dont j'ai ressenti pour la dernière fois la trace dans l'œuvre de Mahler (qu'il faut connaître dans son ensemble et en cohésion avec sa vie et sa personnalité pour le sentir).

En Allemagne mes conférences sont bien passées. A Heidelberg les étudiants ont sali et pris quelques affiches (leur façon de protester), mais les conférences se passaient sans incidents. J'étais aussi dans les pays occupés, à Wiesbaden et à Ludwigshafen – un spectacle dégoûtant. Les Français continuent de jouer à la guerre, toute la journée des parades, des convois roulants, des autos en pleine vitesse (comme si on était au centre d'une bataille). Les femmes des officiers avec des riches fourrures et des bijoux – les officiers font la contrebande et s'enrichissent, les soldats couchent avec les jeunes filles du pays, qui ne leur donnent pas la peine superflue de les violenter. On sent le mensonge national là-bas avec une intensité inouïe.

Je ne comprends que trop bien la peur que vous avez de vous stabiliser, de vous fixer quelque part. Une maison est quelque chose de vivant : elle mange, elle devient malade, elle vous occupe avec sa présence inévitable et même si vous la quittez pour quelque temps, elle ne vous laisse pas tranquille. Elle vous attache plus au sol, au pays, à l'état, aux gens – c'est un frein à la liberté personnelle. Mais ne pouvez-vous pas trouver quelque part un *étage* dans une villa, étage tout à fait isolé qui vous permette de fermer à clef et de s'en aller sans souci [1].

---

1. Rolland loua en mars 1922 la Villa Olga à Villeneuve dans le canton de Vaud. Il y résida jusqu'en 1938.

C'est pour moi la solution la plus agréable – Verhaeren le faisait de cette façon, qui avait sa petite maison au Caillou, mais gardée par le propriétaire qui vivait à côté. D'autre part – on a ses livres, on a ses documents et c'est la moitié de notre vie intellectuelle, la solitude avec les idées, les livres, avec toute sa vie vécue. J'espère de tout mon cœur que vous trouverez une solution satisfaisante. Et n'oubliez pas, n'oubliez pas, que si un jour vous cherchez un repos complet vous aurez chez nous, dans notre maison admirablement située, deux chambres tranquilles et que vous nous rendrez heureux par votre présence [1].

Encore un mot. Vous vous souviendrez qu'une seule fois pendant la guerre je vous ai envoyé de nos amis (qui malheureusement ne pouvaient pas vous rejoindre). Madame *Berta Zuckerkandl*, la sœur de Madame Paul Clemenceau, le frère du tigre. Elle va maintenant pour un mois à Paris et elle aimerait beaucoup vous voir. C'est une femme superbe, qui a connu tout dans la vie des arts et dont la bonté a été utile à deux jeunesses. Je lui donne un mot pour vous et je serais très content si vous vouliez la recevoir : elle vous racontera tout de notre pays et de notre vie.

Fidèlement votre

Stefan Zweig

Mes compliments à Mad. votre sœur !

<hr>

1. Rolland rendit visite à Zweig à Salzbourg au cours de l'été 1923.

A Sigmund Freud

3 nov. 1920
Salzbourg, Kapuzinerberg 5

Cher Professeur, si je ne vous remercie qu'aujour-
d'hui de votre lettre si profonde et si précieuse à mes
yeux, ce retard n'est dû qu'à ce que je ne suis rentré
à Salzbourg qu'hier, après une série de conférences
de trois semaines. Vous imaginez sans doute l'intérêt
que représente pour moi votre conception de l'image
pathologique de Dostoïevski, qui, bien entendu, a sur
la mienne l'avantage du regard du spécialiste. Je sais
que Dostoïevski, savant comme il était, n'ignorait pas
l'existence de cette forme de pseudo-épilepsie – il l'a
décrite dans son Smerdiakoff[1], et a laissé entendre
qu'il existerait des hommes qui possèdent à un certain
degré la capacité de reproduire la maladie à volonté,
de façon plus ou moins consciente – mais je crois qu'il
y avait effectivement chez lui, né d'un mystérieux
sentiment de jouissance, le *désir* de certaines formes
de crises : il y a certainement là un des mystères les
plus fascinants qui soient pour un psychopatho-
logue[2].

 J'étais gêné et heureux tout à la fois de voir
l'attention que vous avez consacrée à mon étude,
et croyez je vous prie que je sais apprécier un tel
dévouement avec la plus intense des gratitudes.
J'appartiens à cette génération intellectuelle qui
n'est auprès de quiconque plus redevable qu'auprès
de vous, et je sens bien, avec cette génération, que

---

1. Personnage du roman de Dostoïevski *Les Frères Karamazov*.
2. Freud s'intéressa beaucoup à Dostoïevski, en particulier
dans *Dostojewski und die Vatertötung*, 1928.

l'heure viendra bientôt où l'importance tout à fait considérable de votre découverte de l'âme deviendra un bien universel, une science européenne. Chaque jour le courrier m'apporte d'Angleterre, d'Amérique des questions portant sur vous et votre œuvre – peut-être notre patrie comprendra-t-elle aussi peu à peu tout ce que vous nous avez apporté. Et j'espère avoir bientôt l'occasion d'exprimer tout cela en public [1].

Avec toute la reconnaissance et l'estime de

votre dévoué
Stefan Zweig

◆◇◆

A Samuel Fischer [2]

Salzbourg, Kapuzinerberg 5
17.XI.1920

Cher Monsieur, je vous remercie très sincèrement pour votre aimable lettre et votre proposition qui m'honore ; depuis des années, nul ne sait mieux que moi qu'en dépit de toutes les autres tentatives, la « Neue Rundschau » [3] est restée le centre véritable de

---

1. Entre 1920 et 1939, Zweig écrivit un certain nombre d'articles sur Freud. Les textes ont été réunis en un volume : SZ, *Über Sigmund Freud. Porträt, Briefwechsel, Gedenkworte*, Francfort, 1989.

2. Samuel Fischer (1859-1934) fonda en 1886 l'une des plus grandes maisons d'édition allemandes, encore en activité aujourd'hui (Fischer).

3. Créée en 1890 par S. Fischer sous le titre de *Freie Bühne für modernes Leben,* la revue devint *Die Neue Rundschau* en 1904. Zweig y contribuait périodiquement.

la vie littéraire allemande, et qu'elle offre la possibilité d'exercer une influence déterminante dès lors que l'on cherche (ce qui est bien nécessaire !) à éclairer le jugement. Et, il y a un an, votre proposition aurait représenté un élément crucial dans le cours de ma vie.

Aujourd'hui, je suis – malheureusement ou grâce à Dieu ? qui sait ... – lié à une sphère, attaché au foyer que j'ai encore pu trouver à temps. Et ne consacrer que la moitié de mon énergie et la moitié de mon être à une tâche dont je ressens si fortement qu'elle implique la responsabilité morale serait très grave. Si vous appelez quelqu'un à accomplir cette œuvre qui représente à la fois l'œuvre de votre vie et un pan de l'histoire culturelle allemande, vous êtes en droit d'attendre que la personne en question abandonne *tout* pour cette œuvre qui ne saurait être faite à moitié. J'ai, pour ma part, encore bien des obligations, et j'importe la jalousie de ma propre production dans toute nouvelle activité. Veuillez, je vous prie, considérer *le fait même* que je préfère confesser mon incapacité plutôt que d'accepter à la légère comme l'expression de tout le respect que j'ai pour cette tâche.

Mais que vous, qui avez tant d'expérience, m'ayez estimé capable d'assumer cette tâche, cela restera pour moi l'une des plus précieuses satisfactions morales que m'aient apporté mes activités littéraires. Je vous remercie pour ce témoignage de confiance avec toute l'intensité dont je suis capable, et je serais heureux en toute occasion de pouvoir vous prouver par mes actes que je suis digne de cette reconnaissance. En fin de compte, votre choix sera un choix heureux tant que vous influerez vous-même de façon déterminante sur l'avancée et la conception de votre grand œuvre – peut-être que questionner vos artistes attitrés [1] vous offrirait le meilleur moyen de trouver la bonne personne. Je sais par exemple combien le problème d'une revue allemande a préoccupé Thomas Mann [2] – son avis serait sans doute décisif, car en dépit de toutes ses formes apparentes de résistance, Thomas Mann me semble être celui qui y voit le plus clair dans les affaires allemandes, et le jugement qu'il porte sur les gens et les œuvres s'est avéré presque infaillible. Son regard, qui n'est troublé ni par ses relations, ni par les tendances liées au moment présent, se porterait certainement sur la bonne personne. J'ai également pensé à René Schickele [3], à qui je fais davantage confiance qu'à moi-même.

Je vous remercie encore vivement et vous assure de mon estime sincère, votre dévoué

Stefan Zweig

<hr>

A Hermann Bahr [4]

Salzbourg, 1er janvier 1921

Cher Monsieur, je suis de retour de Vienne [5] – et m'apprête, à dire vrai, à repartir dans huit jours : avec

---

1. Zweig n'était alors pas encore publié chez Fischer.
2. La correspondance de Thomas Mann (1875-1955) atteste que dans ces années-là, il nourrit le projet de créer une revue concurrente de la *Neue Rundschau*.
3. René Schickele (1883-1943), écrivain alsacien, éditeur des *Weibe Blätter* depuis 1915.
4. Hermann Bahr (1863-1934), écrivain et dramaturge autrichien.
5. Zweig avait rendu visite à son père malade.

les trains express, je retrouve mon ancienne mobilité, et j'en profite après cet automne statique et le travail de galérien de ces derniers mois. Je vous remercie beaucoup pour le début de votre autobiographie – ces chapitres sont tout à fait excellents [1]. J'aurais peut-être aimé y trouver un tout petit peu plus de couleur locale (Linz [2], votre logement, le mode de vie, comme cela est fait de façon exemplaire chez Goethe, voire une once de prix et de chiffres : cela donne un caractère mi-conte, mi-écrit historique, et montre bien que la vie d'un individu embrasse aujourd'hui les choses les plus diverses). Je me permettrais d'ailleurs de vous conseiller de ne faire imprimer l'œuvre sous forme de *livre* qu'une fois que *tous* les articles seront parus. Il est tout à fait possible que de nouvelles images naissent après coup par effet de miroir, et qu'à l'une ou l'autre occasion, votre mémoire se rappelle alors des choses essentielles. Mais le livre fini sera très beau !

Je vous salue cordialement, vous et votre épouse, pour ce passage à la nouvelle année ! Ne m'en veuillez pas de ne pas vous congratuler en particulier pour *Le Joli Mariage*, pour *Le Monstre* et cetera [3] : il faudrait user bien du papier ces temps-ci pour vous féliciter de chacun de vos succès. Je vous souhaite donc *en bloc* – des tantièmes hauts comme l'Untersberg [4], beaucoup de joie, beaucoup de nou-

---

1. Bahr publia sa biographie [*Selbstbildnis*, Berlin, 1923] sous forme de feuilleton dans l'hebdomadaire autrichien *Das Neue Reich*.

2. Ville natale de Bahr.

3. Hermann Bahr, *Ehelei*, et *Der Unmensch*, Berlin, 1920.

4. Haut sommet près de Salzbourg.

veaux travaux, et une année sans mois de mars[1] !
Bien cordialement, votre sincèrement dévoué
Stefan Zweig

——◇——

A Rudolf Pannwitz
Kapuzinerberg 5, Salzbourg
25.I.1921

Cher Monsieur, j'ai parlé hier avec Monsieur Rainalter[2], qui m'a dit qu'il ne tenait désormais qu'à vous
de déterminer le jour de votre arrivée[3] : on prendra
ensuite ici toutes les dispositions ; je compte pour ma
part rédiger une courte note de présentation sur vous
dans le Salzb. Volksblatt, pour que nous nous assu-
rions d'emblée l'estime du public (qui est constitué
d'une société triée sur le volet). Peut-être vaudrait-il
mieux laisser passer le carnaval, qui ici occupe les
gens davantage qu'il ne le faudrait pour le salut
de leur esprit. Mais quel que soit le jour que vous
choisissiez, il suscitera l'attention, au meilleur sens
du terme.

J'aurais aimé vous proposer de loger chez nous,
mais je ne sais si l'on peut considérer notre si jolie
maison comme bien confortable en hiver. Elle est
située sur la montagne, et n'est accessible qu'à pied.

---

1. Bahr, qui avait eu des ennuis de santé à répétition au mois
de mars pendant plusieurs années, avait développé une crainte
superstitieuse vis-à-vis de ce mois.
2. Erwin Herbert Rainalter (1892-1960), journaliste viennois.
3. Pannwitz ne vint finalement pas donner de conférence à
Salzbourg.

Lorsqu'il fait vraiment froid, impossible d'avoir une température vraiment chaude dans les chambres : lorsque le temps est doux, en revanche, elle est tout à fait praticable. Si vous vous repliez sur de bien modestes exigences, vous êtes évidemment le très bienvenu.

Je ne considère cette conférence que comme une ébauche dans le cadre de votre travail, et non comme le premier pas sur une voie logiquement ascendante. Je suis tout à fait conscient de la concentration qu'exige une œuvre aussi immense que l'est votre édition [1], mais de temps à autre, le jugement de valeur demande à être surplombé par un regard périphérique, et non toujours observé depuis le centre du travail. A mon sens, rien ne saurait profiter davantage à l'ambition que vous nourrissez pour votre travail que cette observation venue de l'extérieur, cette excursion fugitive et toujours singulière dans le réel ; sinon, votre monde imaginaire risque fort de se déployer entièrement dans son rythme propre, détaché du réel, comme une horloge à côté d'une autre, quand un tel regard surplombant permet de temps à autre de remettre les pendules à l'heure – non pas pour que vous restiez attaché à l'heure du monde dans une éternelle modération, mais pour que vous sachiez, de temps à autre, combien vous avez d'avance sur lui. Toute production qui se prend elle-même pour critère tend inconsciemment à la manie ou à la monomanie – et c'est *justement* un luxe que peut se permettre l'homme libre que de porter de temps à autre un regard libre sur le temps, semblant

---

1. Il s'agit vraisemblablement de *Mythen*, une série de 10 volumes publiés par Pannwitz entre 1919 et 1921.

se reposer, mais ne faisant en réalité que saisir l'ampleur et la distance en ces instants. La pause est une des lois de la musique – et comme c'est la musique qui sait le mieux nous faire sentir les lois de l'art, il nous faut de nous-mêmes subordonner ce que le rythme de la vie a de pressant à cette respiration de l'art. Lorsqu'on est véritablement productif, il n'y a jamais une heure de perdue – tout au moins ces heures qui, en apparence, se situent au-delà du travail.

Je me suis d'ores et déjà assuré de pouvoir publier ces propos sur votre *Christ*, que j'attends avec la plus grande impatience [1]. Mais en attendant, nous vous saluons bien ici ! Croyez au sincère dévouement de votre

Stefan Zweig

A Romain Rolland [lettre en français]
Salzbourg, Kapuzinerberg 5
22 avril 1921

Mon cher ami, merci pour votre bonne lettre. Les représentations à Vienne se poursuivent avec grand succès, aussi dans la province on montera la pièce. En Allemagne c'est encore le silence et l'indécision : les idées pacifiques sont là-bas les plus inactuelles. Nous traitons avec un théâtre de faubourg à Berlin, car les grands théâtres du centre ont peur

---

1. Rudolf Pannwitz, *Mythen. 10. Logos*, Munich-Feldafing, 1921.

des pangermanistes, qui sont tout-puissants pour le moment[1]. Un théâtre qui s'adresse plutôt aux ouvriers, au *peuple* serait plus avantageux pour le succès de la pièce et pour l'action morale. A Gratz les ouvriers ont loué un théâtre pour le 1er Mai et acclameront votre pièce[2]. C'est dans ce milieu plutôt que j'aimerais le voir monté à Berlin. A Munich, le théâtre n'ose pas encore, même chose à Hambourg, Leipzig, Dresde.

Je vous raconte tous ces détails pour vous donner une idée de ce qui se passe en Allemagne. Les Allemands, un des peuples les plus élevés dans l'esprit artistique et scientifique, sont absolument idiots en politique. Pendant toute une année ils bavardaient en public, disant qu'ils ne payeraient pas un sou aux Français, et ils s'étaient convaincus eux-mêmes par ce bavardage[3]. Ils croyaient en fêtant Ludendorff et Tirpitz[4] d'avoir gagné déjà la nouvelle guerre. Maintenant c'est un triste réveil. Et ce pauvre peuple est envenimé de haine – contre tous les peuples à la fois et contre soi-même. Haine des partis, des classes, des religions, des districts – tout cela rend l'Allemagne insupportable en ce moment. Et on les détesterait, si

1. Sous la république de Weimar, le mouvement pangerma-niste, né en 1891, faisait partie de « l'opposition nationale ».

2. La pièce fut effectivement jouée à Gratz, mais sans parti-cipation d'aucune association ouvrière.

3. Le montant des réparations prévues par le Traité de Ver-sailles fut accepté par l'Allemagne le 4 mai 1921. (Ultimatum de Londres.)

4. Le général Emil Ludendorff et l'amiral Alfred von Tirpitz, qui avaient tous deux quitté l'Allemagne en 1918 pour y revenir rapidement, incarnaient la résistance au Traité de Versailles.

la façon française ne leur donnait un certain droit à la sympathie[1].

J'ai publié un essai, *Le Tragique de la mémoire courte*[2], que je vous enverrai (il paraîtra aussi dans la Rassegna Internationale) où j'ai essayé de démontrer tout le tragique de notre monde qui a réussi grâce à une volonté obscure et surhumaine à oublier *tout*. Autrefois beaucoup vivaient dans un rêve – aujourd'hui ils vivent dans le mensonge. Car aujourd'hui chacun qui *veut* savoir *peut* savoir toute la vérité. Mais ils ne veulent pas.

J'ai lu ces jours les derniers poèmes de Rab. Tagore[3]. Quelle sérénité, quelle beauté ! Dans quinze jours on fêtera son 60ᵉ anniversaire – je suis heureux qu'un tel homme vive entre nous et aide à répandre la sagesse.

Pour notre effort, dirigé par Bazal[gette], j'ai quelques adhésions, pas trop toutefois[4]. Rudolf Goldscheid[5], le grand sociologue, et quelques autres sont très heureux d'être avec nous – d'autres comme Curtius, Eden & Cedar Paul[6] se refusent à toute œuvre collective. Je le regrette, mais je le comprends

---

1. Zweig fait allusion à l'attitude de la France dans les négociations sur les réparations.

2. Stefan Zweig, *Die Tragik der Vergeßlichkeit*, paru dans la presse praguoise en 1921, et repris dans le recueil *Die schlaflose Welt. Aufsätze und Vorträge aus den Jahren 1909-1941*, Berlin, 1983.

3. Une édition en 8 tomes des *Œuvres* du poète indien Rabindranath Tagore (1861-1941) était parue à Munich en 1921.

4. Zweig avait conçu avec Bazalgette le projet d'une ligue internationale d'entraide destinée à surmonter les obstacles séparant la France et l'Allemagne. Ils n'y donnèrent pas suite.

5. Rudolf Goldscheid (1870-1932), fondateur de la « Deutsche Gesellschaft für Soziologie ».

6. Traducteurs de Rolland et de Zweig en anglais.

par la non-efficacité de tant de beaux efforts. Vous avez bien raison de dire que l'indifférence morale est universelle. Les gens ont perdu la foi – il faudrait un génie pour leur découvrir une religion nouvelle. Le bolchevisme était trop rempli de ressentiments sociaux, et puis, il touchait le point le plus sensible des gens, la propriété. Il leur faudrait inventer une foi qui leur coûte moins.

Je vous ai raconté que j'ai écrit deux articles sur le *Shakespeare* de Landauer [1], après m'être entendu avec les journaux. Voulez-vous me croire que ni l'un ni l'autre n'ont paru jusqu'à présent (excepté un dans les traductions dans *L'Art Libre* [2] et une revue tchèque) ? *On n'ose pas reconnaître* la grandeur morale d'un révolutionnaire. Mais j'insisterai, car dans aucune revue je n'ai lu jusqu'à présent un seul mot sur ce livre admirable. C'est comme une conjuration secrète (la même qui semble exister en France envers vous).

Je continue de travailler. Les trois semaines en Italie m'ont donné beaucoup de vitalité et j'étais très heureux de rencontrer le bon Jouve, qui, grâce à sa femme, a perdu beaucoup de son pessimisme et revient vers la vie [3]. Sa belle énergie morale le pré-destinerait à une position de guide pour une nouvelle génération en France, qui n'est pas encore venue, mais qui viendra.

Pour l'été, ici à Salzbourg, cette école interna-

---

1. Gustav Landauer, *Shakespeare. Dargestellt in Vorträgen*, Francfort, 1920 (publié à titre posthume par Martin Buber).

2. Revue belge.

3. Zweig et sa femme étaient partis en mars pour l'Italie, où ils avaient retrouvé Jouve et sa femme, ainsi que Fritz von Unruh.

tionale, dont on vous aura parlé sans doute, sera préparée [1]. Pour ma part je suis un peu inquiet, la population qui souffre encore du renchérissement continuel de toutes les choses est très excitée contre les étrangers (aussi ceux de Vienne sont des étrangers) et je ne m'étonnerais pas si au dernier moment on était obligé de renoncer à cette belle idée. Nous sommes trop près de la frontière allemande, de la Bavière, on fomente une agitation dégoûtante contre tout ce qui n'est pas pangermaniste, et si vraiment toute une école internationale avec Nicolai [2] etc. s'établissait ici, je ne pourrais pas garantir que cela se passera sans incident. Ma femme est plus optimiste que moi et deux dames de la délégation viendront encore une fois sonder le terrain fin avril — peut-être que je suis encore trop pessimiste. Mais jusqu'à présent nos plus noires prévisions ont toujours été avancées par la réalité.

Je vous espère en bonne santé et je vous envoie mes meilleures assurances de fidélité amicale. Votre
Stefan Zweig

Quant à la « Montespan » j'ai transmis au traducteur votre décision [3], en lui conseillant de vous faire directement des propositions, s'il en peut, pour

---

1. Il s'agit d'un séminaire d'été organisé par la section anglaise de l'International Women's League for Peace and Freedom. La sœur de Rolland y prit part, ainsi que Pierre Jean Jouve.

2. Georg Friedrich Nicolai (1874-1964), biologiste et sociologue, pacifiste convaincu et déclaré.

3. Romain Rolland, *La Montespan*, Paris, 1904. Le texte fut traduit par le metteur en scène Georg Altmann (1884-1962). Cependant, devant les réticences de Rolland, le projet fut abandonné.

qu'il ne croie pas que le refus soit provoqué par moi.

◀◦▶

A Heinrich Meyer-Benfey [1]

Salzbourg, le 27 avril 1921

Cher Monsieur,

Je reviens tout juste d'Italie, et seule l'ampleur du travail qui m'attendait ici me contraint à répondre à la machine à une lettre aussi précieuse et amicale que la vôtre, mais j'espère que cela n'affectera en rien la sincérité de mon état d'esprit. Je vous remercie beaucoup pour votre très belle présentation du livre sur Rolland dans l'*Hamburger Fremdenblatt*. Cela est d'autant plus précieux aujourd'hui qu'en Allemagne comme en France, les idées humaines semblent tout à fait maudites, par suite de cet absurde échauffement politique, et que quiconque les encourage ou les défend se prononce, consciemment ou inconsciemment, contre l'opinion publique. Il semble qu'il en soit de même à Hambourg : la pièce de Rolland *Le Temps viendra* (que j'ai du même coup demandé à l'éditeur de vous envoyer) a été retenue l'an dernier par le théâtre avec grand enthousiasme, mais aujourd'hui que la pièce devrait être donnée, une certaine frilosité liée à l'atmosphère du moment donne lieu à des atermoiements, sinon à l'annulation définitive. Que vos propos soient parus justement

---

1. Meyer-Benfey (1869-1945), philologue allemand, éditeur de Tagore.

dans un journal de Hambourg a donc revêtu pour Rolland une importance particulière, et je ne manquerai pas de lui en faire part, et de lui rappeler votre souhait.

Pour la conférence programmée à la Société littéraire, je pense aussi pouvoir vous indiquer la personne qui convient. Il ne s'agit pas d'Otto Grautoff, qui s'est mis vis-à-vis de Rolland dans une position tout à fait étrange, et lui est aujourd'hui moins lié que jamais, mais d'un homme qui jouit de la plus grande autorité en Allemagne tout en possédant d'extraordinaires connaissances sur tout ce qui est français, le *Professeur Ernst Robert Curtius* de l'Université de Marburg, dont le livre *Les Pionniers littéraires de la France moderne* [1] a marqué la jeunesse allemande plus que tout autre ouvrage par sa clarté tranquille et son intelligence mesurée. Sa contribution serait certainement de tout premier ordre, son nom, sur le plan scientifique et littéraire, a très bonne presse en Allemagne, et la nature de ses orientations politiques (il se place tout à fait dans l'optique allemande, tout en rendant justice aux problèmes français) fait aussi qu'il semble véritablement prédestiné à effectuer une conférence de ce type à Hambourg. Voici son adresse : *Professor Dr Ernst Robert Curtius, Université de Marburg.* Transmettez-lui, je vous prie, mes meilleures salutations à cette occasion.

J'avais déjà entendu dire que vous prépariez sur Tagore des travaux d'une certaine importance, et je m'en réjouis infiniment, d'autant plus que son recueil

---

1. Ernst Robert Curtius, *Die literarischen Wegbereiter des neuen Frankreichs*, Potsdam, 1920.

de poèmes en anglais [1] est à mon sens le plus beau qu'il ait écrit, et qu'il est d'une pureté spirituelle telle qu'on ne l'attendrait plus chez un poète de notre époque. Début mai, Kurt Wolff organisera à Munich une grande célébration Tagore à l'occasion de son 60e anniversaire, je m'y rendrai peut-être, et cela me ferait bien plaisir de pouvoir vous y saluer. La route est longue qui mène à Hambourg, que j'aime tant, et je ne sais quand il me sera à nouveau possible de vous y rencontrer.

Croyez, Monsieur, à ma profonde reconnaissance, et continuez d'accorder votre si précieuse sympathie à votre

Stefan Zweig

———◦◦———

A *Romain Rolland* [lettre en français]
[Salzbourg,] 3 mai 1921

Mon cher et grand ami, je vous écris en ces jours de la grande tragédie européenne, où on enterre pour quarante années nos idées de réconciliation et d'amitié entre la France et l'Allemagne [2]. Tout ce que nous faisons est inutile pour l'époque de deux générations, entre ces peuples dont l'un sera l'esclave de l'autre. Mais cela ne touche pas la vérité, la nécessité de nos idées – au contraire, plus elles seront mal vues

---

1. Rabindranath Tagore, *The Gardener. Poems of love and life*, Translated by the author from the original Bengali, Leipzig, 1921.
2. Zweig fait allusion au durcissement des conditions des réparations.

des deux côtés, plus il faut les maintenir. Elles ressusciteront !

J'ai un tas de demandes à vous remettre. M. Kreutz[1] à Vienne voulait fonder une société Romain Rolland, réunir tous ceux qui ne peuvent pas adhérer à la Clarté à cause du joug moscovite, en Europe[2]. Je lui ai dit mon opinion : que nous serions [in]dépendants de vos idées, et vos idées de nos actions – qu'il vaut mieux ne jamais attacher une foi à un nom. Même chez Jésus-Christ c'était une erreur, et il est mort – ce serait bien plus dangereux pour un vivant. J'espère que vous êtes de mon avis. M. Kreutz est très heureux que vous estimiez son roman. On en prépare une édition française et espère tout d'une courte préface, si vous vouliez lui prêter votre plume[3].

Autre demande. M. *Ludwig Hatvany*[4] a écrit un livre, *La Hongrie blessée*, dédié à vous et entièrement adressé à vous. Il ne sait pas si vous l'avez reçu.

Un écrivain *Heinrich Meyer-Benfey, à Wandsbeck près de Hambourg* (auteur de la critique sur vous ci-jointe, et ami de Tagore, professeur d'hindoustan), prépare un petit livre sur vous, une conférence qu'il

---

1. Rudolf Jeremias Kreutz (R.J. Krisch, 1876-1949), ancien militaire devenu écrivain et pacifiste après la Première Guerre mondiale, auteur de *Die einsame Flamme*, Berlin, 1920.

2. La Clarté était un mouvement pacifiste d'intellectuels européens créé par Henri Barbusse en 1919. Beaucoup de ses membres, dont Stefan Zweig, furent gênés par le caractère bolchevique orthodoxe que Barbusse imprima à l'organisation. La société Romain-Rolland dont il est question ici ne vit le jour qu'après la mort de Rolland.

3. Rolland refusa d'écrire cette préface.

4. Lajos von Hatvany (1880-1961), écrivain et homme politique hongrois.

veut tenir. Il vous prie de lui faire envoyer par votre éditeur *Clérambault*, *Liluli* et *Pierre et Luce*, comme les livres ne sont pas à la bibliothèque à Hambourg et trop chers pour qu'il puisse les acheter (les professeurs d'hindoustan gagnent moins chez nous qu'un balayeur des rues). C'est un homme très fin, plein d'esprit religieux.

Autre demande. Une mademoiselle Hilda Bergmann vous a dédié les deux poèmes ci-joints et est restée sans réponse (mon Dieu, je le comprends, votre courrier doit être énorme chaque jour !). Elle me prie de vous le transmettre. Soit !

— — — — — — — — — — — — — — — — — — — —

Enfin, après les demandes des autres un mot à vous, cher ami ! *Le Temps viendra* est encore à l'affiche à Vienne, était un grand succès à Brünn. Quant à savoir s'il sera possible de le monter en Allemagne, c'est encore très indécis. Vous ne devinez pas l'état d'esprit pourri par les journaux de M. Stinnes qui achète toute l'opinion [1] et qui a un appui énorme dans la façon d'agir des Français. Hélas, ils ont tout oublié et rien appris. Peut-être, cher ami, aurez-vous le temps de lire ce petit essai de moi [2]. Mais je ne suis pas du tout mélancolique ou abattu. Je travaille bien, je me donne entièrement aux études – je vous enverrai dès qu'elles seront imprimées quelques pages que je viens d'écrire et qui me paraissent le mieux de ce que j'ai fait jusqu'à présent. Le délire des auteurs ne me passionne plus. J'ai des moments

---

1. Hugo Stinnes (1870-1924), grand industriel allemand, avait acheté le journal berlinois *Deutsche Allgemeine Zeitung*, à partir duquel il créa différents quotidiens.
2. Vraisemblablement *Die Tragik der Vergeßlichkeit*.

d'une pitié profonde, mais cette pitié s'adresse déjà à l'homme éternel, l'être imparfait et non aux Etats, ces êtres à mille têtes et avec une seule gueule pour gémir et pour blasphémer. Je pense à ceux qui ne souffrent pas pour eux, mais pour les autres et par les autres. Et souvent je pense d'une telle façon à vous, le plus isolé de tous, parce qu'il vit le plus dans les autres et pour les autres : et je voudrais être en de telles heures près de vous, pour vous dire toute l'affection de mon cœur, toute la fidélité de mon esprit. Votre

Stefan Zweig

—◇—

A Hermann Bahr

[Vienne,] 23 mai 1921

Cher Monsieur, ici à Vienne [1], dissous tout à fait dans la poussière de l'ancienne asphalte, je lis avec la plus grande reconnaissance les propos bienveillants que vous avez consacrés à ma nouvelle, et il me tarde de retrouver l'air de l'Untersberg et une conversation digne de ce nom (ici, tout se transforme en cancans). N'allez pas croire que j'aie foi en une amélioration prochaine de l'humanité, ce visqueux monstre aux mille têtes : mais ne s'améliorera-t-elle pas que si l'on ne cesse de lui répéter qu'elle a emprunté quelque voie mystérieuse (alors qu'elle ne fait vraisembla- blement que s'entortiller autour de son propre axe) ? L'« illusion » fait partie intégrante de la mixture

---

1. Zweig passa une semaine à Vienne auprès de son père malade.

magique de l'existence, et de même que nous distillons la nôtre à base de discours, de religions ou de philosophies, l'humanité a elle aussi besoin de la sienne. Et nous participons tous, bon gré mal gré, à la confection de cette grande soupe populaire – chacun d'entre nous y ajoute son grain de sel ou sa pincée d'épices. Nous tous qui écrivons, nous confortons bien les hommes dans le sentiment mi-illusoire mi-authentique qu'il se cache encore derrière eux quelque chose de très mystérieux, qu'ils n'ont pas encore pu distinguer mais distingueront peut-être un jour *malgré tout*. Et c'est avec ce « peut-être » que nous les ramenons toujours (hier comme aujourd'hui, et aujourd'hui comme demain) au sein de l'illusion (une illusion toujours différente et pourtant toujours identique, car le nom donné à l'Idéal, qu'il soit royaume des cieux ou fraternité terrestre, ne fait plus en fin de compte de véritable différence). Réinventer sans cesse cette illusion, voilà à mon sens la seule mission des « clercs » : y croire est pour eux tout aussi peu indispensable que pour les comédiens de s'émouvoir d'un rôle. C'est au spectateur d'être ému, à la masse de l'humanité d'être crédule : dans notre saint des saints, nous pouvons bien, comme le grand prêtre derrière son rideau, être un peu sceptiques aussi, mais ce scepticisme doit rester notre secret, notre magie et notre pouvoir. Je ne crierai donc pas non plus sur tous les toits que je ne crois pas le moins du monde à une proche réalisation de mes espoirs. Car les gens ne peuvent croire au troisième royaume [1] que s'ils

---

1. Dans la théologie mystique de Joachim de Fiore (1132-1202), le troisième royaume est l'ère du Saint-Esprit qui succède à celle du Père et celle du Fils. Par la suite, on vit dans

l'attendent pour demain, de même que les soldats n'ont bien combattu que tant qu'ils ont pensé que dix kilomètres plus loin, la victoire serait acquise, et la paix reconquise. Là aussi les maréchaux se sont tus, eux qui en savaient davantage, et qui pour enflammer, pour raviver l'énergie, firent comme s'il en était réellement ainsi. Et c'est cette *énergie* que nous devons conserver chaque fois que nous voulons et comprenons quelque chose : d'où peut-être aussi ce redoublement d'activité chez moi, qui, pour la bonne cause, dissimule sous la confiance le scepticisme.

Et puis saluez les montagnes, saluez votre chère femme, et soyez une fois encore remercié vivement par votre fidèle

Stefan Zweig

———— o ————

A Romain Rolland [lettre en français]
Salzbourg, 29 mai 1921

Mon très cher et grand ami, je reviens aujourd'hui de Vienne que j'ai trouvée d'ailleurs tout à fait changée, pleine de vie, très active et presque heureuse. C'est peut-être un peu l'impression printanière que toutes les villes font, mais c'est énorme comme cette ville a retrouvé après de tels désastres son ancien élan. L'aide mondiale a été très très nécessaire et très efficace – puis l'élément juif qui a afflué pendant la guerre de la Pologne et de la Hongrie et qui

_____

ce troisième royaume une synthèse du monde antique et de la chrétienté.

a changé la physionomie de la ville a fait avec son activité mercantile une nouvelle Salonique qui domine tous les Balkans. Vienne est balcanisée, mais pas détruite, comme nous avons craint : sa beauté subsiste. Et j'ai entendu à l'Opéra sous la direction de Richard Strauss un *Don Juan* qui ne sera plus à trouver nulle part en Europe.

Maintenant je suis retourné et je reste ici à Salzbourg jusqu'au 1er août. L'école internationale qui s'ouvrira ce jour ne me trouvera pas, seule ma femme sera ici. Car je dois vous avouer une faiblesse psychique et même physique : depuis quelques années je ne suis plus capable de causer avec plusieurs personnes par jour sans être fatigué et surtout, sans être empêché dans mon travail. J'aime beaucoup mes amis, mais seul à seul, j'aime beaucoup connaître de nouvelles personnes, mais pas plus d'une par jour et en intervalles. Peut-être que je me donne trop, que ma curiosité psychologique avance trop – en tout cas, je me sens nerveux, incapable de travailler s'il y a un mouvement des gens autour de moi. Cette faiblesse me commande la fuite, néanmoins que l'école d'été, qui sera surveillée par ma femme, m'est infiniment sympathique, et serait pour moi une occasion excellente de renouveler des relations très chères et d'en nouer des nouvelles. Mais j'ai peur d'être pris soudainement par un accès de fatigue. Je l'ai dit déjà au très cher Jouve que j'aimerais tant le revoir, mais que je ne voudrais pas que ce soit dans un tel trouble (car il y a sûrement aussi une foule d'amis de Vienne en ce moment) que nous nous revoyions. Il ne s'agit d'aucune hostilité, mais seulement d'une question de nerfs – vous me comprendrez sans doute si je me retire forcément pour quelque temps pendant le grand gâchis. Ma vie est assez compliquée par la vieillesse de mes parents ; je suis obligé de voyager toutes les 6 semaines pour une semaine à Vienne, je suis obligé de voyager plusieurs fois en Allemagne[1] – le reste doit donc être consacré au travail et au repos. J'ai absolument besoin de cela pour me conserver la force d'action.

Je vous raconte cela parce que vous m'écrivez que Vildrac[2] aussi voudrait venir à Salzbourg. Je serai heureux, *très heureux* de le voir excepté en ces deux semaines, où cette ville sera encombrée de personnes et où un moment de conversation tranquille sera quasi impossible. Ma femme qui a plus le don d'être en grande compagnie, d'organiser et d'agir personnellement, fera tout au mieux pour les amis français qui assisteront. Et Mademoiselle votre sœur trouvera tout en notre maison comme chez soi – je viendrai exprès pour lui dire un bonjour amical avant de disparaître en Tchécoslovaquie[3]. Vers le 15 août je serai de retour. Le flot sera alors disparu et je serai heureux de voir encore l'un ou l'autre.

Est-ce un signe de vieillesse de ne pouvoir plus être autant avec les hommes et même les amis comme autrefois ? Autrefois les heures de conversation prolongées jusqu'à minuit m'animaient. Maintenant elles me fatiguent plutôt, – elles m'ennuient à partir d'un certain moment. Je n'aime plus à discuter parce que je ne veux convaincre personne – et sans discussion, sans cette volonté de combat, les discours sont beaucoup moins amusants et passionnants. De lire un livre

---

1. Dans le cadre de sa contribution à la Bibliotheca mundi.
2. Charles Vildrac (1882-1971), poète français.
3. Zweig accompagna ses parents en cure à Marienbad.

de sagesse comme ce sublime *Sadhâna* de Tagore me donne plus que mille conversations. Je m'intéresse seulement à l'humain dans les hommes, aux formes qu'il prend et enfante – leurs opinions proprement dites me sont peu intéressantes. Et en somme, – la conversation (excepté comme avec des *amis*) me fatigue plus qu'elle ne m'anime.

Dites donc à tous les amis français de venir *après* le 16 août, après l'école à Salzbourg, je serai *tout heureux* de les voir alors. C'était si beau avec Jouve à Florence parce qu'on a été seuls et pouvait se donner tout à fait un à l'autre. Je vous écrirai encore longuement ces jours-ci. Fidèlement

StZ

———❖———

A Romain Rolland [lettre en français]
Salzbourg, Kapuzinerberg 5
4 sept. 1921

Mon cher ami, depuis longtemps je ne vous ai pas écrit : d'abord il y avait les grandes vagues humaines (après la Sommer school commençaient les fêtes théâtrales) et puis je me suis tellement retrempé dans le silence que j'avais peine à en sortir. Il me faut toujours avant que je commence une œuvre plus large toute une atmosphère de silence et de tranquillité. Et j'espère maintenant commencer après des semaines et des semaines.

De tous les amis, seul Desprès [1] est encore ici :

---

1. Fernand Désiré Alfred Desprès (A. Desbois, 1879-1949), cordonnier anarchiste puis communiste et ami de Rolland.

je suis heureux que pour la première fois dans sa vie il se repose bien et reviendra assez rétabli. Nous avons tous eu énormément de sympathie pour lui du premier instant : il a une bonté tout à fait non européenne, une bonté silencieuse, russe, et un cœur d'enfant. Et il est si droit, si courageux en même temps. Quel malheur que dans la vie publique des personnages comme lui n'aient aucune influence : que ce soient toujours les ambitieux et les vaniteux qui occupent toutes les positions. Dans le socialisme avancé en France, il me paraît mériter le droit et l'autorité d'un chef par sa sincérité et son courage. Vous avez en France d'excellents hommes : seulement on ne les rencontre que par hasard. Le vieux cri de Jean Christophe « Balayez votre maison », il sonne encore dans mon cœur quand je vois de tels hommes.

Chez nous c'est la grande torpeur politique. L'assassinat d'Erzberger[1] n'aura aucun effet : le réveil du peuple ne dure jamais plus de huit jours. Puis la réaction recommencera. La haine contre Erzberger n'était d'ailleurs pas si violente parce qu'il signait le traité – c'est seulement le prétexte – mais parce qu'il était le partisan des grands impôts sur les fortunes. Et voilà le crime qu'on ne pardonne jamais – on ne l'a pas pardonné non plus à Caillaux[2] en France. Pour moi – je le dis toujours et je le répète toujours – tous les mouvements réactionnaires sont des efforts pour ne pas payer ou pour ne pas payer immédiatement (et non

---

1. Matthias Erzberger, premier ministre des Finances (centriste) de la république de Weimar, fut assassiné le 26 août par des membres d'une organisation d'extrême droite.
2. Joseph-Marie-Auguste Caillaux (1863-1944), ancien Premier ministre et ministre des Finances français accusé d'être un agent de l'Allemagne.

seulement à l'Entente [1], mais les impôts de l'Empire aussi). Je crois que nous commettons tous l'erreur de supposer aux gens dans la vie des motifs trop élevés, nous parlons encore du nationalisme, de l'orgueil – au fond, si on gratte bien, ce sont toujours les impôts qu'on ne veut pas payer. Personne ne veut liquider la guerre – ni la France, ni l'Allemagne [2]. Seule l'Angleterre pense à l'avenir. Et nous ne verrons plus un monde tranquille en Europe. Je ne m'en plains pas : j'ai la tranquillité personnelle et je regarde toutes ces convulsions, tous ces meurtres avec une pitié énorme, mais sans le sentiment qu'on puisse jamais empêcher les hommes de se faire du mal.

Toutefois je crois qu'il est nécessaire de se réunir de temps en temps. A Salzbourg la réunion a tout de même fait connaître beaucoup de personnes de mérite des différents pays. Maintenant il est question d'un grand congrès littéraire à Stockholm [3] auquel j'aimerais bien assister, pourvu qu'il soit vraiment international et pourvu qu'il aboutisse enfin à une revue fraternelle (je vois toujours Bazal[gette] comme l'idéal rédacteur en chef) en plusieurs, ou au moins en trois langues [4]. Nous tous qui avons maints journaux à notre disposition n'en avons pas un seul qui

---

1. Le terme désignait alors l'Entente cordiale entre la France et l'Angleterre.

2. En février et mars la France venait de conclure une alliance avec la Pologne, et la Pologne et l'Allemagne en étaient venues aux armes à propos de l'appartenance de la Haute-Silésie.

3. Sans doute le congrès inaugural du PEN-Club (association internationale d'écrivains) qui eut lieu à Londres en octobre 1921.

4. Zweig participa à la création de la revue *Europe* dont le premier numéro parut en 1923. Bazalgette en devint rédacteur en chef (avec René Arcos) en 1925.

soit le *nôtre* : nous sommes toujours hébergés soit par les socialistes, les bourgeois, les pacifico-démocrates, mais nous n'avons pas le *foyer européen*. Ce que Barbusse a détruit en tournant *Clarté* vers la politique de la violence, cela devrait être refait : et je n'abandonne pas l'espoir que cela se réalisera un jour. Et il est nécessaire que cette idée si nécessaire soit réalisée par *nous*, et pas une seconde fois par ceux qui ne sont pas assez Européens pour vouer à cet idéal durable tous les autres du jour et de l'heure.

De vos œuvres, bonnes nouvelles ! A Hambourg la critique était pour l'Allemagne assez raisonnable : il y avait une hostilité très sensible dans la presse teutonne contre le fait qu'on représente une œuvre française, une vive répugnance contre la tendance, un silence discret sur le très grand succès chez le public – mais d'autres théâtres reprennent la pièce. Le bon Rütten & Loening n'a pas encore commencé le tirage du *Clérambault* et pas encore fini le *Tolstoï* et *Au pays de la musique*[1]. Ils sont un peu pédants. Très honnêtes, mais très lents. Mon livre sur vous sera traduit en polonais et en suédois : l'édition américaine est prête et paraîtra enfin, enfin, comme Seltzer m'écrit de New York.

Vous m'avez rendu très heureux en me disant que votre nouveau roman avance si rapidement[2]. Je crois que la bonne tranquillité vous aidera beaucoup : vous n'êtes plus pressé comme pour *Clérambault* et pas exposé à de telles excitations – quelle belle œuvre aurons-nous à attendre ! Je suis déjà impatient, mais

---

1. Editions allemandes de *La Vie de Tolstoï* et *Le Voyage musical au pays du passé* de Romain Rolland.
2. Romain Rolland, *L'Ame enchantée*.

c'est le droit des amis – l'auteur doit avoir de la patience pour tous.

J'ai regretté beaucoup que Mademoiselle votre sœur se soit fatiguée autant. Elle n'avait pas ménagé ses forces et toujours dans l'excitation des autres on ne s'aperçoit pas de sa propre fatigue. J'espère qu'elle est déjà tout à fait rétablie et gaie – ce soir nous voulons aller au cinéma pour la voir avec Jouve, Nicolai, Jane Addams (on avait pris d'assaut les cinémas ici, heureusement sans ma belle présence). De Jouve j'ai une lettre de Paris : je suis heureux qu'il aille se stabiliser en France. Il a besoin d'un certain contact avec la vie, car à lui seul il vit trop dans la littérature à lui (et non celle de l'univers) et se donne trop facilement à son pessimisme. Puis il aura la joie de vous voir souvent – joie que je lui envie un peu. Il est vrai, j'ai l'intention de venir en mars en France pour 8 jours – mais c'est plutôt un rêve encore qu'une promesse.

Mes meilleurs compliments à Mademoiselle votre sœur et de tout mon cœur votre fidèle

Stefan Zweig

<o>

A Katharina Kippenberg [1]

Salzbourg, Kapuzinerberg 5
6 septembre 1921

Chère Madame, je voulais vous écrire depuis le jour où je vous ai malheureusement manquée à Leipzig :

1. Femme d'Anton Kippenberg et collaboratrice des éditions Insel.

mais vous n'imaginerez jamais dans quel tumulte j'ai été entraîné à mon retour. Pendant les semaines Reinhardt [1], Salzbourg se transforme en bourse à la littérature, en une foire théâtrale, une sorte d'université ambulante, et j'ai fini par en ressentir une fatigue sans égale à l'égard des gens. Rien ne me fatigue plus que les assemblées d'hommes : et le fait que ce fussent là les plus estimables qui aient afflué dans une simultanéité fatale n'a fait qu'augmenter mon état de tension.

Voilà pourquoi je ne peux vous parler qu'aujourd'hui de l'*Hélianthe* de Schaeffer [2]. Pour moi, Schaeffer reste l'une des forces poétiques les plus puissantes, un Samson, mais d'ores et déjà aveuglé, incapable de voir son chemin, qui avance sans repère, qui commence à perdre son rapport avec la réalité. Il y a pour l'artiste une valeur personnelle des détails, et une valeur absolue dans l'œuvre d'art, et chez Schaeffer, elles se mélangent totalement — il y a des conversations sur Stefan George [3], sur la peinture, qui sont intéressantes à table, et peuvent avoir quelque intérêt dans une correspondance privée, mais qui ne sont dans un roman que poids mort et remplissage ; je sais bien que Schaeffer peut se réclamer de Goethe, qui lui aussi greffait les éléments à l'aveuglette dans son *Wilhelm Meister* [4], qui, — osons le dire ! — rapporté à la grandeur de Goethe, est une aberration artistique qui n'a justement d'intérêt qu'en

---

1. La formule désigne le Festival de Salzbourg.
2. Albrecht Schaeffer (1885-1950), *Helianth*, Leipzig, 1920.
3. Stefan George (1868-1933), grand poète allemand.
4. Dans son *Wilhelm Meister*, roman de formation, Goethe voulait présenter la vie dans toute sa diversité, d'où une construction fort complexe.

vertu du prodige qu'est Goethe. Mais chez Schaeffer, on ne voit dans ce remplissage que du lest : il se suspend à l'attention et la tire vers le bas, au point que dès le deuxième tome (du moins chez moi) s'est développée une indifférence absolue à l'égard de la progression et de la complexification de l'intrigue. A cela s'ajoute encore un singulier contraste : on a l'impression que ce roman, qui exige du lecteur des trésors de patience et de calme, a été lui-même écrit par quelqu'un d'impatient et d'agité. Ainsi, il ne se produit pas ce qui est si apaisant dans l'*Arrière-saison* de Stifter [1], ce glissement de la nervosité d'un individu vers la tranquillité supérieure, fraîche et sylvestre d'un maître. Le livre (en dépit de toute admiration ponctuelle) m'a fatigué, énervé, mais ne m'a pas distrait. Pourquoi ne pas l'avouer ouvertement ? Mais malheureusement, Schaeffer semble se faire confiance toujours davantage, faire montre envers lui-même d'une impatience toujours plus grande, cheval et cocher à la fois. Sa rapidité a quelque chose de démonique, comme celle de Pannwitz (en qui vit véritablement un génie), mais elle semble se dépasser elle-même, et dépasser les bornes : je trouve cela terrifiant et beau à la fois, de voir l'artiste consumé par la *furor*.

Je vous remercie de votre approbation pour ma nouvelle *Les Yeux du frère éternel* [2] ; votre époux m'en a fait part en même temps que de votre objection. Vous avez raison : je ne suis pas tout à fait clair à la

---

1. Adalbert Stifter (1805-1868), *Der Nachsommer*, roman de formation dans la lignée du *Wilhelm Meister*.
2. La nouvelle de Zweig avait été publiée dans la *Neue Rundschau* en mai 1921.

ligne où le roi, piqué dans son orgueil, propose à Virata de garder les chiens. Il ne présuppose jamais que Virata pourrait se charger de cette tâche insignifiante, et ne pense pas lui imposer cette humiliation – il ne cherche qu'à l'induire en tentation. Mais Virata se charge justement avec le plus grand plaisir de cette tâche subalterne auprès des animaux. Je clarifierai cela d'une ligne unique si la nouvelle paraît – enfin ! – dans la Bibliothèque Insel. Mes autres nouvelles récentes [1] s'acheminent elles aussi vers leur achèvement : je peux enfin, après des années, me recueillir, et même reprendre lentement les poèmes que j'ai rangés dans une armoire depuis dix ans sans jamais y toucher. Peu à peu, les tensions cèdent : un équilibre se dessine, comme dans le monde, en chaque individu. L'équilibre est différent d'autrefois, les poids qui sont en jeu sont différents : mais c'en est fini de cette exaspérante, de cette déconcertante oscillation.

J'ai envoyé aujourd'hui à Insel la préface au volume de prose de Verlaine. Cet autre livre qui doit sortir est donc lui aussi achevé ; j'espère maintenant pouvoir sortir quelque chose de moi, au lieu de sortir des livres. L'automne sera calme, en novembre je pars (via Leipzig) pour Berlin, où je veux à nouveau vivre 15 jours de grande ville, de théâtre, de concerts, de vie en société, pour revenir ensuite en moi-même. J'irais volontiers à Hambourg aussi : la mer me manque tellement.

Sincères salutations encore à vous et à vos fillettes (ou plutôt aux jeunes dames), votre fidèlement dévoué

Stefan Zweig

---

1. Il s'agit du recueil *Der Amokläufer*, Leipzig, 1922.

P. S. : Vous avez bien reçu, j'espère, l'article sur Dante pour l'Inselschiff (octobre) [1] ?

———◇———

A Erwin Guido Kolbenheyer [2]

Salzbourg, Kapuzinerberg 5
3 octobre 1921

Cher Kolbenheyer, je te remercie du fond du cœur pour la deuxième partie du *Paracelse* [3] – elle ne m'a pas déçu, et cela veut dire beaucoup, car après cette amorce sublime, je m'attendais à quelque chose de déterminant. Je ne connais pour ainsi dire pas de portrait intellectuel allemand qui soit de ce niveau : avec cette œuvre, tu t'es hissé jusqu'au premier rang, et il n'est pas de retour possible. Ta démarche tranquille et imperturbable a quelque chose d'exemplaire et de formateur : ce serait pour une génération très jeune et par trop impatiente la plus parfaite des écoles artistiques [4]. Permets-moi maintenant de te dire ce qui pour moi personnellement allait à l'encontre de la vision intérieure (*personnelle*) que j'ai de *mon* Paracelse – je te sais suffisamment lucide pour ne pas voir

---

1. Zweig rédigea un article sur Dante à l'occasion du sixième centenaire de sa mort.
2. Erwin Guido Kolbenheyer (1878-1962), écrivain autrichien.
3. Trilogie romanesque de Kolbenheyer (Munich, 1917-1926).
4. Ce texte est aujourd'hui considéré comme caractéristique de l'esprit « völkisch » qui marqua la littérature du Troisième Reich.

là une critique ou une réserve, mais une confrontation en esprit d'images intérieures. Ton Paracelse ressent le monde comme tragique, mais pas son art : ce moment faustien où il dut ressentir sans cesse les insuffisances de la médecine (qu'elle était pauvre à l'époque, et combien fragmentaire encore aujourd'hui...) et sentir qu'étaient encore en devenir des forces, des connaissances originelles que lui, l'individu, ne connaît pas encore. Tu l'as toujours présenté comme celui qui guérit – j'aimerais bien (peut-être dans le prochain tome) le voir dans un cas où il ne parvient pas à guérir, en cette atroce seconde où l'artiste ne peut maîtriser la matière. Tu le dépeins si magnifiquement comme le *non-magicien*, le non-enchanteur (tu as même étrangement renoncé à décrire le magnétisme hypnotique qui émanait de lui, les cures de voyance...)... c'est justement pour cela qu'il devrait faire l'expérience tragique des *limites* de la science. Autrefois, j'ai été très tenté de devenir médecin, et seule l'idée de ne pas pouvoir aider m'a retenu, l'impuissance ponctuelle du savant devant la vie. La résistance du monde n'est pas tragique pour le savant, parce qu'il s'y attend – la résistance de l'esprit, de la nature, elle, ne cesse jamais d'ébranler, en particulier ceux qui s'approchent de la nature avec autant d'amour que le fait ton Paracelse.

Je suis profondément curieux de la façon dont ton troisième tome bouclera la boucle : j'espère que tes recherches te ramèneront à Salzbourg [1]. Récemment, je suis resté longtemps auprès de sa tombe, et je me suis dit que le monument que tu ériges durera

1. Paracelse mourut à Salzbourg en 1541.

peut-être plus longtemps qu'elle. Tu y as véritablement mis ce que tu as de mieux.

J'espère trouver bientôt l'occasion d'écrire quelque chose là-dessus, bien que j'attende encore la conclusion pour faire quelque chose de décisif. A ce propos, je te demanderais un service : j'ai perdu le premier tome en Suisse, peut-être que Müller [1] peut me l'envoyer à nouveau ou peut-être voudras-tu le faire. Je te le revaudrai volontiers avec ceux de mes livres que tu n'as pas – le *Jérémie* et les *Trois Maîtres*, auxquels j'attache beaucoup d'importance, tu les as certainement, mais il y a encore toute une série d'autres textes. Et au printemps paraîtra un cycle dont l'unité se joue sur le plan psychologique.

Reçois donc, mon cher ami, mes félicitations *les plus sincères*. Tu aurais bien mérité de te reposer après un travail si abouti – mais je te souhaite justement une énergie redoublée, et des moments productifs.

Bien affectueusement, ton vieux

Stefan Zweig

La description de l'université italienne est proprement fabuleuse [2] ! Inoubliable ! Et, de façon générale, quel art pour peindre les situations historiques !

———◦———

1. Les éditions munichoises Georg Müller.
2. Dans son livre, Kolbenheyer dépeint le milieu universitaire de Ferrare.

A Friderike Maria Zweig
           Au Café du [en-tête] Central-Hotel/Berlin
                    Dimanche [20.11.1921]

Chère Fritzi, je trouve enfin le temps de t'écrire ce
dimanche soir dans un café. Autour de moi, cela
grouille de gens et de choses, et puis il y a le théâtre
tous les jours, et la surprise de trouver Victor [1] ici.
Hier, je suis allé chez Harden [2] – longues conversations très riches d'informations, aujourd'hui j'ai passé
deux heures chez Rathenau qui revenait juste de
la Commission des Réparations [3] : j'étais véritablement ému qu'il me consacre son temps et me parle
si longuement et ouvertement. Ajoute à cela la ville
bruyante, criarde, fatigante, qui me fatigue autant
qu'elle me rebute.

    Ah, tout ce monde que j'ai vu déjà... : Fischer [4],
Kahane [5], la femme et la fille de Handl [6], des acteurs,
des écrivains, et pourtant, on commence à peine à
savoir que je suis là. Mais tout cela est vivifiant et ne
fatigue pas le moins du monde. Reçu de Kaemmerer [7]

---

1. Victor Fleischer.
2. Maximilian Harden (Maximilian Ernst Witkowski,
1861-1927), acteur puis journaliste berlinois.
3. Walther Rathenau (1867-1922) était alors ministre de la
Reconstruction et dirigeait la délégation allemande à la Commission des Réparations. Il venait de signer avec la France le Traité
de Wiesbaden.
4. Samuel Fischer.
5. Arthur Kahane (1872-1932), dramaturge allemand, assistant de Max Reinhardt.
6. Willi Handl (1872-1921), écrivain, journaliste et critique
autrichien.
7. Ami Kaemmerer (1861-1926), homme d'affaires hambourgeois et vieil ami de Zweig.

une lettre touchante, il va mal, peut-être que j'irai tout de même.

Maintenant, quelque chose qui va te faire rire. J'éprouve pour la ville un si étrange sentiment d'hostilité malgré toute mon estime, que je sens que je ne *peux* pas donner de conférence ici. Cela m'écœure. Et demain, je ferai la coûteuse démarche, et j'essaierai de décommander, de rembourser leurs frais aux gens. Il faut que j'offre ce luxe à mon sentiment : je ne veux plus parler que devant des amis. De plus, c'est mal organisé, le directeur lui-même ne sera pas là – cela me répugne, cela me répugne de parler devant les gens. Espérons que j'arriverai à décommander ! Ne te moque pas, je t'en prie, de l'effet si étrange qu'a sur moi cette ville, mais je ne *peux* véritablement pas me forcer, j'éprouve un choc émotionnel devant cette ardeur et cette émotivité prussiennes en dépit de toute l'estime intellectuelle que je ressens. Et puis – j'ai beaucoup de connaissances ici, mais combien peu d'*amis* (Camill[1] part demain à Prague pour 4 jours). Je trouverais plus convenable de ma part d'aller rendre visite à mon cher ami malade à Hambourg que de donner une conférence ici devant une poignée de snobs. Je n'ai pas besoin de prétexte pour justifier ma présence ici, je sens que j'avais besoin d'un intermède de ce type. Mais je ne peux pas respirer ici sur la durée : l'aspect mercantile (jusque dans le domaine de l'éros) m'écœure, il y a *trop* d'oxygène dans l'air.

A part ça, je me sens on ne peut mieux, léger,

---

1. Camill Hoffmann (1878-1944), journaliste autrichien et vieil ami de Zweig, alors attaché de presse de l'ambassade de Tchécoslovaquie à Berlin.

jeune, infatigable, vivifié, excité et gai, même la toux se dissipe peu à peu. Porte-toi bien, je me réjouis aussi de rentrer à Salzbourg – ce n'est que dans de tels intermèdes que l'on apprend à apprécier la tranquillité.

Bien affectueusement à toi, aux enfants, aux amis, ton

Stefzi

———◦———

A Friderike Maria Zweig
[Berlin, non datée ; vraisemblablement 25 novembre 1921]

Chère Fritzi, je suis allé hier soir chez Fischer [1] où Heymann [2] a fait sa première apparition à Berlin depuis un an. Il a parlé très très cordialement de toi et m'a demandé de te saluer bien des fois, de même que Monsieur et Madame Fischer. Le repas était somptueux, du pur Berlin W. [3], 6 plats différents, avec pour compagnie Jessner, le directeur [4], Wassermann [5]

---

1. Samuel Fischer.
2. Moritz (1868-1925), lecteur aux éditions Fischer, il s'était occupé des relectures du roman de Friderike.
3. Berlin Wilmersdorf, quartier bourgeois et résidentiel de l'ouest de Berlin.
4. Leopold Jessner (1878-1945), metteur en scène et directeur de théâtre berlinois.
5. Jakob Wassermann (1873-1934), écrivain autrichien et ancien correspondant de Zweig qui avait écrit un essai sur son œuvre et avec qui il s'était brouillé.

(ma bête noire !), et plus tard Rathenau et Kerr[1]. Plutôt réussi dans l'ensemble, bien que je déteste ce type d'invitations qui par-dessus le marché te prennent 8 heures tout compris avec les trajets.

Je n'ai toujours pas fait mon intervention pour le Staatstheater[2] aujourd'hui vendredi, mais cela va enfin venir. Je me sens très bien ici, et je suis parfaitement d'accord avec Hofmannstahl quand il dit qu'il y a ici un air stimulant — en fin de compte, il émane de l'atmosphère toutes les qualités de la race. Je suis allé aussi chez Busoni[3], à dire vrai avec un sentiment mitigé : cet homme extraordinaire est assiégé par une coterie d'admiratrices qui l'encensent comme le père Liszt[4] en son temps. Sinon, beaucoup de gens encore qui défilent devant toi à toute allure comme les perches télégraphiques le long d'un train qui passe — ah, cette vitesse à Berlin, pas seulement dans les affaires, il faudrait que tu voies dans le tramway la rapidité des transactions érotiques. On va droit au but en deux temps trois mouvements, sans préambule. Comme dans un manège, on prend plaisir à la vitesse, plaisir et nausée à la fois.

Je reste sans doute jusqu'à lundi soir ici, je compte partir mardi pour Leipzig et Dresde, serai mercredi ou jeudi à Vienne, samedi, dimanche ou lundi à Salzbourg. Quant aux conférences à Brünn

---

1. Alfred Kerr (1867-1948), journaliste allemand critique de théâtre.

2. Il s'agit d'une conférence au profit de la Russie. Zweig y parla de Dostoïevski.

3. Ferruccio Busoni (1866-1924), compositeur et pianiste germano-italien.

4. Franz Liszt (1811-1886).

etc., je n'en rêve pas la nuit. Je t'en prie, ne sois pas impatiente de revoir ton

Stefzi

Tout le monde salue bien Metzen[1], les Fischer etc. et je n'en pense pas moins. Salue-le et salue tout le monde

—◦—

A Ludwig Marcuse[2]

Salzbourg, le 28 décembre 1921

Cher Monsieur,

Le choix est très difficile pour moi, et je ne pourrai certainement pas écrire sur les *Nouvelles et romans* de Gerhardt Hauptmann[3], car je ne me sens absolument aucun lien personnel avec *Atlantis* et certaines autres pièces. Ce qui me séduirait le plus serait justement une non-spécialisation, une évocation de son personnage non littéraire, de son personnage d'écrivain dans le monde allemand : je pense, pour m'exprimer plus clairement, à la manière particulière dont il incarne, de façon diamétralement opposée aux autres écrivains antérieurs et contemporains, le type même de l'écrivain en Allemagne. Je voudrais montrer dans quelle mesure c'est là un type nouveau,

---

1. Friedrich Metz.
2. Ludwig Marcuse (1894-1971), historien de la littérature et essayiste.
3. Marcuse préparait un volume de mélanges en l'honneur du 60e anniversaire de l'écrivain allemand Gerhardt Hauptmann.

montrer en quoi il se rapproche dans sa façon de vivre d'autres genres d'écrivains du passé. Ce serait là tout le contraire d'une spécialisation, une somme au sens le plus noble du terme, qui n'ait pas pour objet l'œuvre de l'écrivain, mais son personnage d'écrivain tout entier. J'ai tout cela en tête de façon très précise, si ce n'est que pour l'instant, il me manque encore le titre. Peut-être réussirai-je à en trouver un et à vous faire alors une proposition plus précise. Vous comprenez sûrement à peu près ce que je veux dire : il ne s'agit pas d'essayer de montrer ce qu'il a écrit, mais de montrer en quel sens c'est un personnage en tant qu'écrivain [1].

Avec les salutations cordiales de votre dévoué

Stefan Zweig

---o---

A Raoul Auernheimer [2]

Salzbourg, le 31 décembre 1921

Cher ami,

Je me réjouis presque que vous aussi ayez votre dilemme et que nous puissions désormais mieux former un front uni [3]. Bien entendu, toute action

1. Zweig publia un article en ce sens dans un numéro spécial de la *Neue Rundschau*.

2. Raoul Auernheimer (1876-1948), essayiste, dramaturge autrichien, journaliste à la *Neue Freie Presse*.

3. Le gouvernement français avait organisé pour le tricentenaire de la mort de Molière une célébration officielle à laquelle avaient été conviés des intellectuels autrichiens mais aucun allemand. L'affaire prit un caractère diplomatique. Hugo von Hof-

isolée de l'un d'entre nous est pénible pour chacun – je ne suis pas bien informé pour Bahr, à ce que j'en sais, il a accepté, en nourrissant secrètement l'idée de se dédire s'il reste isolé, tandis que pour ma part, j'ai d'emblée soutenu la position que vous savez. Je crois en tout cas que personnellement je n'irai en aucun cas, je me sens trop inquiet vis-à-vis de toutes les éventualités pénibles que je prévois, et qui pourraient même faire de nous du jour au lendemain des officiers de l'Académie. Ma situation est encore nettement plus difficile que la vôtre dans la mesure où je dois fidélité à mes amis parisiens, qui, en tant qu'internationaux, sont dans l'opposition, et pour moi, un voyage parisien marqué par les soucis et la mauvaise conscience ne vaut pas une messe. Pour vous, la situation est sensiblement plus facile ; vous êtes plus proche de Molière en esprit, et je me contenterai de vous conseiller de rester en retrait si vous n'avez pas Hofmannstahl, Schnitzler et Bahr à vos côtés. Si nous autres Autrichiens n'occupons jamais là-bas que le second rang, il faut du moins que ce second rang soit de première qualité, absolument représentatif et irréprochable : la présence d'Hofmannsthal et de Schnitzler me semble absolument indispensable.

Vous observerez, cher ami, dans cette décision de ma part, une certaine détermination à ne pas partir qui tranche avec mes doutes antérieurs, mais il s'est déjà passé suffisamment de temps sans que je sois parvenu à déterminer plus précisément si l'Allemagne

---

mannsthal, Arthur Schnitzler, Hermann Bahr et Stefan Zweig décidèrent de décliner l'invitation. Raoul Auernheimer et Anton Wildgans s'y rendirent à la demande du gouvernement autrichien.

est impliquée ou non. Avec ces hésitations et ces cachotteries, toute l'affaire a pris un tour si politico-diplomatique qu'il ne s'agit plus d'une véritable manifestation artistique – pour dire les choses ouvertement, il faudrait aujourd'hui que je me force pour faire ce qui, il y a 15 jours encore, exerçait sur moi un certain attrait. Si je puis me permettre de vous donner un conseil, ce serait de chercher le contact avec Hofmannstahl, et de décider avec lui. Je vais sonder H. Bahr dans l'intervalle, et je vous écrirai ou vous télégraphierai aussitôt sa position.

Cette lettre vous apportera au bon moment mes vœux de bonne année, que je vous prie de transmettre aussi à votre chère femme. En ce qui concerne cette affaire, je me contente de vous souhaiter d'accomplir avec joie et intérêt ce dont vous aurez décidé.

Bien cordialement et fidèlement, votre

Stefan Zweig

◦───◦───◦

A Erwin Guido Kolbenheyer
Salzbourg, le 31 décembre 1921

Cher ami,

Bien entendu, je vois suffisamment l'importance de l'affaire pour t'écrire aussitôt et te dire en toute clarté ce que j'en pense. Dans l'absolu, je suis certain que les éditions Insel attacheraient beaucoup de prix à ta présence chez eux [1] ; il reste que pour l'heure, le

---

1. Kolbenheyer songeait manifestement à quitter les éditions Georg Müller pour Insel.

moment est on ne peut plus mal choisi, et ce, non parce que les éditions Insel vont mal, mais parce qu'elles vont trop bien. Avec les ventes invraisemblables de Noël de cette année, plus de la moitié de tous les livres des éditions Insel sont épuisés, ils ne savent plus comment s'en sortir et ont restreint tous les projets de façon draconienne. Je ne sais d'ailleurs pas si les éditions Insel, en dépit de leur qualité, sont très indiquées pour la publication de romans. Elles n'ont pas de force de propulsion suffisante et font certes progresser leurs livres, mais trop lentement, et y mettent des années.

Mais par chance, j'entretiens aussi de très bons contacts avec les trois autres grands éditeurs qui seraient envisageables, et je pourrais écrire très discrètement à celui qui t'intéresse le plus. A mon sens, le mieux pour toi serait Rütten & Loening : ils ont peu de livres, Bonsels [1], Rolland, mais ils les mettent très bien en valeur et aimeraient beaucoup (nous en avons parlé un jour) faire affaire avec un romancier allemand vraiment important. A mon sentiment, c'est là que tu serais le mieux, y compris du point de vue matériel, car ces gens sont généreux, très riches, et ils s'engagent passionnément pour chacun de leurs rares auteurs. Jette un œil à leur catalogue, et je crois que tu te rangeras à mon point de vue. Ce n'est pas une bonne chose que d'être chez un éditeur qui a beaucoup d'auteurs.

Mais je pourrais tout aussi bien te recommander à S. Fischer ainsi qu'à Kurt Wolff, et mon intervention t'épargnerait le sentiment pénible de devoir

---

1. Waldemar Bonsels (1880-1952), écrivain allemand.

proposer toi-même tes services, ce qui ne cadre vraiment pas avec ta valeur et ta position.

Bien entendu, je suis tout à fait prêt également à parler de toi chez Insel, mais comme je l'ai dit, ce n'est pas l'état d'esprit qui t'y est défavorable (en aucun cas !), mais seulement le moment. Ecris-moi tout de suite et fais-moi entièrement confiance pour m'occuper de tes affaires mieux encore que des miennes.

Bien affectueusement à toi, ton vieux

Stefan Zweig

———◦———

A Raul Auernheimer

Salzbourg, 12 février 1922

Cher ami, je viens d'apprendre le terrible malheur qui a frappé la famille de votre beau-frère F[rankfurter] [1]. – C'est tellement atroce que je crains de ne faire que raviver ce douloureux souvenir en m'adressant à lui directement. Vous savez combien j'apprécie votre belle-sœur et votre beau-frère – peut-être trouverez-vous l'occasion de leur dire que mon silence n'exprime pas l'indifférence, mais bien le contraire.

Je n'ai pas lu la *N[eue] F[reie] P[resse]* tous les jours. Votre compte rendu sur Paris m'a-t-il échappé, ou ne l'avez-vous pas écrit [2] ? Vous me raconterez

_____

1. Le fils aîné d'Albert Frankfurter et de la sœur d'Auernheimer avait été renversé par un tramway et gravement blessé. Leur second fils s'était suicidé à la même époque.

2. Il s'agit d'un compte rendu des festivités du tricentenaire de la mort de Molière à Paris.

bientôt l'essentiel, je viens à Vienne dans 8 jours et vous y rendrai visite aussitôt.

J'aurais aussi un service à vous demander. Je dois diriger une édition choisie des essais de Sainte-Beuve que l'on envisage de publier avec des traductions d'artistes de premier plan. J'espère que vous vous laisserez convaincre de traduire un ou deux textes – c'est incroyable ce que l'on apprend en traduisant un maître de l'essai [1].

Croyez en mon amitié fidèle,

Stefan Zweig

—◇—

A Ida Dehmel [2]

Salzbourg, Kapuzinerberg 5
[21 février 1922]

Chère Madame, je viens de lire les merveilleuses lettres de Dehmel [3] et je voudrais vous féliciter personnellement de la subtilité et de la finesse extraordinaires dont vous avez fait preuve dans le choix et la présentation de ces lettres. Il n'y a pas là la moindre dissonance, pas la moindre indiscrétion, rien d'intrusif ni d'inutilement pointilleux – nous avons devant nous, pur et complet, le portrait du révéré poète ; je sais combien il est rare dans ces volumes

---

1. Charles Augustin Sainte-Beuve, *Portraits littéraires*, Paris, 1844. Auernheimer en traduisit une partie.
2. Ida Dehmel (1870-1942), épouse de l'écrivain Richard Dehmel.
3. Ida Dehmel avait publié un choix de lettres de son mari.

de correspondance que l'on parvienne à un choix si heureux, qui soit représentatif sans pourtant être blessant pour qui que ce soit ! Recevez amicalement mes remerciements cordiaux et mes félicitations sincères !

Votre dévoué
Stefan Zweig

21 février 1922

<hr />

A Ludwig Marcuse

Salzbourg, le 1er mars 1922

Cher Monsieur,

A mon grand regret, je dois malheureusement vous dire qu'il me sera impossible de vous remettre le manuscrit [1] dans les temps, et même de vous le faire parvenir en ce mois de mars. J'ai été inopinément averti que j'aurai à me rendre en France pour 15 jours pour une certaine affaire [2]. Je reviens tout juste de Vienne pour cette même histoire [3] et je devrai peut-être y retourner dans une semaine ou deux, de sorte que tout ce que je pourrais dire dans l'intervalle ne pourrait avoir qu'un caractère trop provisoire, qui ne ferait que nuire à l'importance de votre œuvre. Or je préfère n'être pas du tout représenté plutôt que par

---

1. Il s'agit de l'essai sur Gerhardt Hauptmann.
2. Zweig avait été invité en tant que membre *honoris causa* à la création du Cercle littéraire, futur PEN-Club français.
3. Zweig devait se procurer les papiers nécessaires à son voyage.

une contribution de piètre qualité. Vous comprendrez bien que pour une occasion si significative on ne peut produire qu'une contribution véritablement significative, à défaut de quoi on passerait totalement à côté du sens et du dessein de l'œuvre.

Je suis réellement désolé que cette affaire importante se soit interposée, mais je vous prie de ne pas me tenir rigueur de cette défection qui n'est due qu'à la nécessité.

Avec mes compliments,

Stefan Zweig

—◦—

A Franz Karl Ginzkey

Salzbourg, le 13 mars 1922

Cher ami,

Merci beaucoup de ta lettre et de l'information que tu m'y transmets. Malheureusement, je ne peux accéder au désir du Pr Nabl[1] : je n'ai plus qu'une envie, celle de me dédire de tous les comptes rendus de livres, et même de toute lecture de livres dans les prochains temps pour me concentrer sur mon propre travail, et je refuse maintenant d'emblée toutes les propositions et les invitations que l'on m'adresse. A toi, je n'ai pas besoin de donner davantage d'explications. Tu sais bien combien c'est difficile pour nous de nous défendre contre toutes ces distractions et ces sollicitations venues de l'extérieur.

Je pense partir dimanche à l'ouest pour environ

---

1. Franz Nabl (1883-1974), écrivain autrichien.

deux semaines, je serai de retour début avril et resterai alors ici plus ou moins sans interruption jusqu'à l'été. J'espère que nous pourrons alors enfin nous voir plus souvent et plus longtemps.

Bien affectueusement à toi,

Stefan Zweig

—◇—

Aux éditions Insel, Leipzig

Salzbourg, le 16 mars 1922

Je vous adresse aujourd'hui en recommandé la dernière partie de l'*anthologie italienne* pour la « Bibliotheca mundi ». Le manuscrit est désormais complet. Mais comme l'organisation et la répartition ne pourront se faire qu'une fois que l'ensemble de l'ouvrage sera composé, nous nous en tenons à ce qui avait été convenu précédemment : les différentes contributions doivent être imprimées sous forme de placards et être d'abord corrigées sous cette forme, pour ne pas occasionner de frais de correction supplémentaires au moment de la mise en page. Les corrections sont à envoyer à M. Joseph Gregor [1], Vienne I., Bibliothèque nationale.

Dans ce second manuscrit, par souci de rapidité, un grand nombre de feuillets ne sont pas tapés à la machine mais rédigés à la main ; ils me semblent tout à fait lisibles, mais réclament néanmoins un correcteur qui connaisse quelque peu l'italien. Je ne doute

---

1. Metteur en scène et écrivain autrichien.

pas que vous n'en disposiez évidemment d'un à l'imprimerie de Leipzig[1].

Avec les compliments de votre très dévoué

Stefan Zweig

———— ◖◗ ————

A Fritz Adolf Hünich[2]

Salzbourg, le 9 mai 1922

Cher Monsieur,

Je reçois à l'instant les deux volumes de Verlaine que vous avez eu l'amabilité de m'envoyer, et je tiens à vous remercier personnellement de toute la peine que vous vous êtes donnée pour ce livre. J'écrirai ce matin au Professeur Kippenberg. Cela a l'air irréprochable, et si j'avais su que cela prendrait tant de retard, il m'aurait été possible d'envoyer les corrections à chacun des auteurs[3]. Il se peut donc que deux ou trois fautes de frappe se soient glissées dans les poèmes – Albert Schaeffer s'en est plaint, mais pour ce livre, tout a été considérablement compliqué par le fait que j'ai eu les manuscrits entre les mains pendant huit ans, et qu'après la guerre, je n'ai pas toujours retrouvé les auteurs. Je crois tout de même qu'on peut considérer l'ouvrage comme une édition exemplaire d'un poète lyrique.

---

1. Les éditions Insel faisaient imprimer la plupart de leurs livres par Poeschel & Trepte à Leipzig.

2. Fritz Adolf Hünich (1885-1964), germaniste et poète autrichien, collaborateur des éditions Insel.

3. Il s'agit des traducteurs.

Pour l'*Inselschiff*, je vous prierais de ne pas oublier mon poème [1], et je vous conseillerais aussi de reprendre dans le premier recueil de prose de Verhaeren l'inoubliable portrait de lui – une gravure sur bois – par Masereel [2]. N'oubliez pas non plus les poèmes de Novalis [3] dont je sais qu'ils sont chez vous en de bonnes mains comme tous mes manuscrits, et recevez les sincères salutations de votre cordialement dévoué

Stefan Zweig

————◇————

A Rudolf Pannwitz

Salzbourg, Kapuzinerberg 5
[non datée ; vraisemblablement 15 mai 1922]

Cher Monsieur, je tiens à vous transmettre mes excuses en même temps que la brève présentation de votre livre [4] : j'ai des pages et des pages de notes et de citations sur vous. Et comme toujours lorsqu'il s'agit de commencer, je ne fais que raturer : je sens que cela n'est pas mûr. C'est ainsi que j'en suis arrivé à cette présentation provisoire qui ne prétend à rien

---

1. Aucun poème de Zweig ne parut dans le numéro de l'*Inselschiff* cette année-là.

2. Frans Masereel avait réalisé un portrait de Verhaeren pour l'édition originale de son recueil *Cinq récits* (Genève, 1920).

3. Il s'agit de trois poèmes de jeunesse inédits de Novalis que Zweig avait prêtés aux éditions Insel pour qu'ils soient publiés dans la revue *Inselschiff*.

4. Zweig avait écrit un article sur Pannwitz dans la revue *Literrisches Echo*.

d'autre qu'à mettre au point le *ton* sur lequel il faudra un jour enfin parler de vous, et inviter le jeune homme que vous êtes à se consacrer *entièrement* à son œuvre.

Je suis allé récemment à Paris. Nous préparons beaucoup de choses qui me prennent tout mon temps – une grande revue européenne en français surtout, pour laquelle je compte beaucoup sur vous [1]. J'ai moi-même été le principal partisan de ce que la revue européenne ne paraisse *pas* en allemand : les personnes déterminantes en Allemagne ne pourront avoir d'influence *mondiale* que si leurs idées pénètrent dans le monde anglo-saxon et latin – j'ai sacrifié des semaines à ces efforts (« ingrats » au sens propre du terme) ; je m'éveille enfin à nouveau à moi-même.

J'ai tant senti la présence de votre maison, de votre monde méridional dans les vers [2] ! Puisse-t-il, ce monde, nous emplir, vous emplir et emplir tout votre vouloir ! Avec toute l'estime de votre dévoué

Stefan Zweig

———◇———

A Romain Rolland [lettre en français]
Salzbourg, 17 juin 1922

Mon cher et grand ami, j'ai mauvaise conscience de vous écrire si rarement. Mais comme je suis maintenant obligé d'aller tous les mois pour une semaine

---

1. Pannwitz ne collabora jamais à la revue *Europe*.
2. Sans doute le recueil de Pannwitz *Das Geheimnis*, Munich-Feldafing, 1922.

à Vienne [1], le mois n'a pour moi plus que vingt jours et ceux-là sont remplis de travail et de différentes choses. La vie en Autriche est tellement compliquée : on est mêlé à la vie des affaires sans le vouloir, étant donné que le mark vaut un jour 50 couronnes et le jour prochain 25. L'inconstance de l'argent trouble la vie quotidienne. Moi pour ma part je n'en souffre pas personnellement, j'en ai plus que je n'en ai besoin, mais on sent cela transpirer par les portes closes de la maison. Il faut faire de grands efforts pour se conserver l'esprit clair et pour pouvoir se concentrer.

Clérambault paraîtra enfin, ma biographie est presque épuisée [2], les premiers 10 000 sont vendus, on imprimera une nouvelle édition. Aussi mes autres livres marchent très bien, et j'espère que mon nouveau livre [3], qui paraîtra dans deux mois, aura ce même succès large et en même temps non bruyant comme les derniers. Je déteste d'avoir des succès subits et tapageurs : et je sais gré à l'Allemagne qu'on puisse se former là-bas lentement un public sûr et attentif. Le vôtre est très, très grand – *Michel-Ange* [4] a des tirages de 60 000 en deux ans !

Je n'entends rien de Colin [5] à propos de la revue : je crains qu'il n'ait trouvé des difficultés. Pour ma part j'ai fait tout le possible.

---

1. L'état de santé de ses parents s'étant dégradé, Zweig leur rendait fréquemment visite à Vienne.

2. Il s'agit du livre de Zweig sur Rolland.

3. Le recueil *Der Amokläufer*.

4. Il s'agit de la traduction allemande de *La Vie de Michel-Ange* de Romain Rolland (Paris, 1906).

5. Paul Colin (1890-1943), écrivain et traducteur belge. Il s'agit sans doute ici de la revue *Europe*.

Je suis heureux de vous savoir tranquillement installé à Villeneuve et j'espère que la solitude sera protectrice pour votre roman[1] et efficace pour votre santé. J'aimerais aussi passer cet été tranquillement, mais je crains que ce ne soit pas possible : d'abord les voyages à Vienne, puis les fêtes de Reinhardt et Richard Strauss à Salzbourg qui m'obligent à déménager pour 15 jours parce que je hais ces foules et le tapage littéraire. Peut-être que je réussirai à venir à Varèse[2] – je n'ose plus rien promettre, ma vie ne m'appartient plus.

Est-ce que vous connaissez le romancier anglais *Lawrence (Sons and Lovers, The Rainbow)*[3] ? Je le lis maintenant attentivement : il est étonnant par sa psychologie, sans doute l'observateur le plus vrai que les Anglo-Saxons aient eu depuis longtemps. Seulement il est un peu long, un peu sec, et ses milieux peu attrayants. A mon avis, il représente bien l'Angleterre en ce moment. J'ai lu aussi un excellent critique : Eliot[4]. J'ai plus d'intérêt que jamais pour tout ce qui se passe en dehors de l'Allemagne : je collabore aussi à de grandes revues américaines qui m'ont invité (j'ai eu l'impression très drôle de recevoir pour mon essai sur Dickens dans les *Trois Maîtres*, qui m'était payé autrefois 250 couronnes à peu près un million de couronnes pour le droit de traduction).

Les amis de France m'écrivent quelquefois : je

---

1. *L'Ame enchantée*.
2. Rolland se rendit en 1921 et 1922 à Varèse, en Lombardie, où avaient lieu les rencontres musicales internationales.
3. David Herbert Lawrence (1885-1930), *Sons and Lovers*, Londres, 1913.
4. Thomas Stearns Eliot (1888-1965), poète et dramaturge anglo-américain, prix Nobel 1948.

vois peu de changement dans leurs efforts. Ils tiennent
bien – mais ils tiennent un peu trop bien, ils ne se
transforment pas. Et le monde, les idées se remuent
comme jamais. Je suis souvent désolé de la timidité de
notre littérature : Balzac, s'il pouvait renaître, ce qu'il
aurait fait de notre époque ! Vingt romans, une
épopée ! Vous êtes le seul qui pourrait l'accomplir !
J'ai peur que l'histoire ne sache rien de la vie *véritable*
d'aujourd'hui : elle ne décrira que les batailles et les
conférences. Mais l'esprit d'un peuple – celui de
l'Autriche, de l'Allemagne – *après* la défaite, avec ces
mille nuances et différences, comme cela serait notre
devoir ! J'ai grande envie de vous revoir : il faudrait
expliquer toute cette vie anormale chez nous, où la vie
se double en intensité par la danse sur l'abîme et où
en même temps le manque de foi et d'espérance
étouffe l'âme des meilleurs ! Peut-être que je viendrai
en automne : j'ai des offres de conférences en Suisse
et cette fois je ferai de mon mieux. Je crois que j'aurai
encore en 1922 la haute joie de vous serrer la main.
Mes compliments à votre chère sœur et fidèlement,
votre

                                        Stefan Zweig

◄―◦―►

A Romain Rolland [lettre en français]
                        Salzbourg, Kapuzinerberg 5
                                        25.VI.1922

Mon cher ami, en ce moment je reçois la nouvelle
terrible de l'assassinat de Rathenau [1]. Vous savez, je

―――――――
1. Rathenau avait été assassiné la veille.

crois, que j'étais lié avec lui par des années d'une étroite connaissance, j'ose presque dire de l'amitié. Quand j'étais à Berlin, il me recevait, néanmoins qu'il devait partir le jour après pour Londres entamer ces conversations historiques et décisives, et nous causâmes deux heures tout seuls. Nous avons parlé aussi de vous, qu'il aimait et respectait beaucoup. J'ai connu beaucoup d'hommes dans ma vie et les plus célèbres de leur époque – mais jamais je n'ai vu un cerveau plus lucide, plus rapide que le sien. Un souvenir prodigieux, une promptitude unique qui avait toujours tout prêt : il pouvait parler dans une forme parfaite sans préparation et on pouvait envoyer son impromptu à l'imprimerie sans changer un mot, et c'était un essai superbe. Il était très, très ambitieux, mais il avait le droit de l'être : jamais l'Allemagne n'a eu comme ministre un homme de telles qualités, d'une telle supériorité.

Et un tel homme assassiné par des canailles payées par les métallurgistes, payées par l'argent des impôts cachés, comme tous les journaux pangermanistes sont payés par l'argent jeté à main légère parce qu'il est ôté à l'Etat. Les conséquences sont énormes. Il devient plus clair d'un jour à l'autre que les pangermanistes ont un plan précis : d'assassiner tous les courageux [1], tous les vrais chefs des partis pacifiques ou révolutionnaires – Liebknecht, Luxemburg, Paasche [2], Eisner [3],

---

1. Entre 1919 et l'assassinat de Rathenau, on dénombra en Allemagne près de 380 assassinats politiques.
2. Hans Paasche (1881-1920), ancien militaire allemand, membre actif du mouvement spartakiste, pacifiste convaincu. Il fut assassiné le 21 mai 1920.
3. Kurt Eisner (1867-1919), socialiste allemand et acteur de la Révolution spartakiste, assassiné le 21 février 1919. Sa mort

Erzberger, Gareis[1], Landauer et maintenant Rathenau – pour s'emparer du pouvoir et faire à l'exemple de la Hongrie[2], indifférents à ce petit fait qu'en résultera peut-être une guerre ou une invasion. Je vous avoue franchement que nous devons être heureux que la France ait cette armée prête au Rhin – sans cela cette bande idiote rappellerait demain le grand Guillaume et son admirable fils[3].

Mais je déteste la politique : ce qui m'opprime c'est le triomphe de la brutalité sur l'esprit. Il n'y a personne en Allemagne, même le dernier paysan, qui ne sache que Rathenau était une des plus hautes intelligences, une âme d'artiste, il n'y avait personne qui osait dire que cet homme (qui perdait des millions de revenus par l'acceptation de sa place) était vendu et de mauvaise foi – on *savait* bien qui on tuait. Mais on voulait tuer *l'esprit*, on veut tuer la pensée indépendante en Allemagne – ces canailles ne désirent que leur idiotisme national, leur arithmétique fictive qui leur prouve toujours que l'Allemagne est le plus beau, le plus grand, le plus moral de tous les pays. Jamais je n'ai vu plus sombre qu'aujourd'hui : le fait qu'on continue de faire la chasse aux grands esprits en Allemagne comme aux lapins, qu'il existe des organisations de meurtre qui soient couvertes et

joua un rôle déterminant dans la naissance de la République des conseils.

1. Karl Gareis (1890-1921), chef du parti social-démocrate indépendant d'Allemagne (USPD) en Bavière, adversaire résolu du gouvernement de droite, assassiné le 9 juin 1921.

2. Après une période politiquement très troublée, la Hongrie de 1921 voyait l'essor des mouvements d'extrême droite.

3. L'empereur Wilhelm II et son fils, exilés en Hollande depuis 1918.

protégées par les hauts fonctionnaires de la police et par la justice – cela est trop symptomatique ! N'oubliez pas : ce Killinger[1] qui avait reçu et caché chez soi les deux assassins d'Erzberger après l'assassinat, qui les a accompagnés à la gare d'où ils prenaient la fuite, a été *acquitté* par la justice en Allemagne et *la foule acclamait celui qui avait caché des meurtriers*. Cela s'est passé il y a six jours : l'encouragement a porté ses fruits. Aujourd'hui c'est Rathenau qui a été « puni » pour avoir combattu pour la raison.

L'humanité a-t-elle toujours été si bête ou passons-nous par une crise de bestialité et de stupidité tout à fait spéciale ? Je ne le sais pas. Je sais seulement que ce seul homme valait plus par sa croyance active, par le courage qui se prêtait à une telle carrière (si ingrate en ce moment) que toutes nos universités avec leurs professeurs et leurs étudiants, ivres de patriotisme et de bière. Je suis curieux de savoir si Hauptmann[2] qui était l'ami le plus intime de R. (ils se tutoyaient) osera élever la voix. Car la canaille pangermaniste n'aurait pas honte de braquer le fusil aussi contre lui : tout ce qui représente la raison est leur ennemi. Pauvre Allemagne ! Et pauvre France ! Elles se ressemblent trop en leurs canailles ! A tantôt plus longuement, cher ami ! Votre
St. Z.

◄◦►

---

1. Manfred von Killinger (1886-1944), dirigeant des Sections d'assaut autrichiennes, puis cadre nazi.
2. Gerhardt Hauptmann. Il tint effectivement un discours à l'enterrement de Rathenau.

Salzbourg, 29 juin 1922

Cher Victor, un grand merci pour ta bonne lettre. Je ne crois pas que je viendrai à Langeoog[1] : en ce moment, je ne peux pas souffrir les jeunes pangermanistes à moins de deux lieues de distance. Mieux vaut les Juifs de Francfort, mieux vaut Norderey[2] que cet esprit qui a assassiné Rathenau et envoie à la mère de 75 ans qui pleure son fils unique des lettres anonymes pleines de railleries. C'est la pire des racailles ! Et ce qu'il y a de plus triste, c'est qu'ils obtiendront à nouveau tout ; comme ils ont obtenu la guerre des sous-marins[3] et la prolongation de la guerre[4], ils se précipiteront dans une nouvelle guerre. On les retrouvera assis dans les postes d'étape, et les jeunes gars se feront à nouveau descendre : en France, tout le monde se tient au garde-à-vous : on ne néglige pas ces symptômes. Nous avons encore quelques événements en perspective.

Donc, L., non. Je n'accepte pas d'être absous ou « toléré », en particulier là où je paye. Je préfère encore une plage avec 700 000 Juifs de Galicie ! Mais rien ne m'y oblige – j'irai donc à Marienbad ou en Italie si je ne trouve rien qui me convienne. Si

---

1. Station balnéaire sur une île de la Baltique.

2. Autre île de la Baltique.

3. Allusion à la guerre des sous-marins contre l'Angleterre déclenchée en janvier 1917. L'amiral von Tirpitz, qui était partisan de cette solution depuis 1916, avait démissionné après que sa stratégie eut été rejetée.

4. Allusion à l'échec des négociations de paix de décembre 1917 et janvier 1918.

j'empoisonne leur air, eux empestent la nature : j'éprouve à l'égard de ces bandes quelque chose que je m'interdis d'ordinaire : une haine sincère.

Les 2/3 du *Sainte-Beuve* partent bientôt dans un gros paquet, la fin suivra rapidement. Les gens traînent tous, je dois sans cesse les relancer, d'autant plus que les honoraires leur semblent de moins en moins séduisants – à l'époque, ça représentait encore quelque chose. Qui, dis-moi, qui aujourd'hui achète encore des livres, des livres aussi chers ? Et on n'a plus rien de correct à moins de 100 marks ! L'impression de mon recueil de nouvelles est quasiment terminée, j'espère être encore là pour sa parution. Tout va horriblement lentement, c'est du jamais vu. J'espère que tes affaires vont bien [1], je te souhaite de tout cœur de stocker quelque graisse pour les années de vaches maigres qui arrivent. Partout, les éditeurs ont l'air de courir après l'argent. Pour nous là-haut en Bohême, la situation de notre entreprise n'est pas facile non plus : mon frère (qui d'ailleurs s'est marié) croule sous le travail plus encore que le dernier de ses commis [2].

Quand nous verrons-nous ? Peut-être à nouveau à Leipzig ? Ou à Francfort ! Je te communiquerai précisément mes projets de voyage : ils sont toujours très fluctuants à cause de mes vieux parents qui sont abandonnés à Vienne. Je sais que tu me comprends : on n'est jamais tout à fait libéré des soucis, et on est toujours la proie d'une certaine incertitude.

---

1. Il s'agit de la maison d'édition de Victor Fleischer.
2. Alfred Zweig avait repris la direction de la petite entreprise textile familiale.

Mes plus sincères félicitations à ta femme pour ses triomphes [1]. Et bien des choses ! Bien affectueusement, ton vieux

Stefan

C'est bien le vrai Ehrenstein [2] que tu as vu : salue-le bien pour moi !

◄◦►

A Moritz Heimann

Salzbourg, Kapuzinerberg 5
29 juin 1922

Cher Monsieur, je vous remercie tardivement pour l'extraordinaire présent que constitue votre pièce [3], mais l'émotion qu'elle a suscitée en moi était trop profonde pour que je désire vous dire un mot avant d'avoir laissé s'apaiser le ressac et de voir plus clair dans mes impressions. Car cette pièce suit un dessin si varié qu'elle déconcerte en premier lieu : ce n'est que peu à peu, et justement en progressant, que l'on en trouve l'unité, et alors, plus on prend de distance, plus le personnage s'épure et se dégage. Vous réagirez peut-être sans grand plaisir à mon souhait de ne pas la voir représentée au théâtre : car qui donc pourra y ramasser la forme élémentaire de ce destin et de

---

1. La femme de Fleischer, Leontine Sagan (1889-1974), était actrice et collaboratrice de Max Reinhardt.
2. Albert Ehrenstein (1886-1950), écrivain autrichien, collègue de Zweig aux Archives de guerre.
3. Moritz Heimann, *Das Weib des Akiba*, Berlin, 1922.

toutes les transformations que vit l'esprit avec assez d'unité pour restituer l'inoubliable impression que provoque le livre ? Avec ce personnage [1], – je ne sais si c'est consciemment ou inconsciemment – vous avez décrit le type héroïque du Juif aussi parfaitement que Beer-Hofmann en a décrit le type mythique dans son *Jacob* [2]. Ce mode particulier d'héroïsme dans la souffrance, une souffrance consciente d'elle-même sans être pour autant stoïcienne ni humble à la façon chrétienne, cette façon d'endurer son destin sans appeler la souffrance ni l'accepter par devoir – cette force juive originelle dans la maîtrise du destin *par l'esprit*, vous l'avez à mon sens magnifiquement décrite, en mode majeur et en mode mineur, dans la figure d'Akiba et dans celle de sa femme (et la façon dont le fils complète l'accord confine au génie).

Il me semble caractéristique de cette époque (où l'on observe une conscience plus élevée, une perfection mortelle [sic] du judaïsme) que tous les écrivains qui se saisissent actuellement de thèmes juifs ne restent pas enfermés dans la dimension thématique comme c'était le cas de leurs prédécesseurs, mais pénètrent avec une force d'âme tout à fait exaltée au cœur du problème juif. Tous voient mystérieusement grandir en eux une force qu'ils n'avaient pas encore – et sans vouloir rabaisser votre œuvre antérieure, que j'apprécie beaucoup, vous le savez, je dois pourtant vous dire qu'il est venu s'ajouter là une

---

1. Rabbi Akiba ben Joseph (50/55-env. 135 ap. J.-C.). Il fut à l'origine de l'ordre systématique qui est à la base du Talmud. Mort en martyr dans la révolte de Bar Kochba contre Rome.

2. Richard Beer-Hofmann (1866-1945), écrivain autrichien dont l'œuvre est très marquée par le judaïsme. *Jaakobs Traum*, Berlin, 1918.

composante mystique supplémentaire issue de l'extérieur ou de l'intérieur, qui élève cette pièce au-delà de sa dimension antérieure. Je vous sais gré de beaucoup de choses que vous m'avez apportées autrefois : connaissance, sentiment de la justice, perspicacité psychologique, ravissement linguistique, tour de force artistique, toujours réussi parce que traversé d'une composante éthique. Mais c'est aujourd'hui *la première fois* que je vous dois d'avoir été *bouleversé* par une œuvre – excusez une telle franchise de la part d'un de vos cadets. Mais votre sens de la justice inné et nourri par trente années d'éducation vous donne certainement assez de lucidité sur vous-même pour que vous sachiez que se joue dans cette œuvre quelque chose de vous qui était présent en vous depuis longtemps sous une forme plus vague, que nous tous avons toujours senti et effleuré sans arriver à le saisir. Vous nous l'avez désormais mis entre les mains : je ne veux pas exagérer et dire que vous l'avez fait de façon irréprochable (car il me semble qu'il manque parfois de netteté dans l'arrière-plan et les personnages secondaires, à moins que ce ne soit seulement l'idée qui devienne confuse à mes yeux). Mais voilà des jours et des années (depuis Beer-Hofmann) que je n'ai pas eu ainsi le plaisir de voir un homme dépeindre sa propre nature en telle harmonie avec les forces primitives de son origine : si l'on appelle cela de la maturité, alors il faut prononcer le mot avec tout le respect qu'il mérite, car il y a là quelque chose de déterminant. Et je sens bien également qu'il reste du non-dit dans cette œuvre qui s'ouvre pourtant à elle-même au plus haut point, quelque chose que vous nous écrirez encore. Puissiez-vous réussir à conserver à vos œuvres à venir la magnifique valeur morale et intellectuelle de cette inoubliable vision : car il n'y a rien dans cette perfection qui soit le fruit du hasard, pas une heureuse saisie du sujet, mais une énergie qui crée magistralement ses propres formes, l'énergie de créer le mythe à partir même de la richesse d'une biographie. Comment une telle force pourrait-elle échouer une fois qu'elle s'est affirmée ! J'associe donc déjà à l'expression de ces remerciements celle du plaisir que me procurera votre nouvelle création, ainsi que celle de ma fidèle admiration.

Stefan Zweig

◄○►

A Raoul Auernheimer

[Salzbourg, non datée ;
cachet de la poste : 18.VII.22]

Cher ami, soyez cordialement remercié pour le premier Sainte-Beuve [1] ! J'ai rencontré sur le Graben [2] à Vienne une adorable fille de votre femme (c'est la ressemblance qui me l'a fait supposer). Mais à mon étonnement, c'était elle en personne, et elle m'a dit au téléphone que vous étiez déjà à la maison d'écrivains de Alt-Aussee [3], où mes remerciements s'empressent donc de venir vous trouver. A dire vrai, Sainte-Beuve ne paraît pas chez Insel mais à la

---

1. L'un des textes de Sainte-Beuve traduits par Auernheimer pour l'anthologie était d'abord paru dans la *Neue Freie Presse*.

2. Célèbre artère viennoise.

3. Cette maison était également fréquentée par Hugo von Hofmannsthal et de nombreux journalistes.

Frankfurter Verlagsanstalt qui le prépare très bien et
dont j'espère qu'elle sera plus rapide qu'Insel qui
m'accable de corrections depuis des mois sans que ce
petit jeu d'allées et venues de feuilles imprimées ait
pour résultat la parution d'un livre. J'ai récemment
constaté avec une grande joie que les pages sur la
Bourse ont dévalé toute la *N[eue] F[reie] P[resse]*
pour finir par aboutir dans le supplément culturel :
comment avez-vous réussi à toucher au Saint du
Saint, au commerce des valeurs [1] ? Il s'agit pourtant
d'un commerce légitime, et d'un des piliers de l'Etat !

J'aimerais beaucoup venir à A[lt]-A[ussee]
pour saluer Zifferer [2], mais il ne me faut désormais
plus laisser échapper la moindre miette de temps, car
l'été est court, et avec le phénomène migratoire, le
festival me prend bien deux semaines pendant les
jours de préparation, et je pars pile au début du festival, le 13, au bord de la Baltique.

Je vous salue bien,

votre
St. Z.

———<o>———

A Romain Rolland [lettre en français]
Salzbourg, 4 août 1922

Mon cher et grand ami, j'ai reçu votre bonne lettre
et j'y sens – si amicalement que votre bonté l'ex-

---

1. Auernheimer avait écrit un article intitulé « Börsenjugend »
(Jeunesse boursière).
2. Paul Zifferer (1879-1929), écrivain, journaliste à la *Neue
Freie Presse*.

prime – que vous me reprochez de laisser une si haute cause, d'abandonner (avec les autres Allemands et Autrichiens) l'école de Varèse. Je ne veux pas m'excuser complètement. Vraiment, à un certain moment j'ai abandonné tous les intérêts extérieurs à mon travail. Ma vie est très étroite : je voyage chaque mois une fois pour 4-7 jours à Vienne pour voir mes parents, j'ai une énorme correspondance et je demande toujours plus de mon travail. Il y a donc vraiment des moments où je m'enferme en moi-même. Et il *faut* de tels moments si l'œuvre à faire doit avoir une certaine valeur.

Mais pour cet été ce n'est pas le travail qui me retiendra, mais un souci. Vous ne pouvez pas vous figurer l'état d'esprit d'inquiétude dans lequel nous vivons. Depuis 5 jours la couronne et le mark ont perdu la moitié de leur valeur – je ne dis pas cela pour parler des pertes que nous subissons person-nellement, au contraire, nous, qui dépendons de l'étranger[1], nous gagnons – nous *attendons d'un jour à l'autre* quelque bouleversement. Pour moi-même je suis indifférent, mais ma famille à Vienne m'inspire toujours des inquiétudes : chaque jour courent d'autres rumeurs – grèves, révolte à Vienne[2] ; *vous ne pouvez pas vous figurer en Suisse ou dans les pays de l'Ouest l'énorme inquiétude de la vie chez nous.* C'est pour cela que dans un moment si critique vous trouverez dif-ficilement un Autrichien ou Allemand qui osera

---

1. Zweig fait sans doute allusion au fait que Rolland et lui percevaient des droits d'auteur provenant des Etats-Unis, et donc réglés dans une monnaie stable.

2. Fin juin 1922, l'inflation avait provoqué une vague de grève en Europe et jusqu'aux Etats-Unis.

quitter sa maison et ses parents d'une plus grande distance que 12-15 heures. Tout appointement fixe nous paraît insensé dans une époque comme celle-ci : je vous assure *que depuis l'armistice et les batailles de rue en 1918, la situation en Allemagne et Autriche n'a pas été si menaçante* : les prix ne montent pas chaque jour, mais – *littéralement* – chaque heure, les classes, qui ne gagnent et n'avancent dans leurs salaires que par mois, sont excitées, en Allemagne on est sous la menace des notes françaises et de leur armée [1] – je vous répète : jamais depuis 1918, nous, qui voyons un peu plus loin, n'avons eu de telles craintes, de telles inquiétudes. Toute la vie si fanatiquement, si désespérément gaie à Salzbourg avec ses fêtes et foires peut d'un jour à l'autre finir : il suffit d'un petit éclat de la grande poudrière à Vienne et tous les gens fuiront dans toutes les directions.

Je n'ai donc pas le courage de quitter en ce moment l'Autriche ou d'aller en Allemagne plus loin que je ne puisse pas à chaque instant être en communication téléphonique avec mes parents (qui sont absolument impuissants à faire face à la moindre crise, qui ne sauront pas se débattre dans un orage). J'ai refusé toutes les conférences qu'on m'avait proposées, je n'ai pas assisté à une grande représentation du « Jérémie » qui vient d'être donnée dans un festival théâtral de Mannheim : je vais seulement vers le 14 (pour éviter les jours de fête ici) à Leipzig où j'ai à faire pour les éditions de la Bibliotheca mundi, peut-être après encore à Hambourg et Francfort,

---

1. Le Premier ministre et ministre des Affaires étrangères français Raymond Poincaré exigeait l'application immédiate du Traité de Versailles et menaçait de faire intervenir les troupes françaises.

mais cela seulement si la situation si tendue s'apaise. Mon rêve, je l'avoue, serait 6-8 jours à la *mer*.

Je ne parle pas pour moi seul, mais pour nous tous en Allemagne. Il est très difficile de se déplacer, si on a des cohésions avec sa famille et des devoirs en des moments si compliqués. Excusez et ne me comprenez pas mal si je vous donne encore une fois l'exemple de l'argent, du change, car il montre comme un thermomètre la situation critique, sinon mortelle de notre cas. Le Franc suisse, qui, je crois, valait 800 au printemps quand j'allais à Paris, vaut aujourd'hui 10 000. Il a *doublé* en cinq jours : nous avons fait un pas de géant vers la Russie [1]. Deux semaines ou deux mois encore et nous y serons. On sent craquer les murs de l'Etat, on sent que quelque chose doit arriver, mais ce « quelque chose » que chacun attend et personne ne connaît pèse lourdement sur nos têtes (je ne sais pas valser sur le volcan, comme font les autres, comme ils l'ont fait aussi pendant la guerre) : je sens *trop* bien la nécessité d'un changement (et je n'ose pas espérer qu'il sera un changement vers le mieux).

Je vous prie, cher ami, comprenez notre situation : il est impossible de faire quelque chose d'actif dans le sens international en Allemagne *en ce moment*. Personne ne nous écoute, tout le monde regarde vers la frontière où on attend les mesures qui menacent : depuis la faillite de Gênes [2], depuis le triomphe du

---

1. Depuis l'hiver 1921/22, la situation économique de la Russie était catastrophique.

2. La conférence économique mondiale d'avril/mai 1922 avait eu lieu à Gênes. L'Allemagne y était invitée pour la première fois. Aucune concession ne fut accordée sur la question des réparations.

Poincarisme [1] notre voix est étouffée. Rathenau (loué d'être pur internationaliste) a été la première victime de cette nouvelle vague de folie qui envahit le monde : sa mort aurait été un triomphe si elle avait pu changer la politique absurde, le triomphe du Poincarisme. Je ne veux pas dire que les meilleurs en Allemagne renient leur foi dans l'internationalisme (moi qui ne puis pas respirer dans un autre air que l'air européen), mais ils craignent le ridicule si on voulait le manifester devant les soudards, les haineux en ce moment, où tout est trouble, consternation et désespoir. Dans la jeunesse nous n'avons pas d'appui, les intellectuels marchent avec le vent et si nous élevons la voix, elle est étouffée par celle qui parle mille fois plus clairement, par celle des événements. En quinze jours, en un mois peut-être beaucoup sera éclairci, *mais justement ce mois d'août me paraît le plus critique, un digne anniversaire de la folie de son ancêtre, août 1914* [2].

Je sais, il y en a d'autres qui ne s'occupent pas, qui voyagent, tiennent des discours, montent leurs pièces et se fichent diablement du monde fou. Mais je ne peux pas sortir de ma peau : c'est mon sort, peut-être mon don, de sentir très intensément et de très loin les moindres répercussions dans la vie sociale et morale. Sûrement je suis un faible et loin de ceux qui obéissent au Christ quand il dit « Laisse ta femme, tes parents et tes enfants pour me suivre ». Je ne puis

---

1. Malgré une forte mobilisation de l'opposition, la politique de Poincaré vis-à-vis de l'Allemagne avait été entérinée par le résultat d'une question de confiance (juillet 22).

2. Le Reich allemand avait déclaré la guerre à la Russie le 1er août 1914, à la France le 3 août.

pas si facilement laisser. Et en ce moment je ne puis pas le faire, moins que jamais. Car depuis 1918, je vous le répète, je n'ai pas été tellement pris par des vagues pressentiments et des craintes.

Ici on prépare des fêtes. Reinhardt, Hofmanns-thal [1] montent leurs pièces, Richard Strauss dirigera l'Opéra [2], Béla Bartók aussi, dont vous me parlez et que j'estime beaucoup, viendra demain [3]. Pour moi cette occupation esthétique a en ce moment quelque chose de répugnant : je prends la fuite en tout cas devant cette danse sur le volcan et devant le veau d'or.

Je suis sûr, cher ami, que vous me comprendrez. Il y a des moments où on est dominé par les forces mystiques qui sortent de la profondeur de l'être, où les pressentiments vagues sont plus forts que la raison claire. Je suis maintenant dans un tel état que je ne pourrais pas exprimer raisonnablement à personne. Mais je sens : vous me comprendrez. Fidèlement, votre

Stefan Zweig

Ma femme a déjà écrit à Mlle votre sœur que de l'Allemagne, le Dr Wilhelm Friedmann, professeur à l'université de Leipzig [4], serait heureux de venir et de tenir une conférence. Il parle le français et l'italien comme l'allemand et serait de tout premier rang

---

1. Reinhardt créa la pièce d'Hugo von Hofmannsthal, *Das Salzburger große Welttheater*.

2. Richard Strauss dirigea à quatre reprises des œuvres de Mozart.

3. Le compositeur hongrois Béla Bartók (1881-1945) n'était là qu'en tant que spectateur.

4. Wilhelm Friedmann (1884-1942). Zweig avait fait sa connaissance en Suisse pendant la Première Guerre mondiale.

comme lecteur. Il est tout à fait dans nos idées et rencontre pour cela beaucoup de difficultés à Leipzig.

—◇—

A Romain Rolland [lettre en français]
[Salzbourg, 11. 10. 1922]

Mon cher et grand ami, enfin j'ai la joie de vous envoyer mon nouveau livre : il contient cinq récits, en partie antérieurs à la guerre et retravaillés depuis. Ils sont sortis de ma vie intime : pas une confession de foi comme *Les Yeux du frère éternel* que vous avez reçu récemment, pas exactement des choses vécues, mais toutefois enracinées dans mon être. Maintenant la route est libre pour un grand roman ou un drame dont j'ai des esquisses depuis longtemps. En passant je veux écrire aussi un petit livre-brochure sur notre cher Frans Masereel et une étude sur Stendhal qui m'est parent par sa passion de psychologie et de cosmopolitisme. J'ai grande envie de me retirer plus profondément en moi-même, pour avoir après plus d'élan et d'énergie. Je ne vois dans notre époque aucune place pour une œuvre active : la politique est arrivée à un point d'entêtement et de bêtise qui l'anéantira. Inutile de la combattre : elle se suicide. Inutiles pour l'instant toutes les manifestations, toutes les polémiques : les actions des diplomates qui ont habilement construit une petite guerre (sans sang, une guerre d'opérette) se ridiculisent elles-mêmes [1].

---

1. Zweig fait sans doute allusion à l'expulsion des Allemands d'Alsace-Lorraine en réaction au retard de l'Allemagne dans le

Je crois qu'une année suffira pour que le monde en ait assez de cet hideux spectacle et nous aurons au moins un internationalisme du dégoût pour la politique. Vous me connaissez comme pessimiste : mais cette fois j'ai la conviction que nous sommes au comble. En Allemagne la situation s'éclaircit déjà. La mort de Rathenau a fait du bien : les meilleurs des nationalistes sont devenus honteux. La stupidité du Kaiser, son mariage, ses bavardages ont rendu ridicule le monarchisme, d'autre part les socialistes se sont fait tort par la cupidité de leurs employés. Donc : méfiance universelle contre les partis politiques et une attente presque religieuse d'une nouvelle foi. Vous ne devinez pas comme cette Allemagne boursière, banqueroutière, pays où le protestantisme, le socialisme, le nationalisme ont perdu leur attraction morale, a soif de croire, de s'enivrer pour quelque chose. Partout une ardeur pour chaque homme qui donne quelques grains d'un nouvel idéalisme. Tous les grands courants très divers dont vous de loin n'apercevez peut-être pas la trace, se réunissent dans les profondeurs : Keyserling avec son *Ecole de la sagesse* [1], Johannes Müller [2], le Bouddhisme comme il se reflète chez les philosophes et les poètes,

---

paiement des réparations. Le gouvernement français autorisa leur retour le 25 juin 1924.

1. Le philosophe Hermann Keyserling (1880-1946) avait fondé à Darmstadt en 1920 une « école de la sagesse » qui devait amener à « l'accomplissement de soi » par la « connaissance créatrice ».

2. Johannes Müller (1864-1949), théologien protestant partisan d'une forme de vie chrétienne non dogmatique.

chez Tagore et Hesse [1], l'anthroposophie de Rudolf Steiner [2], tout cela a pris la forme de grandes sectes *religieuses* qui n'osent seulement pas se déclarer comme telles. Je veux vous nommer des chiffres pour vous faire comprendre l'étendue de ces mouvements : les livres (très chers, très lourds) des Keyserling, des Spengler, de Blüher, de Steiner se vendent chacun à 50 000 exemplaires (plus grand tirage que les romans) [3], Tagore à 100 000 exemplaires. La philosophie néoreligieuse domine la vie intellectuelle depuis la révolution comme la philosophie antireligieuse, matérialiste dominait la France avant la révolution de 1793. Je sens très très fort un grand courant *sous* cette Allemagne bruyante et politique – il serait pour vous très intéressant de le suivre. Caractéristique aussi quels poètes l'emportent – Goethe avant tout, puis Hölderlin, dont après un siècle la nation a découvert la grandeur grandiose (vous devrez lire son *Empédocle* [4]), et des modernes ceux qui s'imposent par une tenue *morale* et allemande, Stefan George et Thomas Mann avant tout, les poètes qui parlent au peuple en tant qu'autorités, symboles de la sagesse (plus que de la beauté !). Si en ce moment une grande personnalité surgissait qui réunirait les forces de Nietzsche, elle pourrait fonder et refaire la foi nouvelle. L'attente intellectuelle est énorme et le niveau

---

1. L'écrivain allemand Hermann Hesse (1877-1962) publia en 1922 un texte d'inspiration bouddhiste, *Siddharta*.

2. Rudolf Steiner (1861-1925), philosophe et pédagogue autrichien.

3. L'affirmation de Zweig est erronée : aucun livre de ces auteurs n'avait atteint la barre des 50 000 exemplaires.

4. Friedrich Hölderlin (1770-1843). *Der Tod des Empedokles* ne parut qu'en 1910.

des livres critiques très, très haut : celui de Ziegler sur le bouddhisme est un chef-d'œuvre [1], les grandes biographies de Gundolf surpassent de loin tout ce qu'on possédait jusqu'à présent sur Goethe et Kleist [2]. L'époque ressemble un peu à celle où l'Allemagne avec les Schlegel dominait la critique européenne, et par les Humboldt, Kant, Hegel, Schelling, la science européenne : seulement nous n'avons pas le Goethe qui à ce moment vivait enveloppé dans sa grandeur comme dans un linceul, son propre monument.

Je regrette qu'il n'y ait pas un livre informatif qui représente bien tout cet état d'esprit. Mais il est peut-être encore trop tôt. Rien ne se dessine encore exactement, on ne sait pas quel courant, quelle personnalité l'emportera. Mais je vous assure : le moment est très intéressant en Allemagne. Et la jeunesse intellectuelle est bien loin de la politique et s'éloigne chaque jour plus : le procès Rathenau [3] prouve bien que ce ne sont que les plus corrompus qui font la politique.

Des livres intéressants, j'ai lu les *Journaux* de Theodor Herzl [4]. Pour la première fois je lis l'histoire d'une époque, d'un mouvement que j'ai vu naître de tout près. Et je suis étonné de ce que l'on voyait mal à dix-huit ans et de ce que l'on sentait bien (mieux

---

1. Leopold Ziegler (1881-1958), *Der ewige Buddho*, Darmstadt, 1922.

2. Friedrich Gundolf (1880-1931), *Goethe*, Berlin, 1916 ; *Heinrich von Kleist*, Berlin, 1922.

3. Le procès des complices des meurtriers de Rathenau (tous deux morts) eut lieu à Leipzig le 14 octobre 1922.

4. Theodor Herzl (1860-1904), écrivain hongrois de langue allemande, promoteur du sionisme. *Tagebücher 1895-1904*, Berlin, 1922-1923.

que les gens intelligents et mûrs). J'ai rarement vu la naissance d'une grande idée se développer par magie aussi bien que dans ce précieux document qui intéresserait psychologiquement le père de *Clérambault*[1] : il m'a profondément ému. Il parle d'ailleurs aussi de Bernard Lazare et avec beaucoup de sympathie[2].

Est-ce que vous éditerez maintenant les lettres de la Malvida Meysenbug et les vôtres ? Ce serait peut-être bien, car le souvenir de cette admirable femme commence à s'effacer dans la nouvelle génération[3].

J'attends impatiemment votre nouveau roman, le premier livre après la guerre (car Clérambault était enfant de la guerre, conçu dans la souffrance et nourri par le sang des innocents). Je serais heureux de savoir que vous travaillez bien.

J'avais ici la visite de Le Fauconnier[4] qui vient de faire en passant un très beau portrait de moi, dont je vous enverrai une reproduction. Son plus ardent désir serait de... mais je sais que vous refusez cette permission à tous les peintres et indirectement aussi à vos amis, qui aimeraient avoir votre regard vivant toujours auprès d'eux.

Dites à mademoiselle votre sœur toutes mes

1. Il s'agit de Romain Rolland lui-même.
2. Bernard Lazare (1865-1903), écrivain français socialiste, sioniste, dreyfusien, auteur d'écrits contre l'antisémitisme.
3. La correspondance de Rolland et Malvida von Meysenbug fut d'abord publiée en traduction allemande en 1932 à Stuttgart. L'édition française ne parut qu'en 1948.
4. Henri Victor Gabriel Le Fauconnier (1881-1946). Le portrait a été perdu.

salutations et celles de ma femme et croyez-moi votre
très fidèle

Stefan Zweig

11 octobre 1922

A *Leonhardt Adelt* [1]

[Salzbourg, non datée,
vraisemblablement mi-octobre 1922]

Mon cher Leonhardt, je te remercie vivement pour
ta bonne lettre et tes propos fort justes. Je sens bien
moi-même que je me suis trop avancé dans ce livre :
mais il s'agissait justement pour moi de liquider une
affaire, je devais absolument me débarrasser, comme
dans cette légende indienne *Les Yeux du frère éternel*,
de quelques-unes des choses qui me préoccupaient.
Chez moi, la pulsion purement productrice est pour
ainsi dire trop fortement traversée de scepticisme : la
simple narration ne me suffit pas. (C'est la raison
pour laquelle je n'ai pas écrit de pièce ces derniers
temps, bien que j'aie eu de la « matière ».) Il n'y a
que lorsque je veux me libérer que j'écris : la simple
description telle qu'on la trouve par exemple dans
la *Métamorphose du comédien* [2] n'a pas d'intérêt pour
moi. Ah, si seulement on pouvait mélanger quelqu'un
comme Lissauer [3] et moi, donner à l'un l'orgueil et la
patience que l'autre a à revendre ! Mais peut-être que

1. Leonhardt Adelt (1881-1945), écrivain et chroniqueur.
2. SZ, *Der verwandelte Komödiant*, Leipzig, 1913.
3. Ernst Lissauer (1882-1937), poète et dramaturge allemand.

c'est bien ainsi : il n'y a du moins rien de faux ni d'artificiel dans mon travail.

Cher Leonhardt, ne t'étonnes-tu pas que je ne vienne jamais à M[unich] ? Je ne le comprends pas moi-même. Je devais y rendre visite à Bahr et à d'autres amis, le temps est exécrable ici, je travaille mal, j'ai les sous – je ne sais ce qui me retient : il y a, je crois, d'une part une certaine antipathie à l'égard de Munich (pour des raisons politiques) [1], d'autre part l'écœurement que je ressens à l'idée de me joindre à des bataillons d'Autrichiens pilleurs de devises [2]. Et peut-être au plus profond un manque d'énergie passager. Je compte partir fin novembre pour Berlin, quoi qu'il en soit, je passerai à ce moment-là, et j'aurais vraiment, vraiment besoin de parler longuement avec toi. J'aimerais avant tout en savoir plus sur ton roman.

Je n'ai pas été étonné que *Deutschland* soit mort [3]. Je n'y ai jamais cru : il a tout de suite été trop cher à cause de l'impression en trois couleurs. C'est peut-être bien pour toi que cela se termine : tu ne pouvais pas t'y exprimer tout à fait, tu n'avais pas de véritable visibilité comme cela aurait été possible dans une revue littéraire par exemple. Quoi qu'il en soit, nous nous verrons bientôt : je serai à M[unich] au moins entre le train du matin et celui du soir, et je me réjouis sincèrement de te voir. Salue pour moi Malli et

1. Les menaces du parti nazi se faisaient de plus en plus nettes en Bavière.

2. La valeur du mark ne cessait d'augmenter par rapport à celle de la couronne autrichienne.

3. Adelt était l'un des rédacteurs de la revue *Deutschland* fondée en 1922. Malgré les difficultés, la revue continua à paraître jusqu'en 1926.

Richard, le serpent à lunettes[1] ! Bien affectueusement,

Stefan

————◆◇◆————

A Richard Specht[2]

[Salzbourg, non datée,
cachet de la poste : 16.X.22]

Cher ami, je te remercie vivement pour ton livre sur
Schnitzler[3] : il est suffisamment riche et inspiré pour
pouvoir paraître *post festum*. Désormais, tu es vraiment le biographe *par excellence*, et tu seras bientôt
avidement courtisé par tous ceux qui voudraient
une biographie « définitive » (et ils sont nombreux).
Je t'avais déjà fait envoyer par Insel mes nouvelles
récentes (ces malheureux m'ont envoyé mes propres
exemplaires par colis, si bien que je devrais les recevoir en 1924). Si elles n'étaient pas arrivées dans les
tout prochains jours, écris-moi un mot s'il te plaît, et
tu en recevras un exemplaire issu de la grande caisse
qui est actuellement entre Leipzig et Salzbourg en
train d'observer pendant des journées entières toutes
les gares de l'Allemagne ruinée. A Salzbourg, autant
l'été a été trop animé, autant tout est maintenant trop
calme – nous vivons ici dans les extrêmes. Salue bien

---

1. Amalie Adelt, épouse de Leonhardt Adelt, et leur fils
Richard.

2. Richard Specht (1870-1932), journaliste, critique d'art et
compositeur autrichien.

3. Richard Specht, *Arthur Schnitzler. Der Dichter und sein Werk.
Eine Studie*, Berlin, 1922.

affectueusement ta chère femme de la part de ton
fidèle

Stefan Zweig

—◇—

Aux éditions Insel, Leipzig
Salzbourg, le 4 décembre 1922

Chers Messieurs,

A mon retour de Leipzig, j'ai trouvé la lettre du
Deutsche Verlagsanstalt ci-jointe, dont l'offre me
semble en tout état de cause envisageable, puisqu'elle
semble porter indirectement sur mes recueils de nouvelles sans pour autant rompre mon accord avec
vous [1]. Je pense là éventuellement à ma nouvelle *La
Contrainte*, parue chez Insel, qui n'a été tirée qu'à un
petit nombre d'exemplaires et est épuisée depuis
longtemps, et que je ne reprendrai que pour l'intégrer
à la série d'un volume de nouvelles à venir. Peut-être
pourriez-vous demander au Professeur Kippenberg
si cela ne lui semblerait pas être une bonne chose que
je fasse intégrer cette nouvelle au recueil collectif sans
pour autant renoncer à la parution d'un volume de
nouvelles, et à la condition bien sûr que soit aussi
imprimée sur la dernière page une liste de mes
œuvres. Mais si cela lui déplaît pour une raison ou
pour une autre ou s'il pense simplement devoir me le
déconseiller en général, cela ne me posera pas de

---

1. La Deutsche Verlagsanstalt envisageait manifestement la
création d'une collection intitulée « Die deutsche Novelle », et
avait sollicité Zweig.

problème ; je ne tiens pas particulièrement à être partout à la fois : je pense seulement que de façon générale cela pourrait augmenter les ventes que d'être représenté par un échantillon dans une série comme la *Deutsche Novelle*. Je vous demanderais de bien vouloir me renvoyer la lettre ensuite. Une dernière chose, concernant *Amok* : il est paru hier dans la *Neue Freie Presse* et le *Wiener Allgemeine Zeitung* de longs et élogieux articles, et, sur le plan littéraire, tout concourt donc à faire prendre son essor au livre. J'espère que le service que je vous ai demandé ira de pair avec cela, que vous rappellerez l'existence du livre par une petite annonce dans le *Börsenblatt*[1], et que la nouvelle jaquette permettra enfin aux libraires de placer le livre en rayon[2]. Avec les compliments de votre sincèrement dévoué

Stefan Zweig

<hr style="width:20%" />

A Franz Servaes[3]

Salzbourg, 22 janvier 1923

Très cher ami, vous faites comme les gaspilleurs en période de pénurie de combustibles – vous accumulez les charbons ardents sur ma tête : j'ai passé

---

1. *Börsenblatt für den deutschen Buchhandel* (revue de l'Union des Libraires allemands).
2. La première édition du livre, un moment épuisée, était sans doute dépourvue de jaquette.
3. Franz Servaes (1882-1947), écrivain et journaliste allemand.

6 jours à Berlin en novembre, et n'ai pas trouvé le temps de vous rendre visite. Pourtant, je sens bien à la lecture de votre chaleureuse critique de la *Légende*[1] que, bien que j'aie semblé vous oublier, vous pour votre part ne m'avez pas oublié. Cette pièce, qui ne peut prendre vie que jouée par des acteurs de premier ordre, a manifestement été expédiée à la va-vite à un coin de rue. Je n'ai pas le droit de me plaindre, car mon indolence en matière de théâtre est sans pareille : je suis seulement désolé que vous vous soyez retrouvé dans un endroit non chauffé.

Je lis souvent des textes de vous, toujours avec plaisir, et j'éprouve un véritable *désir* de vous revoir, vous, fidèle entre les fidèles ! Il faut que ce soit bientôt. Bien sûr, cela ne sera pas aussi gai que dans les années passées, c'est l'époque qui veut ça. Je suis parfois terrifié par la furie de ce fascisme universel, par le triomphe brutal de la violence : ce sera l'idéal de la prochaine génération, et l'enthousiasme footballistique cédera bientôt la place à une fureur mauvaise. Puissent tout au moins vous être accordés le calme et le travail. Bien sincèrement à vous et à vos proches, votre vieil ami fidèle

Stefan Zweig

---◦---

---

1. Servaes avait écrit un article sur la pièce de Zweig, *Legende eines Lebens* (Leipzig, 1919), dans le *Berliner-Lokal-Anzeiger*.

A Franz Karl Ginzkey [1]

[Salzbourg, 26 février 1923]

Cher ami, j'apprends que tu es bien arrivé à Leipzig, et je suis sûr que tu y seras bientôt très heureux : dès que l'on s'éloigne d'une centaine de kilomètres, tout semble singulièrement petit, et c'est là pour moi le véritable sens de tout voyage. Je suis certain que tu reviendras gai et revigoré, surtout si tu vas passer quelques jours à Weimar, ce qui est vraiment l'une des choses les plus profondément bouleversantes et vivifiantes qui puissent nous arriver. Le paysage aussi y est pur et doux, l'endroit idéal pour se reposer, et je crois (permets-moi de faire le prophète) qu'il t'y viendra quelques poèmes ! L'esprit de Goethe continue d'y être actif, mystérieux et invisible comme le radium.

Pour être honnête, je me suis un instant fait du souci pour toi, mais ce n'est plus *du tout* le cas. Ces bouleversements nous sont nécessaires, ils sont la fièvre dont se nourrit par la suite notre imagination. Je n'ai jamais souhaité avoir une vie marquée par le bonheur calme : remercions Dieu de nous secouer de temps à autre. Bien des choses à toi, ton fidèle

Stefan Zweig

26.II.1923

---

1. Franz Karl Ginzkey (1871-1963), militaire, écrivain autri-chien.

A Erwin Guido Kolbenheyer

Salzbourg, le 5 mars 1923

Cher ami,

Puis-je te demander un petit service ? Tu te souviens peut-être encore que je collectionne les manuscrits, et plus spécialement les manuscrits d'auteur, depuis l'époque de nos études ? Or, voilà qu'un ami m'envoie un extrait de journal selon lequel serait mise aux enchères à Tübingen le 22 mars 23 à 11 h du matin au Palais de justice une série de manuscrits autographes qui m'intéressent beaucoup. Tu as certainement parmi tes connaissances à Tübingen un libraire qui sur ton intervention me représenterait dans cette vente en échange d'une commission de 5 %. Pourrais-tu aller le trouver et lui demander de m'écrire, premièrement pour qu'il me dise s'il est prêt à me représenter en échange d'une commission de 5 %, deuxièmement pour qu'il aille voir ce qu'il en est et m'écrive brièvement pour me donner une description des pièces suivantes :

Schiller : extrait d'un poème (lequel ? combien de vers ?) *Lenau* : Chants des roseaux (combien ? combien de pages ?)

Et enfin qu'il me dise s'il y a des poèmes de *Herder, Mörike, Wieland,* Hölderlin, et lesquels ?

J'espère, cher ami, que je n'exige pas trop de toi, et je suis sûr que tu sauras dénicher un bouquiniste qui se charge de l'affaire et m'écrive. Je lui rembourserai bien entendu les frais de port.

Voilà longtemps que je n'ai pas de nouvelles de toi, et j'aimerais bien savoir ce que tu fais, et surtout si ton *Paracelse* touche à sa fin. A l'époque, j'ai été vraiment déçu que tu n'aies pas fait affaire avec

Rütten & Loening, car Georg Müller n'a pas poussé ton roman autant qu'il le méritait. Il connaîtra certainement un plein succès avec le temps, mais notre époque n'est pas facile à digérer, et nous ne sommes plus tout jeunes non plus.

Bien affectueusement, ton vieux

Stefan Zweig

—◦—

Au Comte Hermann Keyserling
Salzbourg, Kapuzinerberg 5
7 mars 1923

Monsieur le Comte, j'ai dû attendre aujourd'hui de recevoir le numéro de *La Voie de l'accomplissement* [1] pour vous remercier vivement de vos aimables propos, qui – comme toujours – donnent des perspectives qui dépassent de beaucoup leur objet même. Je me suis très sincèrement réjoui de ces pénétrantes remarques.

Je voudrais ajouter deux choses : tout d'abord, je vous transmets les salutations de Romain Rolland, qui aime énormément votre journal de voyage [2]. Je ne crois pas en revanche qu'il ait encore eu accès à la *Connaissance créatrice* [3]. Il se réjouirait beaucoup,

---

1. Il s'agit de la revue de l'Ecole de la sagesse fondée par Keyserling. Il y avait écrit un article élogieux sur les *Trois Maîtres*.
2. Hermann Graf Keyserling, *Das Reisetagebuch eines Philosophen*, Darmstadt, 1919.
3. Hermann Graf Keyserling, *Schöpferische Erkenntnis*, Darmstadt, 1922.

écrit-il, s'il pouvait un jour vous rencontrer personnellement.

En second lieu, je voudrais une fois encore rappeler à votre souvenir le pasteur *Leonhard Ragaz* [1]
(Zurich, Gartenhausstrasse), qui est sans doute la
nature religieuse la plus intense qui soit dans le christianisme libéral à orientation sociale. Son dernier
article sur l'Allemagne et la France dans les *Neue Wege*
est ce que j'ai lu de plus fort et de plus important sur
ce sujet sur le plan de la force morale. Sa présence à
Darmstadt serait pour vous un apport extraordinaire,
car il diffuse autour de lui – et si j'ai bien compris,
c'est cela qui vous importe au plus haut point – une
véritable *atmosphère*, il représente une source d'éner-
gies morales et religieuses des plus puissantes, est pur
jusqu'au fanatisme, rendu disert par la conviction.
De tous les religieux chrétiens, je n'en connais pour
ainsi dire pas un qui soit de sa « trempe ». Procurez-
vous donc quelques numéros des *Neue Hefte*, et vous
éprouverez bientôt vous-même le besoin de le gagner
à votre cause.

J'espère que vous ne souffrez pas de la pression
politique de l'occupation [2] : de tous temps, la meilleure philosophie a toujours été conçue sous les
canons, oui, j'ai parfois même l'impression qu'on a
besoin du chaos pour enfanter l'étoile, comme dit
l'Écriture.

----

1. Leonhard Ragaz (1868-1945), religieux suisse, militant
pacifiste.
2. Le 3 mars, les troupes françaises qui occupaient déjà la
Ruhr avaient pris possession de l'Eisenbahnwerkstatt de
Darmstadt.

Avec toute l'estime de votre fidèle et toujours
dévoué

Stefan Zweig

Mes respects à Madame votre épouse et sincères
salutations à Oaha Schmitz[1] !

———o———

A Romain Rolland [lettre en français]
Salzbourg, 7 avril 1923

Mon cher ami, depuis longtemps je veux vous écrire,
mais je travaille avec intensité. Je prépare un livre
correspondant aux *Trois Maîtres* sur les trois grands
types en Allemagne : « Les trois natures démoniques »,
les seuls qui ne pactisaient pas avec la société,
la nation, l'époque, et qui naturellement ont été
détruits : *Hölderlin, Kleist, Nietzsche*. Cela sera un appel
à la liberté d'artiste, à l'héroïsme de la souffrance,
une grande paraphrase sur le démon[2]. Je crains que
par certaines parties je froisserai le grand public allemand (ou plutôt je ne le crains pas), surtout en
prouvant que Goethe, et tous après lui, ont préféré
étrangler le démon en eux, au lieu de se laisser étrangler par lui. Je me sens assez maître aujourd'hui de
mon sujet et je prévois déjà de loin la suite de ce
volume. Un volume sur les grands psychologues :
Stendhal d'abord avec la thèse que la psychologie est

---

1. Oskar Adolf Hermann Schmitz (1873-1931), écrivain
allemand.

2. SZ, *Der Kampf mit dem Dämon*, Leipzig, 1925.

en dernier ressort une affaire de courage, du courage de *voir* le vrai et de le *dire*. Il y a beaucoup de nuances en cela et on trouve peu d'hommes qui aient gravi assez profondément l'échelle dans les bas-fonds du cœur (on peut se casser le cou si on a le vertige). Tout cela se prépare depuis longtemps en moi, mais je ne suis pas pressé. J'ai du temps. J'ai mis des années pour les *Trois maîtres* et mes nouvelles font aussi partie d'un cycle. J'oppose donc à la fluctuation et l'excitation du monde un large plan de travail et je suis heureux d'y trouver une stabilité. Faut-il le dire, que je me sens votre élève en cette forme de conception et dans la façon d'écrire sur l'héroïsme humain en ces formes les plus tragiques ? Mon seul espoir serait de pouvoir appliquer cette méthode à un vivant. J'ai payé mon tribut d'admiration à Verhaeren et à vous. Mais chez nous je vois le vide. Je vois du talent, mais pas un héros. Je me rappelle du commencement du *Don Juan* de Byron « A hero ! I want a hero ! ».

Vous comprenez avec quelle avidité j'attends votre *Gandhi*[1]. Je sais un peu de choses de lui : mais vous nous rendrez sa personnalité telle qu'elle est. Il faut avoir le cœur large pour comprendre le génie : mais alors on est pénétré par lui et je ne connais pas de bonheur semblable. Cela doit être pareil au sentiment de la femme quand elle se sent embrassée, perforée et fécondée par l'homme.

J'ai envie aujourd'hui de vous parler de belles choses. Mais je ne peux pas me taire sur les niaiseries et les canailleries. Savez-vous que notre cher ami Grautoff vient de publier un méchant livre

---

1. Romain Rolland, *Mahâtmâ Gandhi*, Paris, 1923.

Le Visage et le Masque de la France, qui, loué d'attaquer ouvertement la France — il est perfide, le bonhomme — en vante le patriotisme, le nationalisme, qui est sa vraie nature, et nous conseille d'en faire autant. Le chapitre sur vous a de petites pointes venimeuses sous une fausse impartialité, moi je suis également honoré par une petite méchanceté. Il croit être sagace en jouant le juste, et il lèche les bottes à la fois aux nationalistes français et allemands — voilà son internationalisme : mais au fond il reste le bête bourgeois.

Thomas Mann (il me reproche de vous admirer et en même temps de respecter Thomas Mann que j'estime comme caractère, comme homme droit et comme superbe artiste) était deux jours ici : nous avons bien causé sans nous comprendre tout à fait, mais aussi sans nous mécomprendre. J'ai reçu *L'Europe* et je suis peu enthousiasmé pour la forme ancienne, timide et schématique de cet effort, qui aurait mérité plus de courage et d'élan. Fidèlement, votre

StZ

———————◆———————

A Fritz Adolf Hünich

Salzbourg, le 9 avril 1923

Cher Monsieur,

Soyez sincèrement remercié pour votre aimable lettre, ainsi que pour le relevé de comptes et l'agréable surprise qu'il contenait. Vous avez eu là un bien piteux exemple de mon manque de sens des affaires et de mon peu de sérieux dans le domaine du calcul.

Et puis un grand merci avant tout pour votre aimable disposition à m'aider pour la bibliographie de mon nouveau livre. Je crois que je vous ai raconté ce que ce devait être à proprement parler : une description de la nature démonique à travers trois exemples, de même que les *Trois Maîtres* est une description du romancier, du démiurge à travers trois exemples. Là aussi, tout cela s'agence pour le mieux, et je suis très surpris dans mon travail préparatoire de voir combien il se trouve d'analogies entre Hölderlin, Kleist et Nietzsche, aussi bien pour ce qui est de leur destin que pour leur forme d'existence ; il reste bien entendu qu'il y a encore beaucoup de recherches à faire. Si vous vouliez bien me prêter la biographie d'Hölderlin par Seebass, je vous en serais très reconnaissant, bien que j'espère, à vrai dire, trouver l'essentiel dans le livre de Vietor que j'ai déjà commandé. Dans le cas de Nietzsche, les choses se présentent pour moi de façon plus complexe. Je crois que les cinq tomes de la correspondance (je ne possède que les lettres à Overbeck et l'anthologie) sont épuisés depuis longtemps chez Insel : si vous pouviez me les trouver d'occasion quelque part, je vous en serais *infiniment* reconnaissant. Je voudrais également vous demander de me commander l'ouvrage de Heinrich Römer : *Nietzsche*, 2 tomes, qui vient de paraître chez Klinckhardt & Biermann. J'ai déjà Ernst Bertram ; à part cela, je crois qu'il n'y a rien d'extraordinaire ni d'éminemment important. Il existe bien encore un livre que j'aimerais avoir, c'est le gros *Nietzsche* d'Andler, dont 4 tomes sont parus à Paris pour l'instant (il doit y en avoir 6), mais dont je ne peux attendre la parution complète. En fin de compte, ces trois essais ne se doivent pas d'être des biographies philologiques, et je ne songe pas à m'encombrer de livres outre mesure : si déjà vous pouviez me procurer ceux que je viens de mentionner, à savoir la correspondance de Nietzsche et la biographie de Römer, je vous en serais très reconnaissant. J'ai l'agréable sentiment que cela pourrait devenir un livre relativement important, justement par la réunion de ces textes qui, loin d'isoler les individualités, donne au livre une plus grande unité.

Chose étrange, je suis ces derniers temps fortement pressé par Ullstein, qui veut que je lui écrive un petit *Hölderlin* pour sa nouvelle série de biographies[1]. Je pourrais bien isoler l'essai de ce nouveau livre, mais je n'en ai sincèrement pas grande envie, car je crains de dévaloriser le livre si j'en fais paraître une partie à l'avance. Il est vrai que les offres qu'il me fait sont extraordinaires, et que je vais avoir du mal à rester fidèle à Insel.

Voilà longtemps que je n'ai plus du tout de nouvelles de la « Bibliotheca mundi ». Les anthologies française et italienne devraient pourtant être terminées depuis longtemps. Est-ce qu'on diffère la parution pour des raisons politiques ? J'ai entendu parler d'une décision de ce type de la part des éditeurs allemands, mais je ne trouvais pas l'initiative heureuse, car on ne peut rêver de meilleure occasion de montrer que dans ce domaine, en Allemagne, on se situe intellectuellement bien au-dessus de tout ça. Qui plus est, le livre est véritable-

---

1. Les éditions Ullstein envisageaient la publication d'une série de biographies qui ne vit le jour qu'en 1935.

ment devenu un objet de nécessité pour les gens cultivés.

Il faudra à présent penser fidèlement à votre fils ! Peut-être que je viendrai à Leipzig d'ici à la fin du printemps : je veux d'abord aller en Souabe pour voir les paysages d'Hölderlin, et passer aussi une journée à Weimar aux archives Nietzsche, pour consulter deux ou trois choses.

Bien cordialement, votre

Stefan Zweig

———◦———

A Arthur Kutscher [1]

Salzbourg, le 17 avril 1923

Cher Monsieur,

Bien évidemment, je suis en principe tout à fait disposé à vous confier le manuscrit du *Marquis de Keith* [2] pour que vous le consultiez, mais ce n'est pas si simple, car vous oubliez que la Bavière se trouve dans une sorte d'état de guerre contre nous Autrichiens. Autrefois, je passais très souvent à Munich : maintenant qu'il me faut prendre une « autorisation préalable » et passer la première matinée à courir à la police acheter, pour 8 000 M les 48 heures, ma présence sur les lieux, je ne viens évidemment plus ; quant à l'envoyer par la poste, cela aussi pose de nouveaux problèmes. Car il faut d'une part que j'aille chercher

---

1. Arthur Kutscher (1878-1960), historien de la littérature et spécialiste du théâtre, professeur à Munich.
2. Frank Wedekind, *Der Marquis von Keith*.

pour l'Autriche une autorisation d'exportation, ou au moins une déclaration, d'autre part que vous, de votre côté, alliez en chercher une pour me retourner le texte, étant donné qu'il est relié sous forme de livre, et qu'il faut donc une attestation d'exportation. En outre, la poste n'est pas vraiment fiable.

Heureusement, il y a bien toujours de temps à autre quelqu'un qui fait le trajet. Il y avait justement chez moi avant-hier un enseignant de l'université de Leipzig par qui j'aurais facilement pu le faire passer, et j'espère qu'il se trouvera bientôt à nouveau un messager fiable. A ce que je sais, il ne contient pas ou très peu de modifications, c'est un manuscrit définitif à partir duquel l'impression s'est faite quasi à l'identique. Dès qu'une occasion se présentera, je vous le ferai savoir. En attendant, recevez pour aujourd'hui les salutations les meilleures de votre sincèrement dévoué

Stefan Zweig

———◦———

A Otto Heuschele [1]

Salzbourg, 2 juin 1923

Cher Monsieur, voilà longtemps que je ne vous ai pas écrit : je ne cessais d'espérer venir en Souabe au printemps visiter le pays d'Hölderlin. Mais nos souhaits les plus chers se réalisent désormais rarement, et je dois reporter ce voyage à une prochaine année : en revanche, l'essai sur Hölderlin, lui, est en cours, et

_____

1. Otto Heuschele (1900-1996), poète, romancier et essayiste allemand.

me procure beaucoup de joie en raison même de la tension interne que cela représente de décrire une telle nature dans son immense singularité. La pure héroïsation telle qu'on la fait maintenant, l'invocation du génie allemand, du voyant n'est pas encore plastique, elle n'est que pathétique : ce que je trouve grand, c'est le fait même qu'Hölderlin ne s'élève que par la seule pureté hors des limites déterminées et même étroites du don. Et c'est étrange de voir à quel point il ressemble à ses acolytes Kleist et Nietzsche dans cette volonté d'inconditionnel.

Je partirai peut-être pour huit jours au bord de la Baltique... j'ai besoin d'un peu d'air différent, plus puissant dans les poumons. Puis je rentre à la maison cet été, et peut-être que sur le chemin du retour je pourrai faire étape pour une journée dans votre belle région. On ne connaît pas l'Allemagne, on la méconnaît même toujours davantage quand on va trop souvent dans les grandes villes : je ne m'en rends jamais compte qu'une fois dans les modestes cantons des régions rurales, et c'est pourquoi j'aime tant me rendre dans une petite ville et un pays que je ne connais pas. Soyez vivement remercié pour vos bonnes dispositions à mon égard et recevez les salutations cordiales de votre dévoué

Stefan Zweig

—◇—

A Romain Rolland [lettre en français]
Salzbourg, 13 juillet 1923

Mon cher ami, quelle joie de vous attendre !! Nous sommes prêts, nous sommes heureux. Quant à la façon de voyager je vous conseille de ne *pas* venir par l'Allemagne (cela veut dire par la Bavière) à Salzbourg. Il est vrai, le trajet est plus simple (pas beaucoup !), mais il est presque dangereux de traverser la Bavière pour un Français. Vous trouverez partout les affiches « Entrée interdite aux Français et aux Belges ». Chaque boutique le porte, chaque hôtel, chaque restaurant !!

Vous pouvez prendre soit l'Orient-Express (Paris-Bucarest) qui passait toujours par Munich, mais qui va maintenant via Zurich – Buchs, Innsbruck, Salzbourg. Il est excellent : Il part de Zurich vers minuit (je ne sais pas l'heure exacte – minuit 40 minutes) et arrive à Salzbourg à 16.00 (4 heures de l'après-midi) sans toucher le territoire allemand. Seulement il ne marche pas tous les jours, je crois *trois fois par semaine*. Il faut donc s'instruire à temps et se faire réserver une place Wagon-Lit – on peut rester dans le wagon à la frontière : grand avantage !

Puis il y a un autre train à côté de l'Orient-Express qui marche chaque jour, qui part de Zurich vers 20 ou 21 heures du soir et arrive à Salzbourg à 13.56 (deux heures de l'après-midi). Il est plus avantageux quant au prix, je ne sais seulement pas s'il a un wagon-lit et s'il ne faut pas sortir à minuit à la frontière (dans l'Orient-Express on peut rester dans le train, je crois aussi dans celui-là également, surtout si vous avez une attestation du médecin). Mais il faut également se faire réserver un wagon-lit quelques jours à l'avance, si ce train dispose d'un wagon-lit, je ne le sais pas encore et je m'en doute bien !

Si vous croyez que le trajet vous fatigue trop, vous pouvez aussi descendre à Innsbruck : je viens *avec joie* à votre rencontre, comme je viendrais avec *joie* vous prendre à Munich. Mais je vous répète : évitez plutôt de passer seul par la Bavière ! En rentrant je peux vous accompagner à Munich et vous faciliter par mes connaissances ici la frontière allemande à Salzbourg, mais je serais inquiet de vous laisser...

_____

Je vois justement encore un bon train qui part :
Zurich 9 h 11 matin
Buchs (frontière) 12 h
Innsbruck 5 h 12 après-midi
Salzbourg minuit (sans difficulté de douane etc.)
Vous voyez avec ce train tout le Tyrol. Je viens à votre rencontre et si vous êtes fatigué on restera la nuit en route quelque part

_____

... passer tout seul. Je ne voudrais pas que vous arriviez ici avec des mauvaises impressions.

Il fait bien chaud ici, mais à notre maison nous avons toutes les ressources pour nous défendre bien et je suis sûr que vous vous trouverez bien ici, même si la pluie revient. Tout sera préparé et nos cœurs sont déjà ouverts de joie.

Vous me télégraphierez l'heure et le jour de votre départ : je viendrai quelques stations à votre rencontre et tout sera préparé. Nous installerons un service spécial pour vous défendre et notre bon chien sera toujours à la porte pour nous avertir si quelqu'un veut vous ennuyer, sans être prié de paraître.

Merci mille fois ! Nous vivons dans l'espoir de vous voir bientôt ! Et cette pensée nous rend joyeux ! Fidèlement, votre

Stefan Zweig

En hâte.

Le trajet par le Tyrol est admirable ! Bien préférable au voyage par la Suisse !!

———◦———

A Maxim Gorki

Salzbourg (Autriche), 29 août 1923

Cher Monsieur,

Vous voudriez publier ma nouvelle *Lettre d'une inconnue*[1] dans votre recueil... le courrier m'a rarement porté chez moi une aussi bonne nouvelle[2]. Bien entendu, je vous donne mon assentiment et je m'en réjouis : mais ce qui m'a réjoui au plus haut point, c'est *votre* approbation. J'aime infiniment votre œuvre : voilà des années que rien ne m'a bouleversé autant que la description de votre premier mariage dans les *Souvenirs*[3]. Nous n'avons personne dans la littérature allemande qui ait une telle immédiateté dans la vérité – je sais que l'on peut aussi y atteindre à travers l'art, peut-être même à travers les arts. Mais votre *immédiateté* est pour moi unique : Tolstoï lui-même n'avait pas ce naturel dans la narration. J'aime tellement vos livres ! J'admire tellement votre comportement humain durant toutes ces années criminelles !

---

1. La nouvelle avait été publiée dans la *Neue Freie Presse*.
2. Maxim Gorki (1868-1936) avait chargé Romain Rolland de dire à Zweig l'admiration qu'il portait à ce texte. Il projetait de le faire publier.
3. Il s'agit de la nouvelle *Un premier amour*.

137

Je suis profondément heureux de pouvoir aujourd'hui vous dire mon affection et mon admiration. Et je vous prie de ne pas interpréter comme un geste intrusif l'envoi que je vous fais de deux livres, le recueil de nouvelles *Amok*, et *Trois Maîtres*, un livre sur le roman qui contient un essai sur Dostoïevski. Vous n'êtes nullement obligé de les lire, vous n'avez nul besoin de me remercier. Vous pouvez aussi les offrir à quelqu'un d'autre sans les avoir lus. C'est simplement que je ressens le besoin de vous envoyer quelque chose.

Mais si un jour vous voulez me faire une grande joie, envoyez-moi quelques pages manuscrites d'une de vos œuvres. Je collectionne ces manuscrits non comme les très jeunes filles collectionnent les autographes, mais avant tout par amour pour les poètes, ensuite pour pénétrer plus avant dans leur travail. Je possède de Dostoïevski deux chapitres d'*Humiliés et offensés*, de Tolstoï deux chapitres de la première version de *La Sonate à Kreutzer* – j'ai acquis l'un comme l'autre avant la guerre au prix de beaucoup d'argent et d'efforts. Quel ne serait pas mon bonheur si vous complétiez ces deux Dioscures de quelques pages de votre main...

Une dernière chose : si jamais vous aviez besoin de *quoi que ce soit* dans le domaine littéraire en Allemagne, je serais heureux de pouvoir vous rendre service.

Avec toute l'estime de votre

Stefan Zweig

Ne manquez pas de rendre visite à Rolland !!! C'est une véritable *expérience* que de faire sa connaissance. Sa bonté, sa droiture sont sans pareilles sur cette pauvre terre, et il conquiert sa passion sur un corps délabré.

◇

A *Romain Rolland* [lettre en français]
Salzbourg 9 octobre 1923

Mon cher ami, je reviens de Vienne – mon père est toujours très faible et il faut que je lui rende visite tous les mois, sans pouvoir lui porter un secours réel, car il est devenu déjà tout à fait indifférent à la vie, tout à fait passif, sans souffrir, mais sans joie. C'est triste à voir et je reviens toujours mélancolique de ces voyages.

J'ai écrit immédiatement au Insel-Verlag qu'il vous envoie un Faust complet[1]. Ce volume contient ce que nous appelons le « Premier Faust », la première forme, retrouvée 60 ans après sa mort : la plus sensuelle, la plus vivante, mais sans l'approfondissement philosophique (fragment d'ailleurs). Puis la première publication *Fragment d'un Faust*, puis la forme définitive, et puis les esquisses. Dans les esquisses manque malheureusement la grande scène où Faust descend chez Pluton pour réclamer Hélène – il n'avait pas la force de la tracer avec ses 81 ans. Elle aurait été grandiose.

J'ai fini l'essai sur Masereel : vous le recevrez bientôt. C'est la préface pour une publication de ses

_____

1. Rolland avait demandé à Zweig de lui faire parvenir le volume de Goethe, pensant qu'il était paru dans la Bibliotheca mundi.

[gravures sur] bois en Allemagne. Car on publie encore, bien qu'on paye déjà un livre, un exemplaire *un milliard*. C'est absolument fou au-delà de la frontière. Mes amis souffrent beaucoup. Les éditeurs n'impriment plus et volent les auteurs en leur envoyant l'argent trop tard – et deux jours de retard diminuent la valeur de 50 % !!! Ils sont absolument écœurés, les pauvres ! Barbusse est à Berlin en ce moment, j'espère qu'il fera un appel en France pour montrer que maintenant l'Allemagne est un enfer. Vous savez que j'ai toujours dit qu'on vit mieux en Allemagne après la guerre, et beaucoup trop bien – maintenant c'est devenu terrible et je souffre avec eux.

J'ai eu la visite d'un charmant Américain, Mr. Barett Clark, qui a traduit vos tragédies. Il est tout à fait de mon avis que vous avez eu tort d'interrompre cette série et il partage mon opinion que leur « temps viendra ». D'ailleurs j'ai causé avec un metteur en scène de l'Odéon à Paris qui m'a dit qu'il a proposé déjà *Danton* à son directeur et qu'il croit lui aussi à une possibilité de reprise. Il a vu *Danton* chez Reinhardt et on a parlé beaucoup de ce succès à Paris.

Une question ! La *Neue Freie Presse* publie... des scénarios de cinéma de grands auteurs. Elle serait heureuse d'avoir le vôtre[1] et publierait aussi les esquisses de Masereel, naturellement en réservant *strictement* le droit d'exécution. Il est absolument *sûr* qu'une telle publication provoquerait immédiatement la réalisation de votre scénario. Est-ce que cela vous intéresserait ?

---

1. On ne connaît pas de scénario de cinéma écrit par Rolland.

L'adresse de Hermann Bahr est *Munich*, Barerstrasse 52. Mais il s'occupe de déménager dans quelques mois à Vienne. Il a bien assez de Munich comme tous les autres intellectuels – on ne peut pas vivre dans le domaine de Ludendorff, au centre de la violence [1]. Vous ne pouvez pas vous figurer l'état d'esprit en Bavière, la haine absolue contre... contre *tout*, tout simplement, cette frénésie de brutalité mal réprimée qui aimerait se déclencher. Tous mes amis s'en vont, personne ne veut plus respirer cet air empoisonné.

Je suis heureux que vous ayez fini *L'Eté* [2]. Reposez-vous bien maintenant. Rien ne vous presse et je suis sûr que ce repos se transformera, sans que vous le sachiez, en création. Je suis déjà très curieux de lire ce second volume et combien d'autres partagent cette attente.

Je vous écrirai bientôt ! Aujourd'hui je reviens justement du wagon et la main qui vous écrit est encore noire du charbon. Meilleurs compliments à Mademoiselle votre sœur de ma femme et de votre fidèle

Stefan Zweig

————◇————

1. Ludendorff s'était installé à Munich à son retour de Suède et avait pris part à la tentative de coup d'Etat d'Hitler en 1923.
2. *L'Eté* est le deuxième tome du roman de Rolland *L'Ame enchantée*.

A Siegmund Warburg [1]

[Salzbourg, 9 octobre 1923]

Cher Monsieur, cela me fait évidemment plaisir d'avoir votre ami auprès de nous : nous qui nous sommes retirés ici dans le calme, il n'est rien que nous aimions tant que de ressentir le monde, le souffle de l'Europe par l'intermédiaire d'hommes bons et essentiels. Cet été, nous avons eu Romain Rolland chez nous pendant quinze jours : dommage que vous ne soyez pas passé à ce moment-là. C'est peut-être le seul qui m'ait appris à croire à la continuité de la raison au beau milieu de la folie de notre époque.

Nous nous remémorons toujours votre visite avec plaisir, et j'espère beaucoup pouvoir vous rendre la pareille à Hambourg à l'automne – j'ai dû renoncer à mon voyage dans le paysage hölderlinien du Wurtemberg, bien que j'aie souhaité en profiter pour rendre visite à Gorki à Fribourg en Brisgau. Il faut d'abord en finir avec le travail, et puis j'ai ramené de mes derniers séjours en Allemagne un tel sentiment dépressif que cette frontière me fait un peu peur. Les gens vrais sont tellement bouleversés et écrasés par les difficultés matérielles que la moindre discussion tourne inévitablement autour des questions monétaires : en Autriche, nous avons connu une situation de ce type pendant deux ans, et nous sommes encore terrifiés par ces jeux de chiffres derrière lesquels il devient impossible d'estimer les vraies valeurs de la vie.

---

1. Siegmund Warburg (1902-1982), banquier hambourgeois.

Avec les salutations cordiales de votre sincèrement dévoué

Stefan Zweig

—◦—

A Victor Fleischer

Salzbourg, le 3 novembre 1923

Cher Viktor,

Je pars demain pour Vienne, et je voulais simplement te dire une petite chose aujourd'hui. Ma
banque Reichenhaller [1] m'a mis dehors parce que les
droits d'auteur entrant ne couvraient pas les frais de
fonctionnement du compte. J'ai donc demandé à
Rütten & Loening et à deux autres endroits d'où je
reçois des honoraires en marks de virer directement
l'argent sur ton compte chez Speyer et Ellissen. Le
mieux serait que tu le dépenses tout de suite pour toi
– l'un dans l'autre, ça devrait bien suffire pour 20 ciga-
rettes – et que nous régularisions tout ça sous forme
comestible quand les temps redeviendront meilleurs
et que je pourrai me payer un compte à moi.

J'ai beau lire les journaux, je ne comprends
plus ce qui se passe en Allemagne [2]. Je ne comprends plus les gens qui achètent des livres, je ne
comprends plus que des gens travaillent encore, que

---

1. Zweig possédait un compte dans cette banque allemande,
qu'il utilisait pour percevoir ses honoraires allemands.
2. Occupation de la Ruhr et « résistance passive », agitation
révolutionnaire en Saxe, Thuringe et à Hambourg, proclamation
de la « république rhénane » et du « gouvernement autonome de
la république palatine ».

le Reich continue à tenir et que tout le monde ne soit
pas fou de rage. Je serai de retour dans huit jours ;
en attendant, bien affectueusement à toi, ton fidèle
Stefan

―◇―

A Romain Rolland [lettre en français]
Salzbourg, Kapuzinerberg 5
16 nov. 1923

Mon cher ami, j'étais, comme chaque mois, à Vienne
(une ville qui étonne tout le monde en ce moment par
sa renaissance inattendue) et j'ai entendu à la bibliothèque nationale une nouvelle qui vous intéressera
sans doute (si vous ne la savez déjà). On vient de
trouver un opéra de Monteverdi *Il ritorno d'Ulysse* et
on l'a publié entièrement dans les « Monuments de la
musique en Autriche ». Si vous voulez, je vous procu-
rerai le volume. Le Dr Haas qui l'a découvert me disait
très justement quel bruit on aurait fait de la découverte
d'une tragédie de Racine ou Corneille, alors que personne ne s'est intéressé chez nous à cette trouvaille.

Est-ce que vous avez reçu mon livre sur Frans
Masereel : je vous l'avais fait expédier il y a dix jours
(recommandé). On vient de me demander un petit
essai sur *Annette & Sylvie* pour le « Dial » à New York.
Je l'écrirai un de ces jours et j'espère qu'il sera utile
pour la publication de la traduction américaine qui
est sous presse.

Ce qui se passe en Allemagne surpasse les
attentes les plus tristes. Folie sur folie ! Rappeler en
ce moment le Kronprinz était le geste le plus stupide

et personne ne comprend plus ce triste « président de la République », le feu socialiste Ebert qui est devenu le jouet des réactionnaires les pires [1].

En Bavière, les Ludendorff et Hitler ont envenimé tout le pays, suppression *complète* des journaux socialistes [2], suppression complète des journaux socialistes, défense de faire entrer des journaux comme la *Frankfurter Zeitung* et *Berliner Tageblatt*, une censure plus violente qu'au temps de la guerre, pillage sous prétexte de recherche des armes, un antisémitisme forcené, qui défend par exemple la représentation des œuvres des auteurs juifs ou suspects d'être de sang juif au théâtre, expulsion en 24 heures de personnes qui habitent Munich depuis vingt ans. Une terreur comme l'histoire n'en connaît que très peu d'exemples, naturellement les étudiants forment, comme toujours en Allemagne, l'avant-garde de la réaction. Nous qui vivons à dix minutes de la frontière regardons cette mer de haine comme d'un port sûr : tous les efforts pour transplanter l'agitation en Autriche ont jusqu'à présent été sans effet ou presque sans effet : nous souffrons seulement pour nos amis là-bas. L'un, le correspondant du journal de Berlin [3], ne peut pas sortir sans être sûr d'une attaque, un autre, le traducteur de Dostoïevski et Merejkovski a été expulsé [4], et la situation des intellectuels et des

1. Le Kronprinz avait obtenu du gouvernement d'Ebert l'autorisation de rentrer de son exil hollandais et était arrivé en Allemagne le 11 novembre.

2. Le général von Kahr avait fait interdire la presse communiste et sociale-démocrate le 11 novembre.

3. Sans doute Leonhardt Adelt.

4. Alexander Eliasberg (1878-1924), qui vivait à Munich depuis 1904, partit s'installer à Berlin.

ouvriers est terrible. Le pays est plein de blé (une récolte si superbe, comme l'Allemagne ne la connaissait pas depuis 20 ans), mais les Junker et les paysans n'envoient rien aux villes pour stimuler le mécontentement contre la république et pour fomenter la dictature réactionnaire. La misère est artificielle par les causes et terriblement réelle pour les pauvres : jamais un pays n'a été aussi brutalement usé et pillé par ses maîtres que ne l'est l'Allemagne par les Stinnes [1] et les Junker. Il y a malheureusement beaucoup de vérité dans les discours de Poincaré, qui d'autre part par sa ténacité a ruiné la démocratie en Allemagne [2]. Quel monde ! Je vous écrirai bientôt ! Fidèlement, votre

St. Z.

A Heinrich Meyer-Benfey

Salzbourg, le 23 novembre 1923

Cher Monsieur,

Soyez vivement remercié pour votre lettre et le livre sur Maeterlinck [3], qui m'a fait énormément plaisir et m'a beaucoup intéressé. Je le trouve très

---

1. Hugo Stinnes et d'autres grands industriels (junkers) soutenaient financièrement les mouvements nationalistes d'extrême droite.

2. Poincaré avait accusé l'Allemagne à plusieurs reprises d'avoir intentionnellement provoqué sa situation d'insolvabilité vis-à-vis des réparations.

3. Heinrich Meyer-Benfey, *Das Maeterlinck-Buch*, Dresde, 1923.

instructif et je voudrais simplement vous faire part en passant de quelques petits souhaits dans l'éventualité d'une nouvelle édition. Il me semble qu'il y manque une bibliographie générale, un index qui en faciliterait beaucoup la consultation éventuelle. En outre, je pense qu'il serait de la plus grande importance, à propos justement de Lerberghe que vous décrivez si bien, de mentionner clairement le fait que c'est le petit drame *Les Flaireurs* de Lerberghe [1] qui a réellement façonné et déterminé tout le style des premières pièces de Maeterlinck [2]. Je n'insiste sur ce fait que parce que Lerberghe semble un peu oublié, et que je considère comme un impératif d'honnêteté de ne cesser de mentionner que c'est lui qui a été véritablement l'initiateur (bien oublié).

Je vais également essayer de vous procurer rapidement le *Gandhi* de Rolland. Rolland connaît très bien ce qui l'oppose à Tagore et, comme il les aime beaucoup tous les deux, et qu'il est en outre très lié à Tagore, il ne lui a pas été facile d'y être juste. Mais je crois qu'il est parvenu à présenter de façon relativement claire la confrontation entre leurs idées à tous deux (qui est une confrontation éternelle), et vous aurez certainement plaisir à le lire. A ce propos : je viens de recevoir de Paris un livre de Rabindranath Tagore qui n'est pas encore paru en anglais et a été traduit directement du bengadi par Kalida Nag et Pierre-Jean Jouve. Il s'intitule *Cygne* et est paru chez Stock ; à première vue, un recueil de poèmes, je le

---

1. Charles van Lerberghe (1861-1907), écrivain symboliste flamand écrivant en français. *Les Flaireurs*, Bruxelles, 1889.
2. Maurice Maeterlinck (1862-1949), écrivain symboliste flamand écrivant en français.

lirai dans les jours qui viennent. En attendant, je tâcherai aussi de vous procurer ce qu'il vous manque encore de Rolland ; quant à mes livres à moi, je les compléterai le mois prochain par les *poésies complètes* [1], et je demanderai également à l'éditeur de vous faire parvenir un exemplaire des œuvres de Masereel qui sont parues avec une préface de moi. J'espère qu'il le fera de bon cœur.

Vous imaginez bien, sans doute, qu'ici nous ne sommes pas indifférents à la situation en Allemagne. Je ne peux vous cacher que la relative prospérité de l'Autriche a suscité en Autriche un certain sentiment de supériorité et qu'ici, le premier imbécile venu s'imagine être à l'origine de la guérison, tandis que l'Allemagne ne devrait son déclin qu'à sa folie et son incompétence. Mais les gens vrais savent bien que, si nous avons échappé à l'abîme sur lequel est construit toute l'Allemagne contemporaine, ce n'est que le fruit du hasard. Cela dit, je ne suis pas si pessimiste que ça, parce que je crois que la question de la constitution d'un Etat européen n'est l'affaire que de 50 à 100 ans au maximum, et qu'alors, par nécessité commerciale et matérielle, on verra apparaître en face des Etats-Unis d'Amérique les Etats-Unis d'Europe. Cet espoir ne repose pas sur un idéalisme confus mais, au contraire, sur une conviction née de considérations de mathématique et d'économie nationale. A terme, il est impossible que les Etats-Unis d'Europe emploient 40 millions de personnes et les déguisent en douaniers, soldats, consuls etc., alors qu'en Amérique ces mêmes 40 millions sont non seulement nourris par le monde économique mais

---

1. SZ, *Die gesammelten Gedichte*, Berlin, 1924.

produisent eux-mêmes. C'est pourquoi la question des frontières me semble si indifférente, car elles perdront d'elles-mêmes leur valeur : la seule chose qui importe, c'est que la culture, que l'esprit perdure, et c'est là et non dans la politique que réside la véritable mission de tous les Allemands véritables.

Tous mes remerciements encore et salutations cordiales de votre sincèrement dévoué

Stefan Zweig

—◇—

A Otto Heuschele

Salzbourg, Kapuzinerberg 5
28 novembre 1923

Cher Monsieur, je suis tout à fait honteux de ne pas vous avoir écrit depuis si longtemps, mais j'ai beaucoup été à Vienne (pour des raisons familiales), et dans ces cas-là, je me retrouve toujours face à une montagne de lettres. Cet été – vous l'ai-je déjà écrit ? –, Romain Rolland a passé quinze jours chez nous, des jours vraiment inoubliables. Son regard se porte bien au-delà de notre époque, au-delà de l'Europe à laquelle il faudra encore des décennies pour pouvoir recouvrer la santé. Pourquoi les hommes ne *veulent*-ils pas la vérité ? C'est difficile de vivre avec elle, plus coûteux et fatigant que de vivre dans la chaleur du mensonge : mais n'est-ce pas tout le malheur de l'Allemagne que de vouloir nier la réalité de la défaite ? Ce qui nous a sauvés en Autriche, c'est d'avoir reconnu que nous étions vaincus. Toute haine en a été désarmée, voire transformée en sympathie (car que veut le vainqueur si ce n'est *sentir* qu'il a vaincu : cela met fin à sa passion). Et puis... cette absence de personnalités fortes en politique, à droite comme à gauche. Car réclamer le dictateur à grands cris n'est rien d'autre qu'aspirer à trouver un *homme*, une personnalité forte au lieu de ces figures vacillantes. Et avec ça, cette torture qu'est la mathématique de la vie, qui trouble et détruit *inévitablement* l'esprit : on fait subir bien des choses au peuple ! Je préfère ne pas y penser.

J'aurais aimé vous envoyer en contrepartie mon édition de Masereel (chez Axel Juncker) ; j'espère en obtenir encore un exemplaire. A défaut, j'espère trouver une gravure sur bois signée : cela m'a fait un tel plaisir que vous aimiez cet homme extraordinaire... Ils sont bien peu nombreux aujourd'hui, ceux à qui l'on tient – le nouveau livre de Frank Harris sur Oscar Wilde[1] m'a fait le même effet, et puis aussi *Une enfance*, le petit livre de Hans Carossa[2], à part cela, on a tendance à se réfugier dans le passé. Mon livre sur Hölderlin-Kleist-Nietzsche progresse lentement. Quelle puissance de solitude avaient ces hommes-là... il est nécessaire de le rappeler, car chacun de nous est aujourd'hui plus que jamais renvoyé à lui-même : pour ma part, du moins, je *crains* presque les gens, qui sont empoisonnés par la politique, la haine et l'argent. Nous qui croyons encore en une plus haute unité dans l'esprit, nous nous sommes beaucoup amenuisés, ne sommes plus qu'une toute petite communauté invisible, et il est de plus en

---

1. Frank Harris (1851-1931), *Oscar Wilde. Eine Lebensbeichte*, Berlin, 1923.
2. Hans Carossa (1878-1956), *Eine Kindheit*, Leipzig, 1922.

plus difficile (mais de plus en plus beau et de plus en plus nécessaire) de conserver la foi, pour la raison même qu'il ne se produit *pas* de miracle, *Credo quia absurdum* – cette vieille formule est extraordinairement belle : croire, en une époque justement où cela semble impossible.

Je me réjouis beaucoup de recevoir votre livre [1] ! Et quel que soit le moment où vous voudrez venir, il y aura toujours pour vous une chambre prête, une table dressée. Peut-être avez-vous envie de fuir un peu la confusion allemande ?

Avec les sincères salutations de votre cordialement dévoué

Stefan Zweig

———◇———

A Felix Langer [2]

Salzbourg, le 20 décembre 1923

Cher Monsieur,

J'ai eu la joie de recevoir votre livre [3] et ne peux malheureusement vous en parler que brièvement, car je m'apprête à partir pour un assez grand voyage. Votre pièce m'a énormément intéressé, je trouve excellentes l'idée du problème de Wallenstein et la transposition historique du dilemme à une période postérieure, et son caractère y prend forme à merveille, tout à fait conformément à notre perception.

---

1. Otto Heuschele, *Briefe aus Einsamkeiten*, Berlin, 1924.
2. Felix Langer (1889-1979), écrivain autrichien.
3. Felix Langer, *Der Obrist. Ein Wallensteindrama in drei Akten*, Weimar, 1923.

La pièce me semble aussi extrêmement réussie sur le plan de la langue comme sur le plan scénique, pleine de sève et de force – ce qui me gêne, exactement comme chez Schiller [1], c'est la trop perceptible infériorité des personnages féminins. Si cet épisode était limité à sa dimension érotique, du moins aurait-il eu sur moi plus d'effet que ce n'est le cas ici où il s'agit d'« amour ». Cela introduit à mon sens, dans cette pièce dure et sévère, un certain sentimentalisme auquel je ne parviens pas à me faire, mais qui, d'un autre côté, profitera certainement à la pièce lorsqu'elle sera représentée. Je crois qu'elle vous apportera beaucoup de succès, un succès d'ailleurs tout à fait mérité, pour lequel je vous félicite dès aujourd'hui très cordialement et sincèrement.

Avec les compliments de votre très dévoué

Stefan Zweig

◄o►

A Franz Karl Ginzkey

[Vienne, non datée ;
vraisemblablement janvier 1924]
[préimprimé :] VII, Kochgasse 8,
cela faisait longtemps [2] !!!

Cher ami, sois *grandement* remercié pour tes propos si bons, si cordiaux et pleins de tact sur mon livre : si, en plus de tout cela, ils pouvaient être vrais devant le Bon Dieu, s'il y avait vraiment dans ces poèmes

---

1. Friedrich Schiller, *Wallenstein* (1800).
2. Zweig avait quitté cet appartement en 1919 quand il s'était installé à Salzbourg avec Friderike.

152

quelque valeur qui se révèle, alors je serais vraiment heureux. En fin de compte, c'est toujours à ces productions lyriques que nous tenons le plus, parce que nous ne savons vraiment pas qui nous les donne : elles sont ce qui nous vient du ciel, la grâce, tandis que tout le reste provient d'un travail, d'une réflexion, d'un apprentissage. J'ai toujours plaisir à penser à cette époque où sont nés nos vers à tous deux, et où nous étions souvent l'un et l'autre les premiers à entendre leur son, et je me réjouis que cette vieille amitié se soit renforcée et ait traversé les décennies sans dommages. Tu as une fois de plus donné une véritable preuve de cette vieille fidélité : merci beaucoup !

Heinz Amelung de la Scherl-Gartenlaube [1] a beaucoup regretté de ne pas te trouver ici. Mais à part ça, tu n'as rien manqué !

Bien affectueusement à toi, ton vieux

Stefan Zweig

——◦——

A Heinrich Meyer-Benfey

Salzbourg, le 10 janvier 1924

Cher Monsieur,

Je vous remercie bien tard de votre bonne lettre, mais j'ai été pris à Vienne par toutes sortes de choses [2], et je retrouve tout juste ma liberté intérieure.

---

1. Heinz Amelung (1880-1940) était depuis 1923 le directeur de la revue *Die Gartenlaube*.
2. Zweig avait dû se rendre à Vienne auprès de son père malade et à l'occasion de la mort de sa belle-mère.

Je vous suis infiniment reconnaissant de l'aimable intérêt que vous me portez : à vrai dire, c'est pour moi étrange et difficile à la fois de parler de mes propres textes, et parfois même d'en entendre parler, parce que tout me semble encore provisoire, un peu comme la forme terrestre des idées platoniciennes que je vois en moi. Pour l'heure, il me faut d'ailleurs mettre en suspens tout ce qui vient de moi-même si je veux mener à bien dignement ce triptyque Hölderlin-Kleist-Nietzsche. Votre livre [1] m'a beaucoup aidé, et je vous en remercie vivement : il est très clair, très intelligible, et surtout – il donne à Kleist la place qui lui revient. La façon dont ses dons se sont déployés est tout à fait inouïe, et on n'ose imaginer jusqu'où aurait pu le conduire une vie plus longue ; d'un autre côté, nous ne connaissons pas en Allemagne de tragédie plus pure, plus achevée que son existence. Je suis extrêmement désireux de m'approcher au plus près du mystère intérieur qui y réside sans me perdre dans des conjonctures oiseuses : certaines choses vous surprendront peut-être, surtout la tentative de constante mise en parallèle de sa forme d'existence et de la forme poétique. Dans ce livre, je n'ai aucunement l'intention non plus de présenter Goethe comme lui étant en quelque sorte supérieur parce qu'il aurait remporté des victoires dans la vie : ces hommes dont je parle en ont peut-être rapporté davantage dans leur art et leur volonté démonique, et je suis radicalement opposé à l'opinion généralement répandue qui veut que Goethe ait exploité tout le gisement de ses capacités poétiques. On a assisté

---

1. Heinrich Meyer-Benfey, *Kleists Leben und Werke. Dem Volke dargestellt*, Göttingen, 1911.

récemment à l'apparition d'un certain byzantinisme [1] dans l'approche de Goethe dans l'histoire de la littérature : on trouve tout sublime, jusqu'à son attitude envers Beethoven, Schubert, Hölderlin et Kleist [2], et on baptise servilement vertu ce qui n'était que dureté (et qui profondément était une faiblesse). Ici aussi il faut peut-être du courage et une certaine liberté intérieure pour y voir clair – je suis de plus en plus convaincu que la psychologie n'est pas seulement une question d'intellect mais aussi une question de tempérament. Il ne suffit pas de savoir voir, il faut aussi avoir le courage de voir et de formuler certaines choses. Ce courage, Kleist, entre autres, le possédait à un bien plus haut degré que Goethe, que l'instinct de conservation a rendu parfois trop réticent envers ses propres découvertes, voire ses propres expériences.

Il sera peut-être difficile d'imposer ce type d'idées en Allemagne, car l'opinion générale y a pris un dangereux tour d'ardente hypocrisie jusque dans le domaine littéraire. Vous en avez vous-même fait l'expérience à l'exemple de Tagore ; pendant un an, il a été considéré comme le plus grand des poètes, le sauveur et le libérateur, et aujourd'hui, il n'y a pas un journal pour lui consacrer la moindre colonne, et les gens de lettres sourient quand on prononce son nom. Or, ce mépris est tout aussi peu véridique que l'enthousiasme de l'an dernier – nous sommes encore prisonniers du phénomène de la suggestion de masse

---

1. Le terme désignait alors une certaine tendance à la flagornerie.
2. Goethe avait tenu sur eux des propos très durs et souvent méprisants.

et du jugement grégaire propres aux périodes de guerre : c'est perceptible dans la politique aussi bien que dans les domaines culturels et intellectuels. Quiconque pense par soi-même et tranche en fonction de sa propre inclination est aujourd'hui plus que jamais isolé : c'est certainement pour cela aussi que dans votre lettre vous qualifiez vos propres opinions d'« hérétiques », non sans une légère inquiétude. Nous assistons actuellement au début d'une ère de grande solitude des gens sincères, et il nous faut simplement faire en sorte que cette solitude se transforme en un lien qui resserre les rangs. C'est aussi dans cet esprit que je salue symboliquement l'intérêt que vous me témoignez, et votre aimable lettre, et je vous remercie de tout mon cœur,

votre sincèrement dévoué
Stefan Zweig

◆◇◆

A Otto Heuschele

Salzbourg, le 12 janvier 1924

Cher Monsieur,

Qu'allez-vous penser de moi... Je réponds bien tard à votre aimable lettre et à votre beau présent. Mais il s'est passé tant de choses entre-temps... il m'a fallu aller à Vienne et j'y ai été tellement pris par des affaires de famille pendant 15 jours que je n'ai pas même trouvé le temps d'écrire une carte postale. Et j'ai trouvé à mon retour le travail accumulé qui m'attendait, avec toutes sortes de choses urgentes. Je ne voulais pas réagir dans la précipitation à un courrier comme le vôtre, mais y consacrer une attention comparable à celle qui l'avait animé.

Je trouve vos *Lettres de la solitude* extrêmement belles. Le livre a une véritable unité bien qu'il semble au départ composé au hasard, on ne sent que peu à peu que les récits et les visages s'organisent presque autour d'un centre religieux, autour de cette capacité d'admiration inconditionnelle qui est elle-même digne d'admiration, et le fait même que la sphère qu'il embrasse soit si large, qu'elle aille d'un siècle à l'autre, est justement ce qui donne au livre sa valeur et sa beauté. En notre époque politiquement empoisonnée, nous n'avons besoin de rien plus que d'une pensée qui tende vers ce que nous avons de commun, qui voie dans l'admiration le ferment qui lie les hommes et les peuples. En ce sens, votre livre sera d'un infini secours, justement parce qu'il touche aux idéaux de la jeunesse, et parce que le temps présent est si troublé par la haine et l'amertume. J'ai été surpris de voir combien j'y ai rencontré de similitudes avec mon livre non encore publié, surtout dans la description de cette « époque démonique du début du XIXᵉ siècle » – à cela près que je vais plus loin encore, que je commence en France avec André Chénier et cherche à dépeindre l'ère héroïque des jeunes gens morts précocement, depuis Keats et Pouchkine jusqu'à Leopardi. Que cette époque ait été dans le même temps une période peu propice sur le plan politique et un sanglant univers de guerre pourrait nous donner un grand espoir, et nous sommes tenus de maintenir cet espoir, même si nous n'y croyons pas de toute notre âme. Je vois bien que vous ressentez les choses comme moi : que toute notre époque vous serait et vous semblerait plus facile si vous connaissiez l'existence de quelque nouvel Hölderlin ou Kleist qui serait appelé à offrir l'éternité à la mesquinerie de notre époque. Mais en fin de compte, cela ne dépend que de nous, et peut-être que ces grands écrivains sont près de nous, peut-être que nous connaissons leurs noms et les prononçons avec un demi-respect sans véritablement les distinguer. Il en a été ainsi de tout temps : les gens les meilleurs ont le plus souvent été mystérieusement aveugles à ce qu'il y avait de meilleur tout près d'eux. Le présent souffre toujours d'une singulière myopie : on distingue toujours la grandeur quand elle est dans le lointain, mais l'on ne ressent ce qui nous est proche que de façon confuse et floue. Il n'en reste pas moins que nous sommes animés de l'intention pure de distinguer ce qui est essentiel où qu'il se présente : espérons que notre espoir sera satisfait et que nous le vivrons et le sentirons un jour près de nous et dans le présent.

J'ai également énormément apprécié votre livre sur les festivals [1], mais je souhaiterais presque que vos rêves ne se réalisent pas. Toutes les réalités manquent de pureté : je le sens particulièrement bien à Salzbourg où j'ai eu l'occasion de jeter un œil dans les coulisses du mondialement célèbre festival Reinhardt. Il y a là trop de décors, trop de trafic, et avant tout ce maudit argent qui empoisonne et détruit tout ce qui veut passer de l'état d'idée à celui de réalité. Je crois que le théâtre est quelque chose avec quoi il ne nous faut pas compter lorsque nous parlons d'art. Il n'y a que dans la musique que surgisse encore parfois quelque chose d'irréprochable,

---

1. Otto Heuschele, *Fest und Festkunst*, Heilbronn, 1924.

et j'en ai récemment fait l'expérience avec étonnement et admiration à Vienne en écoutant le Quatuor Rosé[1]. Il n'y a plus que là que soit encore pensable une perfection sans chevilles apparentes, il n'y a que là que les accessoires disparaissent dans un élément hors espace. Mais dès qu'il y a des gens et des costumes à l'œuvre, il subsiste toujours un reliquat terrestre. Il faut sans doute avoir vingt ans et des yeux assez passionnés pour ne pas s'en apercevoir.

Je vous envoie pour ma part mes nouveaux poèmes qui sont enfin parus, et j'espère, si je vais effectivement à Paris comme je projette de le faire pour huit jours, pouvoir obtenir pour vous un tableau de Masereel, afin que vous soyez content et receviez mon bon souvenir. Parmi les livres récents, les seuls que j'aie vraiment appréciés sont le *Triptyque des trois rois saints* de Timmermans, l'auteur du magnifique *Pallieter*[2]. C'est encore un écrivain entier, pur, chez qui l'on sent ce que l'art allemand doit à ses sources originelles. Sinon, je ne trouve cela que dans les peintures paisibles de la campagne, chez Hans Carossa, Wilhelm Schmidtbonn, qui sont peut-être moins grands que le sont Hauptmann ou Hofmannsthal, mais qui ont pourtant conservé la pureté de l'art poétique au sens allemand du terme.

Pardonnez-moi donc, très cher Monsieur, de ne vous remercier que si tard et si insuffisamment, et ne doutez pas du grand plaisir que me fait la dédicace de votre livre. Je trouve qu'il est insuffisant de n'y répondre que d'une lettre, et j'espère pouvoir m'en-

---

1. Quatuor viennois fondé en 1882 par Arnold Josef Rosé.
2. Felix Timmermans, *Pallieter*, Leipzig, 1921.

gager à venir vous voir ce printemps. Je dois me rendre à Francfort et Baden-Baden pour des conférences, mais je resterais volontiers quelques jours au pays d'Hölderlin pour mon propre plaisir.

Salutations cordiales de votre sincère
Stefan Zweig

Je vous souhaite bien du bonheur pour ces temps-ci et pour votre travail ! Cet hiver a quelque chose de pesant et de lourd, il pèse sur nous comme un nuage. Mais le printemps n'en sera que plus beau : je crois qu'il finira par naître de cette lassitude générale une véritable paix entre l'Allemagne et la France. Il y a encore bien trop de haine dans le monde. De quoi la jeunesse pourrait-elle s'enthousiasmer ? Les idéaux du passé, le cliquetis des sabres, cette bruyante conscience nationale ? Ne reviendra-t-elle pas plutôt aux sources éternelles que vous dépeignez si bien dans votre livre ? J'aimerais beaucoup revoir une jeunesse qui ressemble à ce que nous étions (avec toutes nos erreurs et nos mesquineries) : *heureuse* de prodiguer l'admiration, prête au don de soi, et animée d'une mystérieuse humilité devant l'époque qu'elle vivait. Mais notre époque interdit qu'on la respecte : elle se prête plutôt à ce qu'on la méprise, mais cela ne *peut,* cela ne *doit* être que transitoire. Puisse Dieu nous faire don d'un Walt Whitman allemand, d'un nouveau Nietzsche, ne serait-ce que d'un homme qui *dise oui* au monde ! Il n'est rien dont nous ayons davantage besoin !

A Friderike Maria Zweig

[Paris, Hôtel Beaujolais ;
non datée ; cachet de la poste : 26.I.1924 [1]]

Fritzi chérie, je t'écris tard dans la soirée depuis ma splendide chambre – vue sur jardin, superbes portes provenant de l'ancien Palais royal. J'ai beaucoup été par monts et par vaux, j'ai vu beaucoup de gens même si je ne le voulais pas – mais eux, ils veulent tous. Tout d'abord, Bazal[gette], qui est magnifique, puis je suis allé chez Kra [2], dont les filles sont ligistes [3] et savent tout de toi et des autres par Madeleine Marx [4] et compagnie, j'ai mangé avec Bazal[gette], suis passé dans l'après-midi chez Billiet [5] pour voir les nouveaux tableaux de Masereel. Tu ne peux pas imaginer à quel point ses derniers portraits sont superbes – il faut brûler les reproductions tellement elles semblent éteintes et fades. Je suis absolument enthousiaste, et j'aurais passionnément aimé acheter un grand tableau, mais je préfère faire faire mon portrait par M. Cela prend du temps, mais je suis heureux d'être en compagnie de cet homme merveilleux. Il est ensuite arrivé, et nous avons parlé longtemps ; il n'est plus aussi serein qu'il l'était autrefois, il y a au-dessus de lui quelque chose de sombre. Et puis,

---

1. Stefan Zweig séjourna à Paris du 25 janvier au 6 février.
2. Simon Kra, éditeur et marchand d'autographes.
3. Membres de l'International Women's League for Peace and Freedom.
4. Madeleine Marx (1889-1973), militante communiste française, écrivain, membre du comité de rédaction de la revue *Clarté*. Zweig et Friderike avait traduit son roman *Femme* en allemand en 1920.
5. Galerie Joseph Billiet.

ce travail gigantesque... Ensuite, j'ai encore vu Scheyer [1], j'ai mangé chez Zifferer – tout ça dans cette première journée, alors que je ne suis arrivé qu'à dix heures et ai vu des milliers de rues et de choses !!!! Avec ça, Fauconnier veut me voir demain, la Conseillère [2] aussi, et puis Unruh [3] arrive, il faut que je me fasse faire le portrait, et que j'aille chez Charavay [4], et je suis encore pris le soir : la journée sera bien remplie, mais je ne suis pas fatigué. La seule chose qui m'inquiète, c'est Victor [5] à qui j'ai encore télégraphié que je n'ai pas de temps pour lui – je ne peux pas emmener quelqu'un faire des emplettes ici, et le trimballer partout en parlant allemand. J'espère que ces quelques jours ne feront pas d'accroc à toutes ces années d'amitié – mais je suis déjà pris du matin jusqu'au soir, dimanche à Saint-Cloud chez Kra, et peut-être aussi Mad. Verhaeren [6], je voudrais lundi rendre visite à Martinet [7] qui est malade, et puis je veux de la tranquillité et de la liberté. Quel dommage que les gens gâchent toujours les meilleures relations à force de surenchère ! Tu sais ce que j'apprécie le plus ici ? *flâner dans les rues, bouquiner* – je ne me laisserai pas priver de ça par des rendez-vous et des engagements. Dieu que cette ville est belle ! Le soir, des nuées de lumières, un éclat sans pareil dans l'obs-

---

1. Moritz Scheyer (1886-1949), journaliste autrichien.

2. Berta Zuckerkandl, amie de Zweig.

3. Fritz von Unruh (1885-1970), écrivain allemand.

4. Noël Charavay, marchand d'autographes.

5. Victor Fleischer.

6. Marthe Verhaeren (1860-1931), peintre et sculpteur, veuve d'Emile Verhaeren.

7. Marcel Martinet (1887-1944), poète français.

curité. Et puis cet air suave et doux – c'est tout l'air de ma jeunesse que je respire avec cette odeur, je me penche à la fenêtre en ma propre compagnie. Et je suis resté assis à la terrasse d'un café en plein mois de janvier, la nuit, alors que 24 heures auparavant j'étais encore transi jusqu'aux os dans un coupé. Bien des choses à toi ! Regarder le Palais royal depuis la fenêtre... c'est bien trop beau pour dormir, mais à un moment ou à un autre, il le faut bien. Bien affectueusement à toi,

Stefan

————◁◇▷————

A Erich Ebermayer[1]

Salzbourg, 28.II.1924

Cher Monsieur, soyez vivement remercié pour vos aimables propos sur mes poèmes[2] ; c'est un bonheur pour moi que ces vers nés en des années aujourd'hui envolées – je ne sais guère plus quand ni comment – soient encore vivants pour d'autres ; et que vous leur accordiez une valeur pour la jeune génération m'a tout spécialement comblé. Après quarante ans, on a parfois tendance à croire que l'on a pris congé de la jeunesse, et il n'y a rien de plus beau qu'un écho de la jeunesse d'autrui dans notre propre vie. Je vous suis *sincèrement* et *vivement* obligé de ce que

---

1. Erich Ebermayer (1900-1970), juriste, avocat, dramaturge et metteur en scène berlinois.
2. Ebermayer avait rédigé un article sur les poèmes de Zweig dans un journal de Leipzig.

vous dites – j'espère que ces remerciements vous parviendront

votre sincèrement dévoué

Stefan Zweig

———◦———

A Erhard Buschbeck [1]

Salzbourg [non datée ;
vraisemblablement antérieure au 10 mars 1924]

Cher ami, ces derniers temps, je reçois de plus en plus de sollicitations venant d'Allemagne pour ma *Métamorphose du comédien*, qui est désormais une pièce d'apparat et de répertoire, et qui est notamment à l'affiche de toutes les soirées sur les auteurs autrichiens. A mon sens, cette pièce ne serait nulle part mieux à sa place qu'au Schönbrunner Schloßtheater [2] : le mieux ne serait-il pas (en toute objectivité) d'y donner, en même temps que *La Porte et la Mort* d'Hofmannsthal [3] (à titre de célébration tardive de son cinquantième anniversaire), cette petite pièce archi-fiable de moi [sic], et une troisième pièce autrichienne, par exemple le *Paracelse* de Schnitzler [4] ou le *Barbier de Berriac* de Max Mell [5] ? Peut-être

_____

1. Erhard Buschbeck (1889-1960), écrivain et homme de théâtre autrichien.

2. Le Schönbrunner Theater accueillait des spectacles du Wiener Theater où travaillait Buschbeck.

3. *Tor und Tod*, pièce de jeunesse d'Hugo von Hofmannsthal publiée à Vienne en 1894 sous le pseudonyme de Loris.

4. Arthur Schnitzler, *Paracelse*, Vienne, 1898.

5. Max Mell (1882-1971), *Der Barbier von Berriac*, Vienne, 1911.

pourriez-vous montrer à Herterich [1] cette petite pièce qui, étrangement, est peu connue à Vienne, alors qu'en Allemagne elle fait constamment partie du répertoire depuis quinze ans. Je crois que cela irait comme un gant à la Schönbrunner Haus.

Quand reviendrez-vous nous voir ?

Bien cordialement, votre

Stefan Zweig

◦━◦

A Romain Rolland [lettre en français]
                    [Salzbourg, non datée ;
          cachet de la poste : 31.3.1924]

Mon cher ami, excusez si je vous écris au crayon. Je suis depuis presque une semaine grippé. Maintenant tout semble passé et je peux quitter le lit. On doit à de telles interruptions de la vie quotidienne (trop quotidienne) les lectures inattendues, des rêves et du repos. La maladie et le voyage sont deux forces qui nous interrompent énergiquement la continuité. J'étudiais les nouvelles théories sur la non-existence d'un présent, la toute-relativité du monde − au fond toutes ces choses sont pour moi d'illustres jeux avec les mots et les idées, inutiles et beaux comme les jeux des vers et toute la poésie. Il me manque (pour utiliser un mot de Goethe qui disait lui aussi qu'il ne l'avait pas) la « curiosité métaphysique », − je n'ai pas l'envie de voir un demi-centimètre de plus du

_____

1. Franz Herterich (1877-1966), acteur et metteur en scène, directeur du Wiener Burg Theater.

voile de la Maya[1] – tout ou rien. Et on peut tout sentir et ne rien « savoir ». Ma curiosité intellectuelle est du genre à *comprendre* tout ce que je vois et non à vouloir voir ce que je ne puis plus comprendre. C'était donc une rare excursion au parc philosophique ! Je préfère l'histoire. J'ai lu une belle biographie de Byron, une de Shelley et je suis trempé profondément dans toute cette époque. Comme j'aime le jeune Keats : quelle fleur de poésie, sorti de la basse famille d'un London Cabman ! Quelle saveur et douceur de la langue !

J'ai lu ces choses anciennes aussi pour oublier l'époque. Vous ne comprendrez peut-être pas pourquoi nous souffrons tellement des affaires de l'Allemagne : mais ces bêtises, l'emprisonnement d'un pacifiste si pastoral et doux que Quidde[2] dans une *République* dont le chef est un *socialiste*, et le triomphe bruyant d'un Ludendorff, cela est pour nous intolérable. Quand j'étais à Paris et que j'ai vu les amis faire des collectes pour les affamés d'Allemagne (affamés par Stinnes, qui ne donnait pas un sou), j'ai souvent eu envie de leur dire : ne vous trompez pas ! Et ne vous laissez pas tromper. L'Allemagne est plus que jamais un foyer de guerre et peut-être la seule bonne politique de l'Europe sera cruelle, une commission qui prive l'Allemagne de toutes les possibilités des armes, qui la protège contre sa propre stupidité

---

1. Dans la philosophie indienne, la Maya désigne l'illusion cosmique.

2. Ludwig Quidde (1858-1941), historien allemand, pacifiste, président de la société allemande pour la paix, prix Nobel de la paix 1927. Il fut arrêté en mars 1924 à Munich et accusé de haute trahison pour avoir publié des documents sur le réarmement secret de l'Allemagne.

politique. Car ils marcheraient demain (si Ludendorff fanfaronne, et il *aura* besoin d'une guerre encore pour son orgueil), ils marcheront comme les enfants aux temps des croisades avec des petites épées de bois. Ils ont acclamé ceux qui voulaient détruire le pays et il n'existe plus dix hommes qui aient le courage (ou la patience, car il faut chaque jour combattre une nouvelle bêtise) de s'opposer. Tous les employés républicains ou démocratiques sont chassés de leur emploi, la justice condamne (voyez Zeigner et Hitler [1]) seulement d'après les doctrines réactionnaires, ce n'est plus qu'une question de temps, ils se débarrasseront du joug démocratique qui semble trop léger pour leurs épaules. On raconte que les femmes paysannes russes, si *elles ont* un mari qui ne les frappe pas et qui n'est pas saoul de temps en temps, sont désespérées : les Allemands *ne veulent* pas être libres. « Ruere in servitium », je ne sais pas si c'est Tacite ou César qui l'a dit le premier ! Et il est étonnant de voir combien les peuples changent peu malgré le flux et reflux du sang. C'est le grand défaut des Américains de croire que « le peuple » allemand désirait se gouverner : il ne demande qu'à obéir. Comme ils n'avaient plus leur Guillaume, ils ont fait une idole de Stinnes, de l'homme qui les avait appauvris ! Et dans ce non-sens continuel règne une *fatalité* qui doit mener l'Allemagne toujours dans un conflit qui la détruit (elle se refait toujours avec sa vitalité). Mais avec son manque

---

1. Erich Zeigner, ancien Premier ministre social-démocrate du land de Saxe, avait été condamné à trois ans de prison pour destruction de pièces officielles et corruption, alors qu'Adolf Hitler n'avait été condamné qu'à cinq ans de prison pour le putsch de 1923.

de *raison*, avec la politique de fantasme, de rêve, elle est de nouveau le plus grand danger de la paix : elle cassera les vitres d'Europe, pas par méchanceté, mais dans son somnambulisme politique.

Comprenez-vous comme nous, qui parlons la même langue et qui aimons la belle, la claire, l'imperturbable raison, comme nous devons souffrir de voir qu'on ne comprend plus les autres, qu'on ne nous comprend plus. *Il était plus facile pendant la guerre* de faire percer sa parole ; à cette époque la vérité était *défendue*, le mensonge le pain officiel, le « pain de la guerre » que le peuple dévorait et vomissait à la fois. Aujourd'hui la vérité est permise, mais le peuple, les intellectuels ne veulent plus l'entendre. Toute une nation s'entête dans le mensonge. Jamais l'air n'a été si lourd. Vous voyez aussi que tous les intellectuels se retirent : seul Fritz von Unruh, poussé par sa vanité titanesque, se présente aux élections.

Un mot encore. Vous souvenez-vous de Madame Rie-Andro qui avait traduit vos « musiciens »[1] ? Elle m'a écrit une lettre sur *L'Eté* qui m'a montré comme ce livre peut pénétrer l'âme d'une femme. J'ai lu peu de journaux et revues français – est-ce encore le silence ou est-ce qu'ils s'occupent lentement de vous ?

Fidèlement, votre

Stefan Zweig

Compliments à Mlle Rolland !

◦◦◦

---

1. Therese Rie (1879-1934), écrivain autrichien, traductrice, avait traduit en allemand le *Voyage musical* de Romain Rolland.

A Ernst Lissauer

[Salzbourg, non datée ;
cachet de la poste : 21.IV.24]

Cher ami,
Sans vents sans flammes
sous la neige, dans le froid,
ensemble sur la montagne
nous serons toujours là pour toi.
Mais rue Rudolfiner aussi,
numéro vingt (premier étage) [1],
Pour t'y voir, c'est acquis
A Vienne, à mon prochain passage.
Bien fidèlement,

Stefan Zweig

◄◦►

A Georg Minde-Pouet [2]

Salzbourg, le 6 juin 1924

Cher Monsieur,
Un grand merci pour votre aimable lettre à
laquelle je voudrais d'emblée apporter une rectifica-
tion : vous êtes injuste envers Cornelius Meyer [3]. Cet
excellent homme est mort il y a six mois, et sa famille

---

1. Adresse de Lissauer.
2. Georg Minde-Pouet (1871-1950), germaniste, directeur de
la bibliothèque Deutsche Bücherei de Leipzig depuis 1917, était
l'un des éditeurs des œuvres complètes de Kleist publiées en
1904-1905.
3. Cornelius Meyer, magistrat berlinois, collectionneur de
manuscrits.

a été dans l'obligation de vendre la collection, manifestement même dans l'obligation pressante, car on ne pouvait imaginer pire moment pour cela ! Espérons que Francfort-sur-l'Oder[1] ou Berlin[2] parviendront à sauver les principaux *Kleist*.

Pour ce qui est des pièces de ma propre collection, il est presque exclu que d'autres viennent s'y adjoindre étant donné que, dans son principe même, ma collection est exclusivement composée de textes littéraires manuscrits et ne comporte pas de lettres. Je pense néanmoins que Kleist est représenté chez moi plus qu'il ne pourra jamais l'être chez un collectionneur particulier. Je possède six pièces :

1) Sonnet à la Reine Louise (fac-similé dans l'édition Insel)

2) Poème au roi de Prusse (idem)

3) Germania à ses enfants

4) Chant de guerre des Allemands. Collection Meyer Cohn

5) A l'Empereur François Ier

6) Variante de la « Cruche cassée », manifestement un petit ajout tardif commençant par : « Ici, au milieu, avec la sainte mitre, on voyait se dresser l'archevêque d'Arras. »

J'ai aussi, provenant du cercle de Kleist, ce qui est sans aucun doute la première version d'un poème de Fouqué : « A Heinrich von Kleist », qui a visiblement été écrit en réaction à l'annonce de sa mort. Je ne sais pas si ce poème a jamais été publié, en tout cas pas dans cette première version encore incertaine, et si vous souhaitez la publier dans vos

---

1. Ville natale de Kleist.
2. Kleist vécut à Berlin dans la dernière partie de sa vie.

« Annales »[1], je la mets volontiers à votre disposition. En fin de compte, Salzbourg n'est jamais qu'une sorte de banlieue de Munich, et en temps que Munichois, vous profitez sans encombre de ce fameux trafic de proximité qui vous permet de franchir la frontière autant de temps que durent vos papiers, et sans restriction : vous pourriez peut-être à l'occasion venir voir tout cela par vous-même ? Cela ne représente jamais qu'une excursion d'une journée.

Je possède également une deuxième collection qui pourrait avoir plus de prix encore pour vos recherches. J'ai en effet une collection véritablement unique de tous les catalogues d'autographes de 1834 à nos jours, soit la seule source fiable qui permette de déterminer tous les textes de Kleist qui ont été dans le commerce en l'espace de près de cent ans. Peut-être que l'on pourrait y découvrir la trace de quelque lettre disparue. La consultation prendrait assurément un certain temps, mais elle ne serait en tout cas pas dépourvue d'intérêt.

Je transmets naturellement aux éditions Schneider votre souhait de recevoir un exemplaire de l'édition, et je vous envoie également un catalogue des différentes publications.

Recevez encore pour aujourd'hui les salutations cordiales de votre sincèrement dévoué

Stefan Zweig

1. Georg Minde-Pouet et Julius Petersen publiaient depuis 1921/1922 des « Annales de la Société Kleist » (*Jahrbuch der Kleist-Gesellschaft*, Berlin).

A Victor Fleischer

Cher Victor,

Tout d'abord, pour t'épargner toute peine, je fais désormais envoyer les règlements en marks directement sur mon compte chez Jacob Wolff & Co. Ces jours-ci, 72 marks devraient y avoir été virés, et tu peux à l'occasion les transformer en actions Frava[1] si cela te semble judicieux. Je ne vois malheureusement toujours pas comment nous pourrions nous voir, puisque tu n'as pas de projets viennois, ni moi de projets francfortois. Il y a quelques jours, j'ai accompagné Rolland à Innsbruck, d'où il a continué sa route, et j'y ai pris le magnifique train de la Mittelwald pour Munich, où je comptais rester un ou deux jours, mais j'ai été pris d'un si irrépressible mouvement de recul que je suis rentré directement. Je ne voyais vraiment pas ce que je venais faire là. Pourtant, j'aimerais vraiment beaucoup parler avec toi d'un certain nombre de choses, et c'est pareil pour les autres amis, on ne les voit plus du tout. Même Vienne, j'espère pouvoir m'en dispenser pour quelques semaines.

Mon travail avance lentement mais sûrement, je lui souhaiterais bien un peu plus d'entrain et de joie intérieure, mais je n'en ai pas la moindre once actuellement ; il s'est installé dans ma vie une certaine monotonie, elle a un caractère de régularité quasi administrative ; une correspondance et une gestion littéraire minutieuse qui au fond me sont franchement

---

1. Actions de la maison d'édition de Victor Fleischer, la Frankfurter Verlags-Anstalt.

antipathiques. Tout nous arrive toujours dans le mauvais ordre. Par exemple, cela n'a aucun sens que le Schloßparktheater de Steglitz veuille créer maintenant à Berlin des pièces de moi qui datent de quinze ans, alors que moi-même je ne peux plus les voir sans en avoir mal au ventre, ou que s'abatte une pluie de traductions que l'on ne peut pas lire ni, à défaut, apprécier d'aucune autre manière. J'ai envie de faire comme toi, recommencer à écrire pour moi des choses personnelles, et j'espère être assez avancé au printemps. Où irai-je alors savourer mon triomphe, je n'en sais rien encore. Peut-être essaierai-je la Bohême, dont j'ai un bon souvenir, et qui n'est pas trop loin.

Mais écris-moi longuement, cela fait vraiment plaisir de trouver de temps à autre une lettre d'ami au milieu de la correspondance professionnelle.

Bien affectueusement à toi,

Stefan

———◦———

A David Josef Bach [1]

[Salzbourg, non datée ;
vraisemblablement fin juin 1924]

Cher Monsieur, Buschbeck vient de me dire que *L'Epée d'Attila de Ernst Fischer* [2] avait toutes les chances d'être sélectionné par le Burgtheater pour les

———

1. David Josef Bach (1874-1947), journaliste, critique musical.
2. Ernst Fischer (1899-1972), *Das Schwert des Attila*, inédit.

représentations du festival de musique et de théâtre. Peut-être vous est-il difficile à vous, qui êtes un camarade du Parti [1], d'intervenir pour lui – mais si vous pouviez faire avancer les choses d'une façon ou d'une autre, j'en serais très content. Fischer a besoin d'un coup de pouce – il *faut* qu'il accède un jour à la visibilité, en dépit de l'immense indifférence que l'on porte à son grand talent littéraire (il ne fait *absolument* rien pour que cela change, ne vous a certainement pas envoyé la pièce, alors que je lui avais écrit de le faire) – je place vraiment beaucoup d'espoirs en lui. Et il pourrait faire beaucoup pour votre parti, pour peu qu'il sorte un jour de Gratz ! Je ne connais quasiment pas un jeune homme qui ait une telle force intérieure : il faut seulement l'aider à ne pas la gaspiller.

Je me réjouis déjà beaucoup de vous voir pour les *Atonales* [2]. Tous mes compliments à Madame votre femme, et sincères salutations de votre dévoué

Stefan Zweig

———◇———

A Romain Rolland [lettre en français]
[Salzbourg, non datée ;
cachet de la poste : 10.7.1924]

Mon cher ami, j'étais justement intérieurement prêt à vous écrire quand votre bonne lettre arriva. Ce que

---

1. Bach comme Fischer étaient alors membres du Parti socialiste autrichien.
2. Festival de musique moderne qui eut lieu à Salzbourg en août 1924.

vous dites de Ferrière [1] m'a profondément ému : car je me sens coupable. A la nouvelle de sa mort, j'avais l'intention de lui consacrer une étude dans un de nos journaux : mais j'étais justement en train de finir la seconde partie de mon livre et je ne trouvais cinq jours après plus d'élan. Au premier moment j'aurais pu bien écrire et peut-être de nouveau dans quelques semaines ou mois. Mais si l'instant favorable est parti, je n'écris que peu bien. Tout ce que je ne produis pas dans un moment de vraie passion ne réussit pas : j'ose dire que je suis *obligé* d'être sincère. Si je me force, je n'ai plus de force.

Est-ce que vous avez entendu parler de cette nouvelle fondation « Les Entretiens à Pontigny » [2] ? J'ai reçu du comité autrichien (Prince Rohan !) [3] une invitation, Bahr et Heinrich Mann du comité de Paris (André Gide). Ce nom me suffit pour me rendre la chose suspecte et peu attractive : je ne pense pas y aller. Mais j'ai vu avec regret, combien des gens comme Heinrich Mann (qui était ici avec Schnitzler un de ces jours) sont épris d'André G. ou plutôt : comme ils se laissent prendre [4]. Et puis, quelle idée

---

1. Frédéric-Auguste Ferrière (1848-1924), membre de la Croix-Rouge Internationale et directeur des Services civil et sanitaire de l'Agence nationale des prisonniers de guerre, proche ami de Rolland.

2. Rencontres d'intellectuels et d'artistes créées par le philosophe français Paul Desjardins (1859-1940). Dans sa réponse à cette lettre, Rolland porte un jugement très dépréciatif sur le personnage et l'institution.

3. Karl Anton Rohan (1898-1975), fondateur du Kulturbund autrichien et de la Fédération des Unions Intellectuelles à Paris, éditeur de l'*Europäische Revue*.

4. Zweig fait allusion aux sympathies communistes de Gide à

snob, « entretiens » dans le vieux couvent sur les arts (première série), sur les questions européennes (troisième série !) Tout cela me paraît si artificiel : jamais un homme qui serait hanté au cœur par ces problèmes ne trouverait une forme si artificielle pour une communion libre des esprits libres.

C'est avec le plus grand plaisir que j'entends parler par vous du grand succès d'Istrati [1]. J'ai réussi à lui conquérir Rütten & Loening, Messieurs les « cunctatori » : enfin ils ont trouvé aussi le traducteur parfait, l'éditeur lui-même s'occupera de le traduire. Et Desprès me fait part du grand succès des *Lettres de Saint-Prix*. C'est donc vous et toujours vous qui avez fait le grand succès de Rieder [2].

Je suis un peu déçu – je parle avec vous avec l'extrême sincérité – du livre de mon cher Bazalgette [3], *Thoreau*. J'aime passionnément Bazal[gette], j'aime aussi sa prose claire, belle, mais cette fois j'y trouve un effort pour vivifier l'homme qui fait trop de mouvements, qui irrite. Je préfère son Whitman. Il n'y a personne en France dont j'aimerais qu'il fasse des chefs-d'œuvre autant que de lui.

Et maintenant la grande joie : vous avez fini le drame [4] et – je n'ose pas le croire – deux autres [5].

---

l'époque. Heinrich Mann (1871-1950) ne partageait pas ces sympathies.

1. Panaït Istrati (1884-1935), romancier roumain écrivant en français.

2. Jean de Saint-Prix (1896-1919), *Lettres 1917-1919*, préfacé par Romain Rolland, Paris, 1924.

3. Léon Bazalgette, *Henry Thoreau, sauvage*, Paris, 1924.

4. Romain Rolland, *Le Jeu de l'amour et de la mort*, Paris, 1925.

5. Romain Rolland avait retravaillé *Jeanne de Piennes* et *Le Siège de Mantoue*.

Puis-je me permettre de vous donner une suggestion : donnez cette fois l'autorisation de les traduire à Rieger. Il le fera cent fois mieux que tous les autres, il a des relations et les fera jouer *immédiatement* chez nous, et si c'est lui qui a de cela un succès matériel, je crois que cela serait mieux placé que chez Herzog qui faisait faire les traductions par d'autres et ne gardait que les recettes [1]. Il pourrait faire les traductions du manuscrit et on donnerait la première représentation à Vienne ou à Berlin : je suis si heureux de connaître un ami qui mérite de la confiance. Ils sont si rares !

En écrivant le *Miroir de vie* [2], vous avez répondu à mon désir le plus ardent. Vous savez combien je tiens à ce que chaque vrai homme fasse une communion de sa foi, de sa vie : je suis même très fier d'entendre par la fille de Freud [3] que mes insistances auprès de lui (renouvelées par lettre) lors de notre dernière visite ont eu un succès inattendu. Il a fait déjà de grandes parties de son analyse intérieure par écrit (c'est en secret que je vous communique cela) et j'espère qu'il continuera. Nous avons besoin de témoignages de vrais hommes, capables de la plus haute forme, du dernier degré du courage envers la vérité, pour connaître l'homme. Même quand il est forcé de mentir, il recèle une vérité et montre la plus haute échelle jusqu'à laquelle la franchise envers

---

1. Rieger traduisit effectivement le *Jeu de l'amour et de la mort*. Wilhelm Herzog avait traduit *Les Loups* et *Le Quatorze Juillet* mais avait cédé la traduction de la biographie de Beethoven à une traductrice moyennant finances.

2. Rolland avait employé l'expression dans une lettre à Zweig à propos de ses mémoires, *Le Voyage intérieur*, Paris, 1942.

3. Anna Freud (1895-1982), directrice de l'Institut psychanalytique à Vienne.

soi-même peut s'élever. Les dernières échelles de la vérité sont – autrefois on aurait dit : chez Dieu – inaccessibles : on ne peut que les deviner. Mais arrivé à cette hauteur on *devine* mieux que dans l'ombre : et le mensonge dans ces derniers degrés n'est qu'une ombre facile à pénétrer. Et votre idée d'écrire ce livre pour la publication après la mort est la *seule* juste : on est plus libre dans sa pensée quand on s'adresse à des êtres anonymes, à *l'Histoire* elle-même [1]. Vous m'avez rendu très heureux par ces nouvelles : seulement reposez-vous un peu après le travail.

Je me reposerai aussi un peu, mais en voyageant. Je veux rendre visite à un de mes plus chers amis qui est obligé par une maladie de phtisie de séjourner en Engadine. Je ne resterai que deux ou trois jours, puis je retournerai par les montagnes ou les lacs italiens. Je serais venu vous voir aussi, mais je sais que l'été vous êtes accablé de visites : en novembre ou décembre je vous trouverai seul et je suis heureux d'avance de nos discours. En somme je me reposerai dix jours en voyageant : puis je retourne à mon Hölderlin (qui est presque achevé) et mon Nietzsche. Cela fini, et après un ou deux petits contes, j'attaquerai le grand roman qui me hante depuis des années. Je rêve de me retirer quelque part en hiver pour deux mois pour le commencer, loin de la littérature et des gens. Mais qui peut prévoir ?

Donnez à Upton Sinclair [2] le renseignement suivant. Il n'existe pas de théâtre proprement populaire,

---

1. Rolland publia ses trois ouvrages autobiographiques de son vivant.

2. Upton Sinclair (1878-1968), écrivain américain. La pièce dont il est question est sans doute *Singing Jailbirds*, 1924.

mais partout des sociétés populaires qui font jouer dans les grands théâtres les pièces de leur choix. S'il veut me confier la pièce, je me charge de lui trouver immédiatement une scène. S'il n'a pas encore d'éditeur et de traducteur, je lui trouverai le meilleur – j'ai grande confiance en sa force dramatique. Il peut m'écrire en anglais et qu'il envoie aussi la pièce en me disant si je peux disposer en son nom et je lui arrangerai tout.

Vous recevrez peut-être un mot de moi avec un timbre suisse. Mais je serai à l'autre coin de la Suisse avec le mont Blanc et la Jungfrau entre nous. Avant le premier août je serai de retour à Vienne. Fidèlement, votre

Stefan Zweig

———◦———

A Romain Rolland [lettre en français]
[Salzbourg,] 5 août 1924

Mon cher ami, je suis revenu d'un trop court séjour au bord de la mer (où Masereel me rendait visite : il vient de finir le premier volume de *Jean-Christophe* [1]). J'ai lu là-bas beaucoup, surtout Marcel Proust qui m'intéresse beaucoup par la finesse de sa psychologie vraiment moderne (il y a là une application spontanée des théories d'Einstein), mais malheureusement le milieu mondain me paraît peu digne d'une telle intensité. Au fond tous ces personnages sont peu intéressants parce

———

1. Masereel préparait une édition ilustrée du *Jean-Christophe* de Rolland, Paris, 1925-1927.

que leur vraie vie humaine est tellement dominée par les petitesses de la « grande société ». Je ne crois pas qu'en Marcel Proust un vrai créateur ait disparu, plutôt un psychologue très fin et raffiné. Je peux très bien me le figurer sans l'avoir connu.

Aujourd'hui commence ici la nouvelle saison des atonalistes. Ma curiosité de les entendre est très faible : je ne m'attends pas à des surprises depuis l'année passée. Aujourd'hui j'ai parlé au metteur en scène de Dresde qui doit faire la mise en scène de l'*Intermezzo* de Richard Strauss. Je me suis tordu de rire en entendant les histoires qu'il racontait de Madame Strauss, il paraît vraiment que cette imbécile domine et ruine complètement ce grand artiste.

Une grande perte pour ma vie : Ferruccio Busoni vient de mourir. Il était admirable non seulement comme pianiste mais superbe comme homme : généreux, bon, un vrai élève de Liszt, qui vivait une grande et belle vie d'artiste loyal et passionné. J'ai passé des heures inoubliables avec lui : en sa présence on sentait « una grandezza », une façon large et humaine de l'art et de la vie. Jamais je n'ai vu un si bel exemple d'un *maître* de l'art. Et puis il dédaignait l'argent et la gloire. Les dernières années il refusait toutes les offres de jouer en public (qui lui auraient rapporté des millions) parce qu'il était las du « métier » et parce qu'il aspirait à la grande création. Son œuvre capitale, un *Faust* [1] (mais tout autre que la *Margarethe* de Gounod), doit être achevée, je l'espère du moins. Il lui avait tout consacré, et, à ce qu'on me dit, il est mort tout à fait pauvre. Dans cette sorte d'héroïsme de consacrer tout à l'art il était

---

1. Ferruccio Busoni, *Doktor Faust*, créé à Dresde en 1925.

presque seul dans notre monde désillusionné. Je l'ai bien admiré, j'estime beaucoup sa musique pour la grâce qu'elle développe et puis sa théorie, sa nouvelle esthétique de la musique (que vous connaissez sans doute). Voilà encore un *flambeau* qui illuminait ma jeunesse et qui s'éteint maintenant. Il faut se créer maintenant la lumière tout seul.

Je vous enverrai un de ces jours l'*Anthologie française* de Duhamel qui vient de paraître dans la Bibliotheca mundi [1]. C'est un signe qu'on commence à faire la paix en Allemagne : malheureusement nous attendons tous une grande bêtise qu'ils feront à Londres [2]. On ne sait pas encore laquelle : mais ce ne serait pas la traditionnelle politique allemande s'ils n'utilisaient pas le moment propice pour se barrer le chemin.

Quels souvenirs ces jours-ci ! Dix ans de guerre et de désordre ! Mais soyons heureux de les avoir vaincus (avec la perte de beaucoup d'illusions) – que la prochaine décade au moins soit plus bénigne au monde ! Je vous espère en bonne santé et je vous envoie l'assurance de ma fidélité ! Votre

Stefan Zweig

P. S. Je ne suis pas passé par Paris et je ne suis resté que 12 heures à Zurich. En tout j'ai été 14 jours absent. Le travail me rappelle !

———◦———

1. *Anthologie de la poésie lyrique de la fin du XVᵉ siècle à la fin du XIXᵉ siècle,* présentée par Georges Duhamel (1884-1966), Leipzig, 1923.
2. Allusion à la conférence de Londres sur les Réparations (plan Dawes) qui eut lieu du 16 juillet au 16 août 1924.

A Erhard Buschbeck

Salzbourg, le 25 septembre 1924

Mon cher ami Buschbeck,

Je viens à Vienne pour quelques jours mais je devrai vraisemblablement repartir dès le 30, et je ne vois d'autre moyen de voir *L'Epée d'Attila* que de solliciter auprès de vous que vous me procuriez un billet d'entrée à la répétition générale via le « vénéré auteur ». Peut-être qu'Ernst Fischer pourrait me l'envoyer à mon appartement, IX. Garnison Straße 10[1]. La répétition générale me donnerait également l'occasion de vous voir.

Rieger vous a vraisemblablement déjà envoyé le manuscrit de sa traduction de la pièce de Rolland. Je pense beaucoup de bien de la pièce, y compris d'un point de vue purement théâtral, et je voudrais encourager le Directeur Herterich à faire vite, car on aurait alors une *première européenne*, et donc un succès très large qui serait certainement remarqué jusqu'à Paris et à Londres.

Hermann Bahr est ici, extrêmement fier à l'heure qu'il est d'avoir réussi hier une randonnée de 6 heures sans difficulté. J'ai reçu de lui la mission *expresse* de vous transmettre *expressément* ses salutations cordiales.

Très sincèrement, votre

Stefan Zweig

—◦—

---

1. Adresse des parents de Zweig.

A Raoul Auernheimer

Kapuzinerberg 5 [Salzbourg,
non datée ; vraisemblablement octobre 1924]

Cher ami, recevez mes sincères félicitations pour le prix du Volkstheater : j'espère qu'il donnera un nouvel élan au *Casanova* [1] pour son voyage autour du monde.

Je mène ici une vie tranquille et studieuse – par paresse, dans le but de finir bientôt mon recueil d'essais, et de partir ensuite. J'espère être en décembre chez Rolland en Suisse, puis à Paris, et je dois aller à Bruxelles où je serai le premier « étranger ennemi » invité par les étudiants à donner une conférence. Et Vienne ? Pour moi, c'est aussi loin que Berlin – j'évite instinctivement les villes à l'atmosphère tendue. Et puis je voudrais commencer l'an prochain un nouveau travail personnel, et j'ai besoin pour cela de m'asperger de gaieté : or, il semble bien qu'à Vienne, elle soit morte. C'est vous qui devriez la réveiller d'une comédie lumineuse ! Bien cordialement à votre femme et à vous, votre

Stefan Zweig

◆

A Otto Heuschele

Salzbourg, le 27 octobre 1924

Cher Monsieur,
J'ai reçu les épreuves que m'a envoyées Axel

---

1. Raoul Auernheimer, *Casanova in Wien*, Munich, 1924.

Juncker[1], et je dois tout d'abord vous remercier vivement pour les belles pages qui ouvrent le texte. Elles sont peut-être plus précieuses que celles que je place à la fin, et dont je vous envoie une copie par ce même courrier. J'espère que vous vous rendrez compte qu'elles ont été écrites spontanément et sont nées d'un sentiment sincère. Peut-être aurais-je été plus disert si le temps ne m'avait si cruellement manqué : je veux maintenant à tout prix finir mon nouveau livre sur les *Trois Maîtres* pour pouvoir partir fin novembre chez Rolland et à Paris. Le *Kleist* est terminé, le *Hölderlin* aussi, il n'y a que le *Nietzsche* qui en soit encore dans la phase finale, mais j'espère que dans l'ensemble vous ne serez pas mécontent de ce livre auquel j'ai consacré maintenant une année entière – un peu à contrecœur sur la fin, avec une grande impatience de finir. Car l'inconvénient de tous les livres de grande ampleur est qu'on finit toujours par éprouver une sorte de haine à leur égard lorsque l'on a trop longtemps vécu avec eux, et qu'ils nous ont pris trop de temps, tandis que les travaux de moindre dimension sont vite gratifiants, et que les poèmes nous tombent entre les mains sans peine ni douleur. Mais d'un autre côté, une telle discipline est une bonne chose et je ne la regrette pas. Je me réjouis juste de mener à bien ce livre, un peu comme un prisonnier se réjouit de la liberté. Et puis, écrire une nouvelle me semblera ensuite léger et agréable comme l'est une promenade lorsque l'on a coupé du bois. J'espère du moins que j'ai effectué un bon travail de charpentier, et que la maison dans laquelle

_____

1. Axel Juncker était l'éditeur des *Briefe aus Einsamkeiten* d'Otto Heuschele dont Zweig avait écrit la postface.

vivent ces trois auteurs qui me sont chers aura un toit solide, et durera quelques années.

J'ai accepté une conférence à Baden-Baden, Fribourg et Wiesbaden pour le printemps, et je viendrai donc certainement dans votre univers souabe. J'espère pouvoir alors porter chez vous le livre terminé.

Avec les compliments de votre cordialement dévoué

Stefan Zweig

Il est un art noble et précieux qui semble s'acheminer vers sa fin : l'art de la correspondance. Ce qui le rendait si merveilleux et lui conférait une vie si universelle, une richesse si unique était que contrairement à tous les autres, cet art ne restait pas lié aux seuls artistes : il était possible à chacun de donner forme dans les lettres à ses moments d'élan intérieur et d'animation simplement transitoires. On offrait à un ami, à un étranger ce que le jour nous avait donné, un événement, un livre, un sentiment, on le transmettait la main légère, sans la prétention de qui offre un cadeau, sans la dangereuse tension de qui est responsable d'une œuvre d'art. C'est ainsi que sont nées par le passé d'innombrables petites merveilles de vérité dans un monde tranquille où la lettre avait encore valeur d'engagement, et le message de personne à personne une force tranquillement évocatrice.

Mais cet art noble et pur de la correspondance semble s'acheminer vers sa fin. Le premier à le détruire a été le journal où tout est écrit pour tous, où les nouvelles qui autrefois étaient adressées à un individu et portaient sa marque sont livrées sous une forme concrète et froide à l'usage des masses. Le deuxième élément destructeur a été la machine à écrire, qui ôte au mot son âme et fait disparaître comme derrière un froid miroir ce portrait secret que chacun fait de soi-même en écrivant ; la troisième destruction est venue du téléphone, qui permet désormais aux hommes de tout se dire avec la précipitation qui les caractérise avant même que les faits encore chauds aient pénétré à l'intérieur d'eux-mêmes, dans leur sang vivant. Ainsi, sur les millions de pages de lettres que chaque nouvelle journée transporte à travers les villes dans de lourds sacs, dans des carrioles, il n'y a plus qu'une douzaine de mots vivants et pensés, et cet effort solitaire, cet amour devenu pour nous déjà tout à fait inconcevable avec lesquels les ancêtres de notre sang et de notre esprit écrivaient autrefois leurs lettres se sont déjà perdus tout à fait. Je ne sais si d'autres que moi ressentent aussi cette honte ; mais chaque fois que je me rends dans la maison de Goethe et que je vois que le plus illustre maître de la langue allemande, celui à qui la plume obéissait comme par magie, rédigeait deux ou trois fois des lettres importantes et même insignifiantes, quand je vois comment il les corrigeait avant de les juger mûres pour être envoyées, ou quand je vois que Nietzsche rédigeait lui-même à la main les brouillons de presque tout son courrier – alors je me demande chaque fois combien d'entre nous qui sommes infiniment plus pauvres dans notre langue, infiniment moins sûrs, ont encore le courage et la droite patience d'accorder à une lettre de hasard autant d'amour et de respect. Nous avons tous, ou presque tous attribué à la correspondance une place annexe auprès de l'art : chez les artistes, elle sert bien encore de temps à autre au commerce artistique, à la politique artistique, mais il est bien rare que nous lui accordions l'ambition de devenir ou d'être une œuvre d'art en soi.

Nous avons perdu quelque chose de bien mystérieux en reprenant notre amour à la correspondance ! Le fait même que chaque lettre s'adresse toujours à un être particulier, à une personne précise, présente à notre sentiment, en faisait sans qu'on le sache un double de celui qui parlait. Sans qu'on en ait conscience, la voix de celui qui était interpellé répondait, et ce fluide de communion dispensait une lueur de familiarité qui était ouverte et intime à la fois, diserte et muette, abandonnée et retenue en même temps. Bien des choses ne souffrent tout bonnement d'être exprimées que sur ce ton indescriptible qui est celui du discours à deux voix, et peut-être certaines des nouvelles les plus spirituellement intenses de notre époque ne se sont-elles perdues que parce que nous semblons avoir désappris cet art de la correspondance.

Réveiller ce talent perdu, rendre aux choses de l'esprit le ton de dialogue propre à l'intimité des âmes, c'est ce que tente aujourd'hui un jeune poète avec ses *Lettres de la solitude*. Il vit dans une petite ville allemande, mais son cœur est tout contre le cœur du monde entier, là où il bat le plus fort. Il voudrait essayer de restituer ce qui de l'extérieur vient s'immiscer dans sa tranquillité et l'exprimer dans cette langue de la tranquillité : la forme de l'essai, la construction artificielle d'une étude ambitieuse lui ont semblé pour cela trop mesurées et froides. Il s'est donc inventé une forme, et ce qui l'émeut dans des phénomènes particuliers, il l'écrit dans une lettre à quelqu'un, à un être, à quelque personne au loin dont on pense qu'une parenté d'âme pourrait la trouver réceptive à ce que l'on ressent. Et il parle donc de livres qui se sont ouverts à lui, de grandes figures qui l'ont ému, de phénomènes de l'art et de la vie qui l'occupent, en une totale expansion du sentiment qu'aucune inhibition littéraire ne vient tempérer ni altérer. Ces lettres à des inconnus forment désormais un livre, et elles voyagent dans l'inconnu. Puisse ce livre rencontrer des amis dont la tranquillité réponde à sa tranquillité, et puisse ainsi être récompensé un sentiment si pur et si entier qui se transmet au loin sans afféterie, mû par la seule nécessité intérieure, et qui accroît l'envie de regarder en silence notre monde devenu si bruyant.

Stefan Zweig

———◦———

A Romain Rolland [lettre en français]
Salzbourg, 16 déc. 1924

Cher ami, enfin je trouve le bon moment pour vous écrire : je suis revenu de Paris un peu fatigué. Trop de personnes, une ville bruyante qui ne consiste qu'en autos. Il semble que je sois déjà devenu un peu campagnard : la grande ville me jette dans le trouble et la confusion.

Une bonne nouvelle avant tout : je lis dans les journaux que Reinhardt montera cette année encore à Vienne *Le Jeu de l'amour et de la mort*. J'irai certainement à Vienne pour vous renseigner sur l'effet théâtral et la mise en scène.

A Paris j'ai trouvé Martinet moralement très bien : hélas, il mène une vie artificielle et sa famille même semble avoir peu d'espoir. S'il pouvait au moins se redresser et travailler : mais il semble que la force lui manque. Il est admirable de courage et je l'aime bien.

Masereel était très pris par l'impression de *Jean-Christophe* : il faut toujours faire un petit voyage à l'imprimerie. Mais sa *Ville*[1] avance admirablement, cela sera son chef-d'œuvre. J'ai lu un très bel article de Van der Velde sur lui dans l'Almanach de Kurt Wolff : il devrait paraître aussi en français. Mais hélas, les amis d'« Europe » sont un peu lents et toujours occupés à leurs petits combats. Un peu de largesse, de tempérament, d'ardeur leur serait nécessaire à eux tous : il est tragique que l'esprit actif soit justement chez le plus malade de tous, chez Martinet.

J'ai passé deux excellents après-midi chez Suarès[2] et j'étais heureux de le trouver sans aucune amertume, tout à fait fort et courageux et plein d'esprit. Il n'a pas du tout vieilli, au contraire, je le trouve moins artificiel, moins littérateur que jadis. Quelle solitude morale autour de lui !

Excellent après-midi aussi chez Duhamel. Il est droit et très clair. Sa gloire lui a donné ou plutôt augmente sa responsabilité morale. J'ai tâché de le pousser à faire quelque chose pour Jouve pour qu'on puisse enfin réunir ses poésies dans un livre : les éditions de luxe qu'il fait restent tout à fait inconnues et je souffre pour lui de voir que cet excellent camarade et poète pathétique est absolument oublié alors qu'une génération bruyante occupe toutes les revues. Je ne sais pas si je ne suis pas partial : mais je ne peux pas

---

1. Frans Masereel, *La Ville*, Paris, 1925.
2. André Suarès (1868-1946), écrivain français.

oublier la bonne amitié franche et courageuse de Jouve pendant la guerre : je trouve que l'auteur de ces poèmes et de l'*Hôtel-Dieu*[1] devrait avoir sa place (même si, pour les questions personnelles, il s'est isolé personnellement). Chaque fois que je le vois je ressens l'époque de la Suisse avec tout mon cœur et indépendamment de tous les autres je tiens à lui garder toute mon affection ancienne. Nous étions aussi avec l'excellente Andrée Jouve[2] et le bon Bazal[gette].

Avec Roniger[3] je suis resté en correspondance : je lui ai conseillé d'acheter aussi les livres de Duhamel chez Rascher, qui sont là tout à fait oubliés. J'ai confiance en lui parce qu'il a une bonne initiative et parce qu'il n'est nullement entêté, il accepte des conseils et semble sans aucune vanité personnelle. Et je crois au fond seulement aux hommes qui ont assez de foi pour agir aussi anonymement pour une chose qu'ils aiment.

A mon retour, j'ai trouvé ma chambre remplie de livres. L'Allemagne, dès qu'elle reprend haleine, vomit des milliers de volumes. Quelle force non seulement de production mais aussi de consommation. Dès qu'on franchit la frontière on ne voit plus une personne dans le chemin de fer sans livre.

J'espère que le Insel-Verlag vous a transmis l'exemplaire de Bach que je vous avais destiné[4] : l'idée m'est chère de vous imaginer le soir auprès

---

1. Pierre Jean Jouve, *L'Hôtel-Dieu*, Genève, 1918.

2. Epouse de Pierre Jean Jouve.

3. Emil Roniger (1883-1958), fondateur du Rotapfel Verlag à Erlenbach-Zurich.

4. « Missa (Hohe Messe in h-Moll) » de Johann Sebastian Bach, Leipzig, 1924.

de votre piano retrouvant les airs de Bach dans sa propre écriture.

Nous pensons si souvent aux bonnes journées de Villeneuve : elles nous étaient plus sensibles par le contraste de la grande ville « tentaculaire »[1]. Jamais je n'ai senti comme cette fois que toute cette vie de luxe, des théâtres, des sports, des amusements n'a plus rien à faire avec ma propre vie : je me sens si loin de cela comme d'un autre siècle. Et je ne voudrais plus jamais retourner dans une grande ville pour y vivre : on devient avare de son temps et quand, en rentrant, j'ai fait une longue promenade de nuit sans rencontrer voiture ou personne vivante, j'ai ressenti la concentration que donne l'isolement.

Je finis maintenant mon livre. Il sera prêt en mars et je suis déjà impatient de le savoir entre vos mains. Ne travaillez pas trop et ne vous fatiguez pas : j'espère que aussi chez vous l'hiver est cette fois aussi bienveillant que chez nous et vous permet de bonnes promenades au bord de la mer.

Dès que j'entends une date sûre sur la représentation de votre pièce, je vous avertirai immédiatement. Recevez, mon cher, mon grand ami, encore une fois nos remerciements pour les bonnes heures en votre présence et rappelez notre souvenir à Monsieur votre père et Mademoiselle Rolland.

Fidèlement, votre

Stefan Zweig

---

1. Allusion au recueil *Les Villes tentaculaires* de Verhaeren, Bruxelles, 1895.

Ernst Toller [1] est passé à Salzbourg un jour avant mon arrivée. J'ai regretté beaucoup de l'avoir manqué !

—◦—

A Romain Rolland [lettre en français]
[Salzbourg, non datée ;
cachet de la poste : 26.1.1925]

Mon cher ami, avant tout : nous fêtons avec vous le jour de votre naissance comme un vrai jour de fête [2]. C'est le grand rouge dans le calendrier de notre cœur ! Que cette année vous apporte bonne santé et bon travail : ce que les autres demandent, le bonheur, est déjà compris dans le travail ! Passez cette journée joyeusement – toutes nos pensées sont dans la Villa Olga aujourd'hui et vous tiennent fidèle compagnie.

Le *Jeu de l'amour et de la mort* sera donné à Hambourg le 12 ou 14 février pour la première fois. Je vous enverrai des journaux : je prierai un ami à Hambourg de me donner son impression personnelle.

J'ai écrit aussi à Leipzig pour obtenir des renseignements précis et savoir quelles œuvres de Händel on donnera pour les fêtes [3]. Je serais heureux de vous accompagner : de Leipzig j'irai peut-être pour quelques jours au bord de la mer. J'ai assez envie de

---

1. Ernst Toller (1893-1939), écrivain expressionniste allemand.

2. Rolland eut 59 ans le 29 janvier.

3. Rolland souhaitait se rendre au festival Händel de Leipzig en juin.

voyages ; j'irai fin février donner quelques lectures dans des villes allemandes – mais je les ai refusées toutes excepté celles où il y a quelque chose à voir, donc je ne vais qu'à Augsbourg, Nuremberg, Fribourg, et peut-être Würzburg. Mon livre est assez gros, 300 pages serrées et j'ai assez à faire avec les épreuves : mais je crois qu'il est supérieur aux autres par une certaine intensité de psychologie. Je dois me retenir avec force pour ne pas recommencer immédiatement avec le prochain volume, mais ce genre de travail a le défaut qu'il me force à rester avec les livres et les études chez moi. Je préfère écrire des choses de la vie, peut-être le grand roman enfin qui me permette de me déplacer à mon gré. L'année prochaine je me propose d'aller en Palestine pour voir moi-même les possibilités d'Etat, en tout cas je veux quitter un peu l'Europe, soit pour l'Amérique, soit pour l'Afrique : j'ai même des offres de conférences en Amérique et des offres d'éditeurs, si je voulais leur écrire un petit livre de voyage : donc les frais ne comptent pas. Question seulement si l'état de santé de mes parents et les circonstances de la vie le permettront : il faut une certaine brutalité pour se libérer et, hélas, je n'en ai pas trop.

Ce que vous me dites de Martinet m'afflige beaucoup. Quand je l'ai vu il était moralement plus vivant que tous les autres : il se soutient par l'esprit, par son beau courage, plus que par son corps. Et penser que des brutes et des imbéciles ne savent quoi faire de leur force et de leur santé !

Je tâcherai de vous procurer le *Jules César* de Brandes[1]. Il est certainement basé sur Ferrero[2], mais

1. Georg Brandes, *Cajus Julius Caesar*, Berlin, 1925.
2. Gugliemo Ferrero (1871-1942), *Julius Cäsar*, Vienne, Berlin, 1925.

Brandes a le don de choisir bien (dans son Voltaire[1] aussi). Ce grand vieillard possède une finesse rare de tact : il n'ennuie jamais avec les détails et ne choisit que les plus poignants. Son portrait de Cicéron dans le *César* est inoubliable – voilà le premier littérateur, fort contre le faible, lâche contre les forts, élégant et souple, peureux au fond, simulant le courage quand il voit les autres déjà perdus (Catilina, César). Il aurait fait une belle figure en 1914. Dans les portraits de tel genre le livre de Brandes excelle : il ne connaît pas les hommes que par l'histoire comme les historiens. Pour bien décrire ces hommes du passé il faut avoir connu les vivants – voilà pourquoi je crois toujours que votre théâtre de la Révolution aura maintenant les figures plus vivantes, plus nuancées parce que vous ne les sculptez pas d'après les livres, mais d'après la vie. Les *Loups* tenaient leur vie de l'affaire Dreyfus[2] et le commencement de *Jeu de l'amour et de la mort* n'aurait jamais eu cet admirable mélange de désespoir moral et d'envie de vie si nous n'avions pas vu de nos propres yeux l'histoire de notre époque. Un historien ne suffit jamais, il faut un psychologue qui a connu aussi le présent. Voilà la grande faculté de Brandes : il compare avec la vie et cela rend son histoire si vivante.

Un autre très beau livre est celui d'un de mes amis, Emil Lucka, *Le Patrimoine originel de l'humanité*[3], une histoire du développement de la pensée

1. Georg Brandes, *Voltaire*, Berlin, 1921.
2. Le roman de Rolland était une transposition de l'affaire Dreyfus dans un conte révolutionnaire.
3. Emil Lucka (1877-1941), écrivain autrichien et ami de Zweig. *Urgut der Menscheit*, Stuttgart, 1924.

mais qui n'y voit pas un triomphe, mais une destruction de la vision mythique des ancêtres, de la grande unité de la croyance et de la raison. Il voit la nécessité que nous nous résignions à nous fier seulement aux certitudes et que nous revenions aussi à la vision, à la création d'une nouvelle façon de regarder le monde. A mon avis c'est un des livres les plus importants des dernières années, plein d'instruction et admirable de clarté. Je lui dirai de vous l'envoyer.

Et maintenant : encore une fois tous nos souhaits. Nos pensées sont invisiblement autour de vous aujourd'hui : permettez leur présence affectueuse et amicale dans votre vie intense et laborieuse.

Fidèlement, votre

Stefan Zweig

Cher Monsieur Rolland,

Permettez-moi de vous adresser aussi de ma part mes sincères félicitations pour votre jour de naissance qui est pour nous une des plus belles fêtes.

Votre bien reconnaissante

Friderique Zw.

———◂●▸———

A Victor Fleischer

[Salzbourg, non datée ;
vraisemblablement 2 février 1925]
Samedi soir
(seul à la maison)

Cher Victor,

Je t'écris encore un mot après ton départ pour

te remercier vivement de ta précieuse visite : tu auras senti que cela me fait vraiment du bien de pouvoir m'entretenir avec un ami. J'ai beau être très affecté que se soit produite cette scène avec les enfants, je ne le regrette pas pour autant : tu as ainsi pénétré davantage dans ma véritable vie. Je suis profondément convaincu de ne *pas* être dans mon tort – aujourd'hui, le jour même où elles ont appris que leur père était entre la vie et la mort, les enfants sont sorties pour la soirée, Alix à son cours de danse, Suse voir *La Bohème en Amérique*. Quant à *moi*, je ne comprends pas qu'une telle chose soit possible, que des enfants adultes aillent à des divertissements publics quatre heures après avoir appris une telle nouvelle qui devrait les bouleverser, et que leur mère n'ose pas leur suggérer qu'en une heure si cruciale de leur vie, ce serait peut-être mieux qu'elles renoncent *pour une fois* à la danse et à *La Bohème en Amérique*. J'essaie d'être tout à fait honnête envers moi-même, et je dois dire que dans *ce* cas précis, même le dernier des inconnus verrait qu'il y a dans la complexion interne de l'âme des enfants (sans que ce soit *moi* qui en soit l'objet) quelque chose qui ne va pas. Tu imagines l'état de Fritzi qui sent tout cela, qui sent quelle injustice intérieure commettent les enfants en allant gaiement danser ou au guignol en un tel jour, mais n'a pas le courage d'intervenir.

Mon cher Victor, ma vie est tellement tournée vers l'intérieur que tout cela ne m'affecte pas tant que ça. Mais dans ces moments-là, je sens venir justement de ces enfants, dont Dieu sait qu'au fond de moi j'aurais toujours de tout cœur voulu les associer à ma vie, un souffle d'altérité... la cause n'en est pas seulement leur nature si peu intellectuelle, mais cette indifférence au sentiment qui me terrifie (et dont toi, qui es leur ami et leur connaissance la plus ancienne, as bien dû aussi percevoir quelque chose dans la façon de saluer, de prendre congé et de s'intéresser). S'il n'y avait pas tant de choses qui me lient à Fritzi par-delà cette difficulté, ce ne serait pas facile : dans une petite ville en particulier, on aurait besoin chez soi d'une certaine cohésion. Tu comprendras donc que je ne me sente pas bien au chaud dans cette jolie maison, et que nous partions désormais assez souvent faire des excursions et nous reposer. — Dieu merci, je ne cesse de constater avec mes bons et vieux amis ce que c'est que de s'épauler, je le vois bien aussi avec mon frère, et cela me donne de la force. Mais que *l'intérieur* du foyer manque de chaleur à cause de cette léthargie des sentiments chez les enfants — qui me semble inouïe — tu dois bien t'en douter : peut-être que je paie là le fait d'avoir moi-même toujours été un fils très douteux. Mais je n'ai jamais manqué de cette discipline intérieure, et j'espère que tu trouveras encore dans la vie l'occasion de faire l'expérience de ma fiabilité — c'est de cela qu'il s'agit en fin de compte ; nous sommes bien d'accord sur ce point.

Porte-toi bien : j'espère que la boule sur laquelle roule ton destin se stabilisera bientôt, et que tes vœux se réaliseront tout à fait dans ton sens ! Bien des choses à toi, et sincères salutations à ta chère femme !

Stefan

A Felix Salten [1]

Salzbourg, 8.II.1925

Monsieur, j'ai été très heureux de voir aujourd'hui que mon article [2] (qui est à peine une esquisse) vous a incité à la discussion, et même si nos points de vue sont aux antipodes l'un de l'autre, la discussion vient toujours animer le sujet. Il est évidemment difficile de se convaincre l'un l'autre : moi qui ai grandi à l'école de Verhaeren, qui célébrait fougueusement la technique comme un nouvel élément de la vie, la guerre m'a apporté un tout autre enseignement, et j'ai vu combien elle détourne, combien elle prive les hommes de leur volonté. Cette absence d'indépendance dans le jugement, dans le comportement intellectuel et artistique me semble être un danger : et quiconque revient d'Amérique est effaré par l'absence de personnalités (jamais 100 millions d'hommes de race blanche n'ont été à l'origine d'un aussi petit nombre de productions intellectuelles individuelles que l'Amérique des vingt-cinq dernières années). C'est la reproduction à l'identique née de la technique qui prive de quelque chose de très précieux : et si vous y comparez la mode et les mœurs au temps de Louis XIV... à l'époque, cela concernait un cercle de 10 000 personnes tout au plus, qui formaient une très fine strate au-dessus des 200 millions d'hommes qui vivaient en Europe ; d'ailleurs Hippolyte Taine a été le premier à signaler dans son histoire de la Révolution que l'on faisait erreur lorsqu'en regrettant le XVIIIᵉ siècle, on ne prenait pour

---

1. Felix Salten (1869-1947), écrivain, journaliste autrichien.
2. « Die Monotonisierung der Welt », *Neue Freie Presse*, 31.1.1925.

référence que le milieu de la cour et non les masses qui étaient dans l'ombre et se sont soudainement trouvées *là* au moment de la Révolution. Or, elles avaient toujours été là. C'est simplement que la masse n'était pas touchée par tous les styles littéraires, philosophiques, artistiques, elle se tenait dans l'ombre et travaillait en silence. Mais aujourd'hui, la masse est impliquée, elle est violemment associée à cette uniformité jusque dans les petits villages, et tout se produit par à-coups monstrueux, la moindre passion est passion de masse, de groupe, de millions. Et c'est ainsi que disparaît l'indépendance ; l'esprit de résistance de l'individu est de plus en plus désarmé devant la volonté de la masse... quant à savoir où cela mène, nous l'avons vu : pendant la guerre, un enivrement général et, en temps de paix, l'investissement de la force dans les records. L'époque est plus anti-individualiste qu'elle ne l'a jamais été... c'est pourquoi je crois qu'il nous faut être plus individualistes que jamais : sur ce point, je m'accorde avec les plus grands esprits du siècle passé, je suis de l'avis de Nietzsche, qui a vu venir tous ces dangers : le fait même de l'avoir beaucoup relu ces temps-ci à l'occasion d'un travail m'a montré combien il avait vu loin.

Je ne me trompe pas, vous ne songez pas plus à me convertir que moi à vous convertir... à partir d'un certain âge, on est trop attaché à ses points de vue et à son sentiment. Ce que vous appelez chez moi du pessimisme est totalement dépourvu de résignation et de douleur : c'est, comme chez Spengler, le simple sentiment de percevoir clairement que l'on est entré dans une ère critique — de même que j'ai ressenti pendant la guerre dès le premier instant, avec une douloureuse évidence, l'absurdité du moment. Je considère comme aussi peu humiliant le fait d'appartenir à un continent sur le déclin que celui d'appartenir à une race (prétendument, vraiment prétendument !) lâche et fatiguée : la seule chose qui m'importe est d'exprimer ma conviction intérieure sans honte et, pour tout dire, sans intention de convertir quiconque. Peut-être que mettre en marche une idée, ne serait-ce que de façon malhabile, est de quelque intérêt – vous lui avez désormais imprimé une impulsion qui va dans une direction contraire : ce qui m'importe au plus haut point, c'est qu'elle s'installe en germe dans la tête de l'un ou l'autre et y éveille d'autres idées.

Pour finir, une petite récrimination (que j'aurais aimé vous transmettre de vive voix, mais je ne passe jamais à Vienne qu'en coup de vent) : je n'ai malheureusement pas reçu votre dernier livre[1], alors que mon éditeur a pour consigne la plus stricte de vous envoyer les miens. Ne voyez pas là une requête éhontée : c'est simplement que j'aurais aimé le posséder !

Avec les sincères salutations de votre dévoué
Stefan Zweig

<hr>

A Sigmund Freud

Salzbourg, 15.IV.1925

Monsieur le Professeur, je suis ému et honoré à la fois que vous, qui êtes si occupé à tant de choses

---

1. Felix Salten, *Neue Menschen auf alter Erde. Eine Palästinafahrt* Vienne, 1925.

importantes, ayez pris aussitôt mon livre entre vos mains, et ce que vous en dites est pour moi de la prime importance. Lorsque j'ai inscrit votre nom sur le livre[1], il ne s'agissait pas pour moi de simple respect reconnaissant : plus d'un chapitre comme « la pathologie du sentiment » dans le *Kleist* ou « l'apologie de la maladie » dans le *Nietzsche* n'auraient pu être écrits sans vous. Je ne veux pas dire par là qu'il s'agirait de résultats de la méthode psychanalytique – Mais vous nous avez appris à avoir le *courage* de nous approcher des choses, de nous approcher *sans crainte* ni fausse pudeur aucune non plus de ce qu'il y a de plus extérieur comme de plus intérieur dans le sentiment. Et du courage, il en faut pour la vérité – votre œuvre l'atteste comme aucune autre à notre époque.

J'espère que vous m'autoriserez un jour à vous rendre visite à Vienne à nouveau – mon désir est grand, et seul le respect dans lequel je tiens votre temps est plus grand encore.

Avec tous mes compliments à Mademoiselle votre fille

et avec tout le respect de votre fidèle

Stefan Zweig

◆◇◆

A Romain Rolland [lettre en français]

Salzbourg, 4 mai 1925

Cher ami, je vous réponds immédiatement. Je vous garantis que vous aurez votre repos : j'écris à Leipzig

---

1. Zweig avait dédicacé *Le Combat avec le démon* à Sigmund Freud.

qu'on ajourne la représentation du *Jeu de l'Amour* et à l'hôtel vous serez gardé comme à Vienne. Et les représentations seront magnifiques. J'ai déjà écrit pour qu'on nous réserve une loge isolée : donc vous ne verrez personne sauf ceux que vous voudrez.

Je voulais encore vous proposer de quitter Leipzig avec vous le 10 au matin et d'aller ensemble à *Weimar* sur la route de Cologne et de voir ensemble la maison de Goethe. Je suis sûr que vous en aurez une grande impression (maintenant plus qu'autrefois : on le comprend toujours mieux).

Et maintenant venons-en à mon livre qui est heureux de vous avoir comme lecteur. Je ne crois pas que le type de ce possédé par le démon soit plus fréquent en Allemagne. Seulement les possédés français avaient un refuge dans l'église catholique (les saints qui étaient *tous* des possédés, Pascal et Verlaine). Seul Rimbaud se refusait à la croix et préférait se laisser détruire. Comme grands types du XIXe je vois Dostoïevski, Strindberg, Van Gogh et avant tout Edgar Allan Poe et (le plus beau type) William Blake, le *grand* halluciné. Dans les époques lointaines *tous* les mystiques, dont on ne devine pas l'histoire tragique, Michel-Ange, les Préshakespeariens, peut-être Villon (dont la vie est trop incertaine). Très intéressante serait la liste de ceux qui ont dompté le démon, par exemple Gottfried Keller[1] dont la gaîté sort des plus profondes crises de l'âme et Conrad Ferdinand Meyer[2] qui passa sa jeunesse et sa vieillesse dans une

---

1. Gottfried Keller (1819-1890), principal représentant du réalisme suisse.
2. Conrad Ferdinand Meyer (1825-1898), écrivain suisse.

maison de santé : la partie moyenne avec sa clarté limpide est le triomphe de sa vie.

Ce que vous me dites sur la sincérité de Nietzsche est justement un des problèmes qui me touchent. Le prochain volume sera *exclusivement* voué aux figures qui passaient leur vie à se scruter elles-mêmes, Stendhal, Jean-Jacques, Tolstoï – les trois qui nous ont laissé trois autobiographies dont je veux essayer de fixer la véracité et le mensonge [1]. Ce sera très intéressant, cet effort pour montrer jusqu'à quel point l'homme peut être vrai envers soi-même. Un autre volume – quand finirai-je ces tâches dures ? – sera dédié aux esprits clairs et architec-toniques, Spinoza, Schiller et peut-être Voltaire. Un autre aux grands visionnaires de l'univers, Platon, Dante, Goethe, Shakespeare. J'ai tout un monde à construire, et ma pauvre vie suffira-t-elle à cette tâche immense ? J'ai de la patience et – encore ! – de l'ardeur. Quand on a quarante ans passés on doit se concentrer sur des œuvres de grandes proportions. Mais je rêve aussi d'un roman ! Et les gens prennent tant de notre temps, tant de notre force !

Le « secret de la ceinture » [2] est une expression qui désigne le « secret de la sexualité » qu'on évite de toucher dans des procès et des polémiques – même dans les biographies. Mais je ne pouvais pas chez Kleist éviter de l'aborder : j'espère l'avoir fait avec respect.

Dans le Nietzsche, les quatre dernières pages

---

1. *Drei Dichter ihres Lebens. Casanova, Stendhal, Tolstoi.* Zweig remplaça la figure de Jean-Jacques Rousseau par celle de Casanova.

2. Zweig emploie l'expression à propos d'Heinrich von Kleist dans *Le Combat avec le démon* (« Heinrich von Kleist. Pathologie du sentiment »).

sont écrites pour vous et dans vos idées : de fêter l'homme libre, vrai et indépendant comme la forme la plus haute de l'humanité. Tout mon essai est une polémique cachée contre la tentative (toujours plus arrogante) pour réclamer Nietzsche pour l'Allemagne, pour la guerre, pour la « bonne cause allemande » — lui qui était le premier Européen, notre ancêtre, homme archi-libre de l'argent, du patriotisme, des vieilles croyances, le « Prinz Vogelfrei »[1], le superbe « sans patrie ». Les pangermanistes et même sa bonne sœur seront choqués. D'ailleurs le livre semble prendre. Sans qu'un mot ne soit paru l'éditeur a vendu déjà 5 000 exemplaires et par des lettres je vois qu'il occupe beaucoup les intellectuels et les poètes.

Cher ami, ayez confiance que je vous garderai bien. Le pèlerinage à Händel et aussi chez Goethe (si vous consentez) vous donnera, j'en suis sûr, un nouvel essor. Il ne faut regarder que la grandeur dans ce monde des petitesses et des rancunes ; et vous qui essayez continuellement de comprendre, vous devriez voir l'Allemagne d'après-guerre avec tous ses défauts et sa grande vitalité.

Je vous souhaite bon succès pour votre cure. Et j'espère de tout mon cœur vous revoir bientôt. Fidèlement, votre

St. Z.

J'ai lu votre bel essai sur Spitteler[2]. Je l'admire beaucoup mais j'ai deux objections à le placer si haut.

---

1. Allusion au *Gai savoir* de Nietzsche, avec en annexe des « Lieder du Prince Vogelfrei ».

2. Rolland avait écrit dans la revue *Europe* un article sur Carl Spitteler (1845-1924), poète et essayiste suisse, partisan de la neutralité de la Suisse, prix Nobel de littérature 1919 : « Souvenirs et entretiens de Carl Spitteler » (n° 29, 15 mai 1925).

Le premier est que tout vrai génie se crée une nou-velle forme pour sa nouvelle vision : et Spitteler restait enfermé dans des formes vieillotes et dans les allégories d'un autre monde. Et puis : il n'avait pas assez de bonté. Il *n'aimait pas*, ni le monde, ni les hommes, ni (comme Hölderlin) les dieux. Et cela donne une sorte d'intellectualité, une non-sensualité à son œuvre. Et toute œuvre éternelle doit être nourrie par les deux sources humaines, par le sang chaud et l'esprit clair. Il n'avait que l'esprit, la vision intellectuelle : il n'aimait pas assez !

Livres très importants à lire : les documents posthumes sur Dostoïevski ; le Journal de sa femme et l'autobiographie de sa femme. J'ai signalé cela à *Europe* pour qu'ils l'achètent pour la France. Mais ils sont si lents ! En Allemagne paraîtront 10 volumes : j'ai lu les deux premiers. Quelle vie !!! C'est l'homme le meilleur et le plus méchant qui ait jamais existé !

———◦———

A Franz Zinkernagel[1]

Salzbourg, Kapuzinerberg 5
8 mai 1925

Monsieur, je mettrai volontiers les 8 pages[2] à votre disposition. Il n'y a qu'une difficulté : je ne voudrais pas que vous me les renvoyiez par recommandé à

---

1. Franz Zinkernagel (1878-1935), éditeur des œuvres d'Hölderlin.
2. Vraisemblablement un chapitre du roman d'Hölderlin, *Hypérion*, dont Zweig possédait le manuscrit.

valeur déclarée, c-à-d. pas à valeur déclarée sur le réseau *public, postal,* sinon il me faudra au final payer une taxe sur les importations de luxe, et courir au diable vauvert pour les récupérer. Mais il existe une possibilité d'assurance *privée* à laquelle vous avez certainement accès à Bâle. Seriez-vous d'accord ?

Je possède également, d'Hölderlin, la seconde partie de *La Voix du peuple* (sans variante par rapport au texte imprimé), *L'Hiver* que j'ai fait publier en son temps pour la première fois dans l'almanach Insel, et les trois poèmes (sur une seule page) *La Brièveté, Cours de la vie, Jadis et maintenant.* Hölderlin est donc honnêtement représenté dans ma collection. En revanche, mon grand regret est que je lutte depuis longtemps pour obtenir un brouillon de poème *inédit* d'Hölderlin (deux pages *in-folio*), mais le Cerbère ne le lâche pas (sauf pour 2 000 marks !!!) et n'autorise en aucun cas une publication.

La lettre de Schiller à Hölderlin a été publiée à Vienne dans le numéro de Pâques 1925 de la *Neue Freie Presse,* que vous pouvez consulter en bibliothèque.

Si vous passez un jour par ici, ma collection de catalogues d'autographes pourrait vous être utile : j'ai plus de 2 000 catalogues, et surtout je possède tous les catalogues allemands depuis 1838 (la première vente aux enchères), et je peux localiser n'importe quel autographe de n'importe quel auteur qui ait jamais été dans le commerce. Hölderlin a toujours été rare.

J'espère que le spécialiste d'Hölderlin que vous êtes aura été satisfait du portrait que je viens de publier chez Insel dans le volume *Le Combat avec le*

206

démon. Le professeur Vietör [1] a eu la bonté d'y corriger quelques petites erreurs en temps utile.

Avec mon sincère dévouement

Stefan Zweig

J'enverrai le manuscrit dans les 4 ou 5 jours dès que j'aurai des nouvelles de vous. Le mieux serait que vous me le renvoyiez par la bibliothèque de Bâle, ce qui résoudrait la question de l'importation.

◄o►

A Friderike Maria Zweig

[Weimar, non datée ;
cachet de la poste : 10.6.25]

Chère Fritzi,

Aujourd'hui mercredi, mon séjour à Weimar et avec Rolland touche malheureusement à sa fin : nous avons passé ici d'extraordinaires moments de calme et de bien-être, nous sommes allés hier aux archives Nietzsche où la vieille Foerster Nietzsche s'est réjouie comme un enfant de la visite de Rolland, et, contrairement à mon attente, a réagi à mon livre de façon *touchante* et reconnaissante. Elle avait averti en dernière minute quelques personnes de la haute société, et il y avait vraiment quelques dames d'une courtoisie et d'une noblesse d'un autre âge : c'est parfois étonnant ce que les petites villes recèlent comme trésors. A Leipzig, R. avait tenu à assis-

---

1. Karl Vietör (1892-1951), historien allemand de la littérature.

ter au réjouissant spectacle qu'est la parade de 25 000 jeunes des corporations : c'est bien, que les gens de bonne volonté fassent aussi connaissance avec le danger. Pendant la parade, il était presque terrifié par les visages tant ils étaient figés dans le ressentiment et la tension violente. Ce soir, je passe la nuit à Vienne, et je serai demain jeudi à Reichenberg, samedi à Vienne, et j'espère être à la maison dimanche dans la nuit. Bien affectueusement à vous tous

Stefan

———◦———

A Leonhardt Adelt

[Salzbourg, non datée ;
vraisemblablement après le 17 juillet 1925]

Cher Leonhard, Fritzi vient de me parler de ta lettre : j'espère qu'il n'est pas nécessaire de s'inquiéter pour Richard [1]. La croissance brutale des garçons de cette taille s'accompagne bien souvent d'irrégularités dans le rythme du cœur, ce fameux cœur adolescent. Cela ne veut rien dire et cela passe de soi-même. Oui, la mort de Lilien [2] m'a moi aussi bouleversé comme un cri. Je me souviens de lui comme d'un gars fort comme un chêne, la santé incarnée. Mais toute cette génération a la guerre dans le corps : toutes les tensions, les émotions, cette

---

1. Richard Adelt, fils de Leonhardt Adelt.
2. Ephraim Mose Lilien (1874-1925), peintre et photographe, ami de Zweig.

vie déréglée et la sous-alimentation ont fait un travail de sape sur nos nerfs : comme dans une mine de charbon surexploitée, on poursuit vaillamment l'extraction, et un beau jour, tout s'effondre. Je ne remarque chez moi rien de physiologique, mais un lourd déficit de joie de vivre positive (qui est un tonique), une sorte de rapport paresseux à la joie, une résignation trop précoce.

J'ai l'intention de venir un de ces jours à Munich. Tes projets automobiles (tu le sais) ne m'ont jamais plu : avec le nombre, la voiture devient peu à peu un véhicule dangereux, les accidents se multiplient dans une proportion alarmante. Et puis cela fait une contrainte de plus – mon caractère me pousse vers toujours plus de liberté. Voyager, c'est être libre, changer, rajeunir. Je pense donc aussi partir pour une quinzaine de jours – je ne sais pas encore où, en fait, il s'agit juste de fuir le festival. J'ai écrit trois nouvelles, dont l'une a manqué son but, les deux autres possèdent, je crois, tenue et mouvement ; je compte maintenant en écrire une troisième meilleure qui touche à un problème très compliqué, ou plutôt qui le prend presque à bras-le-corps : le tout devrait former un volume au printemps, « La confusion des sentiments », un titre qui doit te parler en ce moment. Puis il y aura à nouveau un volume sur les architectes [1]... c'est en travaillant que je me repose des travaux précédents

---

1. Au moment de la parution du *Combat avec le démon*, Zweig avait rétrospectivement donné à sa série de trilogies biographiques le titre collectif : *Les Architectes du monde. Essai de typologie de l'esprit.* Il en évoque ici le troisième volume : *Trois poètes de leur vie.*

– mauvais signe, à dire vrai, que je ne trouve pas le repos dans l'*otium*, ou dans la passion. Mais, pour en revenir au point de départ : chaque nouvelle provenant de notre cercle d'amis est une invitation à remplir sa vie autant que possible, puisqu'on ne peut la prolonger. J'espère que tu y arriveras aussi : j'attends beaucoup de la « Gourgandine »[1] – à dire vrai, c'est Berlin qui est déterminant. L'as-tu donnée à madame Sagan ? Elle est metteur en scène à Francfort et a un poids décisif. J'espère venir vous voir *très* bientôt, presque certainement d'ici à la fin du mois d'août. En attendant, porte-toi bien et salue les tiens pour moi ! Et sois-moi un ami fidèle comme je le suis pour toi : sinon, notre cercle de l'époque finira par être bien clairsemé ! Bien à toi

Stefan

Bien entendu, je suis partant pour le livre sur Schmidtbonn[2] !

La première édition de mon *Démon* (10 000) est bientôt épuisée, la nouvelle sort en septembre. Cela marche particulièrement bien avec la jeunesse et quelques personnes d'importance. A Munich, Lissauer a fait un papier pour les *Münchner Neue Nachrichten*, il n'est pas encore paru je crois : à vrai dire, les signes extérieurs m'indiffèrent. L'important, c'est *d'être là* avec ses livres : j'espère que ta « Gourgandine » sera bientôt *là*, c'est-à-dire visible partout !

———◇———

1. Comédie d'Adelt, restée inédite.
2. Il s'agit d'un volume de mélanges en l'honneur des cinquante ans de l'écrivain Wilhelm Schmidtbonn (1876-1952).

[Salzbourg, non datée ;
vraisemblablement 20 juillet 1925]

Mon cher Frans, je te remercie pour ta bonne lettre
– j'avais grande envie de t'écrire. Mais, hélas, la correspondance augmente dans des proportions terribles
et d'autre part le plaisir diminue. Je suis souvent un
peu las de la littérature : encore un livre et encore un
et encore un et la vie passe, la jeunesse s'en va et on
fera encore des livres et encore ! Quand on a une fois
montré qu'on *peut* faire de bons livres, il manque cette
belle inquiétude et cela devient un métier. Mon vieux,
il y a presque 25 ans, un quart de siècle, que j'ai publié
mes premiers vers – au fond de mon être j'aurais envie
de laisser la littérature de côté et de voyager. Mais le
succès, le « devoir » devient une chaîne, une chaîne
d'or, si tu veux – une joie pour les autres, mais moi
(tu me connais) qui ne possède pas pour dix sous
d'orgueil ou d'ambition, je regrette ma vie d'antan,
anonyme, aventurière, vagabonde, insouciante. Peut-
être de tous les auteurs que je connais je suis celui qui
déteste le plus son soi-disant succès : je crois que le
succès gâte la vie et le caractère et que la vraie vie est
celle qui reste anonyme. J'aurais envie de prendre un
autre nom pour ma vie privée et de faire peau neuve.

Tu es un des rares qui me comprendront. Les
autres me disent que j'ai du succès et me l'envient
sans savoir comme toute sorte de vie publique me
dégoûte. Mon vieux, qu'en penses-tu, si on voyageait
tous les deux comme deux gamins pour 4 ou 6
semaines en Espagne ensemble ? Tu n'as qu'à le dire
et je viendrais au printemps.

Je suis curieux de ton avis pour le *Liber ami-*

corum [1]. Il sera très beau, ce livre, et je suis fier d'avoir eu cette idée qui honorera notre ami (dont l'amitié est une des rares choses auxquelles je tiens avec tout mon être).

Accablé de divers devoirs j'ai oublié de souscrire à la *Ville*. S'il existe encore un exemplaire disponible, dis à l'éditeur de m'envoyer l'édition simple avec la note. Je la réglerai immédiatement.

Je travaille à un nouveau volume de contes. Et je me prépare à faire après une nouvelle (et bien mauvaise) comédie anglaise de l'époque de Shakespeare, à écrire une comédie, une farce, qui raille l'argent, ceux qui l'ont et ceux qui le méprisent. Si cela réussit, cela serait très amusant – en tout cas je m'amuse moi-même en la préparant. Elle ne contient pas un mot d'amour, tout tourne autour de l'or [2] !

Impatient déjà de voir le *Jean-Christophe* volume II. Et le Uylenspiegel [3]. Je vais me retirer dans trois semaines en Italie pour entamer la comédie. Mais peut-être que je viendrai encore cette année à Paris.

Ton vieux

Stefan

Amitiés à ta femme !

---o---

1. *Liber amicorum Romain Rolland. (Romain Rolland sexagenario ex innumerabilibus amicis paucissimi grates agunt. Hunc librum curaverunt edendunm Maksim Gorki, Georges Duhamel, Stefan Zweig)*, Erlenbach-Zurich, 1926. Masereel y publia trois portraits de Rolland.

2. Zweig, *Volpone*, Potsdam, 1926.

3. Masereel préparait une édition illustrée du roman de Charles de Coster en allemand.

A Friderike Maria Zweig

Grand Hôtel du Lac
Zell a/See, mercredi
[12 août 1925]

Chère F. merci beaucoup pour ta lettre et ton coup de téléphone. Ici, je vis plus isolé que je ne l'ai jamais été, je ne connais personne ni à l'hôtel, ni en ville – rien que des gens du Nord et des Hongrois, Vienne égale zéro – tout le monde est de Leipzig, ou encore plus saxon. Mais je m'en moque totalement, je travaille et je lis un peu, pas trop, du moins tant qu'il a fait beau. La nouvelle dont je mets en place les fondations est incroyablement difficile, mais cela m'excite d'autant plus, de m'attaquer à quelque chose de compliqué[1]. Mes états dépressifs n'ont pas de causes réelles, ni dans le travail (qui n'est pas si terrible), ni dans la nicotine, que j'arrête d'ailleurs pour deux jours à titre de test. C'est une crise due à l'âge, et liée à une trop grande clairvoyance (inadaptée à mon âge) – je ne me berce pas de rêves d'immortalité, je sais bien que toute la littérature que je peux écrire est d'une qualité très relative, je ne crois pas en l'humanité, peu de choses me réjouissent. Parfois, il ressort quelque chose de ce genre de crises, parfois, elles ne font que nous faire plonger plus profondément – mais en fin de compte elles font partie de nous. Je les vois de la même manière chez Leonhardt[2], si ce n'est qu'il se berce d'illusions de la façon la plus stupide qui soit – il faut justement se résigner, et pourtant, à cause des dix ans de guerre

---

1. Sans doute *La Confusion des sentiments*.
2. Leonhardt Adelt, qui avait le même âge que Zweig.

et d'après-guerre, on n'a pas eu la part de joie et de jeunesse qui nous revenait. Et puis nos nerfs abîmés par la guerre ne sont plus tout à fait réparables, le pessimisme s'est enfoncé profondément sous la peau. Je n'attends plus rien – car que je vende 10 000 ou 15 0000 exemplaires, cela ne change rien. Ce qui serait important, ce serait de commencer quelque chose de nouveau, une autre forme de vie, une autre fierté, un autre rapport à l'existence – voyager, mais pas seulement extérieurement.

Cette tournée de conférences, ça n'est vraiment pas très malin. Je l'ai faite par faiblesse, par incapacité à dire non, et puis pour m'obliger à bouger un peu. Je voudrais dans les années à venir me rendre sensiblement plus mobile – voyager beaucoup, et pour peu de temps, c'est ce qui nous fait le plus de bien.

Porte-toi bien, je t'embrasse

S.

J'irai rendre visite à Lucka dans les jours qui viennent

Envoie STP la lettre ci-jointe à Monsieur *W.H.I Maaß* Altona[1], et vérifie l'adresse que je n'ai pas sur moi.

------◦◇◦------

---

1. Wilhelm Heinz Joachim Maaß (1901-1972), écrivain allemand.

Au Baron Lajos Hatvany

[Zell am See, non datée ;
vraisemblablement antérieure au 13 août 1925]

Cher Monsieur, votre lettre me trouve à Zell – je n'ai
moi-même pas encore vu cet entretien. Mais il est
vrai que j'ai dit que nous n'étions pas représentés en
Hongrie, que nous n'y avions pas de centre pour la
pensée européenne – les rares Européens ont émigré.
En Hongrie, les gens représentatifs se taisent, oui,
nulle part ailleurs nous n'avons trouvé aussi peu de
réponse et si peu noué de liens.

Vous faites référence à des livres comme le
vôtre [1], celui de Jaszi [2] – mais ce sont *des livres qui se
placent du côté de l'accusation.* Nous savons que la Hongrie, que l'Autriche, que tous les vaincus (il en a
toujours été ainsi) ont subi une injustice. Mais rien
ne sert désormais de demander justice, de rédiger des
protestations à cause du sud du Tyrol ou de la
Slovaquie [3] : chaque nation a selon nous pour seule
mission de *commencer* par se réclamer de l'Europe, en
dépit de l'injustice subie. Une fois que les Etats-Unis [4]
existeront, alors on pourra lentement opérer des corrections – après tout, nous autres Autrichiens nous
avons opprimé les Tchèques pendant cent ans, les
Hongrois ont opprimé les Serbes, il y aura et il ne

---

1. Lajos Hatvany, *Le Pays blessé.*
2. Oskar Jaszi, *Magyariens Schuld, Ungarns Sühne. Revolution
und Gegenrevolution in Ungarn.*
3. Le Traité de Saint-Germain (10 septembre 1919) avait dissocié le sud du Tyrol de l'Autriche et l'avait attribué à l'Italie. Le
Traité de Trianon (4 juin 1920) avait dissocié la Slovaquie de la
Hongrie.
4. Zweig fait ici allusion à la création des Etats-Unis d'Europe.

saurait pas ne pas y avoir d'injustice tant qu'il existera des territoires peuplés, et tant que ce seront des hommes, et non des êtres idéaux qui exerceront le pouvoir. Mais le plus important maintenant, c'est de cesser de faire référence à sa propre souffrance comme si elle était unique au monde, et de commencer par construire notre maison avant de nous en disputer les pièces. Je suis convaincu que seule l'Unification Européenne pourra nous sauver du déclin de la culture européenne : et cette culture est plus importante que la culture hongroise, polonaise, allemande, parce qu'elle est une *somme*, qu'elle est la forme même de l'individualisme désormais isolé face au système d'organisation américain et russe.

Puis-je parler franchement ? Je crois que malgré tout, la sensibilité nationale est plus forte dans les petites nations que dans les grandes. Et tout Européen que vous soyez, vous n'en êtes pas moins passionnément sensible à la particularité de cette communauté dans laquelle vous avez grandi. Dans votre livre déjà, j'ai relevé l'idée inconsciente selon laquelle ce serait la Hongrie qui de tous les pays aurait subi la *plus grande* injustice : la Turquie a souffert davantage, l'Autriche a davantage eu faim, l'Allemagne a été plus profondément ébranlée. Aujourd'hui, mis à part chez les pangermanistes, c'est chez les Hongrois que je sens la plus forte résistance contre l'Europe, la plus forte tendance à réclamer fièrement l'isolement et la revanche, une crispation sur ce qui est réactionnaire et irréalisable, sur des petits jeux royalistes et un romantisme théâtral. Où que se trouvent de tels idéaux, ils occultent notre idéal – je n'ai donc peut-être pas eu tort de dire que nous n'avions encore jamais entendu de la bouche de Hongrois représentatifs (*non* Juifs, *non* émigrés) le moindre mot exprimant une volonté de collaboration.

Cordialement à vous mon cher et avec toute mon affection

Stefan Zweig

<><>

A Werner Reinhart [1]

Salzbourg, Kapuzinerberg 5
2 sept. 1925

Cher Monsieur, vous trouverez peut-être étrange que je m'adresse à vous, mais j'espère que vous recevrez ma requête avec amitié et surtout que vous y verrez l'expression d'une profonde confiance. En deux mots : j'ai écrit une petite pantomime qui me semble fondamentale parce qu'elle exige de la musique une capacité d'expression infinie – c'est un petit scénario de 5 pages au total [2]. Or je répugne à faire ma réclame, et j'attache tant d'importance au sujet (non pour moi mais pour ce dont il s'agit !) que je ne confierais la pantomime *qu'aux meilleurs* – et de préférence à Stravinski ou Honegger [3]. Pour le premier, je ne le connais pas du tout, le deuxième, seulement

---

1. Werner Reinhart (1884-1951), homme d'affaires suisse, collectionneur d'art et mécène.
2. SZ, *Marsyas und Apoll*.
3. Igor Stravinski (1882-1971) et Arthur Honegger (1882-1955), compositeurs.

de vue pour l'avoir rencontré ici. Et faire ma réclame n'est pas mon fort.

J'ai donc pensé à vous comme intermédiaire, puisque je vous sais noble et insoupçonnable de poursuivre quelque intérêt privé. J'aimerais vous envoyer les 5 pages (qui esquissent le motif avec une brièveté sténographique). Si le travail vous semble effectivement de nature à inspirer un grand musicien, vous pourriez alors le recommander à Stravinski ou Honegger – mais, comme je vous l'ai dit, pas par simple gentillesse exercée volontiers, mais seulement si vous êtes d'avis que cette pantomime, premièrement, exprime dignement quelque chose qui a une valeur intellectuelle et, deuxièmement, représente pour la musique la tâche la plus sublime, et pour la danse un défi important. L'aspect commercial de l'affaire m'est tout à fait indifférent – bien qu'il s'agisse d'un très petit travail, il me semblerait prendre une grande valeur si un grand musicien s'en chargeait. J'espère que ma requête n'est pas vaine et que vous recevrez avec amitié les sincères salutations de votre dévoué

Stefan Zweig

Sincères salutations à Messieurs vos frères.

———◇———

A Erich Ebermayer

Salzbourg, le 23 septembre 1925.

Cher Monsieur,

Je vous remercie vivement pour votre aimable lettre et pour votre colis. J'ai aussitôt réfléchi à votre objection et je la prendrai en considération. Mais je ne crois pas que cela puisse susciter de malentendus. Si je disais « L'errance des sentiments », le sous-entendu serait là, tandis qu'il n'y est pas dans « La confusion des sentiments », d'autant plus d'ailleurs que les autres nouvelles n'ont rien à voir avec ce sujet, et cherchent pourtant également à dépeindre une confusion de ce type. Je m'attellerai au travail dès les prochains jours et j'espère pouvoir vous remettre le manuscrit dans un délai assez bref. En attendant, je garde un très bon souvenir de votre aimable visite, et je me réjouis d'ores et déjà beaucoup de vous rencontrer à Leipzig. J'espère qu'entre-temps votre roman aussi sera achevé : l'automne est l'époque des moissons, et il ne nous faut pas les manquer.

    Sincères salutations de votre

cordialement dévoué
Stefan Zweig

———o———

A Friderike Maria Zweig

Hôtel Beauvau
Marseille [non datée ;
cachet de la poste : 4.11.25]

Chère Fritzi, j'espère t'avoir déjà rassurée avec mon télégramme, et voilà maintenant les premières nou-velles. J'ai trouvé un hôtel qui me convient très bien : une vieille maison sans restaurant, le seul qui ait vue sur le port (je te le photographierai demain depuis ma fenêtre), confortable, j'ai une chambre avec salle

de bain, spacieuse, ce qui me permet aussi d'y travailler.

J'ai voyagé de nuit en train couchette, 2e classe
jusqu'à Bourg, puis couchette 1re classe jusqu'ici où
je suis arrivé à 6 heures du matin, j'ai flâné à pied
dans la ville jusqu'à ce que j'aie trouvé le bon hôtel.
A part ça, Marseille semble être tout à fait ce que je
veux – une ville méridionale vivante, et en 5 minutes
de tramway, on est sur la Corniche, une avenue de
la Riviera avec des arbres tropicaux et vue sur la
mer. Je préfère cela aux lieux de cure où on ne
trouve que des flâneurs ennuyeux – à vrai dire, à
voir les photos que l'on trouve ici, je suis *très* tenté
d'aller passer quelques jours sur les îles d'Hyères
(près de Toulon), qui semblent être un des paradis
de la Riviera.

La vie ici est trépidante et pour nous encore
très bon marché. Mais surtout vivante. Et puis la
tranquillité au milieu de toute cette vie, la solitude
au centre d'un mouvement, voilà ce que je cherchais. Tout en t'écrivant, je jette de temps à autre
un coup d'œil par la fenêtre : cela me rappelle le
bassin d'Alster et ma chambre à Hambourg[1],
excepté bien sûr le climat : l'air est tiède, gorgé de
soleil, avec d'innombrables variations de couleurs,
depuis les plus criardes jusqu'à cette brume qui
rappelle Paris.

Quoi qu'il en soit je resterai ici 8 jours (je crois),
soit jusqu'au 12 ; peut-être que j'irai aussi dans ces
îles, à titre de modeste compensation pour mon rêve

---

1. Zweig et Friderike y avaient séjourné en 1912 peu après
leur rencontre.

des Baléares. D'ici là, porte-toi bien, et bien des choses à toi et Rusi [1] de la part de ton

Stefzi

qui t'embrasse mille fois en francs français (est-ce assez ? sinon, francs suisses).

———◦———

A Frans Masereel [lettre en français]
Marseille, le 10 janvier 192 ?
[= novembre 1925]
Hôtel Beauvau

Mon vieux, je quitte Marseille après-demain, le *12* novembre, et je serai le 12 novembre au soir à *Dijon* pour assister (ne ris pas, mon vieux !) à la *Foire Gastronomique*. Je veux donc rester le 13 novembre à Dijon et repartir le 14 pour Villeneuve.

Frans – Dijon est à trois heures de Paris ! Viens avec ta femme ou sans ta femme le *13 nov.* pour une journée, tu te rappelles comme c'était gai à Boulogne. Et à Dijon on bouffera toute une journée et on bouffonnera aussi. Mon vieux, nous devenons sérieux – il faut aussi des bons moments d'amitié et de paresse. Ne serait-ce pas un excellent rendez-vous ?

Si tu veux, si tu peux, envoie-moi une dépêche avant le 11 novembre soir pour dire à quelle heure je pourrais te cueillir à Dijon le *13* au train. Et je

---

1. Sans doute contraction des noms Rolf (le chien des Zweig) et Susi, surnom de Susanne Benedictine, la plus jeune des filles de Friderike Zweig.

demanderai en tout cas à la *poste restante centrale* à Dijon s'il y a un mot de toi. Je peux rester aussi le 14 novembre si tu viens.

Je ne t'ai pas écrit un mot sur ton admirable livre. Pardonne-moi cela – je voulais le faire en public. Il a surpassé toutes mes attentes.

Je t'embrasse !
Amitiés à ta femme !

Stefan

Hôtel Beauvau
Marseille (jusqu'au 11 janvier [!] au soir)

———◦———

A Leonhardt Adelt

[Salzbourg, non datée ;
vraisemblablement fin novembre 1925]

Cher Leonhard, merci beaucoup ! Excuse mon silence persistant : j'ai rédigé une première fois cette pièce sur Volpone, d'un trait, en quinze jours, pendant mon voyage, puis j'ai pris ici les quinze jours qui ont suivi pour l'écrire une deuxième fois : je crois que c'est *très* vivant, gai, et adapté à la scène. Pour l'instant, je ne l'ai pas fait imprimer, je l'envoie demain à Felix Bloch [1] pour avoir l'avis d'un spécialiste. Ensuite, j'ai l'intention de la proposer à Falckenberg [2] à Munich, cela lui

---

1. Felix Bloch Erben, maison d'édition berlinoise spécialisée dans le théâtre.
2. Otto Falckenberg (1873-1947), metteur en scène et directeur des Kammerspiele à Munich.

ira comme un gant : un théâtre de cour n'aurait pas assez de rythme pour ça.

Je te recopie la liste des pièces anglaises : il faut toutes les adapter, mais elles sont magistrales dans le dialogue comme dans la matière ; il s'agirait de comprimer. Cela s'y prêterait bien.

Fritzi m'a raconté que tu étais en guerre avec le *B[erliner] T[ageblatt]* [1]. Je ne connais pas les détails, mais je te conseillerais de faire attention : la situation financière est tellement instable en Allemagne en ce moment, la saturation des postes est telle qu'il faut s'accrocher aux plus puissants. Et le *B. T.* est et reste une puissance. Des éditeurs, des théâtres, il n'y a rien à attendre : ils sont tous au bord du gouffre, mis à part justement les rares qui sont puissants. Ne précipite pas les choses tant que tu n'es pas *sûr* d'avoir une meilleure situation quelque part : de nos jours, avoir un toit au-dessus de la tête est plus que précieux.

Je suis un peu fatigué de ce dur travail. Vous aurez bientôt de plus amples nouvelles de votre

Stefan

Congreve The Way of the World
Wycherley The Country Wife
* Farquhar The Beaux' Stratagem
The recruiting Officer

* Pour moi, c'est la plus convaincante, écris-moi si tu entreprends quelque chose !

———◇———

1. Adelt y écrivait depuis 1914.

A Erhard Buschbeck

Salzbourg, 13 déc. 1925

Cher Monsieur, merci bien pour votre lettre : c'est la
première réaction de spécialiste, car je n'ai (excepté
deux exemplaires à Felix Bloch) encore confié la pièce
à personne : je ne suis pas pressé. Si vous voulez la
montrer au directeur Herterich, je n'y vois pas d'objection, si ce n'est que je ne voudrais pas l'importuner
pour rien. Car – pour être honnête ! – je ne tiens pas
à commencer par le théâtre de l'Académie ; tout y est
rendu grossier par la proximité du public et de la
scène. Et comme on risque de toutes les manières
d'avoir une surenchère sur l'aspect grand-guigno-
lesque de l'affaire, on déboucherait facilement sur des
malentendus. Ce que j'aurais envisagé comme représentation était une commedia dell'arte, légèrement
parodique dans les personnages, enlevée, légère (avec
des coupures bien entendu !) – un jeu qui se situe entre
le carnaval et le mercredi des cendres. Je n'aurais
rien contre le fait que la comédie soit transférée du
Burgtheater à la petite maison au bout de quelques
jours, mais pour le début, je préférerais l'éviter.

Mais comme je vous l'ai dit, je suis un homme
patient, j'ai pour l'instant empêché que ne sorte la
moindre annonce sur le sujet, je n'ai entrepris de
négociations ni à Berlin ni à Vienne (je répugne à ces
choses-là, et pourtant, j'aimerais bien avoir Pallenberg[1], le Volpone idéal), et nous pourrons donc
en parler à Vienne. Je serai à Vienne du 24 au 29
(j'espère que vous ne serez pas à Salzbourg à ce

---

1. Max Pallenberg (1877-1934), acteur spécialisé dans les
rôles comiques sur les scènes allemandes et autrichiennes.

moment-là !), et j'essaierai d'y tendre mes maladroites antennes.

Transmettez mes salutations à Monsieur Herterich : sa fonction le contraint à lire tant de mauvaises pièces qu'il ne tient certainement pas à perdre une heure pour rien ; il comprendra lui-même que le théâtre de l'Académie ne me convient pas vraiment pour commencer (de mon côté), et quant à savoir combien de difficultés d'ordre moral cela occasionnerait à cette pure maison, je ne saurais le dire. En tout cas, c'était bien méchant de ma part en une telle époque de vaches maigres de poser sur la scène une caisse pleine d'or [1] !

Bien cordialement, votre

Stefan Zweig

Je serai à Vienne du 24 au 29 et vous téléphonerai si vous ne m'écrivez pas d'ici là.

◆━━━◇━━━◆

A Erhard Buschbeck

Salzbourg, 12.I.26

Cher Erhardus, je pars le 21 ou le 22 pour Zurich parler de Rolland à la Schauspielhaus, puis je donne des conférences dans toute l'Allemagne, Wiesbaden, Bonn, Berlin, Hambourg, Leipzig, Lübeck etc. Je passerai deux jours dans la ville de la Spree pour mettre définitivement les choses au point avec Felix Bloch. J'aimerais avoir déjà en poche le oui ou le non

---

1. Allusion à la satire de l'argent dans *Volpone*.

de Vienne, pour pouvoir me décider plus librement. Je donne à la pièce un titre tout simple : « *Volpone*. Une comédie sans amour d'après Ben Jonson », de St. Z.

Saluez Monsieur Herterich de la part de votre cordialement dévoué

Stefan Zweig

———◦———

A Emil Bernhard Cohn [1]

Salzbourg le 27 février 1926.

Monsieur,

Excusez-moi d'avoir tardé quelques jours avant de vous remercier pour vos *Légendes* : c'est toute une série de circonstances extérieures qui m'en a empêché, et non la négligence, car j'ai lu immédiatement ce livre extraordinaire, et suis encore tout émerveillé qu'il n'ait pas fait parler de lui davantage, et que la nouvelle n'en soit pas arrivée jusqu'à moi. Je ne connais pas, parmi les nouvelles légendes, de livre qui ait eu sur moi un tel effet – des créations comme *La révolte de l'arbre*, *La légende de [Rabbi] Akiba* et *L'eau de Siloah* surtout me semblent être quelque chose d'absolument accompli dans l'esprit de la légende, tandis que j'aurais presque souhaité que les *Années étranges* soient écrites dans une sorte de forme théâtrale ouverte, comme un tableau faustien vivant, avec leur merveilleuse issue tragique. J'espère

———

1. Emil Bernhard Cohn (Psd. Emil Bernhard, 1881-1948), rabbin et écrivain allemand, auteur de *Legenden* (Munich, 1925).

beaucoup, cher Monsieur, que la représentation de votre pièce [1] chez Reinhardt mettra enfin ce livre en avant, car dans sa forme ample il m'a personnellement plus apporté que la plupart des livres de légendes purement anecdotiques de Buber qui, la plupart du temps, ne sont que de la matière narrative, achevée certes, mais qui n'a pas encore été formellement élaborée, ni élevée à la religiosité universelle. Vous ne pouvez pas savoir à quel point votre livre m'a donné envie de me mesurer à vous. Je projette pour ma part un recueil de légendes de dimensions importantes [2], et je serais heureux de pouvoir en insérer une qui provienne de l'univers biblique [3] – je me permets aujourd'hui, à titre de modeste présent, de vous en faire parvenir une qui vient de l'univers bouddhiste, et qui est, à dire vrai, l'œuvre de moi que je préfère, *Les Yeux du frère éternel*. J'ai également, toujours pour le livre, une légende qui s'inscrit entre le paganisme et le christianisme, dans le style du *Décaméron* (et d'Anatole France) [4], une petite histoire vétéro-testamentaire, la *Légende de la troisième colombe*. Mais ce serait véritablement merveilleux que je parvienne à en écrire une à partir de votre propre univers, si magistralement campé, dont je me sens très proche, sans posséder à dire vrai la profonde connaissance que vous en avez et qui vous donne encore un avantage particulier pour l'écriture poétique.

Peut-être trouverai-je un jour, bientôt je l'espère,

---

1. Emil Bernhard Cohn, *Das reißende Lamm*, Berlin, 1926.
2. Les *Legenden* de Zweig ne parurent qu'à titre posthume (Stockholm, 1945).
3. « Rahel rechtet mit Gott ».
4. « Kleine Legende von den gleich-ungleichen Schwestern ».

l'occasion de rendre hommage à votre livre en public
– j'en éprouve un véritable besoin, car je vous répète
qu'il a eu sur moi plus d'effet que n'en a eu un livre
de légendes depuis longtemps. Et j'espère que se réalisera bientôt mon désir de vous serrer la main personnellement.

Avec tous les vœux de votre dévoué

Stefan Zweig

—◇—

A Romain Rolland [lettre en français]

[Salzbourg, 9.3.1926]

Mon cher ami, je reviens de Vienne – ce que nous
avons craint depuis longtemps est arrivé, nous avons
dû fermer les yeux à mon père, mort dans sa
81ᵉ année, fatigué de la vie et sans autre maladie que
l'épuisement de l'âge. Le vôtre est fort encore, vaillant
et gai : j'ai pensé à lui et je lui souhaite que sa santé,
sa force puissent durer encore longtemps, car il aime
la vie et y est attaché. Le mien n'en voulait plus depuis
deux années, donc la mort était son amie.

J'ai trouvé votre bonne lettre. Je vous comprends
parfaitement. Seulement vous oubliez que la situation
de la France est exceptionnelle : l'histoire de l'Allemagne, de la Prusse sont des histoires nationales
– l'histoire de la Révolution française est, comme celle
de Rome, une histoire de tous les peuples, un événement européen, avec Napoléon et la grande guerre,
le *dernier*. Donc tout ce qui entre dans les *grandes*
lignes comme Danton, Robespierre, Mirabeau est

universel comme la figure de César, d'Hannibal et Néron. C'est pour cela que le *Danton* [1] a eu son succès partout : le *Triomphe de la Raison* moins, parce que là le *détail* historique fait défaut au grand public. Ils ne gardent jamais dans leur mémoire les événements, seulement les grands hommes. Et Robespierre fascine encore, comme le prédécesseur de Napoléon. Ne l'abandonnez pas, c'est un type de héros qui est tout à fait français, l'intellectuel, le moraliste *fervent*, le mystique de la raison. Il est nécessaire à votre *Danton* comme pendant : ce sont les deux cariatides qui ont porté tout le bâtiment. Après leur mort, il croulait et devait être reconstruit par Napoléon. Ne craignez pas de n'être pas compris : les grandes figures répondent toujours à l'imagination de toutes les nations. Et continuez ! Continuez ! Chaque pièce faite sera doublée en valeur par une nouvelle qui lui donne par ses reflets plus de lumière.

Moi-même je suis dans une mauvaise période. J'ai été quatre fois interrompu dans mon travail – je voulais finir mon volume de contes. Maintenant j'en suis las. J'attends ma mère ici pour 8-10 jours, puis je veux fuir quelque part, je ne sais pas encore où. Je suis bon travailleur – seulement, si je suis jeté une fois hors de moi-même, je reviens difficilement à ma tâche.

Quant à Rieger, je sais qu'il travaille avec beaucoup de conscience et de goût. Je ne connais pas encore la traduction de *Aërt* [2], mais *si même* quelques fautes s'y étaient glissées, cela me paraît pardonnable, car il fallait traduire le *Aërt* en quelques jours sans

---

1. Romain Rolland, *Danton*.
2. Romain Rolland, *Art*, Paris, 1898.

lever la tête – le théâtre attendait le manuscrit pour jouer à votre anniversaire, ils répétaient même déjà le premier acte pendant qu'il traduisait le troisième. En tout cas, il pourrait facilement dans les épreuves corriger les détails – de tous vos traducteurs, c'est lui que je préfère de loin.

Donc seulement ce mot rapide et mille salutations aux vôtres de votre fidèle

Stefan Zweig

9 mars 1925

◄◐►

A Victor Fleischer

[Salzbourg, non datée ; vraisemblablement 25 mars 1926]

Mon bon Victor, ta lettre arrive à peine, ces quelques lignes à titre de réponse rapide avant de partir. J'ai eu ce que Fontane appelle une « faillite nerveuse » et, au lieu de rester prostré ici, je pars avec Fritzi dans le sud de la France, quelques jours sur la Riviera et à Marseille, puis de là nous remonterons lentement à Paris, en passant par Carcassonne, Poitiers. La bonne leçon que l'on doit à un deuil est la suivante : vivre plus fortement, avec plus d'avidité, et se préserver de la luminosité du monde, qui arrête le regard.

Je compatis à tes soucis. Et pourtant, je te conseille de céder à ta femme, et de la laisser partir en Afrique avec sa mère. Ce n'est pas bon d'avoir un malade chez soi, il vous vole votre liberté, pèse sur

230

votre humeur, détruit cette inclination même qu'on lui devait : cela n'arrange rien. Nous nous trouvons dans la même crise avec notre mère, et deux choses disparates viennent dangereusement s'y mêler : l'impuissance totale, et l'entêtement ; une invraisemblable absence d'indépendance, et une opiniâtreté invincible – ni mon frère ni moi ne pouvons songer à la prendre chez nous, parce que son inquiétude intérieure nous est cause d'inquiétude. Nous avons nous-mêmes dépassé le vrai mitan de notre vie, et nous ne pouvons plus rien porter sur nos épaules. Tu sentiras ta vie plus librement sans la présence de ta belle-mère : quand elles n'ont pas de petits-enfants pour les occuper, la vie de ces vieilles femmes tourne à vide. Il te faut peut-être faire ce dernier sacrifice, et te passer de ta femme pour quelques mois cet été (peut-être en te contentant de nous) pour pouvoir ensuite être *ton propre* maître. Qui sait combien de temps *ta* mère à toi s'affirmera-t-elle avec une telle indépendance... Contente-toi de ne pas te rajouter de poids supplémentaire. Nous n'avons pas de solives dans nos nerfs bien rongés par la période de la guerre.

Ta réussite commerciale m'impressionne *énormément*. Car cette crise [1] me semble être vraiment *très* difficile. Pour ma part, du moins, mes revenus se sont complètement effondrés depuis trois mois (l'abstinence absolument arrogante de Kipp[enberg] n'y est sans doute pas pour rien. Nos relations personnelles, bâties sur des années d'entente, ne cessent de se défaire. Il est désagréablement égoïste, ruine la maison d'édition en faisant passer au premier plan sa

---

1. L'année 1926 fut marquée par une crise importante du secteur éditorial.

folie pour Goethe, des expositions, des catalogues, et il ne fait aucune propagande, s'oppose à toute innovation avec une fierté ultra-aristocratique : que cela reste *entre nous*). Ce que tu accomplis toi se situe à un tout autre niveau – mais il est vrai que cette époque te détourne de ce qu'il y a de réjouissant, de créatif dans la maison d'édition, tu deviens vendeur et technicien de vente, et il faut peut-être que tu libères cet été l'artiste qui est en toi. Je te conseillerais volontiers le sud de la France, le midi, et je me renseignerai aussi un peu pour toi. Nous allons vraisemblablement en Belgique.

Je suis intérieurement fatigué et lessivé. Nous sommes une génération abattue, il nous manque l'élan d'un pays en plein essor, d'une époque qui nous rehausse : on nous a nourris à la haine, on nous a purgés par la peur, on nous a abattus par la torpeur, on a rabaissé notre esprit en le fixant sur des jeux d'argent paroxystiques et absurdes aux allures de feux d'artifice. Comment veut-on que l'on produise quelque chose qui se tienne, qui soit solidement construit, fondé sur la paix, alors que notre énergie se perd dans les choses superficielles ! Le recueillement, c'est ça, oui, je sais, mais alors il survient toujours, bouleversant tout, une secousse comme celle qui m'a saisi au beau milieu de mon travail, pour la sixième – la septième fois déjà, au point qu'à vrai dire on s'attend toujours à être à nouveau dérangé. Mais je voudrais tenter le coup encore une fois avec du vin français et ce bleu bienfaiteur de la mer du Sud.

Je te déconseille *formellement* la Dalmatie. Un voyage qui vous achève, nourriture mauvaise, liaisons postales catastrophiques – alors que vous êtes si merveilleusement près de la France (deux heures pour

Strasbourg, et le lendemain matin, tu es à Marseille ou à Nice, en un éclair). Et *ce* soleil-*là* te fera du bien, il chauffe comme en Afrique.

Porte-toi bien mon cher. Tu sais combien je tiens à vous, et que les bonnes nouvelles sont toujours accueillies avec joie !

Bien affectueusement à toi,

Stefan

Ma mère est venue, nous l'avons emmenée se promener à Munich, l'été elle fait des cures, mais là aussi, division de l'appartement, lutte pour la moindre broutille, tragi-comédie à laquelle je suis contraint de prendre part moi aussi.

————◦————

A Richard Specht

[Salzbourg,] 1ᵉʳ mai 1926

Mon cher ami, je n'ai pu te remercier avant pour ton livre sur Werfel[1]. Avant toutes choses : j'ai certainement un point de vue opposé à celui de beaucoup de gens dont la réaction se limite à un « déjà ? prématuré » surpris et agacé. Tu as indubitablement fait la bonne démarche, car il n'y a rien de plus nécessaire que d'apporter à cette époque pleine de précipitation dans laquelle nous vivons la mémoire et la cohérence. De nos jours, Hofmannsthal est considéré comme l'auteur du *Retour de Christina* et du *Théâtre du monde*, Werfel comme l'auteur d'une pièce mise en scène par

—————————

1. Richard Specht, *Franz Werfel. Versuch einer Zeit.*

Reinhardt – leur mémoire ne remonte pas en deçà de la dernière œuvre. Et ils oublient qu'il est l'un des plus grands prosateurs allemands depuis Goethe, l'auteur de *La Porte et la Mort* (on ne le « joue » jamais, comment voudrait-on qu'ils le connaissent), qu'il est aussi la plus puissante émanation poétique de notre époque (mais qui lit encore des poèmes ?).

C'est pourquoi des livres comme le tien, toi qui es un compagnon plein d'abnégation, un homme qui s'abandonne et se consacre véritablement aux autres, sont vraiment nécessaires : ils donnent son unité à cette époque déliquescente, ils lui donnent un visage et une physionomie spirituelle, au lieu de l'éclair et des reflets que projettent les comptes rendus de lecture du jour qui ne font que créer la confusion. Je trouve saisissant que tu aies commencé quand tu étais jeune par approcher les plus âgés avec respect et déférence, adoptant devant Mahler, Strauss et Schnitzler la position du portraitiste, et que, maintenant que tes cheveux sont mêlés d'une bonne dose de gris, tu t'adresses à la jeunesse sans la moindre arrogance. Et il n'y a là ni geste déplacé, ni fausse modestie, ni condescendance pour ces « gentils petits » ! Rien ne vient troubler le ton que tu adoptes. Cette simplicité au beau milieu de l'admiration est quelque chose qui t'appartient en propre, tes jugements se forment alors d'une façon parfaitement déterminée, mais jamais dictatoriale – il y a aujourd'hui une grande assurance en toi, une assurance qui n'est pas prétention comme chez la plupart des gens, mais qui naît de la conscience d'avoir un regard honnête, une action librement déterminée. Dans tes livres précédents, le *Mahler*, le *Strauss*, tu étais justement encore inhibé par un respect qui s'était mué en

234

habitude, nourri encore de souvenirs d'enfance : désormais, tu parles avec une liberté sublime et (grand mystère du critique, bien qu'allant de soi en apparence) tu exprimes *cela exactement* que tu veux vraiment dire. La plupart des gens se laissent entraîner par le mot, le rythme (un certain St. Z. par exemple). Mais toi, tu as les rênes en main, et tout obéit exactement à ta main et à la pression de ta cuisse.

Ce qu'il y a de merveilleux avant tout dans ton livre, c'est le sujet. Werfel est le plus puissant de cette génération depuis Hofmannsthal et Beer-Hofmann, c'est lui qui est le plus bouillonnant, le plus productif. C'est lui qui a le plus évidemment une *trajectoire* derrière lui, et une devant lui : ma confiance en lui est inébranlable, parce que je connais sa chaleur humaine, son esprit génial, l'immense impetus de sa volonté morale. Il est de tous le seul individu volcanique, le seul élément pur au milieu d'innombrables combinaisons chimiques faites de substances étrangères. Tu n'as donc fait que le devoir de l'esprit en le plaçant au centre de l'époque – ce qui correspond parfaitement à mon sentiment : c'est là sa place. Dans le détail, ta présentation est excellente, la seule chose qui m'y manque est un portrait, une vision physique de ce visage où l'enfant, le garçon de quinze ans est toujours là (peut-être pour toujours), et qui pourtant prend une forme toujours plus virilement géniale, avec ce corps singulièrement massif, la véhémence de son être devenue matière. Et puis la voix, partant souvent dans les aigus comme celle d'un ténor, l'extase de la lecture – j'aurais presque envie d'ajouter fraternellement cela dans ton livre. Peut-être qu'ici, je parle de quelque chose qui vient de mon propre univers : il me faut toujours commencer par me représenter le visuel, la physionomie, pour pouvoir voir l'esprit avec ses couleurs et ses nuances. Ici, tu le détaches complètement de l'œuvre, et tu places l'horizon de l'époque en toile de fond : cela t'apporte un autre éclairage, qui à vrai dire (excuse la restriction) exige un œil exercé, littérairement exercé, car lui seul pourra percevoir sous quelle forme magistralement concentrée tu as parfaitement esquissé les différents personnages en quelques caractéristiques. Le *profanum vulgus* lira certainement en diagonale les divagations descriptives sur l'époque : les intermèdes n'apportent, je le crains, pas assez d'informations globales, ce qui en fait justement pour nous un pur délice, avec cette finesse dans la répartition de la lumière... On n'a presque jamais écrit de façon plus objective, même sur quelqu'un qui invite autant à la partialité que Kraus [1]. De façon générale, le ton posé que tu adoptes, ta précision claire et douce... J'entends ta voix chaude et ton visage si bon, mon vieil ami. Tout cela vient vraiment de toi !

Mais j'ai bien rarement l'occasion de le voir pour de bon ! Voilà qu'il m'arrive quelque chose d'étrange, et d'à moi-même incompréhensible : je ne sais plus que faire à Vienne, je fuis toujours, quand je rends visite à ma famille, au bout de deux jours. Et je sens venir de là quelque courant d'air froid dirigé contre moi – j'y ai perdu, sans que je sois conscient d'avoir commis quelque faute, presque tous mes amis ; tous sont devenus instinctivement hostiles à mon égard. Mis à part Felix Braun [2], mis à part Erwin Rieger et

---

1. Karl Kraus (1874-1936), écrivain autrichien.
2. Felix Braun (1885-1973), écrivain, ami de Zweig.

Lucka, je n'ai plus de nouvelles de personne, je ne vois personne ; où que je porte mes yeux, je sens de l'agacement. Quelque chose s'est cassé. Ne mésinterprète pas mes propos, mon cher, ne crois pas que je me plaigne ni même que je sois blessé sur le plan littéraire – Dieu sait que je n'ai pas à me plaindre, chaque livre que je publie se vend à 10 000 exemplaires dès le premier jour, la diffusion de la traduction de mes livres, en particulier en Russie (Toller[1] vient de me le redire dans une lettre) est quasiment extraordinaire. Tout va bien pour moi en Allemagne, j'ai en France mes plus proches amis – il n'y a qu'à Vienne que je ne me retrouve plus, je n'y vois pas (pour la première fois depuis cinquante ans) de jeunesse, pas de jeunes gens de vingt-cinq ans, pas de débutants. Et puis – cette rancœur, cette amertume ! Voilà pourquoi j'apprécie tant que tu penses encore à moi quelques fois et m'écrives un mot, et voilà pourquoi j'ai si profondément l'impression que nous nous comprenons sur tout ce qui est essentiel – nous sommes deux hommes qui connaissons nos limites, mais faisons de notre modestie un atout, et dans l'ensemble, nous avons servi l'art au mieux, je crois. J'aimerais tant avoir un jour avec toi une longue et riche conversation ! A Vienne, cela sera quasiment impossible ; ici, pendant le festival, je suis soit absent, soit effrayé par l'agitation, et peu concentré. Mais peut-être viendras-tu tranquillement un de ces jours, pour te reposer simplement, et pour le plus grand plaisir de ton fidèle ami, qui t'adresse ses vœux sincères

Stefan Zweig

---

1. Ernst Toller (1893-1939).

Bien des choses à ta chère femme ! Salue aussi Werfel pour moi si tu le vois – cela fait des années que je n'ai pas eu de conversation *véritable*, c'est-à-dire fondamentale avec cet homme que j'apprécie tant. Ton livre lui donnera *un grand élan* !

◄◊►

A *Victor Fleischer*

[Salzbourg, non datée ;
vraisemblablement 28 juillet 1926]

Cher Victor, je comprends l'effet que te fait la Riviera : tu liras dans une nouvelle de moi ce que tu dis de cette beauté de carte postale, plate et toujours prête. Le livre est déjà presque imprimé. C'est Marseille que je préfère, *moi*, j'y serais bien resté, il y a une bonne plage à proximité, à Cannes aussi. Et puis Menton, où Ehrenstein se dore au soleil actuellement.

Mon cher, je suis dans une situation étrange. J'ai l'intention de partir le 4 août, mais je ne sais pas où. Ma destination était le Danemark, mais je suis tellement transi, assombri par trois mois de pluies *incessantes* (cette fois, Salzbourg a battu son propre record) que j'ai peur maintenant d'aller *aussi* au nord. Ce que je préférerais serait l'Italie, mais il n'y a pas de plages, ou si peu qu'elles sont toutes atrocement surpeuplées. Et je déteste la trop grande affluence. A l'heure qu'il est, je ne sais donc toujours pas où j'irai. J'aimerais autant rester ici, mais ça n'est pas possible actuellement, à cause de cette

238

histoire de festival. Je suis bien fatigué dans l'ensemble – c'est comme quand on est resté trop longtemps assis dans un café, et que l'on n'a pas le courage de se lever. A vrai dire, mon bon, j'aurais bien besoin d'une injection d'ambition, d'énergie, en bref, d'un remontant (il faudrait tomber amoureux et partir trois semaines avec une jeunesse !). Le dégoût que j'ai de la littérature est indescriptible : le mieux serait d'écrire une grande œuvre historique scientifique, à laquelle on travaille pendant des années, qui échappe totalement à la « concurrence ». Mais ce ne sont là que des lamentos de transition : le fait que nous soyons restés extérieurement jeunes et que la guerre nous ait pris 5 ans nous a longtemps caché que nous étions de vieux messieurs : ce qui nous manque, c'est l'échelle de mesure, les enfants justement. Avec un fils de 20 ans, on se sentirait plus respectable, plus solide, plus viril que là, semper novarum rerum cupidus.

Bien à toi, porte-toi bien, et remets-toi vraiment. Pour les affaires, je crois à une amélioration si les éditeurs respectent la réduction de la production.

Bien affectueusement à toi,

S

Le discours de Viertel[1] était vraiment très beau : on aurait presque envie de se faire enterrer pour entendre ce genre de propos.

———————◦———————

1. Berthold Viertel (1885-1953), écrivain et metteur en scène autrichien.

A Sigmund Freud

Salzbourg, 8 sept. 1926

Monsieur le Professeur, outre votre production intellectuelle, vous exercez merveilleusement bien un
autre grand art : celui de confondre par votre bonté !
Non seulement les mots que vous m'avez dits, mais
le fait même que vous, qui êtes débordé, assailli de
gens et de problèmes, ayez pris la peine, sur votre
temps de repos, de plonger un regard si pénétrant
dans une œuvre qui pourtant vous doit infiniment
beaucoup me rend réellement confus – hier, je ne
pouvais parvenir à prendre la plume.

Permettez-moi de vous dire clairement ce que je
vous dois, ce que beaucoup de gens vous doivent – le
courage dans la psychologie. Vous avez *débarrassé* toute
une époque, ainsi que d'innombrables individus dans
la littérature, *de leurs inhibitions*. Grâce à vous, nous
voyons beaucoup de choses, – grâce à vous, nous *disons*
beaucoup de choses qui sinon n'auraient jamais été
vues ni dites.

Tout cela n'est pas encore net aujourd'hui, parce
que notre littérature n'est pas encore envisagée sous
un angle historique, sous le rapport de ses causes
– encore une décennie ou deux, et on identifiera alors
le lien qui a soudain donné à Proust en France, à
Lawrence et Joyce en Angleterre, à certains Allemands une nouvelle audace psychologique. Ce sera
votre nom. Et nous ne renierons jamais ce grand
pionnier que vous êtes.

La psychologie (vous le comprendrez mieux que
personne) est aujourd'hui ma véritable passion dans la
vie. Et je voudrais un jour, quand je serai assez avancé,
l'exercer sur l'objet le plus difficile qui soit, sur moi-

240

même. L'autobiographie de l'ère post-freudienne elle aussi pourra être plus claire et plus audacieuse que toutes celles qui ont précédé. J'étudie justement Tolstoï dans cette optique – chaque jour il s'exhorte à être audacieux et vrai. Mais devant les vérités vraiment claires, il recule. Jusqu'à présent, on ne l'a jamais vraiment examiné sous toutes ses coutures, et j'ai grande envie de le faire. Parmi les modernes, s'il y a jamais eu quelqu'un de vraiment audacieux (malgré ses connaissances insuffisantes), c'est Hans Jaeger dans *Images de Christiania* et dans *Amour malade*[1]. Le livre de Frank Harris, auquel je n'ai pas encore pu avoir accès, est censé l'être aussi[2]. Mais je crois que notre époque si indigente du point de vue de la production laissera derrière elle connaissances et documents : vous êtes à l'origine du courage qu'il faut pour cela.

Je n'ai de vœux plus cher que celui-ci : que votre santé reste stable, que votre œuvre poursuive son essor : vous jouez toujours le rôle décisif dans la lutte invisible pour l'âme. Vous êtes toujours le seul à nous expliquer la mécanique de l'esprit dans un esprit de création. Nous avons plus que jamais besoin que vous soyez actif.

Avec toute mon affection ma reconnaissance et mon estime

Votre fidèlement dévoué
Stefan Zweig

◄◦►

1. Hans Henrik Jaeger (1854-1910), écrivain norvégien.
2. Frank Harris (1856-1931), écrivain anglais. Zweig fait ici allusion à son autobiographie, *Ma vie et mes amours. My Life and Loves*, Londres 1923-26, traduit en allemand entre 1926 et 1929.

A Raoul Auernheimer

[Salzbourg, non datée ;
cachet de la poste : 16.IX.26]

Cher ami, je vous remercie du fond du cœur ! C'est
un véritable honneur pour moi que vous ayez précisément trouvé bon le troisième acte du *Volpone* et toute
cette confusion, car le vieux Ben Jonson ne savait
rien de tout ce troisième acte que j'ai rajouté en lieu
et place d'une série de quiproquos et de travestisse-
ments. Je redoute seulement que le Burgtheater ne
rende pas le rythme – bien entendu, je joue allégre-
ment du rasoir... Avez-vous déjà des nouvelles de
Reclam ? M. Sander m'a écrit qu'il voulait s'adresser
à vous [1], que sinon – ne vous effrayez pas ! – il pensait
sérieusement à Engelhorn, qui s'est totalement renouvelé avec Jacob Schaffner et Frank Thiess, et qui est
très demandeur d'auteurs de premier ordre [2]. Je suis
malheureusement très très paresseux en ce moment,
sans pour autant jouir de cette paresse ! Bien à vous,
votre fidèle

Stefan Zweig

------◆------

1. Zweig avait recommandé le dernier roman d'Auernheimer
à Ernst Sander, lecteur aux éditions Reclam.
2. Les éditions Engelhorn publiaient essentiellement de la littérature populaire, mais avaient récemment publié le romancier
allemand Frank Thiess (1890-1977). Jacob Schaffner en
revanche ne publia jamais chez Engelhorn.

Salzbourg, 16.IX.1926

Cher Franz Werfel, j'avais déjà la feuille de papier
en main quand votre lettre est arrivée : mille mercis !
Mais ne parlons pas de moi. Votre *Paul*[1] m'a énormément donné à réfléchir – vous avez saisi là de façon
magistrale le moment le plus décisif de l'histoire de
l'esprit, et vous touchez là à la plus douloureuse
racine, à celle à laquelle chacun d'entre nous est lié,
celle qui nous nourrit et nous retient, nous oppresse
et fait saigner notre esprit. La conception est géniale,
la forme grandiose – parfois d'une partialité inconsciente que notre sang nous impose en dépit de toutes
nos résistances. Jamais le tragique conflit spirituel
du judaïsme n'a pris corps comme il le fait dans le
trifolium des trois grands maîtres et évocateurs[2], ou
même dans le révolté, dans le Paulus-Saulus, l'impé-
tueux serviteur de Dieu qui surgit en barbare
dans le christianisme. Ce qui manquera aux gens,
c'est l'image du christianisme comme élévation,
comme monde supérieur – le christianisme francis-
cain n'ayant d'autre fondement que lui-même, comme
l'aurait incarné Jean avec l'agneau[3], cet agneau de
Dieu, par opposition à Pierre et à sa foi de brave
homme. Mais je vous sais gré de ne pas l'avoir fait,
car en cette période d'explosion, d'éloignement, il n'y
aurait pas place pour un homme rêveusement épris

---

1. *Saint Paul parmi les Juifs*, 1926.
2. Les rabbins Zadock, Huria et Meïr, membres du conseil
des anciens à Jérusalem, chargés de rendre la justice, et le rabbin
évocateur.
3. Saint Jean-Baptiste.

du Christ – cette forme de foi n'a pu naître que dans la distance de la légende. Ainsi, vous évitez de signifier toute supériorité du christianisme comme annonce du salut – le christianisme n'apparaît que comme une prolongation, un prolongement chronologico-historique du judaïsme, et non comme son stade le plus élevé. Ce n'est pas uniquement le Juif en moi qui vous remercie, mais aussi l'homme soucieux de vérité historique que l'on s'efforce toujours d'être. La pièce qui recommence avec le dernier acte reste à écrire, mais pas par un Juif – seul un croyant pourrait la concevoir. Vous avez mis en lumière la blessure décisive – vu la vision comme un événement, décrit l'événement comme une vision. Jamais vous n'avez vu si loin, jamais vous n'avez fait preuve d'une plus grande retenue consciente dans l'expression. Que cela ait en outre un effet renversant du point de vue scénique et théâtral m'importe moins, à moi qui sais que le public de théâtre est la proie consentante de toute puissance passionnée, qu'elle soit véridique ou mensongère – le succès qui sera certainement le vôtre ne sera qu'un moyen de porter dans le monde le débat des idées.

En tout cas, quelle réussite ! Vous êtes presque le seul de cette génération qui ait une « œuvre » faite de cercles concentriques qui marquent les années, et une croissance élargie qui s'élève dans un processus organique depuis la musicalité jusqu'à la plastique des phénomènes, une œuvre traversée par le vent de l'esprit, mais ne perdant jamais son feuillage. Cela me fait toujours beaucoup de bien de voir la flamme du sentiment se transformer en esprit. Il faut simplement veiller à ne pas se refroidir, à ne pas geler, à ne pas se figer dans les formes – neuf dixièmes des gens ne sont plus aujourd'hui que des statues figées de ce qu'ils étaient autrefois. Et ils sont bien peu à être encore vivants ! Vous possédez encore aujourd'hui, comme lorsque vous aviez dix-huit ans, le pneuma, le souffle enflammé, et c'est la raison pour laquelle je vous aime tant, ainsi que tout ce que vous créez. Restez celui que vous êtes – je n'ai rien de meilleur à vous souhaiter. Je me sens bien souvent proche de vous !

Avec mon meilleur souvenir amical, et tout à la chaleur du sentiment né de ce présent que vous m'avez fait de votre monde

Bien fidèlement, votre

Stefan Zweig

———◦———

A Felix Langer

Salzbourg, le 28 septembre 1926

Cher Monsieur, Je vous réponds bien tard – n'en prenez pas ombrage. Ne surestimez pas l'effet positif ou négatif de cette critique qui ne contenait rien d'hostile ni de directement dépréciatif – de nos jours, une certaine tiédeur fait l'effet d'une condamnation, depuis que les critiques ont pris l'habitude de systématiquement donner la fanfare et de sortir la grande artillerie, Dostoïevski et Balzac, pour n'importe quel roman médiocre. J'ai lu votre livre[1] avec beaucoup d'attention, et, contrairement à cette critique, je le trouve avant tout extrêmement bien

_____

1. Felix Langer, *Passion érotique*, Berlin, Zurich, 1926.

écrit, très coloré, mordant, et rédigé dans une langue extrêmement dynamique. En revanche, je le trouve moins réussi dans sa structure, car les différentes aventures sont à mon goût trop juxtaposées au lieu de s'intensifier et de progresser. Le héros lui-même, cet archétype du poète errant dans la société, ne me semble pas assez intéressant pour donner au texte une dimension tragique et héroïque. Mais le roman ne m'a pas ennuyé un seul instant, je n'ai été déçu à aucun moment par une scène particulière – la seule chose qui m'ait manqué, c'est l'impétuosité dans la progression, l'impatience que je continue à considérer comme l'élément originel de toute œuvre narrative. Je sais que je suis relativement seul en Allemagne à formuler cette exigence, car même les meilleurs romans de notre époque comme *La Montagne magique*[1] ne me satisfont pas ; ce doit être la tradition allemande qui nous vient de Goethe et de Jean Paul, alors que, pour ma part, je m'inscris dans la tradition de Balzac, Stevenson, Joseph Conrad, et continue à considérer le moment passionné de l'impatience, la curiosité en éveil, comme une composante essentielle de la véritable narration. Vous voyez qu'au nom de notre vieille sympathie et du lien qui nous unit, je m'adresse à vous très franchement, et vous dis dans une lettre personnelle en quel endroit j'estime que vos efforts ne sont pas concluants – bien évidemment, dans un cadre public, j'exprimerais ces réserves sous une forme atténuée, et j'espère avoir l'occasion de le faire dans la presse ou en un autre endroit.

---

1. *La Montagne magique* de Thomas Mann avait été publiée à Berlin en 1924.

Je vous invite cordialement à ne pas vous laisser décourager, et à ne pas faire dépendre l'accueil et le destin d'une œuvre de la réaction d'une seule ville. Il nous faut justement tirer parti de ces contingences, et aller chercher en nous-mêmes des tensions et des efforts plus puissants encore.

Avec les sincères salutations de votre

Stefan Zweig

———◇———

A Samuel Fischer

Salzbourg, 25 octobre 1926

Cher Monsieur, on ne célèbre malheureusement pas la date anniversaire de la création de votre maison d'édition [1] – anniversaire spirituel au sens strict du terme – mais je voudrais néanmoins vous adresser mes vœux les plus sincères. Sincères, car toute cette activité dépend de vous personnellement, et qu'il s'agit justement d'une activité sans laquelle on ne peut se représenter la vie allemande ni la mienne propre : je me rappelle encore avec quelle admiration timide le jeune garçon de quinze ans que j'étais distinguait déjà soigneusement un « Fischer » des autres livres ! Et ce respect suscité par l'emblème de la maison d'édition est encore inaltéré aujourd'hui, et n'a fait que se doubler d'une admiration personnelle et cordiale pour son fondateur et administrateur – et ce n'est pas peu de choses en une époque marquée par

---

1. Les éditions Fischer avaient été créées le 1er septembre 1886.

la précipitation et l'ingratitude, où ce qui nous vient d'hier n'est rien que du passé, et la tâche accomplie rien que du révolu. Je sais que cela ne vous ressemble pas, mais vous devriez être *fier* de votre vie et de votre œuvre : puissent la force et la joie active de ces quarante années de création exemplaire durer encore longtemps !

Avec toute mon admiration et mon attachement à vous et à vos proches

Votre dévoué
Stefan Zweig

Très cher Monsieur,

Permettez-moi d'ajouter à ce qu'écrit mon époux mes vœux les plus sincères et les plus respectueux, avec l'heureuse conviction que ces vœux, ainsi que d'autres plus dignes de vous, trouveront d'eux-mêmes leur réalisation dans votre belle œuvre. Quelle quantité de travail vous avez derrière vous ! Ne vous laissez pas envahir !

Avec le souvenir reconnaissant, cher Monsieur Fischer, et les salutations de votre dévouée

Friderike M. Zweig

—◇—

A Romain Rolland [lettre en français]
Salzbourg, 25 oct. 1926

Mon cher ami, j'ai depuis longtemps le besoin de vous écrire. Mais, hélas, l'avalanche de Noël commence déjà en octobre, livres, lettres..., et j'irai dans quelques jours à Vienne pour regarder deux répétitions du *Volpone* au Burgtheater (je n'assiste pas à la représentation). J'ai eu la visite de Baudouin[1] et j'étais de nouveau touché de sa profonde modestie, de sa grande capacité. Encore un cas où nos amis d'Europe ont montré peu de fidélité et de discernement, car comme poète et comme essayiste Baudouin me paraît bien supérieur à la plupart de leur cercle. Je crains seulement que l'occupation psychanalytique soit à la longue aussi dangereuse que celle avec les rayons X : quand on entre profondément dans les folies des hommes, on ne peut pas toujours en sortir sain en soi-même. Ce n'est pas un hasard que tant de psychanalystes meurent dans la folie ou par suicide : j'ai dit cela ouvertement à B., car il me paraît surmené et fatigué.

A Vienne il y avait le grand congrès paneuropéen de l'(excellent et très sympathique) comte Coudenhove[2]. Naturellement, ce succès stimulait *le* prince Rohan et quinze jours plus tard, il faisait une semaine intellectuelle présidée par Hofmannsthal (fanfare de guerre en 1916) avec l'assistance de Paul Valéry (qui rachète son noble silence de 15 ans par une activité prodigieuse)[3]. Et ici le congrès de la ligue

---

1. Louis-Charles Baudouin (1893-1963), écrivain et traducteur suisse, fondateur de la revue pacifiste *Le Carmel* (Genève).

2. Il s'agit de la troisième assemblée générale de l'association internationale pour la coopération culturelle. Richard Coudenhove-Kalergi (1894-1972) était le fondateur du mouvement paneuropéen.

3. Il s'agit de la troisième assemblée générale d'un congrès organisé par le prince Rohan, qui se tint à Vienne, en octobre également. Zweig reprochait à Hofmannsthal ses écrits bellicistes et son adhésion tardive à l'idée européenne. Valéry, qui avait travaillé au ministère de la Guerre de 1897 à 1900, n'avait jamais pris position sur la situation en Europe.

des Droits de l'Homme avec Aulard etc. etc.[1]. Je trouve tout cela un peu ridicule, nous en avons parlé à Villeneuve. J'ai seulement accepté d'entrer dans un comité d'une revue franco-allemande qu'on prépare parce que cela est au moins une *réalité*. Mais ces conférences me dégoûtent profondément et leur résultat moral est *nul*.

Je dois vous avouer un crime que vous me pardonnerez. J'ai supprimé plusieurs lettres adressées à vous par divers comités qui veulent vous faire venir en Allemagne pour faire un discours au 100ᵉ anniversaire de Beethoven. Et mille journaux vous demanderont pour ce jour quelques paroles. Je vous conseille d'en préparer quelques-unes, de les faire dactylographier 100 fois. Et vous serez sauvé.

Des livres, j'en ai vu peu d'importants. Pour mon plaisir, je ne lis que Jack London et Joseph Conrad. Il y a des époques où je suis las de la psychologie, où je demande à lire comme un enfant : féerie, action, aventure prodigieuse et où une page de Proust, même de Dostoïevski m'énerve. On fait trop de psychologie, on la fait trop bien. Et je préfère la faire *moi-même* en lisant la vie vivante, la biographie. On me vante beaucoup la biographie *Musician and murderer* d'un Américain qui dépeint l'histoire d'un musicien de la Renaissance qui était en même temps un assassin réputé. Hélas, j'ai oublié son nom, mais vous n'oubliez rien, je le sais bien[2].

---

1. Il s'agit de l'Union des ligues des Völkerbund et non de la Ligue des Droits de l'Homme. Alphonse Aulard (1849-1928), historien français.
2. Cecil Gray (1895-1951) et Philip Heseltine (1894-1930), *Carlo Gesualdo, Prince of Venosa, Musician and Murderer*, Londres, 1926.

Mais un livre est bien attendu chez moi, chez nous tous, votre roman. Quel contentement pour vous de finir encore cette tâche énorme, le second *Jean-Christophe* ! Je suis bien curieux, je l'avoue. Mais peut-être que les presses impriment déjà ! Mon livre en est déjà au-delà du 20 000e [1]. Nous aurons plus de 30 à Noël. Mais je rêve des autres livres à faire et des voyages. Il faut voyager quand les os marchent encore – j'ai appris avec regret la nouvelle défaillance de Tagore à Vienne. Il va déjà mieux. Mais quelle folie de traverser l'Europe de Naples à Stockholm, de Paris à Bucarest et de parler devant des snobs dans une langue inintelligible de ses choses les plus sacrées ! C'est une maladie contagieuse, cette nouvelle manie de voyager en missionnaire de l'esprit à travers l'Europe – Thomas Mann, Paul Valéry font concurrence aux stars du cinéma. Et le public les regarde partout avec cette même curiosité stupide et infidèle : tout de même cela convenait mieux à Guillaume II de se promener dans les pays (parce qu'on était heureux à Berlin quand il n'y était pas) qu'aux créateurs, aux poètes ! Qui auraient mieux à faire – des *œuvres* !

Assez bavardé ! j'ai souvent envie de vous serrer la main. Soyez content que les aéroplanes ne fonctionnent pas encore suffisamment bien, sans cela je ne vous garantirai pas de la visite de votre fidèle

St. Z.

---

1. Il s'agit de *La Confusion des sentiments*, qui passa les 90 000 exemplaires en 1931.

Mes compliments à Mlle Madeleine, respects à M. votre père.

—◇—

A Siegmund Warburg

Salzbourg, 25 octobre 1926

Cher Monsieur,

J'ai souvent pensé à vous sans pour autant vous écrire, bien que je vous aie intérieurement beaucoup remercié pour votre lettre. Je suis toujours d'avis que le cours de l'histoire universelle, ou du moins de l'histoire européenne, ne se joue actuellement que dans *votre* cercle restreint, et que toute cette frénésie de congrès qui se déploie actuellement n'est qu'un cache-misère esthétique qui se méconnaît, visant à recouvrir des réalités économiques très nues. Vous aurez peut-être été surpris de voir que je n'ai participé à aucune de ces manifestations, la Paneuropa, le Kulturbund, le Pen-Club – il n'y a pas là l'ombre d'une hostilité. Mais je n'ai plus aucun plaisir à énoncer des évidences maintenant qu'elles sont devenues inoffensives, ni à prêcher l'internationalisme et l'idée européenne maintenant que cela rapporte la Légion d'honneur. L'internationalisme était pour moi une sorte de religion tant qu'il était interdit, tant que c'était un christianisme des catacombes. Maintenant qu'il est devenu christianisme d'Etat, cela n'a pas grand intérêt pour moi d'aller entendre les messes souvent ennuyeuses des nouveaux convertis. D'ailleurs, j'ai développé assez longuement le sujet dans un article, « Internationalisme ou cosmopolitisme ? »

– Je tiens le cosmopolitisme pour moralement sans valeur, parce qu'il ne vaut que sur la courte durée, et se rétracte comme un couteau de poche à la première guerre venue. La Paneuropa, quant à elle, est tout à fait indispensable, et m'est extrêmement sympathique, à condition toutefois qu'elle ne se tourne pas un jour contre la Russie et l'Asie. Coudenhove est muet sur ce point, et j'approuve sa façon extraordinairement intelligente de ne pas prendre prématurément d'engagements trop importants. Avec lui, on fait vraiment l'expérience de ce qu'est un politicien qui a de l'esprit – une espèce dont nous avons perdu l'habitude en Europe avec cette gestion étatique à la petite semaine, et qui commence tout juste à renaître.

Je n'ai toujours pas de voyage en Angleterre en perspective, je ne sais pas pourquoi. Je pense plutôt que je viendrai me perdre au printemps en Suède, dans votre nouvelle patrie élective.

Salutations cordiales

Stefan Zweig

Si jamais vous passez en Allemagne,
écrivez-moi un mot auparavant ;
je circule relativement beaucoup
dans ce cercle plutôt restreint,
et nous pourrions facilement nous y rencontrer.
Vous avez peut-être eu l'occasion de voir
mon nouveau livre, *La Confusion des sentiments*.

Salzbourg, le 8 novembre 1926

Chers Messieurs !

Je vous présente mes excuses pour ma réponse si tardive. J'avais avant-hier au Burgtheater de Vienne la Première de *Volpone*, qui s'est déroulée de la meilleure façon qui soit, et a reçu un accueil très favorable, y compris auprès de la presse. C'est pour les acteurs une pièce idéale, dans laquelle ils peuvent tout donner, et je crois qu'en Russie aussi elle rencontrerait un certain succès. Les éditions du théâtre rassembleront les critiques dans une dizaine de jours, et je vous les enverrai à ce moment-là, de façon à ce que vous puissiez peut-être les utiliser.

En second lieu, je vous remercie pour le virement de mes honoraires, que j'ai bien reçus, pour les beaux exemplaires de la *Confusion des sentiments*, et enfin pour cette troisième nouvelle réjouissante, l'édition complète que vous me proposez si aimablement.

Je l'accueillerais avec la plus grande joie, et j'envisage pour commencer les volumes suivants : les trois longs volumes de nouvelles *Première Expérience*, *Amok* et *La Confusion des sentiments* (ce troisième volume comprenant la troisième nouvelle non encore publiée chez vous), un quatrième volume de *Légendes* (*Les Yeux du frère éternel* et deux autres légendes dont je vous enverrai les manuscrits). Je pourrais en outre facilement constituer un cinquième volume à partir de nouvelles de moindre dimension qui, en Allemagne, sont disséminées sur plusieurs volumes.

Pour le théâtre, je n'attache d'importance qu'au

---

1. Maison d'édition russe fondée en 1923.

volume *Jérémie* dont il existe, à ce que j'ai entendu dire, une très bonne traduction de Madame Woytinsky que je peux vous faire parvenir à tout moment. Pour les essais, les deux volumes *Trois Maîtres* et *Le Combat avec le démon*.

Il existe, évidemment, bien d'autres possibilités, divers essais comme le grand essai sur Masereel, celui sur Desbordes-Valmore, Walther Rathenau, Freud, en somme, un volume que l'on pourrait tout simplement intituler *« Figures contemporaines »*. J'ai en outre la grande biographie de *Romain Rolland*, qui s'est vendue en Allemagne à 20 000 exemplaires et est parue en Angleterre et même au Japon.

Il ne dépend donc que de vous de déterminer l'ampleur que vous voulez donner à cette édition complète. Je pourrais, bien entendu, vous procurer un portrait de moi, mais je demanderais alors à mon célèbre ami Frans Masereel de réaliser une gravure sur bois originale.

Pour l'introduction, je suggérerais Richard *Specht*, qui a écrit les grandes biographies de Schnitzler, Werfel, Richard Strauss, et qui rédigerait volontiers un essai relativement important sur mon œuvre.

Pour ce qui est des conditions matérielles, je ne voudrais évidemment pas vous accabler, étant donné que tous les livres sont libres de droits, et je me contenterai à l'avenir de vous réserver les principaux textes que j'écrirai.

Faites-moi donc part de votre avis, je vous prie, je me réjouirais beaucoup que nous arrivions là à un accord total. De mon côté, il n'y a pas de difficultés, ni d'exigences ou de restrictions particulières.

Je vous envoie aujourd'hui même un livre de moi (*La Contrainte*) que vous ne connaissez sans doute pas, puisqu'il n'est paru que dans un petit tirage. Je l'ai écrit pendant la guerre. C'est un texte de révolte contre l'époque et le service militaire, que Frans *Masereel* a agrémenté de gravures sur bois. Je crois que cela donnerait en Russie un joli volume séparé, avec ces gravures que vous devriez alors évidemment reproduire, et qui donnent au livre un charme particulier. Je vous l'envoie en recommandé et espère qu'il vous parviendra sans encombre.

Avec les salutations renouvelées de votre sincèrement dévoué

Stefan Zweig

———◦———

A Friderike Maria Zweig

[Berlin, non datée ;
cachet de la poste : 10.12.1926]

Traqué comme un sanglier, je t'écris à la va-vite. La Première est le *18*, mais je ne resterai sans doute pas, je pense repartir dès *mardi*. Fête chez Donath[1] très agréable, j'ai oublié de te rappeler de lui adresser tes vœux, Victor[2] mal luné (non sans raison), Camill[3] exquis. Innombrables connaissances, à quoi viennent

————

1. Adolph Donath (1876-1931), écrivain et critique allemand et vieil ami de Zweig.
2. Victor Fleischer.
3. Camill Hoffmann.

s'ajouter les étrangers, Lernet[1], Polgar[2], Bruno Frank[3], etc. etc. – pour ma part, je reste introuvable. Toutes les places pour la conférence de dimanche vendues dès mercredi – c'est atroce, je me fais vraiment l'effet d'un ténor. Quelques options sur *Volpone*[4], Felix Bloch espère un grand succès. Moimême très fatigué par trop d'alcool, trop de tabac et pas assez de sommeil, par là-dessus rhume et refroidissement à cause du chauffage central et des trains froids – à Duisburg, j'ai dû m'interrompre au beau milieu d'une conférence, plus de voix, mais 700 personnes en face de moi. Samedi, seule soirée de libre, grosse fête chez les Fischer, j'ai dit oui – aujourd'hui, après la conférence, j'espère m'échapper pour deux heures. Dimanche, dîner en mon honneur au Bristol avec tous les bonzes – atroce, mais incontournable. *Oh la gloire, quelle saleté ! Quelle ordure !* Mais bientôt, retour à Salzbourg, je vais en profiter – la grande ville est de la pure folie, surtout Berlin où *tout* se passe toujours en même temps. Tous les amis sont épuisés par le téléphone et les invitations quotidiennes, tous se plaignent du manque de sommeil – et moi, le Salzbourgeois, je passe pour un sage du Erz. Et toi, mon agneau, ne te plains pas, ne baisse pas les bras, même si le cœur te fend[5], ne m'oublie

---

1. Alexander Lernet-Holenia (1897-1977), écrivain autrichien.

2. Alfred Polgar (1873-1955), écrivain autrichien.

3. Bruno Frank (1887-1945), écrivain allemand.

4. La pièce fut jouée sur la plupart des grandes scènes allemandes.

5. Allusion à un vers de *l'Intermezzo lyrique* de Heine.

jamais, entraîne-toi à la sténo et ne râle ni ne soupire,
tu te portes mieux que ton

Stefzi

Embrasse Suse et tout le monde.

———◇———

A Richard Specht

Salzbourg, 19 déc. [1926]

Cher ami,

Je te remercie beaucoup pour ton aimable lettre
et je t'envoie bien entendu tout ce que tu désires pour
autant que je le possède. *Les Yeux du frère éternel* est
presque mon texte préféré, et cela me fait plaisir que
tu le découvres maintenant. Si je peux me permettre
d'émettre moi-même un souhait au sujet de cet essai [1],
ce serait que tu insistes sur le caractère *précurseur* de
mon activité plus qu'on ne le fait d'ordinaire : maintenant que c'est entré dans l'histoire on a tendance à
l'oublier. Je pense par exemple à *Jérémie*, la première
œuvre artistique contre la guerre qui ait été écrite
pendant la guerre, je pense au fait que ma conférence
commune avec le Français Jouve à Zurich en 1917 a
anticipé toutes les actions de réconciliation qui ont
lieu aujourd'hui, ce qui supposait un investissement
plus fort, au fait que mon livre sur Verhaeren, paru
simultanément en français et en anglais, a été à l'origine de la reconnaissance de la place de Verhaeren

---

1. Specht préparait un essai sur Zweig pour l'édition russe de
ses œuvres.

dans la littérature mondiale, non seulement en Allemagne mais *en général*, au fait aussi que mon livre sur Rolland, avec ses traductions en anglais, japonais, etc. est un livre qui a dépassé les frontières de l'Europe. Pour la Russie, il est également important que mon essai sur Dostoïevski ait été le *premier* ouvrage allemand d'importance en général, qu'il ait marqué le début de la littérature sur Dostoïevski, et que mon article sur Ottokar Brezina ait été le premier à introduire cet écrivain slave dans le monde [1]. Ce rôle de médiation qui constitue une part de mon travail me semble aussi important que mes productions artistiques. Il exprime mon lien avec l'époque et le monde tout autant que mon œuvre de création. C'est pourquoi je considère que ce serait une bonne chose que de mentionner également cet aspect de mon œuvre. Il y a aussi là un certain dépassement de l'ancrage viennois au profit d'un ancrage européen.

Ces Messieurs me semblent être assez pressés pour l'édition. Cela me fait évidemment plaisir que tu te mettes rapidement à l'ouvrage ; de mon côté, je vais les relancer, et leur demander aussi de te virer rapidement tes honoraires. Cela me ferait grand plaisir que tu prennes toi-même plaisir à effectuer ce travail. A l'époque, quand j'ai écrit le livre sur Rolland, dont je savais qu'il serait traduit dans d'autres langues, ce pressentiment de la traduction m'a permis d'acquérir davantage de précision et de clarté, parce que je me demandais à propos de chaque phrase si elle était claire et valide aussi *au-delà* de l'allemand.

---

1. Ottokar Brezina (1868-1929), poète tchèque. En 1909, Zweig avait publié un article à son propos dans un journal autrichien.

Je suis sûr que l'on pourra publier certains passages en allemand, la *Presse*, le *Börsencourier* et une foule d'autres journaux en imprimeront certainement des extraits, l'*Inselschiff* aussi.

Je ne veux pas te retenir plus longtemps, aujourd'hui que Noël approche, mais je te remercie cordialement par avance et te salue cordialement,

Ton fidèle
Stefan Zweig

Bien évidemment, je tiens à ce que soit mentionné que je visais depuis Vienne un écho européen, que mes livres ont d'ailleurs trouvé, puisqu'ils sont traduits *dans toutes les langues.*

<hr>

A Victor Fleischer

[Salzbourg, non datée ;
vraisemblablement 23 décembre 1926]

Cher Victor, ma chère épouse t'avait parlé de cette affaire [1] – je n'avais rien contre, dans la mesure où on a tellement *réclamé* le livre ici et à l'étranger au cours des deux dernières années qu'il m'a effectivement semblé rentable pour une maison d'édition. Quand on vend 10 000 exemplaires de chaque livre dès le premier jour, on peut supposer qu'il existe – je ne le comprends pas moi-même – un bon stock de

---

1. Friderike Zweig avait suggéré à Stefan Zweig de s'occuper de la publication d'une monographie sur lui dont Erwin Rieger serait l'auteur et Victor Fleischer l'éditeur.

gens dont l'intérêt n'est pas éveillé par le titre du livre mais par la *personne* qui l'a écrit. Rieger me convient très bien, parce qu'il est discret et me présenterait plutôt que de faire ma louange. Et puis je n'ai jamais pensé à un *livre* de 300 pages comme celui de Specht sur Werfel ou celui d'Elster sur Molo [1], mais à un maximum de 100 pages, sans photos personnelles etc. Je t'avouerais que cela me plaît bien que cela se fasse, ne serait-ce que pour des raisons purement *techniques*, puisqu'on ne cesse, de Russie (où paraît actuellement la grande édition complète en 8 volumes) et d'ailleurs, de me réclamer des « éléments ». C'est là la seule raison de mon assentiment – je ne crois pas pour ma part approcher de la fin, mais un livre de ce type commence à prendre forme. Et puis, en fin de compte, cette monographie rédigée de ma plume, qui était absolument insuffisante, est épuisée elle aussi [2] : je vois très bien l'ampleur du danger, mais je ne crois pas qu'à 46 ans une monographie de 100 pages soit déplacée – à cet âge-là, et à quantité de travail équivalente, pratiquement tous mes contemporains, Lissauer, Bonsels [3], Ginzkey, Buber – sans parler de Thomas Mann à qui je n'oserais me comparer et sur qui il existe 2 douzaines de titres, ont eu un livre de ce genre, voire plus important. Cela n'a jamais été *volonté* de ma part, ma femme le sait bien elle aussi, qui est aujourd'hui de plus en plus souvent *sollicitée*, étant donné que je suis malheureusement plus ou

---

1. Hans Martin Elster (1888-1983), *Walter von Molo [1880-1958] und sein Schaffen*, Munich, 1920.

2. « Une autobiographie », « esquisse autobiographique » que Zweig avait publiée en 1922 en annexe à la « Lettre d'une inconnue ».

3. Waldemar Bonsels (1880-1952), écrivain allemand.

moins devenu l'homme du moment. Tu sais bien que je ne suis pas prétentieux et « n'aspire » pas à ce type d'honneurs par vanité, mais que je me contente de ne pas m'opposer à quelque chose qui me soulage d'un point de vue purement technique – après tout, on peut compter sur les doigts d'une main les auteurs qui laissent les applaudissements aux acteurs et s'en soucient comme d'une guigne, comme je l'ai fait le jour de ma Première berlinoise.

Bien entendu, je n'aurais jamais permis que ma femme s'entretienne de cela avec quelqu'un d'autre que toi – mais entre nous, la conversation est une sorte de monologue intime. Et je ne t'écris que parce que je ne voudrais pas que tu croies que les 40 000[1] me sont montés à la tête : personne n'est plus sceptique envers soi-même que je ne le suis. Tout ce que nous faisons n'a de sens que relatif – et on n'a le droit de le considérer que dans ce cadre et dans celui de l'activité européenne.

J'étais *très* content d'apprendre que la maison d'édition prospère. Je t'avais dit moi-même que le pire était passé. Et je te presse *une fois de plus*, quitte à t'agacer avec cela, de ne pas te laisser irriter par les impolitesses ou les différends, et de ne pas renoncer, dans un mouvement d'humeur soudain, à une situation dont la valeur et la forme ne s'élaboreront vraiment que dans les prochaines années, qui seront meilleures. L'indépendance en son sens le plus plein est chose rare – tu ne la trouverais pas non plus parfaitement dans une nouvelle situation. La vie est

---

1. Zweig fait allusion aux ventes de son recueil *La Confusion des sentiments*.

faite de concessions : il suffit de se sentir libre intérieurement.

Bien à toi

S

J'espère que la Volksbühne t'a envoyé les
entrées pour *Volpone*.

◇

A Oskar Maurus Fontana [1]

Salzbourg [non datée ;
postérieure au 25 décembre 1926]

Cher Oskar Maurus, je vous remercie sincèrement
pour vos aimables propos dans le *Tag*, non pas parce
qu'il s'agit pour moi d'une « bonne » critique, comme
on dit en jargon de théâtre, mais parce que vous y
cernez ce que je me proposais de faire. J'étais sentimental dans mes premiers vers et mes premiers
travaux, et je fais tout ce que je peux, en me faisant
violence et en usant de la détermination la plus
extrême, pour venir à bout de tout ce qui rappellerait
cela : en notre époque, être doux est plus qu'une faiblesse, c'est avant tout de la lâcheté. La trame du
Volpone me semblait bien à sa place ici, et les préten-
dues « obscénités » (en matière d'érotisme, je n'ai pas
le sens des limites) me semblent nécessaires pour que
le public ne s'effraie pas de lui-même, et pour lui
dissimuler ce que tout cela a d'amer. Je vous remercie

---

1. Oskar Maurus Fontana (1889-1969), écrivain et critique
allemand.

beaucoup (ainsi que pour vos propos dans le *Tage-buch*, dont je n'ai pas encore pris connaissance,) et j'aimerais beaucoup vous rencontrer un jour longuement. Je ne sais que peu de chose, et même rien du tout de vos récents travaux, car j'espère bien que la critique et le métier ne vous consument pas tout entier. Avec les salutations de votre sincèrement dévoué

Stefan Zweig

◆

A Anton Kippenberg

Salzbourg [non datée ;
vraisemblablement 29 décembre 1926]

Cher Monsieur, un journal me télégraphie à l'instant que Rilke est mort[1], et qu'il faudrait que j'écrive quelque chose – mais je ne le peux bien évidemment pas – je suis totalement bouleversé et décontenancé par cette nouvelle soudaine. Pour vous, pour nous tous, pour le monde, c'est là une perte irréparable, ne serait-ce que pour l'exemple que représentait cet homme. Vous qui avec votre femme étiez l'un de ses amis et le dépositaire de son message, recevez mes propos comme ceux d'un proche. Car malgré sa célébrité, nous ne sommes qu'un petit cercle à savoir *véritablement* ce que nous avons perdu en cet être extraordinaire : nous partageons donc en ces heures-ci notre douleur et le souvenir ému que nous

---

1. Rainer Maria Rilke mourut le 29 décembre à Val-Mont (Montreux).

avons de lui. Et si vous voyez sa femme, sa fille — je ne sais où elles demeurent — dites-leur, je vous prie, mes salutations et mes condoléances.

Sincèrement, votre

Stefan Zweig

———◇———

A Detmar Heinrich Sarnetzki[1]

Salzbourg, 4 janvier 1927

Cher Monsieur,

Je trouve enfin le temps de vous écrire un peu plus longuement. Votre lettre me parvient à l'instant même où je commence la mienne, et votre article sur Rilke arrive en même temps. Bien qu'il soit très beau... je vois le problème de façon quelque peu différente. Pour moi, outre ses qualités littéraires, Rilke représentait la dernière tentative pour mener une vie poétiquement parfaite, véritablement *pure*, il incarnait la solitude créatrice sans les poses et l'aspect prédicateur de l'école de George. Avec lui s'en est allé quelque chose qui devient de plus en plus rare : l'*homme* lyrique, une des fleurs les plus délicates de notre culture, qui ne prospérera certainement plus sur les terres parcellarisées de la technique.

Mais je parle de Rilke, et c'est pourtant de vous que je voulais parler, vous à qui je dois encore l'impression très forte que m'a faite le *Semiramis*[2]. J'ai

---

1. Detmar Heinrich Sarnetzki (1878-1961), écrivain, journaliste et critique allemand.

2. Detmar Heinrich Sarnetzki, *Semiramis*, Cologne, 1923.

lu la pièce immédiatement, et elle m'a fait une impression intense, durable, en particulier en raison de cette progression toujours plus forte, et de ce mouvement d'élévation spirituelle véritablement héroïque. Mais je devais et voulais tout d'abord aborder les questions pratiques, et j'avais déjà fait poser la question à Madame Roland[1], du Burgtheater. Or, il se trouve qu'elle est justement entrée en conflit avec le Burgtheater, et il me faut attendre de savoir si elle sera libre. Car d'un point de vue purement technique, je voudrais entendre dire d'une actrice confirmée si cette langue, qui est extraordinaire sur le plan poétique, lui semble convenir aussi sur un plan purement rhétorique. Il me semble que les phrases sont souvent trop pleines et trop saturées d'images pour pouvoir s'adapter parfaitement à la parole *orale*. Or, c'est justement parce que l'élan créatif ne provient pas ici de la seule intrigue extérieure, mais aussi de l'esprit propre au langage, que la parole a chez vous une puissance particulière. Je vous conseillerais donc, à qui que vous envoyiez la pièce, de ne pas le faire sous la forme actuelle, mais d'introduire *vous-même* dans l'exemplaire, *au préalable*, les coupures les plus *impitoyables*. Les metteurs en scène et les directeurs de théâtre n'aiment pas lire, et ils vous sont d'autant plus reconnaissants qu'ils ont moins besoin de lire. Peut-être avez-vous parmi vos amis quelque homme de théâtre ou metteur en scène à qui vous pourriez donner un exemplaire, en lui demandant d'y effectuer les coupes exactement comme si les répétitions devaient commencer le lendemain. Vous reporterez

1. Ida Roland (1881-1951), actrice autrichienne très demandée dans les théâtres autrichiens et allemands.

alors le texte de cet exemplaire *abrégé* dans les autres exemplaires, et alors seulement, une fois que ce sera un pur objet de théâtre, vous le présenterez aux théâtres – sinon, on vous dira immanquablement : c'est magnifique du point de vue poétique, mais, mais..........
Pendant ce temps, je ferai de mon côté tout mon possible et montrerai la pièce d'abord à Madame Roland, puis à une autre actrice de qualité dès que je parviendrai à les voir.

Mais tandis que pour ce texte, j'étais assailli de doutes en me figurant la résistance et l'absence de finesse des gens de théâtre, votre volume de nouvelles [1] m'a causé une extraordinaire surprise et une grande joie. Surprise d'abord, parce que j'y ai trouvé quelque chose que je n'y attendais pas, à savoir un don pour la transposition historique, qui est aussi naturellement évocatrice en Egypte qu'en Chine, et atteint en Allemagne le raffinement accompli d'une nouvelle de Storm [2]. Je comprends le succès qu'ont recueilli ces nouvelles, et je suis désormais très confiant pour votre fresque romanesque historique. Vous avez fait un coup de maître en choisissant la Neuberin [3], et j'attends avec une impatience non feinte de savoir comment évoluera et avancera le livre. Puissé-je moi aussi trouver un jour la forme apaisée, la forme pleine d'un roman de ce type ! Pour

---

1. D. H. Sarnetzki, *Wanderer und Gefährte und andere Novellen*, Leipzig, 1921. Deux des nouvelles du recueil reprennent des légendes égyptienne et chinoise.
2. Theodor Storm (1817-1888), grand écrivain allemand.
3. Friederike Caroline Neuber, dite « la Neuberin » (1697-1760), actrice et directrice de théâtre dans l'Allemagne du XVIIIᵉ siècle.

l'instant, je n'ose encore m'y mettre, et je me contente d'apprendre de ceux qui osent.

Ginzkey m'a dit avec quelle gentillesse vous l'avez accueilli. Vous aurez beaucoup de plaisir à le fréquenter.

Bien des choses à Madame votre épouse, et en espérant vous revoir bientôt

votre sincèrement et cordialement dévoué

Stefan Zweig

Pour votre collection, que j'espère encore étoffer, je vous envoie encore prochainement une ou deux pièces. Je compte aussi demander aux marchands qu'ils vous envoient les catalogues, vous y trouverez peut-être quelque chose. Dans le dernier catalogue de Stargadt Berlin [1] par exemple, le beau poème de Geibel sur la mort de Uhland [2], « Un grand arbre vient de tomber, au bois des poètes allemands » a été inscrit à 36 Mark.

―◇―

A Ernst Sander

Salzbourg, 30 mars 1927

Cher Monsieur,

Il me faut cette fois, sans que vous puissiez douter de mes intentions véritablement cordiales, vous présenter mes excuses si je ne peux dans le cas

---

1. Marchand de livres anciens.
2. Emanuel Geibel (1815-1884), *Ludwig Uhland* (1787-1862).

présent répondre à votre souhait [1], et je vous l'expliquerai rapidement : tout d'abord, je suis profondément engagé dans un travail, et, deuxièmement, j'ai une sorte de résistance personnelle envers Flaubert. Bien entendu, je ne méconnais pas l'importance de Flaubert. J'ai d'ailleurs beaucoup travaillé *sur* ses œuvres de jeunesse, mais, à l'instar d'André Suarès, je livre, une sorte de lutte contre la surévaluation de Flaubert par rapport à Balzac, ce talent bouillonnant, et je ne pourrais pas vraiment écrire sans faire long, et peut-être polémique. Peut-être, il est vrai, que cela même que j'aurais à dire serait favorable à ce livre, puisque je trouve l'écrivain Flaubert plus fort dans ses œuvres de jeunesse tant décriées que dans les œuvres postérieures, qui sont par trop devenues littérature. Je préfère nettement l'*Education sentimentale* avec ses défauts, mais son caractère profondément passionné, à la version purifiée postérieure, et je trouve *Novembre* humainement plus bouleversant que *Salammbô*. Mais, comme je vous l'ai dit, je ne suis pas celui qu'il vous faut pour parler de Flaubert. Je n'écris passablement bien que quand je suis passionné par mon objet.

Permettez-moi de vous remercier encore pour la grande joie que m'ont causée vos traductions de Shakespeare – une tâche difficile, et quasi impossible à accomplir, mais dans laquelle on s'enrichit et se forme soi-même. Aucune traduction ne peut être définitive, mais c'est déjà un grand mérite et un grand bonheur que de faire ne serait-ce qu'inter-

---

1. Ernst Sander avait demandé à Zweig de rédiger une préface à un texte de Flaubert à paraître aux éditions Reclam. Sander avait lui-même traduit plusieurs œuvres de Flaubert.

préter clairement leur forme. Je voudrais simplement attirer votre attention sur les autres auteurs qui gravitent autour de Shakespeare. Il y a là tant de choses étranges et inconnues ; je n'ai par exemple appris qu'aujourd'hui, par la traduction du texte dans la *Nouvelle Revue Française*, l'existence des romans de Delauné[1], très intéressants du point de vue de l'histoire culturelle.

Je viendrai certainement à Leipzig un de ces jours, vraisemblablement en lien avec l'exposition de livres, et je me réjouirai beaucoup de vous y rencontrer.

Si je puis encore vous transmettre une suggestion pour Reclam, ce serait d'intégrer également *Otto Flake* à la nouvelle série[2] ; il vous fournirait très volontiers un volume de nouvelles de petites proportions.

Sans rancune donc, et salutations

votre

sincèrement dévoué

Stefan Zweig

P. S. : Je reviens tout juste du festival Beethoven à Vienne... d'où mon retard !

———o———

1. Il s'agit de Thomas Deloney (1543 ?-1600), poète et romancier anglais.
2. Les éditions Reclam avaient lancé en 1927 une collection intitulée « Jeunes Allemands ». Otto Flake (1880-1963) fut bien publié chez Reclam, mais dans une autre collection.

A Victor Fleischer

Cher V., j'ai reçu ta lettre aujourd'hui – mais ma joie
n'était pas sans mélange. Car je sens que tu n'y vois
toujours pas clair et ne veux pas y voir clair. Une
maison d'édition comme celle que tu envisages, bâtie
sur des dettes, accablée par les intérêts à payer,
ne *peut* pas se développer à une époque de grande
entreprise – en outre, je trouve fausse l'idée selon
laquelle un grand investisseur risquerait de te « majoriser ». Il *faut* se laisser majoriser – tout le monde ne
doit pas *nécessairement* être indépendant, et en tant
que directeur d'une Société anonyme, tu seras bien
plus tranquille que si tu en es le propriétaire responsable [1]. Je crois que ma vision des choses est très
claire sur ce point, et de même que je t'avais prédit
funestement tôt que ton appartement te serait un
boulet autour du cou et te gênerait dans le moindre
de tes mouvements, dans la moindre évolution, je te
le répète : *aujourd'hui*, à l'époque du grand capital, des
grandes entreprises, on ne peut pas travailler en
s'endettant auprès des marchands de papier, des
imprimeurs (qui *de toute manière* comptabilisent dans
leur facture les taux de perte et les pertes d'intérêts),
on ne peut acquérir de droits d'auteur sans payer
comptant de gros honoraires : *on ne fait que gaspiller*

---

1. Fleischer avait été directeur de la Frankfurter Verlags-
Anstalt jusqu'en 1926. En 1927, il avait pris la direction du Verlag
für Literatur und Kunst à Berlin, et était devenu actionnaire des
éditions Heinrich Keller, lesquelles s'étaient associées aux éditions Anton Schroll.

des années et de l'énergie en fatigue inutile. Je considère qu'il serait mille fois mieux que, dans l'intervalle, tu te consacres de façon lucrative et énergique à la littérature et aux articles de journaux, de façon à garder la tête hors de l'eau en dépit de ce boulet, jusqu'à ce que se présente le radeau sur lequel tu pourras te hisser. Mais ne mets pas en route une entreprise en t'endettant auprès des banques, des papetiers et des imprimeurs – pour l'amour de Dieu, ne le fais pas, car en fin de compte, cela reviendrait à mettre inconsidérément en péril le nom de ta maison d'édition ; créer une maison d'édition importante et représentative sans capital de départ – dans le meilleur des cas, cela tiendra vingt ans. *Oblige*-toi donc à penser clairement et impitoyablement, ne gâche pas des relations précieuses comme Poeschel [1] etc. pour une entreprise de carton-pâte – place-toi plutôt, je te le répète, en position subalterne, joue les *seconds* violons et saisis toute occasion, *quand bien même* on te majoriserait. Ton erreur à la Frava [2], à l'époque, a été de ne pas céder lorsque qu'on a voulu – de façon très juste et professionnelle – diminuer temporairement les salaires : aujourd'hui, *crois-moi*, elle est révolue, l'époque de l'inflation, où le mérite faisait office de capital, et où l'argent sans maître se confiait volontiers au premier venu. Aujourd'hui, c'est l'argent, le capital qui tient le haut du pavé – et quand on n'a pas de capital, il faut commencer par se subordonner. Cela grouille partout de directeurs de maisons d'édition, issus de toutes les maisons disparues – le *capital*, voilà

---

1. Carl Ernst Poeschel (1874-1944), directeur des imprimeries Poeschel & Trepte à Leipzig.
2. Frankfurter Verlags-Anstalt.

ce qui est décisif. Et tant que tu n'en auras pas, ne fais pas de tort à ton nom – on ne *peut* pas tirer d'une maison d'édition miniature comme celle-là la somme nécessaire à un train de vie tout de même assez généreux à Berlin : réserve pour l'instant toutes tes forces pour la littérature, jusqu'à ce que tu aies enfin trouvé une *véritable* source de capital. En matière d'argent, il ne faut pas *rêver*, il faut compter ! Ne m'en veuille pas de ma franchise, mais qui d'autre se doit d'être impitoyablement franc quand il s'agit d'une telle décision, si ce n'est un vieil ami comme ton

Stefan

❖

A Claire Goll[1]

Salzbourg, 6 avril 1927

Chère Claire Goll,

J'ai naturellement lu les courtes nouvelles aussitôt, avec la plus grande joie. Elles sont très délicates et touchent à la poésie à travers le regard que vous y portez sur les choses, de façon très humaine. Cela donnera certainement un livre touchant et délicat. Je n'ai que peu d'espoir pour ce qui est de la Bibliothèque Insel, qui publie presque exclusivement les auteurs maison d'« Insel » et les morts illustres, mais je ferai prochainement une nouvelle tentative[2] ; je

---

1. Claire Goll (1881-1977), poète et traductrice allemande, épouse d'Yvan Goll (1891-1950) et auteur avec lui de deux recueils de poésie en français : *Poèmes d'amour*, Paris, 1925, et *Poèmes de la vie et de la mort*, Paris, 1927, et, seule, du recueil *Poèmes de jalousie*, Paris, 1926.
2. La Bibliothèque Insel était une collection créée par les édi-

voudrais simplement vous redire au préalable que mon pouvoir y est faible – presque aussi faible qu'est intense mon désir d'y faire accepter le livre.

Et puis il me faut vous remercier encore très vivement pour les poèmes. N'est-ce pas déjà proprement merveilleux qu'Ivan et vous soyez si magnifiquement liés intellectuellement et humainement depuis dix ans déjà sans épuiser les forces de vos âmes, et que vous écriviez tous deux (et soyez presque les seuls à le faire) entre les deux langues. J'ai beaucoup pensé à vous lorsque a commencé à prendre forme à Berlin un mensuel franco-allemand. Vous auriez été la personne tout indiquée à Paris, et j'espère toujours que cette belle et nécessaire entreprise verra le jour.

Soyez vivement remerciée pour toute la sympathie que vous me témoignez. J'espère vraiment de tout cœur vous revoir bientôt à Paris. L'automne m'y amènera certainement !

Sincères salutations
votre

Stefan Zweig

———◆———

A Otto Heuschele

Salzbourg, 16 avril 1927

Cher ami,

Ce ne sera pas une véritable lettre de Pâques, rien qu'un vrai bonjour né de sentiments cordiaux, et une petite question qui vous concerne. Etrange-

---

tions Insel en 1912. On ne sait de quelles nouvelles de Claire Goll il est question ici.

274

ment, cette préface à la poésie contemporaine, avec ses attaques énergiques, a suscité des remords chez certains éditeurs, et ils ont entrepris d'encourager désormais plus vivement la jeunesse[1]. M. Emil Sander, le directeur littéraire de Philipp Reclam, m'écrit donc qu'ils aimeraient maintenant y publier une ou deux séries de textes de jeunes auteurs. Et j'ai bien évidemment beaucoup pensé à vous, et me suis demandé si vous n'auriez pas peut-être quelque nouvelle pouvant entrer dans ce cadre. Personnellement, j'ai toujours eu, depuis l'enfance, une prédilection pour cette collection, qui donne la possibilité de progresser jusqu'au domaine le plus sérieux. Peut-être avez-vous un sentiment analogue. Si en tout cas vous accueilliez favorablement cette opportunité, exploitez-la dans un sens joyeux et productif dont pourrait alors naître une impulsion créatrice. Je vous ai déjà recommandé auprès de M. Sander comme un homme à qui on peut accorder sa confiance sans risquer de déception.

Il n'y a pas grand-chose d'autre à raconter : deux jours de festival Beethoven – agrémentés par la présence de Romain Rolland qui a été notre invité pour une journée ; ai lu quelques bons livres, n'en ai malheureusement pas encore écrit de nouveau qui le soit : le *Tolstoï* avance plus lentement que ne le voudrait mon impatience. En revanche, je prépare pour la Bibliothèque Insel un choix de petits essais historiques qui, si je ne m'abuse, forment un ensemble original[2]. On ressort le *Desbordes-Valmore*, le *Volpone*

---

1. S. Zweig avait rédigé l'introduction d'une *Anthologie de poésie contemporaine* publiée en 1927.

2. *Sternstunden der Menschheit*, Leipzig, 1927.

va son chemin dans d'autres pays, et il a même passé la grande mer, de sorte que je n'ai pas à me plaindre, même si je préfère toujours la joie que procure *le* travail en cours à celle que procurent *les* travaux achevés.

Je vous envoie mes salutations cordiales jusque dans votre paysage qui est parfaitement et durablement présent à notre esprit grâce à votre dernier livre.

Stefan Zweig

A Erich Ebermayer

Salzbourg, 9 mai 1927.

Cher ami,

Je vous remercie beaucoup pour votre bon télégramme ! *Volpone* continue vraiment à très bien marcher, excepté à Munich où les journaux travaillent systématiquement contre le directeur du théâtre, exactement comme chez vous, et je peux donc être entièrement satisfait. Mais le plus important pour moi est toujours mon propre travail, celui qui est en route, et pour cela je ne suis pas encore aussi avancé que je le voudrais. Je décline donc également toutes les propositions de voyages, de conférences pour parvenir enfin à une certaine constance dans ma production.

J'espère que vous n'êtes pas non plus resté inactif ces temps-ci, et surtout que vous avez avancé votre nouvelle. Nous nous réjouirions tous tellement de vous voir à nouveau ! Peut-être qu'il serait possible d'organiser cela cet été. Mes projets de voyages sont encore entièrement flous, d'un côté je suis tenté par la Scandinavie, voire la Finlande, d'un autre côté j'aimerais travailler à nouveau, et ne pas être trop loin. Ce qui fait notre malheur dans le bonheur, c'est que d'un côté l'on voudrait vivre, et que de l'autre on voudrait travailler, et que ces choses-là ne vont jamais totalement ensemble : « une fois c'est le vin qui nous manque, l'autre le gobelet » [1].

Salutations cordiales, et encore une fois merci de tout cœur

Stefan Zweig

<o>

A Arthur Schnitzler

Salzbourg, 18 mai 1927

Très cher Monsieur, on me dit qu'un journal a annoncé votre soixante-cinquième anniversaire : or voilà que j'ai vraiment dépassé la date, et je me présente donc avec des vœux tardifs, mais qui n'en sont pas moins sincères. Et j'en profite pour vous remercier de votre magnifique nouvelle [2]. J'avais lu en leurs temps les trois premiers épisodes dans la B[erliner] I[llustrierte], mais j'avais manqué les autres, et j'étais déjà – et, ce qui est mieux, et plus important ! – je suis *resté* impatient de connaître la suite, et j'avais si distinctement gardé en mémoire tous les personnages et toutes les situations que j'ai repris le livre à l'endroit où j'avais perdu le fil. Je vous raconte cela

---

1. Proverbe allemand.
2. Arthur Schnitzler, *Spiel im Morgengrauen*, Berlin, 1927.

pour vous prouver d'après nature la plasticité de vos personnages : je n'en avais pas oublié une caractéristique tant ils s'étaient inscrits précisément dans ma mémoire. Oui, c'est à nouveau une nouvelle extraordinaire que vous nous offrez là, linéaire dans son déroulement, et pourtant circulaire, une boucle pure, et quatre personnes qui la remplissent parfaitement, cinq en fait, car le consul, que vous placez volontairement dans l'ombre, devient lui aussi un personnage à part entière. Ce qui reste exemplaire pour moi est la tranquillité avec laquelle vous racontez des situations exaltées et exaltantes : je sens tout ce qu'il faut que j'apprenne de vous dans ce domaine, et je n'ai pas honte d'avouer spontanément ce qu'a pour moi d'exemplaire votre art de rapporter tranquillement les choses tout en tenant les autres en haleine. Puisse cette grandiose réussite de votre expression narrative vous dédommager de la façon atroce, mesquine et ingrate dont on se comporte à l'égard de votre production dramatique. Je ressens comme une injustice commise envers nous tous, en tant que nous formons une communauté d'esprits, le fait que votre dernière pièce [1] n'ait pas trouvé un théâtre digne d'elle, que la plus pitoyable nullité française soit mise en scène et interprétée magistralement quand on ose mettre aussi simplement au rebut une œuvre de vous si noblement conçue et intellectuellement saisissante. Je ressens cette forme d'affront plus violemment que si on me l'infligeait à moi-même.

Etrange : il m'est à nouveau venu à l'esprit à la lecture de la nouvelle cette réserve que je m'étais déjà formulée à propos de *Mademoiselle Else*. Vous qui dans

_____

1. A. Schnitzler, *Der Gang zum Weiher*, Berlin, 1926.

la vie êtes si modeste, vous me semblez faire montre dans l'art d'une trop grande prodigalité. Je n'ai, bien qu'issu d'une riche maison, jamais vu chez mon père de billet de mille florins, et j'ai du mal à imaginer comment Léopoldine a pu se procurer si vite ce billet si difficile à obtenir. Il m'aurait semblé plus tragique qu'un pauvre diable de lieutenant ait péri pour la somme modique de 800 florins. Onze mille, cela représentait tout de même à l'époque une petite villa à Hietzing [1]. Ne m'en veuillez pas de m'attacher à de telles broutilles : je crois d'un point de vue purement technique qu'il est important de montrer comment, dans la vie, un destin est souvent ruiné pour un bouton de culotte. L'importance de la somme accuse la légèreté du lieutenant, et elle excuse l'hésitation de ses parents : quand j'étais jeune homme, j'aurais mendié en vain auprès de tous mes riches parents si j'avais voulu 1 000 florins. C'est vraiment là ma seule critique au milieu de toute mon adhésion passionnément reconnaissante

votre fidèlement dévoué
Stefan Zweig

—◦—

A Romain Rolland [lettre en français]

Salzbourg, 20 mai 1927

Mon cher ami, je reçois en ce moment une lettre de M. Simon Kra [2], me priant d'intervenir et d'aider à

---

1. Quartier résidentiel huppé de la banlieue viennoise.
2. Editeur et marchand d'autographes parisien.

faire éviter **un procès** [1]. Vous avez raison moralement
à mon avis, mais je crains que vous n'ayez tort juri-
diquement : nous n'avons plus, hélas, de vie privée.
Chacun peut utiliser nos lettres, les lire à des amis,
les vendre et je crois que le marchand a même le droit
d'annoncer leur contenu (non le texte *complet*). Je ne
blâme pas M. Kra (c'est son métier) mais plutôt ceux
qui vendent les lettres qu'on leur a confiées. D'ailleurs M. Kra peut opposer que beaucoup de lettres
ont passé dans les catalogues de Charavay et de
maints autres marchands (j'en vois souvent) sans que
vous ne vous y soyez opposé. Si je vous écris ce n'est
pas pour Kra mais parce que je crains que la décision
ne se tourne contre *vous* (il y a trop de précédents ces
derniers temps depuis que les collectionneurs ont
centuplé). Car vous n'avez pas indiqué au correspondant de tenir les lettres confidentielles, de les garder
ou de les rendre – donc le destinataire était propriétaire absolu et il a usé de ce droit en les trafiquant.

Je viens toujours plus à la conviction que tout
dans la vie doit être payé. On paye la soi-disant gloire
de la cession de la vie privée : notre temps, notre
figure, nos lettres, nos entretiens, rien ne nous appartient plus. On est la proie des autres et on doit se
résigner. D'ailleurs je trouve ces lettres *admirables* :
elles vous font le plus grand honneur. Donc je vous
conseille – non comme ami du vieux Kra mais comme
le vôtre, de ne pas insister : moi je me défends toujours d'avoir recours à la loi, parce que je méprise la

---

1. Simon **Kra** avait mis en vente des manuscrits de Romain
Rolland sans le consulter. Rolland avait fait part à Zweig de son
intention d'entamer une procédure.

loi civique moi-même. Mais je n'ose pas vous imposer ma façon d'agir.

Parlons des choses plus belles – votre essai sur Goethe et Beethoven [1] est *superbe*, tout à fait *superbe*, un chef-d'œuvre. Vous n'y avez pas un mot à changer : peut-être des amis vous indiqueront encore des détails. Je tâcherai de vous procurer le texte de ce sonnet (falsifié) de Beethoven à Bettina, paru dans une petite revue (elle n'a pas osé le mettre dans sa correspondance) [2]. Mais vous avez montré sa figure admirable. Quel bel essai ! J'en suis vraiment enchanté. Et le livre entier sur B. [3], cela sera un monument ! Je ne puis pas vous dire toute ma joie ! Et comme votre vie revient toujours en serpentin vers le commencement – le *Jeu de l'amour* dans le théâtre de la Révol[ution], « Mère et fils », l'atmosphère héroïque du Jean Ch., Beethoven vers le premier appel [4] – vraiment, mon cher ami, vous êtes dans le moment heureux de la force et du rajeunissement ! Merci au nom des milliers d'inconnus.

Votre fervent et fidèle

St. Z.

―――――――◇―――――――

1. Romain Rolland, « Goethe et Beethoven », in *Europe*, Paris, vol. XIV, avril-juin, 1927.

2. Bettina Brentano (1785-1859), qui avait fait la connaissance de Beethoven à Vienne, en avait fait à Goethe un portrait enthousiaste. On ne sait de quel sonnet il est question ici.

3. Romain Rolland, *Beethoven. Les grandes époques créatrices*, Paris, 1928-1950.

4. SZ, *Marceline Desbordes-Valmore. Das Lebensbild einer Dichterin*, Leipzig, 1920.

A Ernst Sander

Très cher Monsieur,

J'ai écrit aujourd'hui même à M. Reclam [1] dans l'affaire engagée autrefois à propos d'*Edmond Jaloux* [2], qui est un auteur véritablement excellent dans le domaine du divertissement intellectuel, et que Rilke aimait tant. Or, voilà qu'arrive votre lettre qui reflète si merveilleusement votre sincérité personnelle, et je vous remercie beaucoup pour la confiance que vous m'y témoignez. Je suis malheureusement votre aîné, et je vois parfois les choses de façon plus objective. Je vous dis donc, au risque de vous contredire, qu'à dire vrai j'apprécierais des éditions Reclam qu'elles ne se transforment que *lentement*, et ne se mettent pas brusquement à s'intéresser à une forme d'art subitement plus exigeante et en partie ésotérique. Quand je vais dans une maison bourgeoise, j'aime y voir des tableaux de Grützner [3] accrochés au mur, et des romans de Keller [4] et de Wilhelm Raabe [5] dans la bibliothèque, parce que ces gens-là assument véritablement leurs goûts, et je ne supporte pas de voir, chez des gens tout aussi respectables et à l'esprit tout

---

1. Ernst Reclam, directeur des éditions Reclam depuis 1920, après son père Hans Heinrich Reclam.
2. Zweig avait recommandé à Ernst Sander l'écrivain français Edmond Jaloux (1878-1949), dont Reclam s'apprêtait à publier le roman *O toi que j'eusse aimée !* dans une traduction allemande de Friderike Maria Zweig.
3. Eduard Grützner (1846-1925), peintre de genre.
4. Gottfried Keller.
5. Wilhelm Raabe (1831-1910), romancier allemand représentant du réalisme poétique.

aussi peu ouvert, des tableaux cubistes accrochés en évidence, et Hölderlin et Novalis exposés dans des éditions de luxe dont ces gens n'ont jamais lu une ligne, comme c'est si souvent le cas à Berlin. Je note chez les éditions Reclam une volonté louable d'amélioration du niveau, combinée à une certaine lenteur dans la prise de décision, et étant donné l'extraordinaire poids de la maison d'édition dans la vie intellectuelle de notre époque, la lenteur avec laquelle s'affirme cette volonté est une qualité. Lorsqu'une maison d'édition se transforme brutalement, elle perd son équilibre, et trouble son public : la pire période des éditions Fischer a été celle où le vieux monsieur, déstabilisé par l'époque moderne, a introduit une foule d'expressionnistes qu'il n'appréciait pas lui-même en son for intérieur [1]. Et la maison d'édition est redevenue meilleure depuis qu'elle a retrouvé l'orientation propre à son goût. — Les choses sont bien évidemment différentes pour vous qui prenez une voie radicale et obéissez à votre passion intérieure, et je trouve humainement sublime de votre part que vous évitiez là toute espèce de compromis. De façon générale, je mets en garde quiconque veut se consacrer exclusivement à l'activité d'écrivain lorsqu'il n'a pas en lui, comme vous le soulignez, la capacité de mener une vie sobre et modeste. Contrairement à une opinion trop souvent énoncée, je trouve qu'il est aujourd'hui très facile à un jeune homme de gagner de façon honnête suffisamment d'argent pour vivre modestement, même à l'étranger (ce que je juge extrêmement important, pour le recul que cela offre)

---

1. Les éditions Fischer avaient notamment publié Robert Musil.

– mais chez les jeunes gens d'aujourd'hui, le danger consiste essentiellement en ce qu'ils ont tendance à vouloir s'assimiler au train de vie de la grande bourgeoisie, à vouloir adopter son mode de vie, qui est stérile au plus haut point. Les écrivains français vivent de façon beaucoup plus proche des couches inférieures, et ils en retirent un profit infini. Il est vrai que c'est difficile à l'intérieur de l'Allemagne, mais j'imagine que vous trouveriez dans une ville du sud de la France, ou en Italie et en Espagne, la tranquillité la plus merveilleuse qui soit. Si cela vous intéressait, il est d'ailleurs tout à fait possible que je puisse vous procurer un poste de lecteur allemand dans une université du sud de la France – une situation qui n'est pas pesante et permet d'être en contact intellectuel avec le monde vivant, et que je considère comme quasiment idéale pour un écrivain. S'il existait des liens plus souples avec les universités, je postulerais moi-même volontiers aujourd'hui à un de ces postes, animé moins par le désir d'enseigner que par celui d'apprendre moi-même des choses de cette jeunesse éternellement nouvelle.

Mais j'espère très vivement rester en contact avec vous, même si vous quittez la maison d'édition [1], et je vous adresse mes vœux les plus sincères pour votre œuvre littéraire et pour la tranquillité qui vous sera désormais accordée pour créer

votre sincèrement dévoué
Stefan Zweig

---

1. En fait, Sander resta lecteur aux éditions Reclam jusqu'en 1929.

A Max Christian Wegner [1]

Salzbourg, 27 juillet 1927.

A l'attention de M. C. Wegner

Très cher Monsieur,

Je rédigerai volontiers quelques lignes pour les nouvelles de Friedenthal [2]. Mais ne vous méprenez pas si je vous demande de ne les utiliser que dans le programme de Noël, et non sur la jaquette elle-même. Entre nous, je suis un peu effarouché par l'exemple de Thomas Mann qui figure actuellement à titre de conseiller universel sur la moindre jaquette, le moindre prospectus et la moindre annonce, et je crois que ces recommandations sont parfaitement galvaudées du fait même qu'on y recourt partout, qu'elles ont perdu toute leur valeur. J'écrirais d'ailleurs sur le livre de Friedenthal dès qu'il sera paru, et je m'engage donc totalement et entièrement pour lui. Mais je voudrais simplement ne jamais faire office de protecteur public et d'ouvreur de porte *professionnel*. Je crois qu'au fond vous me donnerez raison

Avec les compliments de votre

Stefan Zweig

(annexe jointe)

———◇———

1. Neveu d'Anton Kippenberg et collaborateur des éditions Insel.
2. Richard Friedenthal (1896-1979), écrivain allemand et ami de Zweig, dont il fut le premier à éditer les œuvres complètes. Les éditions Insel avaient demandé à Zweig de rédiger une présentation du recueil de nouvelles de Friedenthal : *Marie Rebschneider*, Leipzig, 1927.

A Emil Schwarzkopf [?]

Zuoz, Engadine supérieure
13 août 1927

Très cher Monsieur, je viens de recevoir aujourd'hui
votre aimable lettre que l'on m'a fait suivre, et je vous
remercie beaucoup de votre aimable proposition. En
fait, j'ai déjà un nombre assez important d'autographes
d'Hölderlin, puisque (singulièrement) j'ai été pratiquement le seul acheteur au cours des dernières
années, et je suis toujours prêt à compléter ma collection (de façon absurde, Stuttgart et les archives
Schiller[1] semblent ne pas se soucier d'Hölderlin), et
j'ai même pu acquérir *le* poème sur Stuttgart « Fête
d'automne » (dont Dieu sait pourtant qu'avec son titre,
« Studtgard », il aurait dû revenir à sa ville d'origine).
Il m'est toujours pénible de faire des propositions à des
particuliers, parce que le propriétaire peut facilement
se sentir lésé par la suite, et je crois sincèrement vous
proposer le juste et le meilleur prix en vous en proposant 550 marks (cinq cent cinquante marks) – je n'ai
pas payé plus cher le dernier poème *non imprimé*, et seul
la « Fête d'automne » – qui, à dire vrai, fait 6 grandes
pages *in folio* totalement recouvertes d'écriture
jusqu'au bord – m'a coûté davantage. Il ne s'agit ici que
d'un très court poème signé Siardanelli [!], or j'en possède déjà deux de cette espèce (outre 8 pages d'*Hypérion*, le manuscrit *in-quarto* de *Infidélité de la sagesse*[2] ainsi

---

1. Le musée Schiller de Marbach possédait une collection de
documents sur Schiller et sur l'ensemble des écrivains et philosophes souabes.
2. Traduction par Hölderlin d'un fragment de Pindare.

que l'ode « La Voix du peuple » et un grand nombre de poèmes de plus petites dimensions).

J'espère que cette lettre vous parviendra, à cause de la réexpédition je n'ai pas votre adresse précise sous la main, je me souviens seulement de la Friedrichstraße. Envoyez-moi donc s'il vous plaît un mot directement à mon adresse, *Salzbourg* Kapuzinerberg 5. Je me réjouirais bien évidemment que nous parvenions par ce moyen tranquille et direct à un accord satisfaisant pour les deux parties.

Avec les compliments de

votre très dévoué
Stefan Zweig

Je ne reste ici que jusqu'au 20 août et serai à Salzbourg à partir du 21 août : si vous me répondez *immédiatement*, vous me trouverez encore ici.

———◇———

A Fritz Adolf Hünich

[Zuoz, Graubünden, non datée ;
cachet de la poste : 15.VIII.27]

Cher ami, j'ai commandé pour Salzbourg 20 exemplaires d'*Amok* et de *La Confusion* à prélever sur la prochaine édition – quant au petit Insel et au *Desbordes* [1], j'espère en recevoir *un bon nombre* d'exemplaires !

Et j'espère également vous voir en septembre. Je suis déjà ragaillardi par une cure sans tabac et par

---

1. Zweig, *Sternstunden der Menschheit. Fünf historische Miniaturen* et *Marceline Desbordes-Valmore. Das Lebensbild einer Dichterin*.

la gymnastique. Mais on vieillit tout de même un peu – mon ami Polgar a eu cette merveilleuse formule : « La folie ne protège pas de la vieillesse ». Bien cordialement, votre

Stefan Zweig

———◦———

A Victor Fleischer

Salzbourg [non datée ;
vraisemblablement 22 août 1927]

Cher Victor, je suis de retour et je t'ai immédiatement fait adresser le virement par Insel [1]. Ne crois pas, mon vieil ami, mon plus vieil ami, que je me donne le droit pour autant de te parler de choses matérielles. Mais je ne te comprends pas, ne comprends pas la plupart des gens qui *accablent* ainsi leur vie. Tout ce qui relève de la vie domestique est déjà pesant en soi, pourquoi donc en rajouter, être obligé d'employer deux valets dans un trop grand appartement que *de fait* vous n'occuperez jamais vraiment puisque vous sortez certainement 4 soirs par semaine au théâtre ou ailleurs. Je ne comprends pas comment toi, qui parles déjà de voyager pour ta santé, et qui veux être *libre*, tu peux t'installer comme un grand bourgeois : pour qui ? As-tu donc de vrais amis dans ce monde de réceptions et de représentations ? Pour qui donc veux-tu être chez toi et vivre, si ce n'est pour toi seul ? Je considère l'exiguïté de l'appartement et la liberté de

---

1. Zweig avait vraisemblablement demandé aux éditions Insel de verser à Fleischer une forte somme sur son avoir.

mouvement comme le seul mode d'insouciance que l'on puisse atteindre – en particulier quelqu'un comme toi qui as également un bureau personnel à ta disposition. Le bonheur, c'est de pouvoir envoyer promener son emploi le jour où il ne nous convient plus, et de pouvoir se retirer dans son petit monde, ne pas être toujours obligé de gagner de l'argent (ce qui, soit dit en passant, est passablement difficile à notre époque). Avec 4 pièces, tu serais un homme libre, un homme insouciant – là, tu es un bourgeois aux abois, éternellement dépendant. Je le vois bien avec Adelt qui a fait la même folie, qui s'est acheté une voiture sans avoir l'essence à mettre dedans : je ne *comprends* pas chez vous tous ce désir d'être bourgeois. Peut-être que c'est inné chez moi, ce mépris pour ce qui est bourgeois, pour la bonne société : en tout cas, je perçois la maison comme un poids sur mon existence, et je souhaite parfois n'avoir qu'une valise comme seule possession. Pense donc davantage au *repos* – peut-être, certainement même que l'on se fatigue avec les années, pour ma part je sens déjà un relâchement dans le ressort : ne tends pas perpétuellement ce ressort pour des choses superficielles. Tes collègues sont des conseillers en retraite ; nous, nous devons lentement porter nos regards sur ce qu'il y a de sûr, sur la conservation de notre substance, et non sur une continuelle dépense d'énergie. Et puis (je le vois bien chez moi), il faut toujours compter avec des fardeaux imprévus, du côté des parents, de la génération d'après (les enfants de ma femme) – tout le secret est là : ne pas trop faire le grand écart pour éviter de tomber.

Ne m'en veuille pas de te conseiller une dernière chose : qui d'autre peut se permettre de parler comme ça, si ce n'est les plus vieux amis ? Mais je crois sincèrement que tu *te prives* de quelque chose en allant toujours jusqu'à l'extrême limite de tes possibilités, en te rapprochant toujours de la sphère des grands bourgeois. Tu sais que je me fais une fierté de ne jamais aller dans les hôtels de ceux de la haute ; de ne jamais habiter dans leurs quartiers : notre seul motif de fierté doit être notre indépendance vis-à-vis d'eux tous, un mépris pour ce luxe social qui nous vienne de l'orgueil intérieur de l'esprit. Cela me fait mal de penser que tu n'es jamais libre de soucis ; que tu ne pourras jamais vivre dans l'abondance et le superflu, et travailler à tes livres jusqu'à ton dernier soupir. Je trouve tellement plus simple de se placer purement et simplement en dehors de ce monde – extérieurement parmi eux, intérieurement à mille lieues d'altitude au-dessus de ces vétilles qui les occupent. Berlin W. [1] ne te va pas au teint – d'une façon ou d'une autre, tu es *bien* un bohémien comme nous le sommes tous.

Puissé-je avoir tort ! Mais j'aimerais tellement te voir enthousiasmé, insouciant, indifférent aux cachets de ta femme [2], à l'évolution pitoyable ou agréable des affaires, que pour une fois, j'ai vraiment parlé avec mes tripes.

Bien des choses à toi, ton vieux

Stefan.

———————◇———————

1. Wilmersdorf, quartier résidentiel huppé de Berlin.
2. Leontine Sagan était une actrice à succès.

A Romain Rolland [lettre en français]
Salzbourg, 2 sept. 1927

Mon cher ami, depuis longtemps je vous dois une lettre. J'ai passé 16 excellents jours à Zuoz qui m'ont rétabli, mais je suis tombé encore à Salzbourg au milieu du festival et j'ai vu des centaines de personnes – entre autres Henry Dana [1] de New York qui m'a montré de touchantes lettres de Vanzetti [2] adressées à lui et qui seules prouveraient l'infamie et le crime odieux de ces taureaux effrénés de l'Amérique. Plus je vois des personnes de là-bas plus je suis convaincu que le malheur (la décadence morale, l'idolâtrie de l'argent) provient de ce peuple qui n'a jamais été une nation au sens de la production intellectuelle et qui (sauf Whitman [3]) n'a rien donné à notre image du monde sinon ce rythme saccadé et rapide qui détruit la contemplation. Je suis presque résolu à aller en février en Russie : j'ai besoin d'une espérance et je crois néanmoins que la politique y règne extérieurement, je sentirai là-bas une humanité plus intense, plus neuve.

Martinet m'écrit hier et m'avertit de la mort de Chennevière [4]. Je n'en savais rien et j'en étais douloureusement frappé : toujours les plus honnêtes, les

---

1. Henry Dana (1881-1950), enseignant américain de l'Université de Columbia, pacifiste convaincu et fervent admirateur de Rolland.
2. Les anarchistes italiens Bartolomeo Vanzetti et Nicola Sacco, accusés de meurtre, avaient été exécutés aux Etats-Unis sur la chaise électrique le 23 août 1927 à l'issue d'un procès de trois ans.
3. Walt Whitman.
4. Georges Chennevière (1884-1927), écrivain français.

plus discrets s'en vont et laissent la place aux
brutes. Il m'écrit aussi qu'on se réunit pour secourir
sa veuve, je m'y associerai naturellement. Je ne l'ai
vu que deux ou trois fois et cela très rapidement :
mais j'ai toujours eu beaucoup d'estime et d'amitié
pour lui. J'espère entendre des détails à Paris où je
serai probablement en octobre ou novembre pour
voir la représentation de *Volpone* à la Comédie des
Champs-Elysées. Je ne connais pas encore l'adaptation de Romains[1] mais elle sera certainement très
habile. Et Gémier[2] ? N'avez-vous pas en France
comme chez nous des lois qui *obligent* un directeur
à monter une pièce retenue et acceptée ? Je suis
furieux contre ce cabotin qui mérite son Chapiro[3],
son chef de réclame.

Ma femme ne sera pas loin de vous au mois de
septembre. Elle installe sa fillette pour quelques mois
à l'école de Gland[4] : nous espérons que la petite
apprendra enfin un peu les langues là-bas ! Peut-être
qu'elle se permettra d'avertir votre chère sœur – et
moi-même j'espère également venir pendant cet hiver
vous dire bonjour. J'ai travaillé mais pas trop bien
– ce grand essai sur Tolstoï exigeant !! Rien de plus
difficile ! Mais je continue et j'ai laissé tous les autres
plans. Est-ce que je vous ai déjà écrit que – tout d'un
coup en quatre jours – j'ai écrit un épilogue dramatique pour « La lumière luit dans les ténèbres » qui

---

1. Jules Romains (1885-1872), vieil ami de Zweig, avait traduit en français et adapté le *Volpone* de Zweig.
2. Firmin Gémier (1869-1933), acteur et metteur en scène
français.
3. Joseph Chapiro.
4. Friderike Zweig plaça sa fille Susanne Benedictine dans un
pensionnat suisse à la mi-septembre 1927.

292

complète ce fragment pour l'histoire de son évasion et sa mort [1] ? Peut-être Moissi [2] le donnera-t-il à l'occasion de l'anniversaire.

Et vous, vous, mon cher ami ! J'ai un mot de Latzko [3] que le mauvais temps vous avait chassé – et j'avais à Zuoz un temps merveilleux que je vous aurais donné de si bon cœur ! Et les œuvres ! Et la santé ! Je suis impatient d'entendre que les drames avancent et le Beethoven aussi. J'espère qu'un automne parfait qui dore si superbement les côtes du lac Léman fait mûrir les fruits de votre jardin et de votre table : si j'y pense j'ai grande envie de prendre le train et de vous revoir, votre vieux père, Mademoiselle Rolland, ce petit et délicieux cercle d'humanité. J'ai vu trop de *gens* ici, j'ai grande envie de voir les *amis* ! Fidèlement, votre

Stefan Zweig

———◇———

A Victor Fleischer

Salzbourg, 5 septembre 1927

Cher Victor,

Je t'envoie encore un bref complément à ma lettre pour te suggérer quelques noms supplémen-

---

1. Zweig écrivit un épilogue au drame inachevé de Tolstoï *Die Flucht zu Gott*, Berlin, 1927.

2. Alexander Moissi, acteur autrichien, star du Reinhardt-Ensemble. La pièce fut donnée à Kiel, sans Moissi, pour le centenaire de Tolstoï.

3. Andreas Latzko (1876-1943), écrivain et traducteur hongrois écrivant en hongrois et allemand.

taires : le plus malin serait de les appeler simplement Baron d'Espard, d'Arnaut, Marquis de Saint-Terre, Baron de Vadé, Belloy. Ce sont pour l'essentiel des noms de bourgeois relevés dans le premier catalogue venu, et que je me suis contenté d'ennoblir. Puisse cela constituer le seul frein à ton roman, et puisse-t-il progresser vaillamment ! Avec tes relations, il te sera facile de le placer, et de te ménager ainsi l'espace nécessaire pour ta réflexion à venir. Tu connais déjà mon opinion : pas de petits travaux, pas d'affaires à crédit, pas d'expériences. L'essentiel, c'est un bon capital de départ, et cela se trouve à Berlin plus facilement que partout ailleurs.

Je suis désolé que ton appartement ne soit même pas pour toi un véritable foyer, et que tu continues à vivre comme un bohémien sur tes propres terres : cela doit forcément être écrit dans les astres : ta propension véhémente à la vie bourgeoise et conjugale doit être perpétuellement contrariée par quelque élément nouveau.

De mon côté, pas grand-chose à raconter : je travaille lentement mais sans tension excessive, plutôt comme un érudit que comme un prosateur enthousiaste, à mon nouveau volume d'essais pour lequel je n'ai malheureusement toujours pas le titre approprié. Il s'agit, à propos de Casanova, Stendhal et Tolstoï, d'exposer sur le mode de l'essai les formes et les limites de l'autobiographie. Le titre « Degré de l'auto-représentation » est le plus pertinent, mais il me paraît schématique et froid, « Les auto-portraitistes » ou « Trois auto-portraitistes » me semble quelque peu artificiel, « La lutte pour la vérité » confus, en bref, mon Génie me fait faux bond. Peut-être que tu auras un éclair. Car il est bien connu que c'est lorsqu'on cherche consciemment que l'on trouve le moins. Je t'en prie, réfléchis-y un peu – ce qu'il y a de malheureux avec ce titre, c'est que « je » et « auto » sont à mon sens des termes atroces, et qu'il sera pourtant inévitable d'utiliser l'un ou l'autre en composition.

Pour l'affaire Mildenburg[1], je t'ai déjà communiqué l'essentiel. Elle préférait te refiler quelque chose de tout prêt (mais d'inutilisable), manifestement parce qu'elle ne peut présentement pas se décider à écrire. Mais elle prend ça très au sérieux, et est extraordinairement ambitieuse.

Salutations affectueuses

Stefan

A Max Sidow[2]

Salzbourg
Kapuzinerberg 5
le 22 septembre 1927

Très cher Monsieur,

Je vous prie de m'excuser de ne vous renvoyer les corrections qu'aujourd'hui, à la suite d'une brève absence. Je les ai lues immédiatement, et je trouve

---

1. Zweig avait demandé à Anna Bahr-Mildenburg de la part de Fleischer si elle voudrait publier une de ses conférences aux éditions Heinrich Keller de Hambourg.
2. Max Sidow (1897-1965) écrivain et homme de théâtre hambourgeois. On ne sait rien de la nouvelle dont il est question ici.

la nouvelle extrêmement forte dans l'ensemble. Le sujet lui-même a ses analogies célèbres dans la littérature mondiale, de *Roméo*[1] à *Roméo au village*[2], mais il est porté ici à un niveau extraordinaire. Il est certain qu'aujourd'hui une forme plus concentrée serait d'un grand avantage, en revanche, je ne vois pas trace de grossièreté dans ce passage. Peut-être suffirait-il que vous disiez « ils pressèrent leurs bouches l'une contre l'autre jusqu'aux dents » ou une formulation quelconque qui permette de ne pas suggérer une franche morsure. Il est possible d'exprimer cela avec une pleine violence dans la langue sans pour autant heurter les gens les plus sensibles. L'image des noyés qui s'accrochent l'un à l'autre ne me semble en revanche pas tout à fait juste. Les gens qui se noient attrapent une main ou un membre de celui qui s'enfonce avec eux par pur instinct de survie, – mais un étranglement total me semble contre nature.

Mais ce n'est là qu'une petite correction qui reste sans importance au regard de l'ensemble, et je voudrais vous répéter une fois encore que j'ai eu très grand plaisir à vous lire.

Avec les compliments de votre très dévoué
Stefan Zweig

------◇------

---

1. *Roméo et Juliette* de Shakespeare.
2. Gottfried Keller, *Romeo und Julia auf dem Dorfe*.

A Ben Huebsch [1]

Salzbourg, 29 octobre 1927.

Très cher Monsieur,

C'est une véritable surprise que de vous savoir en Europe, et peut-être aurai-je une bonne occasion de vous rencontrer. Je vous donne en tout cas mes adresses précises : j'entame le 6 novembre une petite tournée de conférences à Munich, Stuttgart le 7, Francfort le 8, Darmstadt le 9, Brême le 10, Hambourg le 11, puis je serai à Berlin et Leipzig et je pourrai facilement vous y rencontrer, au cas où vous y seriez toujours. Le 17, je fais une lecture à Breslau, et serai de retour chez moi le 19.

Le grand essai sur Tolstoï — une partie de ce livre — en est au stade des toutes dernières mises au point. Je le donnerai incessamment à composer et pourrai vous en envoyer un extrait dans une quinzaine de jours. Il fait environ 120 pages imprimées serrées, et ce n'est donc pas un petit livre sur Tolstoï (ce qui aurait été plus facile pour moi) mais seulement un essai très resserré et complet qui pourra sans doute faire son effet pour le centenaire de sa naissance en août.

Les gens de Paris, où le livre sur Balzac et Dickens a beaucoup de succès, m'ont demandé s'ils pouvaient traduire en anglais mon livre sur les trois maîtres. J'ai répondu que j'étais d'accord sur le principe, mais que quoi qu'il en soit, vous aviez la priorité pour tous mes livres, et qu'il leur fallait donc d'abord s'arranger avec vous. Je n'ai pas donné d'autorisation

---

1. Ben Huebsch (1873-1965), fondateur et directeur des éditions new-yorkaises B. W. Huebsch Inc. puis Viking Press. Ami de Zweig et éditeur de certaines de ses œuvres en traduction anglaise.

formelle, et n'ai encore rien conclu, puisque je veux continuer à vous garantir la priorité. Peut-être serait-il même préférable de ne pas publier le livre sous cette forme, mais de rassembler les essais sur Tolstoï et Dostoïevski en un livre qui ferait dans les 250 à 300 pages et dont j'espère qu'il aurait vraiment une grande portée. Peut-être pourrions-nous trancher en ce sens si vous ne jugez pas qu'il est mieux de publier séparément le *Tolstoï* que vous recevrez bientôt.

Pour *La Confusion des sentiments*, on en est déjà à imprimer le 75e millier. Puissiez-vous avoir une expérience analogue chez vous !

J'attends donc de vos nouvelles avec impatience. Quoi qu'il en soit, nous pourrons toujours nous mettre d'accord par téléphone en Allemagne. Communiquez-moi simplement votre adresse à chaque fois, au moins par carte postale.

En toute impatience de vous saluer bientôt,

votre
Stefan Zweig

Je reçois à l'instant une proposition de Payson & Clarke pour mes livres, mais je diffère bien entendu. – Avez-vous entendu quelque information sur la date de parution de *Volpone* ?

———◇———

A Siegmund Warburg

Salzbourg, 29 octobre 1927.

Cher Monsieur,

Je dois vous remercier pour votre lettre si bonne,

si riche et pénétrante. Cela fait du bien de savoir qu'il y a en Amérique quelqu'un qui ne se contente pas de voyager superficiellement comme le font les autres, mais s'engage dans une implication plus profonde. J'espère que vous suivez l'exemple de Rathenau [1], et recueillez vos impressions soit dans un journal, soit sous une forme plus élaborée. Nous tous, et surtout nous autres écrivains vivons en fait partout dans un cercle international, et à découvert : si je pouvais tout recommencer aujourd'hui, j'aurais appris un autre métier dans lequel j'aurais pu me replier pour quelques mois et dont je serais ressorti vivifié. Peut-être aurais-je l'occasion, si nous nous voyons cet été, de mettre en rapport votre récit de voyage avec un récit provenant de l'autre côté. Je projette en effet de partir en mars pour un mois en Russie. Mon idéal serait à vrai dire d'y voyager totalement incognito en compagnie de quelqu'un de plus jeune. Je ne sais si j'y parviendrai. En tout cas, je crois qu'il n'est rien de plus nécessaire que de s'informer concrètement sur ces deux pôles ultimes que sont l'Amérique et la Russie, entre lesquels oscillent notre destin.

Pour l'Amérique, j'ai bien l'impression que la valeur intellectuelle ne cesse d'y progresser. Des livres comme le *Manhattan* de John Dos Passos [2] m'ont fait un effet extraordinaire. Peut-être que là-bas aussi la guerre et l'imbrication renforcée avec l'Europe ont favorisé le développement psychologique. Ce que les Américains et les Russes, ces contraires absolus, me

---

1. Walther Rathenau consignait ses réflexions et observations dans des journaux et écrits poétiques.

2. Une traduction allemande du roman était parue en 1927 chez S. Fischer.

semblent avoir de commun à vrai dire, c'est cette propension à *oser* dans la vie. Il me semble qu'en Amérique, les gens deviennent riches et redeviennent
pauvres, vont de bas en haut et tombent de haut en bas
de la même façon qu'en Russie les gens tendent spirituellement vers les extrêmes, tandis que je perçois chez
nous en Europe une propension croissante à la préser-
vation absolue de l'existence contre les coups du
destin, un désir de bien-être, de non-effervescence, de
confort. Peut-être que lorsque j'aurai vu la Russie,
l'idée d'aller aussi en Amérique me séduira, mais
malheureusement, on est toujours freiné par son
propre travail dont on pense qu'on doit le mener à
bien, alors qu'en réalité il serait plus important d'intercaler d'assez longues pauses, et de recommencer à
apprendre des choses nouvelles et substantielles.

Je vous adresse mes meilleurs vœux, mes vœux
les plus sincères pour vos journées en Amérique, mais
n'oubliez pas de toujours fixer vos impressions ; et
quand bien même vous seriez animé par le noble souci
de ne pas augmenter le nombre des livres, ce serait
faire à vos amis un aimable cadeau que de consigner
dans un tirage hors commerce les résultats de vos
expériences au Nouveau Monde de notre monde. Je
vous prie de transmettre mes salutations à Madame
votre épouse même si je ne la connais pas, et soyez
assuré que vous êtes toujours le très bienvenu chez
votre dévoué

Stefan Zweig

A August Gamerdinger [1]

Très cher Monsieur,

Votre roman est à bien des égards un travail remarquable, car il déborde de vie et de diversité sans devenir confus en dépit de ses gigantesques proportions. Les descriptions de paysages sont superbes, et ce qu'il recèle de philosophie est intéressant. Mais il faudrait, car ce serait tout à son avantage, que le roman soit raccourci, en premier lieu par vous, et ensuite certainement encore par un relecteur allemand. Le lecteur moderne est habitué à un rythme rapide, souvent cinématographique qui nous vient désormais d'Amérique, notamment dans des œuvres comme celle de Dos Passos, et l'on n'attend plus du tout de transitions d'une action, d'une image à une autre. On peut tranquillement les juxtaposer sans les relier les unes aux autres. Le caractère vivant de votre travail en serait encore accru, et le rythme de ce que vous y décrivez se communiquerait à la description. Supprimez donc impitoyablement ce qui n'est là que pour occuper le temps, n'hésitez pas à ne faire qu'esquisser et suggérer bien des choses. La première partie et les premières parties de la deuxième en particulier y gagneraient beaucoup, et seraient plus colorées, ou plutôt leur couleur ressortirait davantage. Je vous conseillerais de diviser le roman en chapitres portant des titres, cela serait utile d'un point de vue purement extérieur. En revanche, pour équilibrer, je regrette de ne pas trouver de temps à autre un trait de caricature ou de critique

---

1. August Gamerdinger (1884- ?), écrivain allemand qui émigra au Mexique. On ne sait de quel roman il est question ici.

sociale qui apporterait un peu de sel et contrebalance-rait l'aspect parfois hymnique du texte. L'humour et l'acuité du regard que cela suppose ne vous font défaut en aucun cas. – Pour ce qui est de la langue, elle est souvent étonnamment équilibrée et belle formelle-ment, et même riche, mais vous avez raison : souvent, on trouve des mots placés dans un ordre qui n'est pas familier, ce qui amplifie peut-être certains effets, mais gêne parfois un peu, et introduit un déséquilibre qui vient rompre l'harmonie. Mais il serait certainement possible de remédier à cette faiblesse en recourant soit à un relecteur, une fois que vous serez en contact avec une maison d'édition, soit, à défaut, à un styliste alle-mand à qui vous montreriez le travail avant la toute dernière version. – Conseiller le roman à un éditeur sous sa forme actuelle nuirait à son succès. Sa lon-gueur se heurterait aussitôt à un refus, et les défauts évoqués serviraient de prétexte à ne pas se confronter plus avant avec ce travail incontestablement promet-teur et de qualité. Mais je crois véritablement que vous feriez beaucoup pour votre travail et obtiendriez éga-lement un succès éditorial si vous raccourcissiez franchement et procédiez de façon souvent seulement impressionniste, en laissant tout simplement de côté les explications, en laissant opérer les faits seuls lorsqu'il ne s'agit pas de processus spirituels ou intel-lectuels, et en évitant les répétitions. Faites en sorte de mettre ainsi en valeur cette œuvre intéressante.

Avec toute ma considération

Stefan Zweig

Si vous êtes d'accord, je conserve encore votre exemplaire sous cette forme ici en Europe, et je l'envoie à un éditeur : il entreprendra peut-être *lui-*

même un remaniement (réduction), et en tout cas, il pourra peut-être parvenir sous cette forme à un oui de principe, à condition d'un remaniement. Dans ce cas, envoyez-moi éventuellement un câble d'un seul mot : « conserver » ou « renvoyer ». J'ai en tout cas déjà posé la question à un éditeur. Bien cordialement, votre

Stefan Zweig

A Oscar Maurus Fontana

Hambourg [non datée ;
cachet de la poste : 12.11.27.]
En conférence !

Cher ami, pardonnez-moi de vous faire faux bond. Mais je serais *épuisé* si je devais donner une autorisation chaque fois qu'on lit quelque chose de moi, je *déteste* toute cette correspondance qui fait de nous des gestionnaires et administrateurs de nos œuvres et nous empêche de travailler à des choses nouvelles. Et en matière de propriété artistique, je suis quasiment tolstoïen, ou en tout cas très radicalement hostile à toute pérennisation de la propriété. Il est bien dommage que je ne sois pas là de votre avis, mais Schnitzler & Beer-Hofmann connaissent ma position sur ce point. Fontana, vous m'avez vraiment *cruellement* manqué ces dernières années, mais je ne viens presque plus jamais à Vienne, et je m'y sens presque étranger. Votre

Stefan Zweig

A Romain Rolland [lettre en français]
Salzbourg 21 nov. 1927

Mon cher ami, je reviens d'Allemagne où j'ai donné une série de conférences. Mais c'était mon « Chant du cygne ». Je ne veux plus me gaspiller dans ces voyages fatigants où on rencontre des centaines de personnes sans pouvoir causer réellement avec une seule. Il faut se concentrer et je veux suivre votre exemple : me retirer pour le travail et faire des voyages seulement à mon gré. J'ai vu Sinclair Lewis [1], Emil Ludwig [2], le Comte Keyserling et je ne sais pas qui. Mais j'ai retenu très peu de toutes ces conversations.

Etonnant, l'impression de l'Allemagne. Force énorme, richesse inouïe. Théâtres, conférences, cinémas, dancings, tout rempli à craquer. On achète des livres, des tableaux, on bâtit comme jamais. On se croit en Amérique, pays d'or. Alors on commence à s'intéresser à ce phénomène, curieux pour un peuple vaincu. Et on découvre d'abord qu'ils travaillent non comme des forçats mais comme des fous. Dix heures, douze heures par jour, ce n'est rien. Et le dernier employé comme le chef, tous également. Et second phénomène qui explique cette richesse : la paye misérable des employés. C'est tout simplement terrible comme on abuse du fait que ce pays est congestionné, rempli de millions d'hommes qui veulent travailler *à tout prix*. C'est une sorte de folie et nous craignons tous que cela fomente de graves inconvénients. Jamais un peuple n'a été tellement trompé après une révolution,

----

1. Lewis Sinclair (1885-1951), écrivain américain.
2. Emil Ludwig (1881-1948), écrivain allemand résidant en Italie.

les industriels sont plus maîtres aujourd'hui qu'autrefois Guillaume II, ils sont rentrés dans le panneau avec une stupidité incroyable et gagnent moitié moins que sous l'empire pendant que les gains des classes riches ont quadruplé. Et admirable non seulement l'intensité mais aussi l'intelligence de ce travail. Ils font vraiment même de Berlin une belle ville ! Jamais je n'ai vu un élan semblable à celui de Berlin en ce moment, et les Américains eux-mêmes sont ébahis. Tout cela serait admirable si ce n'était pas aux frais des millions de gens qui ruinent leur corps et leur esprit par ce surplus de travail. Et puis, quand dans quelques années cette force de l'Allemagne sera visible !! Espérons que l'alliance avec la France se fasse réellement, jamais je n'ai eu un tel frisson de peur qu'en pensant à un conflit européen ; comme c'est stupide d'occuper avec des soldats un mince territoire en Rhénanie pendant que tout le corps de ce pays se raidit et se remplit de forces.

Nous vivons dans un temps de transition comme aucune époque peut-être : vraiment, si on ne peut pas écrire tout cela dans un roman (et je n'ai pas la force d'embrasser des problèmes aussi larges) il faudrait noter tout chaque jour. Il faut témoigner en détail au moins. Notre littérature est bien loin de pouvoir retenir tous ces phénomènes, bien que le niveau international n'ait jamais été si élevé dans le roman. Les Américains avec Dos Passos, Sinclair Lewis, Dreiser [1] donnent des exemples d'observation et nos Européens suivent bien. Comme la vie est intéressante. J'ai envie de voyager et de travailler et de lire pour tout comprendre, seulement je suis depuis un an un peu fatigué : le cerveau ne marche pas toujours

---

1. Theodore Dreiser (1871-1945), romancier américain.

avec cette rapidité que je lui demande. Mais toutefois
j'espère aller en Russie en mars et aussi à Tiflis où je
suis invité. Et vous, cher ami, j'espère que vous vous
portez bien et que les drames sont faits ! Je vous
écrirai bientôt une autre lettre ! Fidèlement, votre

Stefan Zweig

Duhamel est à Leipzig pour des conférences. Il
voyage trop vite pour pouvoir bien observer. Les
Français ne savent *rien* de ce qui se passe maintenant
en Allemagne

◄◦►

A Martin Buber

[Salzbourg, non datée ;
cachet de la poste : 5.1.28]

Très cher Martin Buber, je voudrais juste vous dire
l'effet que me fait votre traduction de la Bible [1]. Je
vous souhaite bonheur et courage pour cette entreprise si héroïque et si dévouée ! Je ne vous ai pas vu
depuis bien des années, à l'époque, à Heppenheim [2],
vous ne saviez que faire de moi, et depuis je n'ai
jamais fait que passer dans cette région. Et je vis
moi-même ici au coin de la rue, géographiquement

---

1. Martin Buber, *Die Schrift. Zu verdeutschen unternommen von
Martin Buber mit Frank Rosenzweig*, Berlin, 1926-1934.
2. Buber vécut à Heppenheim de 1916 à 1933. Il voulait y
créer un centre de recherche sur l'éducation et avait organisé
une rencontre en ce sens en 1919.

seulement j'espère. Je vous souhaite de tout cœur une bonne continuation et un plaisir toujours aussi intense,

votre toujours dévoué
Stefan Zweig

———◦———

A Eugen Relgis [1]

Salzbourg, 24 mars 1928

Très cher Monsieur,

Je peux enfin aujourd'hui vous écrire plus longuement. J'ai terminé mon travail, et je pars demain pour trois ou quatre semaines en France. Je voudrais profiter de ce répit pour vous dire très honnêtement et sans dissimulation mon sentiment sur votre livre [2], et pour essayer de poser à ses visées des limites dans l'espace réel.

Sur le plan humain, je trouve votre livre extrêmement pénétrant et prenant. C'est un destin élevé à la hauteur de l'esprit, et il se trouve à mon sens, parmi les considérations sur le sens du monde et les événements du monde, des pages merveilleuses dont la formulation spirituelle et la puissance lyrique sont entièrement préservées dans cette très bonne traduction. Beaucoup de choses dans ce livre m'ont profondément ému, le destin humain avant tout, et

---

1. Eugen Relgis (1895-1987), écrivain et traducteur roumain, pacifiste engagé.
2. Vraisemblablement la traduction allemande d'un roman manuscrit en roumain.

j'imagine qu'il bouleversera et influencera considérablement certaines personnes.

Je dis certaines personnes pour poser déjà les limites de l'écho qu'il pourra avoir, car votre œuvre est d'une noirceur tragique : cela effraie tous ceux qui, mus par un inébranlable instinct de protection, évacuent de leur vie tout ce qui est sombre. Il s'inscrit tout entier dans le domaine de l'esprit et fait fi de l'intrigue – ce qui limite d'emblée le cercle des lecteurs potentiels au minimum. Peut-être était-ce une erreur de construction que de donner au livre une structure aussi monologique, car mis à part Miron lui-même, aucun personnage ne semble avoir de corps, même le père, la mère, les écoliers, la jeune fille, tout cela n'apparaît pas très distinctement derrière le voile lyrique, et ce que ce paysage purement roumain a de typique (et nous aurait semblé entièrement nouveau et original) n'est pas non plus exprimé. Tout le problème, tout ce mouvement spirituel vient de l'intérieur, et évolue depuis l'intérieur, et cette évolution intérieure elle-même se joue dans un seul et unique espace qui se situe entre extase et dépression. Pour citer les *Meistersinger* [1] : « Je ne dis pas que ce soit une erreur », mais je crains d'avoir du mal avec les éditeurs, car la situation est difficile chez nous en ce moment. Les seuls livres qui rapportent sont ceux qui se vendent immédiatement à 5 ou 10 000 exemplaires, et les éditeurs ont une peur panique de tout ce qui ne correspond pas parfaitement aux goûts du public. Mais je crois que le livre gagnerait beaucoup, même vraiment beaucoup à être

---

1. Richard Wagner, *Die Meistersinger von Nürnberg*, acte III, scène 1.

fortement raccourci. Il faudrait ramener la dimension psychologique au premier plan, avant la dimension lyrique, et condenser ce qui est un roman en une assez longue nouvelle ; car sinon, je crains qu'il ne soit quasi impossible de surmonter la résistance des éditeurs envers ce que le livre a de sombre et de tragique.

Enfin, si je préfère vous donner un avis pessimiste, même dans la perspective d'un succès positif, plutôt que d'être trop optimiste, c'est que je connais cette résistance des lecteurs et des éditeurs envers ce qui est oppressant. Mais quoi qu'il en soit, je vais déjà commencer à tâter le terrain, et j'ai déjà soumis le texte quelque part. Ecrivez-moi juste un mot à l'occasion (je pars pour trois ou quatre semaines) pour me dire si vous êtes d'accord sur le principe avec des coupes franches, pour que l'on puisse en tout cas publier ce livre dans une des collections de nouvelles internationales. Et je vous prie de croire que je ne manquerai pas de mon côté de chercher à vous être utile sous une forme ou une autre, à vous, et à votre œuvre dont ma femme aussi bien que moi avons ressenti à la lecture la profondeur et l'humanité souvent bouleversante avec une grande émotion.

Avec mes salutations cordiales et tous mes vœux de réussite

Stefan Zweig

A Rudolf G. Binding [1]

Très cher Monsieur, cela fait du bien de croiser le fer en toute amitié avec un adversaire aussi illustre. Il n'en reste pas moins que je campe sur ma position (et la préface de ces *Trois poètes de leur vie*, déclinaison typologique du problème de l'autoportrait, l'explique de façon plus développée). Toute la psychologie nous enseigne que les rêves sont des désirs contrariés, l'imagination qui s'élève au-dessus de la réalité ; et qu'est-ce que la poésie si ce n'est un rêve éveillé de l'artiste ? Nous nous élevons spirituellement et moralement dans l'œuvre au-dessus de nos propres limites, nous inventons au destin une intensité qui ne nous a pas été donnée par la réalité : pour moi, écrire, c'est intensifier, que ce soit le monde ou soi-même. Je suis fermement convaincu que l'artiste n'a presque jamais consommé autant de vie concrète grossière et factice que ne l'a fait l'aventurier ou le simple jouisseur, mais son génie repose sur le fait qu'il fait d'une goutte d'eau la mer, d'une évocation la forme parfaite, du hasard la nécessité. Le simple jouisseur doit dévorer pour se sentir rassasié, l'écrivain, l'homme d'imagination recrée quotidiennement l'épisode biblique du partage des pains, il n'a pas besoin de ravitaillement continuel, pas besoin de grandes quantités, et il n'aurait d'ailleurs pas même la possibilité de vivre *continuellement* des choses nouvelles, car il ne consomme pas avec une passivité féminine, mais veut aussi créer de lui-même, être virilement actif. J'es-

---

1. Rudolf Georg Binding (1867-1938), poète et romancier allemand.

père que ma préface au livre que vous aurez entre les mains dans une quinzaine de jours vous montrera plus clairement que ne le fait cette lettre que ce n'est pas entre l'écriture et l'expérience que je place une opposition tranchée, mais entre une expérience dépourvue d'imagination (jouissance grossière) et une expérience poétique (création active). Ce passage du *Casanova*[1] s'inscrit dans un contexte intellectuel plus large, et j'espère qu'alors nous baisserons la garde, voire échangerons nos épées comme les héros grecs. Plus d'une chose encore – je n'en doute pas – vous y semblera étrange, notamment le fait que je vois l'idéal de l'autobiographie dans une franchise sans bornes, et même impudique, et que je place la nudité quasi exhibitionniste d'un Casanova et d'Hans Jaeger[2] très haut dans la littérature mondiale sur le plan documentaire. Mais (contrairement à Gundolf[3]), je ne considère pas l'artiste du seul point de vue de la sphère poétique, littéraire, mais aussi comme un type, un événement dans l'ordre de l'humain. Et comme seul l'artiste révèle ce qu'il y a d'humain en l'homme (tandis que les autres individus se contentent de le disperser dans leur existence), il lui faut se contenter de servir d'étiage. La psychologie appliquée à des personnages, voilà qui devient toujours davantage ma passion, et je l'exerce alternati-

---

1. Binding avait vraisemblablement lu le premier chapitre du premier essai du volume *Trois poètes de leur vie* dans la revue *Inselschiff*.

2. L'autobiographie d'Hans Henrik Jaeger était parue en traduction allemande en 1920.

3. Friedrich Gundolf (1880-1931), écrivain et historien de la littérature appartenant au cercle de Stefan George.

vement à propos d'objets historiques réels ou de produits de mon imagination poétique : maintenant que cette œuvre (dont le sous-titre est : « Les degrés de la représentation de soi »[1]) est achevée, je reviens aux nouvelles. Je retrouve également dans votre œuvre et votre existence cette division (ou plutôt cette double efficience), à ceci près que vous êtes conscient, de façon déterminée, que l'activité poétique est la tâche décisive (tandis que pour ma part, la psychologie, la pure science de l'âme m'attire toujours plus dangereusement dans ses filets).

C'est une bonne occasion pour vous dire une fois encore mon admiration et mon affection. Puisse le printemps vous inspirer quelques nouveaux chants, et puisse le soleil tirer son suc de votre prose : vous savez que je suis un gourmet, et que ce sont de tous les Allemands ceux que je préfère, avec ceux de Carossa[2].

Merci et salutations

votre fidèlement dévoué
Stefan Zweig

Le livre arrive dans quinze jours ! Je rentre tout juste de Paris.

———◦———

---

1. Zweig renonça finalement à ce sous-titre.
2. Hans Carossa (1878-1956), poète allemand.

A Siegfried Guggenheim [1]

Très cher Monsieur,

J'ai été absent plusieurs semaines : vous m'excuserez donc de ne vous remercier qu'aujourd'hui de vos deux précieux présents. L'arbre généalogique [2] a certainement un caractère plus personnel, mais je trouve de la plus grande importance culturelle pour toute l'histoire et l'histoire nationale que des recherches de ce type soient effectuées pieusement par les familles. Dans la nôtre aussi, des travaux préparatoires de ce type ont été mis en route, sans toutefois conduire à un résultat aussi abouti et considérable. Et vous m'avez également particulièrement comblé avec cette merveilleuse édition de l'*Haggadah d'Offenbach* [3], cette œuvre d'art d'un type particulier avec laquelle vous avez créativement implanté un peu de tradition juive dans la terre allemande. Elle mérite de figurer en bonne place dans toute exposition allemande et internationale d'art du livre, et je crois qu'une édition anglaise rencontrerait en Amérique un succès extraordinaire. Une partie de la famille de mes grands-parents du côté maternel vient du pays rhénan, et nous y avons encore de nombreux parents éloignés. Je sais donc que la tradition y est observée de façon particulièrement spirituelle et sur un mode

---

1. Siegfried Guggenheim (1873-1961), avocat exerçant à Offenbach.
2. Guggenheim et le rabbin d'Offenbach Max Dienemann (1875-1939) avaient publié à titre privé un arbre généalogique de la famille Guggenheim.
3. *Offenbacher Haggadah*, édité par M. Guggenheim, 1927, édition privée.

artistique que l'on ne trouve en aucun autre endroit. J'ai cependant été surpris de voir qu'en ce XXᵉ siècle de nivellement général, une telle fidélité pieuse ait pu redevenir productive, et je suis certainement loin d'être le seul à vous remercier de cet extraordinaire présent.

J'espère avoir bientôt le plaisir de pouvoir vous rendre visite personnellement ! En attendant, recevez aujourd'hui les sincères remerciements de votre très dévoué

Stefan Zweig

———◦———

A Emil Ludwig

Salzbourg, 2 mai 1928

Cher Emil Ludwig,

Je ne suis pas aussi poli que vous, et je ne vous écris pas de ma propre main, ce que vous me pardonnerez, je l'espère ! Je me suis beaucoup réjoui de pouvoir placer mon livre entre vos mains, et j'y ajoute d'ailleurs un second petit livre [1] que je voulais également vous mettre dans la poche en son temps à Berlin.

J'ai appris avec joie vos immenses succès en Amérique. Vous savez aussi bien que moi que vous aurez à payer ce succès d'une résistance chez vous, et même, que l'on commence à vous attribuer la responsabilité de ce répugnant déferlement de biographies romancées. Il est vrai qu'actuellement, vous

---

1. Zweig envoie *Sternstunden der Menscheit*. Le premier envoi était *Drei Dichter ihres Lebens*.

314

jouissez dans le monde d'une audience et d'un succès mérités, mais j'ai moi-même signalé dans une interview que j'ai donnée à Paris qu'il y avait une certaine ironie à ce que l'on veuille actuellement en Allemagne se débarrasser de vous. Les gens ne comprennent pas que vous n'avez pas cherché ce succès, mais qu'il est venu à vous. Rédiger des biographies de ce type [1] passait il y a dix ans pour quelque chose de totalement vain, et un livre sur Napoléon semblait être la chose la plus superflue qui soit, sans parler d'un livre sur Goethe [2]. Ne vous laissez pas troubler pour autant, pas plus que je ne le fais moi-même qui bâtis ma série lentement et patiemment. Soit dit en passant, je vais peut-être publier un petit récit de la vie de Fouché [3] – biographie d'un homme que je n'aime pas – pour donner un portrait du politicien pur, qui sert n'importe quelle conviction, accepte n'importe quel poste, mange à tous les râteliers, n'a jamais une idée qui lui soit propre et survit aux plus puissants des hommes de son époque grâce à cette flexibilité même. Le livre se veut un avertissement et une mise en garde pour les politiciens d'aujourd'hui et de tout temps, et il cherche à suggérer sous une forme plastique le danger que représente pour toutes les nations et pour l'Europe le politicien « à tout faire », le politicien rompu.

---

1. Emil Ludwig rencontrait un très vif succès avec ses biographies romancées, style très nouveau.
2. Allusion aux biographies d'Emil Ludwig : *Napoleon*, Berlin, 1925, et *Goethe. Geschichte eines Menschen*, Stuttgart-Berlin, 1920.
3. SZ, *Joseph Fouché. Bildnis eines politischen Menschen*, Leipzig, 1929.

Votre nouveau livre [1] n'était pas nouveau pour moi – je l'avais déjà lu avec attention et beaucoup d'intérêt dans la *Neue Rundschau*. Le projet que vous avez initié est aventureux, ce qui ajoute à sa grandeur, et tout un chacun, moi y compris, le confrontera spontanément avec une vision intérieure préexistante, car vous transformez là une légende en fait, et passez de l'historique à l'imaginaire, touchant là à la sphère la plus mystérieuse qui existe sur terre : le religieux [2]. Ce qui m'a semblé tout à fait remarquable et inestimable, c'est avant tout cette qualité négative : vous ne blessez *jamais* ni le sentiment rationnel de celui qui ne croit pas, ni le sentiment d'ores et déjà ancré dans l'âme du croyant ; le livre ne devient pas lyrique ni hymnique, mais restitue de façon exemplaire la simplicité du cours de la vie. Il faut reconnaître que vous ne parvenez pas pour ce thème immense à quelque chose d'aussi *définitif* que dans le *Napoléon*. Comme Papini [3] l'avait prévu à juste titre, ce personnage sera perpétuellement remodelé (cela a commencé avec les quatre évangélistes, pour finir, ou plutôt ne pas finir avec une multitude de gens). Mais parmi toutes ces formes, celle-ci restera selon moi durablement comme l'une des plus justes et des plus plastiques. Ni Rembrandt, ni Dürer ne sont parvenus à saisir un type parfaitement entier et universel, et cela ne peut être donné davantage à la parole des-

---

1. Il s'agit d'une biographie de Jésus : Emil Ludwig, *Der Menschensohn. Geschichte eines Propheten*, Berlin-Vienne, 1928.

2. Emil Ludwig s'était converti au christianisme en 1902 pour revenir au judaïsme en 1922 après l'assassinat de Walther Rathenau.

3. Giovanni Papini (1881-1956), écrivain italien auteur d'une *Histoire du Christ*.

criptive, mais dans cette immense série de portraits, le vôtre demeure, parce qu'il est image et forme.

Si cette fois je ne prends pas position publiquement à ce sujet, la raison en est simplement que je ne me sens pas à la hauteur de l'objet par ma culture, que je ne connais qu'imparfaitement cette histoire.

Mais vous savez bien que d'ordinaire la moindre occasion de travailler sur vos livres est toujours productive pour moi. Il faut avoir soi-même travaillé sur des personnages pour connaître les résistances qu'il faut surmonter. Et je le sais justement aujourd'hui, car être juste envers Tolstoï n'était pas une tâche facile.

Je serai très curieux de connaître le prochain problème que vous voulez aborder. Est-ce que cela ne vous tenterait pas d'écrire un ouvrage sur le grand mouvement social, plus ou moins une histoire des révolutionnaires sociaux ? Plus je lis, plus il me semble clair que Jean-Jacques Rousseau et Marx sont *un seul et même* type, et que toutes les variantes, depuis Thomas Müntzer [1] jusqu'à Marat (le révolutionnaire phantasmateur) se répètent, de même que le révolutionnaire reste un dogmatique. Cela serait merveilleux de présenter un jour cela au monde, une monographie de l'esprit révolutionnaire et social à travers des personnages. Seule ma paresse me retient de le faire.

Avec les compliments de

Stefan Zweig

---

1. Thomas Müntzer (1486 ou 1488/90 ?-1525), théologien et réformateur.

P. S. : A mon sens, votre *Tom et Sylvester* [1] n'a pas été apprécié à sa juste valeur, et si je trouve le lieu où le faire, j'y remédierai volontiers.

<hr>

A Romain Rolland [lettre en français]
Salzbourg 9 avril [= mai] 1928

Mon cher ami, je vous remercie de tout mon cœur pour votre bonne lettre. J'étais ému de voir que vous avez pris le temps pour moi de lire immédiatement ce grand morceau de Tolstoï. Je comprends bien une certaine différence de nos vues d'ensemble, mais j'espère que vous avez vu que je ne manque pas de respect. Et être vrai (selon sa propre idée de la vérité) est le plus pur hommage aux grands. Il est vrai, je suis plus dur envers les grands qu'envers les petits et les vivants car seule la grandeur ne souffre pas de la critique. Peut-être il y a dix ans j'aurais été plus passionné par l'homme Tolstoï, je l'aurais élevé au rang des saints. Mais aujourd'hui je découvre que justement ceux qui veulent transformer le monde sont ceux qui ne sont pas contents de leur propre personnalité et qui jettent (je le dis dans ce livre) leur mécontentement envers eux-mêmes sur le monde entier. Je viens de lire une excellente et impartiale biographie de *Marx* par Otto Rühle [2] (socialiste)

<hr>

1. Emil Ludwig, *Tom und Sylvester. Ein Quartett*, Berlin-Vienne, 1928.
2. Otto Rühle (1874-1943), député SPD au Reichstag allemand, pacifiste engagé, membre du mouvement spartakiste et

– quel homme affreux, haineux, autocrate, ce génie humanitaire ! Mais cela ne prouve rien contre l'œuvre, au contraire cela *l'explique*.

Ce que vous dites de Gorki, je l'ai toujours senti. Tolstoï avait un peu peur de Gorki, il était gêné par ce païen qui riait franchement quand Tolstoï commençait avec l'Evangile. Il sentait l'hostilité de ce grand réaliste contre le vague de ces idées : il est très difficile de tromper Gorki car son œil est terrible de clarté (lui non plus ne connaît pas le rêve et l'idéal, il vit sur la terre et de la terre).

Je ne sais pas si vous avez lu mon interview avec Lefèvre [1]. Je dois lui rendre justice qu'il n'a rien supprimé de ce que je disais de vous et de Suarès. Suarès m'écrivait à ce propos une de ces fameuses lettres, pleine de gratitude d'avoir parlé de lui avec admiration mais avec une haine folle contre Valéry, Gide, contre le « chien de Lefèvre » et à la fin il s'étonne que je le trouve orgueilleux. Je l'aime beaucoup avec toutes ses fautes, mais comme il se fait tort avec ses gestes (non avec ses paroles et œuvres).

Je crois qu'Insel a réussi avec le Beethoven, j'en serais très content car ils l'éditeront admirablement. Il est question maintenant de reprendre l'édition des Cahiers de conversations [2] et on fera aussi appel à

---

co-fondateur du parti communiste ouvrier d'Allemagne en 1920, exclu du parti en 1922, réintégré dans la SPD en 1923, émigré à Prague puis au Mexique où il fut un proche de Trotski. *Karl Marx. Leben und Werk*, Hellerau-Dresde, 1928.

1. Vraisemblablement une interview réalisée par Frédéric Lefèvre pour la revue *Les Nouvelles littéraires, artistiques et scientifiques*, Paris.

2. L'édition des *Konversationshefte* de Beethoven par Walter

vous car on veut constituer un comité pour inviter à une souscription (du premier volume on a, je crois, vendu 150 exemplaires ce qui contraste sensiblement avec le grand bruit du festival). Je vous écrirai encore.

Demain j'attends Jean-Richard Bloch, il m'a promis. Il a vu beaucoup de choses et a eu beaucoup de succès.

J'écris aujourd'hui à Martinet et c'est pour cela que je m'empresse de finir cette lettre hâtive qui ne voulait que vous remercier. Fidèlement, votre

Stefan Zweig

—◇—

A Arthur Schnitzler

Salzbourg, 15 mai 1928

Très cher Monsieur,

Je dois vous remercier doublement, et dans les deux cas, vivement : à la fois pour votre aimable lettre, qui m'a fait infiniment plaisir, et pour votre livre [1], qui m'a surpris – votre ardeur au travail, en particulier dans les dernières œuvres, nous fait honte à nous qui sommes vos cadets. Rien n'était plus évident pour moi que de prendre en main le livre aussitôt et de vous faire part aujourd'hui sans entraves de mon impression en même temps que de mes remerciements.

Nohl à l'Allgemeine Verlagsanstat à Munich avait été interrompue après une publication partielle en 1923-24.

1. Arthur Schnitzler, *Therese. Chronik eines Frauenlebens*, Berlin, 1928.

Vous vous êtes posé un problème extrêmement difficile, car rien n'est plus difficile ni plus ingrat à représenter dans l'art que le négatif, une certaine monotonie du bonheur et du malheur, la dimension tragique de l'absence d'espoir. Je le sais particulièrement aujourd'hui puisque j'ai interrompu au beau milieu un travail assez important où je voulais également dépeindre une pauvre existence [1] : la monotonie vient facilement s'insinuer malgré nous dans la conception de l'œuvre, et à mon sens, Rembrandt ne s'est jamais montré plus génial que lorsqu'il a placé les trois arbres géants seuls sur cette plaine immense (dont toute autre représentation picturale aurait été quasiment impossible). Le sujet donc que vous avez choisi (ou plutôt qui vous a choisi, ils le font pour nous) ne me semble animé qu'en apparence. Il se produit un perpétuel mouvement de flux et de reflux d'événements et d'évolutions – mais pour ma part, ce que je vois là de plus grandiose et de plus tragique est l'absence d'espoir de cet être. Je ne sais pas comment cela se fait, mais dès la page cinquante, je savais déjà à chaque fois qu'elle vivait quelque chose que cela ne durerait pas, n'apporterait pas de bonheur, s'achèverait une fois de plus dans ce même terrible exil loin de toute joie qui avait vu naître cette femme. Vous ne pouviez être plus vrai en allant chercher ce personnage parmi des millions d'autres, et à mon sens cette chronique a un caractère définitif. Elle ne romantise pas mais reste cruellement sobre, et vraie à faire peur. Peur – ce mot ne vaut pas pour moi qui dans les livres

---

1. Vraisemblablement la nouvelle *Widerstand der Wirklichkeit*, qui ne parut qu'à titre posthume en 1987 dans le volume *Brennendes Geheimnis*.

considère la dimension tragique et en particulier secrètement tragique de l'existence comme la vertu suprême, mais bien peut-être pour un public plus large qui, parce qu'il vit lui-même inconsciemment cette monotonie, réclame toujours, que ce soit dans l'écrit ou à l'écran, de voir de la tension, des destins mouvementés, et qui ressentira comme gênante la dimension inconsciemment dépressive de ce personnage – gênante pour leur insouciance, pour leur désir d'amusement, leur volonté de s'évader dans leur propre existence. Vous avez certainement su dès le départ que vous alliez heurter là très profondément le goût du public. Les hommes ne veulent jamais voir que la richesse, les milieux riches, des personnages exotiques, des expériences rares et curieuses – mais rien ne vous honore davantage que d'avoir pris sur vous, à l'apogée de votre création, l'épreuve la plus dure qui soit réservée à l'artiste : dépeindre la pauvre existence, la tragédie des innombrables anonymes. Ces gens-là ne lisent pas les livres dans les quatre premières semaines, tant qu'ils sont modernes, ils ne viennent à eux que peu à peu – mais alors vous recevrez des remerciements qui vous apporteront certainement beaucoup de bonheur. En tant qu'homme du métier, je suis nécessairement un peu curieux de l'écho qu'aura le livre dans le cercle des gens d'esprit, et je me demande s'ils seront capables de percevoir et de saluer la dimension consciemment héroïque de cette chronique, qui a en outre, pour nous autres Autrichiens, une valeur documentaire particulière. Bien évidemment, je ne suis pas sans voir ce qu'une telle chronique a de dangereux par rapport à un vrai roman, à savoir que dans les romans tous les personnages sont appelés à réapparaître, et ont donc une dimension dramatique, tandis qu'ici la plupart ne surgissent qu'une fois dans un épisode et de ce fait se perdent plus facilement dans la mémoire – les différentes familles de l'institutrice commencent déjà à se confondre un peu dans mon souvenir, mais c'était inévitable, car elles ne représentent rien d'autre que des pierres de touche permettant de mesurer le chemin effectué. Vous connaissez si bien les secrets de la prose narrative que vous avez travaillé là à l'économie quand un autre se serait épuisé ou aurait épuisé le lecteur dans de vastes descriptions du milieu, et je crois que le caractère quelque peu stylisé des personnages secondaires en regard de la prégnance des personnages principaux était de votre part un choix juste, et justifié.

Reposez-vous maintenant sur une telle réussite qui est aussi une leçon pour nous qui sommes vos cadets. C'est merveilleux que vous puissiez puiser dans une telle richesse, et que le jeu béni de l'invention s'effectue chez vous avec plus de facilité encore que dans vos jeunes années. S'il était possible que ce livre augmente encore l'admiration et l'affection que je vous porte et qui sont restées intactes depuis l'enfance, il l'aurait fait, mais peut-être qu'il y a déjà là cette solidité de cristal du sentiment, qui ne peut plus être accrue par une œuvre réussie, ni diminuée par une œuvre ratée. Croyez sincèrement à la pureté et à la fiabilité de mon sentiment inaltérable ! Et permettez-moi, si je viens prochainement à Vienne, de venir vous y serrer la main pour vous féliciter.

Fidèlement, votre

Stefan Zweig

A Romain Rolland [lettre en français]
Salzbourg, 24 juillet 1928

Mon cher ami, je partirai demain pour trois
semaines : le festival commence, donc il faut filer. J'ai
un dégoût de tous ces rassemblements de cabotins
théâtraux et littéraires. J'irai au bord de la mer pour
vivre et pour travailler, ce qui est tout un pour nous.

Au bout de cinq ans j'ai repris la tragédie
d'Adam Lux [1]. Elle a mûri en moi depuis la révolution
russe. C'est plutôt une biographie dramatique qu'un
drame – pas de femmes, aucune parole d'amour, seulement la déception de l'enthousiaste devant la réalité
et le contraste du révolutionnaire idéal et du réalisme.
Les faits en Russie – Trotski, la mort de Joffe [2] –
m'ont donné le courage de reprendre ce travail. Il est
bien loin de votre Lux, il est plus jeune (28 ans) qu'en
réalité et en contraste avec Forster plus vieux de vingt
ans. Et une chose occupe une grande place qui ne
rentrait pas dans votre conception : il se sent responsable pour Mayence comme initiateur de la révolte
et la chute de la ville le décide beaucoup plus que la
rencontre avec Charlotte [Corday]. Comme invention j'ai ajouté une rencontre (tout à fait possible)
avec André Chénier qui lui lit son ode à Ch[arlotte]
C[orday]. Je n'espère *rien* sur la scène et très peu
chez les écrivains. C'est un travail pour moi – j'ai

_____

1. SZ, « Adam Lux. Zehn Bilder aus dem Leben eines deutschen Revolutionärs », in *Das Lamm des Armen*. Adam Lux,
révolutionnaire allemand, avait été envoyé à Paris en 1793 par
la République rhénane de Mayence, en même temps que Forster.
2. Adolf Abramowitsch Joffe (1883-1927), diplomate soviétique proche de Trotski, s'était suicidé.

besoin d'exprimer mes idées sur la révolution comme dans le Jérémie celles sur la guerre.

Je suis hanté du désir d'un grand voyage. Je voudrais voir des pays très lointains, vivre deux mois sans voir une lettre, une revue, un journal. Souvent je sens mes forces morales défaillir devant cette multitude de demandes. On se sent impuissant devant ce torrent de livres, de lettres, et je sens que je commence à lire négligemment, à remercier vaguement sans la précision et la franchise nécessaires – un peu le genre Victor Hugo qui jetait une phrase aimable au lieu d'une parole sincère. Il faut connaître et observer ses dangers. C'est la même chose pour nous tous. J'ai vu le bon vieux Bahr : il me dit aussi qu'il n'en peut plus, car vous ne devinez pas quel nouveau fléau la radio, les conférences, ces terribles organisations en Allemagne représentent. C'est la première fois depuis des mois que je pourrai *lire* des livres maintenant : j'ai mis dans ma valise Platon et d'autres œuvres sérieuses. Heureux ceux qui ont le cœur indifférent et cet égotisme de l'œuvre qui les préserve de penser avec les autres.

Mauvaises nouvelles de Latzko. Il est toujours en Hongrie au sanatorium. Je sais maintenant ce qu'est sa maladie que lui-même ne connaît pas ou feignait de ne pas deviner. C'est très grave. Il ne vivra pas longtemps et on ne sait pas s'il faut le lui souhaiter. Le pauvre : ce qu'il s'est torturé moralement, neurasthéniquement avec des dangers et des soucis irréels. Et maintenant c'est la réalité et ses forces se sont épuisées.

J'attends impatiemment le Beethoven. Ici on

donnait ces jours-ci la fameuse messe de Benevoli[1]
(pour la première fois depuis 300 ans). Je trouve
qu'on néglige trop la vieille musique : ce qu'il y a
encore à découvrir ! Quel roman pourrait-on faire de
toute cette génération de maîtres oubliés, de ces pré-
curseurs, engloutis tous dans la gloire de Mozart et
de Händel ! Vous avez au moins commencé leur histoire ! J'espère que vous n'avez pas trop chaud à
Villeneuve et pas trop de visites. Habitué déjà au
mensonge je dis à chacun que vous passez l'été dans
les hauteurs !

    Votre fidèle

                          Stefan Zweig

    Une affaire dégoûtante ! On m'écrit de plu-
sieurs parts pour une protestation. La Russie prépare l'édition du « Journal » de Tolstoï qu'il avait
expressis verbis réservé au peuple, à tous donc. La
famille Tolstoï a secrètement pris des copies qu'elle
vend maintenant avant la grande édition officielle aux
éditeurs, violant donc encore une fois la volonté tes-
tamentaire du vieux ! Et le fils joue le rôle de son
père au cinéma à Hollywood. Quelle sinistre
comédie à faire ! Mais je n'ai pas protesté – il faudrait connaître leur situation matérielle et leurs
arguments aussi.

---

    1. Il s'agit de la *Missa salsburgensis* faussement attribuée à
Benevoli et en fait composée par H.I.F. Biber.

A Romain Rolland [lettre en français]
                                  Salzbourg, 31 août 1928

Mon cher ami, je reçois à l'instant l'invitation des Soviétiques à représenter l'Autriche au centenaire de Tolstoï et j'ai pris vite ma résolution : j'accepte. Et je partirai pour Moscou le 7 septembre. Il faut voir, il faut connaître, tant que la carcasse et le cerveau tiennent. Je ne me trompe pas sur le fait que je ne verrai pas tout : mais je verrai beaucoup et je veux bien fermer ma bouche et bien ouvrir mes yeux.

Et vous, mon ami ? Est-ce que votre santé vous permet ce voyage ? Peut-être le fait qu'on pourrait voyager ensemble vous encouragerait-il. On pourrait partir ensemble de Vienne et je vous défendrais comme un lion.

Je laisse mon travail de côté. Voir la Russie, voilà ce qui importe. Il faut connaître pour juger.

Connaissez-vous d'ailleurs le *Guide de la Russie soviétique* de Baedeker édité par les Soviétiques ? Un livre très instructif. Depuis que je l'ai lu je suis toute curiosité.

J'ai eu deux visites ces jours-ci, au retour de Hollande : James Joyce et G.A. Borgese. Joyce est émouvant : il souffre des yeux d'une façon terrible et ne cesse pas néanmoins de travailler. Et Borgese [1], mon vieil ami, m'a ouvert largement son cœur. Il était venu exprès pour parler avec un ami. Et parler, c'est pour eux une joie aussi neuve et passionnante que pour nous autres – je ne sais quoi. Nous n'avons rien qui nous donnerait une telle exubérance, une joie

_____

1. Giuseppe Antonio Borgese (1882-1952). L'écrivain italien hostile au fascisme était l'objet de la répression.

aussi ivre et dangereuse que pour ces pauvres prisonniers de la parole la franchise. Naturellement je ne peux rien vous écrire de ses confidences amicales : sa position est tellement difficile que je ne mentionne devant personne excepté devant vous qu'il m'a rendu visite. Il avait des larmes dans les yeux en parlant et moi aussi : c'est pire, mille fois pire que notre sort pendant la guerre. Et nous les aidons le mieux – par le silence. Chaque appel en leur faveur est dangereux. Mais la folie ne peut pas durer.

Mon ami, quelle joie si votre santé vous permettait d'aller à Moscou ! Cela serait une fête pour la Russie, une glorieuse gratitude pour la lettre éternelle écrite par Tolstoï à vous. Je veillerais sur vous mieux que vous-même [1].

Fidèlement, votre

Stefan Zweig

◄◦►

A Friderike Maria Zweig

[Moscou, non datée ;
cachet de la poste : 11.9.28]
Mardi minuit

Chère F., quelques lignes en vitesse. Arrivé lundi 3 heures, salué, photographié, cinématographié [2], lavé, causé, mangé, à six heures, direction le superbe opéra qui fait 4 000 places, écouté les discours à la

---

1. Rolland refusa de se rendre en Russie. Pour lui, il était aussi aberrant de faire célébrer Tolstoï par le bolchevisme que saint François d'Assise par le fascisme.

2. Vraisemblablement pour les actualités.

tribune pendant trois heures, puis improvisé moi-même pendant que six projecteurs m'éblouissaient les yeux, avec à côté de moi un cinématographe qui tournait, et devant moi la radio, et 4 000 personnes, puis, à 1 h du matin, encore un tour en ville. Mardi matin, musée Dostoïevski, le superbe musée historique, puis participé à l'inauguration de la maison de Tolstoï, rencontré un millier de personnes, puis direction musée Tolstoï (on vend mon livre sur Tolstoï à tous les coins de rue pour 25 kopecks et les colporteurs font la réclame comme s'ils vendaient la *Stunde*[1]). Après-midi chez Boris Pilniak[2] avec tout un tas de Russes, ensuite, bouquinistes, et circulé en fiacre à travers les rues, le soir, opéra, *Eugène Onéguine*, et maintenant, 12 h, départ pour Toula[3], arrivée demain mercredi 6 h, ensuite, voiture jusqu'à Jasnaïa Poliana[4], retour de nuit wagon-lit (qu'est-ce qu'un lit ?), jeudi, 4 musées et 10 visites en perspective, entre autres chez Gorki, le soir, théâtre, la nuit, flânerie, vendredi à peu près autant, samedi idem. Samedi soir, invitation de mon éditeur, « excursion » à Leningrad, 12 heures de wagon-lit, dimanche Rembrandt[5] et Leningrad, dimanche soir, retour 12 heures wagon-lit, lundi (si le train circule) retour wagon-lit pour Varsovie, mardi wagon-lit pour Vienne, arrivée dans l'après-midi, jeudi, vendredi au plus tard, Salzbourg. Comment est-ce que je pourrais écrire des préfaces pour Monsieur Reclam ? Tout est

---

1. Journal populaire viennois.
2. Boris Pilniak (1894-1938), écrivain russe.
3. Ville russe située à 180 km au sud de Moscou.
4. Village au sud-ouest de Toula où la maison de campagne de Tolstoï avait été transformée en musée.
5. Les nombreux Rembrandt du musée de l'Ermitage.

diablement intéressant. Je suis heureux d'avoir tout vu, une impression qui durera toute une vie. Débarrasse-moi donc de Reclam, réponds à toutes les lettres en stipulant que je serai encore absent un mois. Je vais bien, grâce à l'intensité des impressions je me sens dispos et mieux que jamais. Bien affectueusement à toi

ton
Stefan

Ecris à Maman et Alfred[1] que je n'ai pas une minute.

—◇—

A Romain Rolland

Salzbourg, 21 septembre 1928.

Cher ami,

Excusez-moi de ne pas vous écrire, ou plutôt de ne pas dicter en français mais en allemand, mais je reviens juste de Moscou et Leningrad, et il y a tant de choses à faire et tant de choses à dire. Que vous, cher ami, ne soyez pas venu, je l'ai regretté d'un côté, car l'intérêt que représente la Russie contemporaine est incomparable, mais d'un autre côté, j'ai été rasséréné par le sentiment que le voyage vous aurait trop fatigué, d'autant plus que, dans le détail, l'organisation n'était pas particulièrement réussie. Je comprends désormais bien plus de choses, et avant tout la position hésitante que l'on adopte soi-même à

---

1. Alfred Zweig, frère de SZ.

330

son retour, cette incapacité à se résoudre à écrire sur le sujet, car l'affaire a un double visage.

On se trouve en face d'une réussite immense, et il faut être sur place et avoir vu la gigantesque masse somptueuse qu'est le palais des tsars, et la pauvreté inquantifiable d'une cabane dans un village russe pour mesurer qu'il existe ici, au beau milieu du XXe siècle, un fossé comme on n'en connaît plus depuis longtemps en Europe. C'est alors seulement qu'on comprend qu'il était inévitable que la corde rompe. On est envahi par ce sentiment tangible de la nécessité de la révolution russe et de sa forme bolchevique. On ne peut faire autrement que de dire « oui » et « évidemment ».

Pour le peuple, le bénéfice est énorme – bien entendu, notre instinct nous pousse aussitôt à chercher des yeux les perdants, et ce sont justement (outre la classe anéantie de la noblesse et de la famille impériale) les gens qui nous sont les plus proches, les gens d'esprit, les hommes libres, indépendants. Ce que ces gens ont subi en ce moment même, en cette dernière période de tension extrême (une lourde menace économique plane sur la Russie soviétique) est sans précédent, et le fait qu'ils y aient survécu ne se mesure et ne s'explique justement qu'à l'aune de cette capacité de souffrance propre aux Russes. J'ai vu des appartements à Moscou et entendu parlé d'autres qui sont humainement impossibles et où travaillent des scientifiques. Mais en attribuer la faute au gouvernement n'est pas défendable, en revanche, on peut lui imputer la privation totale de la liberté d'expression. Je perçois très bien la frontière qui nous sépare de ces gens. Ils ont promis l'égalité, mais l'ont prolongée par du ressentiment et ont créé une nouvelle inégalité en voulant placer au sommet, de façon violente, un prolétariat (numériquement) insignifiant, l'enchaîner dogmatiquement avec leur idéologie et opprimer ainsi tout ce qu'il existait en fait d'intellectualité libre et indépendante. Je ne sais pas si vous avez connaissance du tragique cas des suicides d'élèves à Moscou. Le gouvernement a restreint le nombre de places à l'université et y a introduit un échelonnement particulier dans les autorisations : en premier lieu, les fils d'ouvriers, puis, les fils de paysans, ensuite, au troisième rang seulement, les enfants d'intellectuels et de fonctionnaires pour qui il est naturellement resté très peu de places. Or, ce sont justement eux, les fils de médecins et d'hommes de culture, qui aspirent naturellement à faire des études, et comme ils sont également privés de l'autre possibilité, à savoir faire des études à l'étranger (personne n'obtient plus de passeport en raison de la situation monétaire), il s'est produit, je l'ai appris de source sûre, une quantité de suicides. Cette absence de liberté, cette impossibilité d'aller à l'étranger, de s'exprimer ou de parler librement pèse lourdement sur la plupart des gens, et, à ce que m'ont dit les Tolstoï eux-mêmes [1], l'affirmation selon laquelle ils se montreraient tolérants avec les objecteurs de conscience par exemple ne correspond pas à la réalité. D'ailleurs, Sascha Tolstoï s'est comportée de façon exemplaire à Jasnaïa Poliana, elle l'a souligné librement et ouvertement : dans cette école, on ne pourra jamais enseigner des idées militaristes ni

---

1. Il s'agit de la plus jeune des filles de Tolstoï, Alexandra Tolstaïa, directrice du musée Tolstoï, et de sa petite-fille Sofia (Sascha) Tolstaïa-Jessenina.

athées. Ce à quoi Lunatscharski[1], prisonnier lui-même, a aussitôt dû répondre, ressortant évidemment la vieille rengaine, que l'on détestait la guerre, mais, mais, mais... qu'entouré d'ennemis, il fallait être armé pour se défendre (sur l'air de Guillaume II, et Poincaré). La situation intellectuelle est donc extrêmement grave et vraisemblablement plus grave que jamais. Mais je crois pourtant que ce serait une erreur que d'attaquer maintenant la Révolution russe. Sa situation est à peu de chose près, si je ne me trompe pas, celle du 2 ou du 3 thermidor[2], et une sorte de tournant, une forme voilée de capitulation économique me semble inévitable. Il y a un cours forcé du rouble (en Pologne on obtient 4 roubles pour un dollar, à Moscou seulement 1,92 roubles, sous peine de mort). L'expérience me fait dire que de telles tensions ne peuvent durer. C'était déjà mieux dans les années 1924/25, mais entre-temps, l'Union a perdu la guerre contre l'Angleterre[3], ce qui veut dire qu'elle a investi sans compter, dans l'aventure chinoise et la propagande à l'étranger, des millions en or qui font désormais défaut. A cela s'ajoute le fait que le problème agraire a été résolu de façon catastrophique ; en bref, la situation économique est manifestement désespérée, et les puissances étrangères le savent sans aucun doute. Si je comprends bien la situation, ce qui

---

1. Anatoli Wassilievitch Lunatscharski (1875-1933), critique d'art et révolutionnaire marxiste, commissaire du peuple pour l'éducation, responsable de la politique culturelle de l'Union soviétique de 1917 à 1929.

2. Vraisemblablement allusion à la chute de Robespierre, le 9 thermidor de l'an II.

3. L'Angleterre avait reconnu l'Union soviétique en 1924, puis rompu les relations diplomatiques en 1927.

importe actuellement à Paris n'est plus la Rhénanie, mais le fait que l'Allemagne laisse tomber la Russie[1]. C'est la seule explication possible au discours menaçant de Briand sur la malhonnêteté de l'Allemagne, qui exporte effectivement ses crédits en dollars vers la Russie sous forme de marchandises et qui y a installé de gigantesques usines d'armements modernes. Si l'Allemagne se retirait effectivement, la Révolution russe serait certainement liquidée. Et ce serait à mon sens, en dépit de tout, oui de tout, un terrible malheur pour le monde, car nous serions alors confrontés à une réaction plus fermée et plus unitaire qu'on n'en a jamais vue en Europe. Sans pour l'instant reconnaître la terreur ni l'excuser (une terreur qui est bien évidemment à la mesure de la difficulté de la situation), je ne peux m'empêcher aujourd'hui encore d'admirer beaucoup de ce qui a été réalisé là-bas dans les dix dernières années, et avant tout la résolution exemplaire de la question des nationalités ; cette situation absurde a été liquidée totalement et de façon très réussie. Et ils ont en outre obtenu de grandes réussites sur le plan de l'organisation (il faut bien se rappeler qu'il est mille fois plus difficile d'instaurer, dans cette nation incapable de s'organiser en raison de sa population, une certaine rigueur administrative qui soit appliquée sur tout un continent). On éprouve une véritable admiration devant un résultat que seule la concomitance de deux circonstances a rendu possible : l'énergie furieuse, brutale, fanatique sans précédent dont ont fait preuve une poignée de dirigeants, et la capacité de *souffrance* et la patience

---

1. Allusion au Traité de Rapallo d'avril 1922 et au Traité de Berlin de 1926 entre l'Allemagne et la Russie.

indescriptible, sans pareille en Europe, de ce peuple qui depuis 15 ans prend sur lui sans un murmure une quantité de restrictions que des Parisiens ou des Berlinois ne supporteraient pas 15 jours. On retrouve la même résignation héroïque chez les gens de lettres, chez les artistes. Ils grincent des dents, ils abhorrent la terreur, et pourtant, aucun d'entre eux ne renie la révolution, pas un ne voudrait que ce qui a été acquis soit perdu.

Actuellement, rien ne fait plus cruellement défaut là-bas que de l'argent, un prêt... des hommes d'affaires étrangers, l'esprit d'entreprise privé... en bref, tout ce contre quoi ils luttent, et il semble que sur ce point, en se cachant derrière toutes sortes de paragraphes, ils capituleront, au moins pour quelque temps, ne serait-ce que pour survivre. Ce serait le plus malin, bien que l'on ne puisse justement pas attendre beaucoup de ces dogmatiques rigides qu'ils fassent preuve de beaucoup d'intelligence. Quoi qu'il en soit, le blocus continental [1] étrangle les gens d'une façon atroce, et il serait criminel de vouloir les affaiblir maintenant par quelque attaque publique. De plus, cela irait surtout à l'encontre des intentions et des idées de ces intellectuels que nous voulons aider. Sans parler du fait que toute publication de ma part mettrait en danger les gens avec qui j'ai parlé (la moindre conversation téléphonique, la moindre rencontre est contrôlée), ce serait également agir contre le désir de ces gens qui, j'insiste là-dessus, sont malgré tout pour la révolution, et ne

---

1. Zweig utilise le terme désignant les mesures prises par Napoléon Ier à l'encontre de l'Angleterre pour qualifier l'attitude des pays européens envers la Russie.

souffrent si durement qu'à cause de cette période de terreur. En 1793 aussi tous les Républicains ont regretté d'avoir fait tomber Robespierre sous le coup d'une défaillance nerveuse : là-bas aussi on procédera vraisemblablement à un certain assouplissement des conditions lorsque la situation économique sera meilleure.

Je vous fais part là à titre privé de mes impressions politiques. Mes impressions artistiques, elles, sont bien évidemment extraordinaires, et ne serait-ce que voir la tombe de Tolstoï, et puis le peuple à lui seul, c'est là l'émotion la plus intense que j'ai vécue depuis 10 ans. J'ai également parlé à Gorki dont les impressions sont positives dans l'ensemble, bien qu'il ne partage pas la servilité bruyante et systématiquement exultante, voire criante d'Henri Barbusse (que les Russes, singulièrement, n'apprécient guère eux-mêmes, parce qu'il s'est abaissé à se transformer en parfait agitateur littéraire, en poète de cour de la GPU [1], et qu'il trouve tout, absolument tout superbe, sans jamais oser émettre un mot d'objection ou une réserve). J'ai aussi reçu la visite de cet écrivain paysan, Dutschenski [2], et il m'a glissé très discrètement une lettre pour vous pour que je lui fasse passer la frontière. Je vous transmets donc cette lettre. Il m'a aussi montré la vôtre, mais il faut, mon ami, que je vous dise en toute franchise que vous avez été mal informé dans cette affaire [3]. Il n'est *pas* vrai que l'on ne puisse pas écrire en Autriche sur un cas comme celui que décrit cet homme (de façon erronée au

---

1. Police politique de l'Union soviétique.
2. Vraisemblablement Dutchenko (1867-1946).
3. Contexte inconnu.

demeurant) – au contraire, au contraire, les journaux socialistes radicaux seraient *heureux, extrêmement heureux, enthousiastes* à l'idée de pouvoir propager, marteler, utiliser pour leur propagande un tel cas de brutalité germanique. De plus, il y a à Graz, outre le parti socialiste, des gens comme le Professeur Ude[1], un homme d'un très grand courage qui ne tolérerait certainement pas qu'on lui interdise quoi que ce soit, et si votre homme avait cherché n'importe quel journal socialiste de Graz, ou encore un député, ou le Prof. Ude, ou la (très énergique) présidente de la Ligue des femmes (qui connaît d'ailleurs votre sœur), tous se seraient non seulement placés à sa disposition, mais, comme je le souligne une fois de plus, auraient même été *heureux* de toucher le gros lot, en l'espèce un tel outil de propagande. Je crains malheureusement que l'homme ne se soit retrouvé dans une bagarre tout ce qu'il y a de plus ordinaire et apolitique, et qu'il n'ait pas compris lui-même ce qui se passait. Je souhaiterais beaucoup qu'il me donne le nom de ses témoins à Graz, qui ont assisté à l'affaire, pour que je puisse immédiatement vérifier ce qu'il en est.

Cette lettre est longue, mais il aurait fallu qu'elle soit soixante fois plus longue si j'avais voulu vous faire part de mes impressions ne serait-ce que de façon approximative. Ce qui est déterminant là-dedans, c'est que je suis certain de retourner un jour plus longuement en Russie et de voyager d'un bout à l'autre de ce pays qui est le plus intéressant et le plus vivant de tous. Et quelque ébranlé que j'aie pu être par le destin momentané des intellectuels, par la

---

1. Johannes Ude (1874-1965), sociologue autrichien.

dictature supramussolinienne, je ne peux pour autant méconnaître la différence : dans l'un des cas, on a une dictature agressive, or, la dictature russe est actuellement une dictature défensive dont le but est de surmonter un des moments les plus dangereux qui soient. Ne croyez pas que je me sois fait montrer des villages à la Potemkine [1] – je n'ai parlé à aucun des hommes politiques (même avec Lunatscharski, ce n'était qu'en passant), ne me suis pas fait montrer les prisons apprêtées pour l'occasion, etc. Le plus convaincant pour moi a été la visite au palais des tsars, et la vue de cette misère sans bornes qu'ils ont reçue en héritage, et puis la grande foi qu'il y a dans tout le peuple en dépit de toutes les atroces privations. Tandis que tous les peuples d'Europe se contentent de rêver à devenir riches et à être plus puissants que leur voisin, on trouve encore là, mystérieusement, une idée absolue, quelque chose de religieux et de supra-matériel qui vous gagne malgré vous à son atmosphère,

Mes respects et mes amitiés, votre fidèle

Stefan Zweig

[P. S. en français] J'ai oublié une chose importante. Le *Burgtheater* de *Vienne* a accepté les *Léonides* [2] et vous prie de lui réserver le droit de la première représentation mondiale. Ecrivez-leur un mot. Ils le monteront *immédiatement*.

En Russie, j'ai trouvé des exemplaires de ma

---

1. Villages fictifs, allusion à un village modèle construit par le prince Potemkine à l'occasion de la visite de la tsarine Catherine II en Russie (1797).

2. Romain Rolland, *Les Léonides*, Paris, 1928.

biographie sur vous parue en russe en 1923. On ne m'avait jamais averti.

——◇——

A Heinrich Eduard Jacob [1]

[Salzbourg, non datée ;
vraisemblablement fin septembre 1928]

Cher Heinrich Eduard Jacob, bien que ne sachant pas si vous ne considérerez pas ces lignes comme importunes après que vous avez si brutalement claqué la porte au nez de notre vieille amitié, il me faut pourtant vous dire quelques mots de votre livre [2]. Le fait même que vous vous soyez, à mon sentiment, conduit injustement à mon égard m'encourage à faire preuve d'une équité active ; je n'ai donc pris que votre seul livre au milieu de la livraison, ou plutôt de la déferlante de courrier reçue ces jours-ci, et je l'ai lu aussitôt. Depuis, je lui voue un amour presque fanatique, non seulement parce que c'est votre meilleur livre, mais aussi parce que c'est, dans l'absolu, un des meilleurs que j'aie lus ces derniers temps, et ce non pour sa fascinante légèreté, sa clarté artistique, cette coloration de la langue, lumineuse comme la porcelaine, mais pour sa douce humanité. Dans vos dernières nouvelles [3], votre art faisait l'expérience de

---

1. Heinrich Eduard Jacob (1889-1967), écrivain allemand.
2. Heinrich Eduard Jacob, *Jacqueline und die Japaner. Ein kleiner Roman*, Berlin, 1928.
3. Heinrich Eduard Jacob, *Dämonen und Narren. Drei Novellen*, Berlin, 1927.

lui-même, il s'agissait de jeux de l'esprit de la meilleure qualité, mais ils ne se mêlaient pas de ce qu'il y a de plus central et de plus important dans notre existence morale, ils s'adressaient à l'artiste en nous, tandis que cette douce nouvelle néo-romantique au sens le plus noble du terme va jusqu'aux tréfonds de l'époque, celle de l'espèce européenne et du destin des Européens. Elle est, outre sa beauté, d'une *vérité* quasi exemplaire, et son motif original, l'idée qu'en Allemagne (disons plutôt en Europe), on ne ressente la souffrance et la défaite que comme un désagrément, est une découverte *déterminante*. J'ai pu faire l'expérience dernièrement de ce que cela a de vrai en Russie, dont je m'explique depuis lors enfin l'existence et la persistance par cette capacité de souffrance héréditaire qui caractérise des millions de personnes, par leur noble indifférence envers le luxe et l'enrichissement frénétique. Votre livre, qui ne me déplaît en rien si ce n'est sa jaquette proche d'une affiche de cinéma, sert vraiment une idée puissante, alors qu'il semble ne faire que raconter, que décrire ; vous n'aviez encore jamais réussi ni même esquissé quelque chose d'aussi abouti, même dans *La Chute des treize professeurs de musique* [1]. Vous n'en aviez pas encore exprimé toute l'amertume, éliminé tout ce qu'il y avait d'acerbe – ici, la matière s'est défaite de son origine amère en s'élevant vers l'esprit, le présent proche a fait de même en devenant symbole intemporel. Je suis très fier pour vous de cette œuvre inattendue et extrêmement originale, et je lui souhaite ce qu'elle mérite, un *très* grand succès.

---

1. Heinrich Eduard Jacob, *Untergang von dreizehn Musiklehrern. Eine Erzählung*, Stuttgart, 1924.

Une requête encore : ne me répondez pas. Ne raccommodons pas par un rafistolage littéraire un lien malheureusement brisé. Laissons cela à la rencontre personnelle ou à un autre lien renouvelé. Ces quelques mots simplement pour vous prouver que votre geste de rejet désinvolte ne m'a pas détaché de votre œuvre ni de votre existence, votre

Stefan Zweig
dont les sentiments sont inchangés

◁◇▷

A Romain Rolland

Salzbourg, 3 octobre 1928

Très cher ami,

A cause de mon voyage en Russie, je m'étais retrouvé ici avec un certain nombre de choses à régler. Je ne peux donc vous écrire qu'aujourd'hui pour vous remercier de votre aimable lettre, et ajouter encore quelques mots sur la Russie.

Pour pouvoir comprendre toute la situation, une chose surtout m'a été d'un grand secours : observer la patience russe. Elle seule permet de comprendre que les gens là-bas endurent depuis quatorze ans une situation qui aurait totalement anéanti nos nerfs européens. Ils sont habitués à la souffrance comme à la vermine, et l'absence de liberté ne pèse pas autant sur eux — en réalité, profondément, le rapport de l'individu à l'Etat n'a pas beaucoup changé. La machinerie est la même que celle du tsarisme : surveillance, espions, déportations étatiques, dictature de la volonté sans que s'exprime la volonté du peuple.

Oui, en un certain sens, cela s'est même renforcé, car des amis m'ont fait remarquer qu'à l'époque tsariste, toute personne persécutée avait un auxiliaire secret dans un quelconque bureau, toute personne en fuite trouvait refuge dans une maison, car la sympathie se situait inconsciemment du côté de la Révolution. Aujourd'hui, même les adversaires du régime sont convaincus de la nécessité des justes lignes directrices de la Russie, au point que personne ne plaint un Trotski par exemple, ni même ne vient en aide à un individu.

Dans l'ensemble, il me semble que le danger serait que se développe un nouveau nationalisme russe, un « social-nationalisme », si j'ose dire. Les Russes ont attendu dix ans la Révolution mondiale, et ils semblent désormais avoir abandonné l'espoir, ils se perçoivent désormais comme une entité isolée du reste du monde, une entité autonome, particulière, et (comme tout peuple le croit naturellement) supérieure à toutes les autres. Ils ne croient plus à une révolution internationale, mais à une révolution russe, et on court le danger de voir cette révolution finir comme la Révolution française dans un national-impérialisme intellectuel. Ils se sentent plus ou moins trahis par l'homme européen, mais aussi par l'homme asiatique, et il en résulte une légère âpreté qui pourrait bien un jour devenir tranchante et se transformer en arme.

En revanche, j'ai été énormément ému dans l'ensemble de voir le peu de cas que tout le monde fait de la perte des biens personnels (même les émigrants). Alors qu'en Europe, pendant la guerre, les gens ont davantage souffert de la perte de leur fortune que de celle de leurs fils, les gens en Russie supportent l'expropriation comme quelque chose qui va de soi – le « nitschewo », « cela ne fait rien », se mue ici en un stoïcisme grandiose. C'est dans cette grandiose indifférence des gens à l'égard de ce qui est matériel que réside la force du gouvernement et l'intensité morale de tout le peuple. A cet égard, il y a eu beaucoup de réussites, notamment l'élimination brutale de la corruption par le nouveau système, la « surveillance par la masse » : par l'intermédiaire des journaux paysans, le public s'est transformé en plaignant public et en contrôleur jusque dans le plus petit village, de sorte que le moindre employé sent autour de lui la présence d'un observateur à mille yeux, infiniment plus dangereux que les espions. Je peux vous assurer que toutes ses rumeurs sur le luxe dans lequel vivent les dirigeants est pur mensonge. D'ailleurs, lors de l'excursion à Jasnaïa Poliana, cela nous a bien manqué que ni Lunatscharski ni la Kameneva [1] n'aient d'automobile à leur disposition pour nous, sans parler d'un train spécial. Et, comme j'ai pu le constater en privé, les employés, les professeurs mènent également une existence d'une simplicité exemplaire.

Je voudrais encore vous signaler une tendance à l'injustice, puisque vous-même avez un jour pris position sur la question : je pense à l'hostilité envers les écrivains russes à l'étranger. On n'en parle absolument pas, un homme comme Mereschkowski [2] est traité comme vous l'avez été en France pendant des

---

1. Olga Davidovna Kameneva, née Bronstein, sœur de Trotski, épouse de Lev Borissovitch Kamenev, partisan de Staline dans sa lutte contre Trotski.
2. Ecrivain russe anti-bolchevique installé à Paris depuis 1919.

années, c'est-à-dire enterré artificiellement dans l'oubli. J'ai l'impression, je crains même que les écrivains qui se trouvent en Russie apprécient assez de s'être ainsi débarrassés d'une certaine concurrence. On ne pardonne pas à celui qui s'est aujourd'hui installé tranquillement à l'étranger, et y vit et y gagne sa vie confortablement, on méprise Schaliapine [1], la Pawlowna [2] et la Karsavina [3] parce qu'ils gagnent de l'argent au lieu de partager la pénurie qui règne chez eux, et Gorki a été bien inspiré de rentrer en Russie pour quelque temps. Il y a partout en germe une amorce de nationalisme, et nous ne pourrons le combattre qu'en nous engageant fraternellement du côté de la Russie, et en contrant autant que possible les abominables mensonges qui circulent. Il ne s'agit pas d'enjoliver la terreur, mais il est vraisemblable qu'elle soit conforme à la structure historique de la Russie, car – comme je l'ai déjà expliqué – les Russes ne souffrent pas autant que nous de la restriction des droits du citoyen. Evidemment, la proportion elle aussi est différente, quand ce qui est dommageable à 200 000 ou 500 000 intellectuels se fait indéniablement au profit de 140 millions d'hommes à qui la Révolution russe a offert, en dépit de tout, une amélioration de la dignité humaine.

Dans l'ensemble, donc : sans nous en rendre compte, nous sommes dans l'erreur lorsque nous appliquons nos critères de liberté à la Russie et exigeons trop à la fois. La situation politique reste cri-

---

1. Fiodor Ivanovitch Schaliapine (1873-1938), chanteur russe, membre de l'opéra de Moscou jusqu'en 1918.

2. Anna Pavlova (1882-1931), danseuse russe.

3. Tamara Platonovna Karsavina (1885-1978), danseuse russe.

tique pour les dirigeants. L'expérience chinoise leur a manifestement coûté toutes leurs réserves en devises étrangères, et ils ont bien du mal à maintenir le cours artificiel du rouble. A cela s'ajoute que de mauvaises récoltes et les livraisons imposées (le fameux maximum de la Révolution française [1]) ont considérablement réduit les rentrées d'argent. Il leur faudra peut-être encore continuer sur cette voie. Le plus important pour eux semble être qu'à l'intérieur de cette période de transition grandisse toute une génération qui soit nécessairement radicalement hostile à toute réaction sociale, et que la pensée de la collectivité devienne une forme de conviction religieuse pour la prochaine génération. On éprouve cependant beaucoup de respect pour ces gens, qui d'un côté sont des fanatiques brutaux, et pourtant ne sont pas des utopistes, qui, malgré l'échec du principe de base qu'était pour eux la révolution mondiale, font de la Russie elle-même un monde, leur propre terre dotée de formes d'existence particulières. Bien entendu, je ne saurais dire si ce programme est réalisable sans perfusion financière. En tout cas, la tension est grande, et si cela dure, cela n'est dû qu'à la légendaire capacité de souffrance russe. Celle de l'Europe a été totalement épuisée par les quatre années de guerre, et nous ne voyons plus dans tous les pays, toutes classes confondues, que désir de richesse et de jouissance ; en France comme en Allemagne, le peuple a reculé sur ses droits idéaux au profit d'exigences économiques. La Russie est peut-être le seul peuple qui aujourd'hui encore

1. En 1793, la Convention avait fixé un montant maximum pour les prix et les salaires.

accepte patiemment tous les sacrifices pour une idée.

Je ne sais pas si j'ai su vous représenter clairement combien il est difficile aujourd'hui de prendre position publiquement, car notre cœur à tous bat selon deux rythmes différents ; d'abord, pour l'homme en tant que tel, mais aussi de cette secrète sympathie familière pour l'homme d'esprit, pour l'intellectuel, celui qui est concrètement notre frère. Or, actuellement, ce sont justement eux qui en Russie paient le prix de la libération de 140 millions d'hommes, et comme ils préfèrent eux-mêmes presque tous continuer à souffrir plutôt que de voir échouer la Révolution, ce serait les trahir que les défendre publiquement et accuser le gouvernement. C'est d'ailleurs ainsi que je comprends la position fuyante que bon nombre de nos amis ont adoptée en public à leur retour de Russie : elle naît de la peur que nous avons de donner des armes à nos adversaires. Ce que nous pouvons faire, je crois, c'est surtout combattre les mensonges qui circulent sur la Russie, sans pour autant, comme Barbusse, excuser les violences et les cruautés réelles par fanatisme politique, et sans présenter la Russie comme une situation idéale. Si j'écris là-dessus (certainement pas un livre), ce sera avant tout dans l'idée de réveiller la sympathie ébranlée de l'Europe pour un pays qui, en 1928, en est encore à la situation de 1918, au beau milieu des crises et des difficultés. Et nous devons faire en sorte que viennent aux congrès et aux manifestations que nous organisons le plus grand nombre possible d'artistes de là-bas, pour souligner publiquement notre fraternité inaltérée. J'ai déjà entrepris un certain nombre de choses en ce sens, et j'aimerais continuer à le faire. Je suis également tout à fait disposé à repartir une seconde fois en Russie pour plus longtemps, et avec plus de préparation. Il y a là quelque chose qu'il faut impérativement accomplir, car cela fait longtemps qu'en Europe l'information est l'apanage des hommes d'affaires, un trafic indigne que nous autres intellectuels cautionnons sans nous en rendre compte. Sans doute que cette première lettre que vous a adressée Dutschenko ne contient un assentiment enthousiaste au gouvernement soviétique que pour pouvoir passer la censure. Mais si, malgré toute cette amertume, on demande aux gens s'ils acquiescent dans l'ensemble au cours des événements, on observe une étrange hésitation, et ils n'osent pas dire de non tranché. Mais ils sentent pourtant tous sans s'en rendre compte que, comme dans la Révolution française, on s'engage d'abord sur une mauvaise voie, avec des erreurs et des violences, mais que l'on crée finalement quelque chose qui se poursuit, et que malgré tout, malgré le sang et la souffrance, l'humanité a fait un pas en avant.

J'ai naturellement transmis votre accord au Burgtheater, et Rieger prend l'affaire en main personnellement avec beaucoup d'énergie. J'espère que vous aurez bientôt de bonnes nouvelles d'eux, et que vous exaucerez notre espoir secret, qui est de venir à la première à Vienne – excusez-moi d'avoir dicté en allemand pour pouvoir écrire davantage : ce voyage si riche m'a mis en retard dans tous les domaines.

Bien fidèlement et cordialement à vous

Stefan Zweig

Encore un mot sur la situation : le discours de Briand contre l'Allemagne est incompréhensible si l'on n'en comprend pas l'arrière-plan. La Russie n'est aujourd'hui soutenue que par l'Allemagne. Seules l'Angleterre et la France exigent de l'Allemagne qu'elle laisse tomber la Russie. Mais l'Allemagne ne veut pas, parce qu'elle a besoin de la Russie, dont elle se sert comme d'une menace contre la Pologne, et comme futur territoire d'exportation. Hinc illae lacrimae[1] !

<hr style="width:30%">

A Adolf Brand[2]

Salzbourg, 19 octobre 1928

Cher Monsieur,

Pardonnez-moi de ne *pas* signer votre pétition. Je considère qu'il est dangereux de trop vite demander trop de choses, et ce paragraphe est certainement une loi de protection qui interdit un commerce de l'espèce la plus dangereuse. Je le qualifie de dangereux non seulement pour les autres, mais aussi pour les individus eux-mêmes, parce que l'expérience montre que pour ces homosexuels pro-

---

1. « D'où ces larmes ! », citation empruntée à Térence, *Andria*, I, I, 99.

2. Adolf Brand (1874-1945), journaliste, éditeur, rédacteur en chef de la revue masculine *Der Eigene. Ein Blatt für männliche Kultur*. Brand avait demandé à un certain nombre d'intellectuels allemands de prendre position contre le projet de maintien du § 175 du code pénal en vertu duquel l'homosexualité masculine était passible de prison et de privation des droits civiques.

fessionnels, c'est dans la jeunesse de moins de 20 ans que la valeur marchande est la plus élevée, et qu'une fois devenus vieux, ils ne sont plus capables d'exercer une véritable profession, et recourent aux pires des pratiques. Vous savez que je suis absolument libre dans ma façon de penser, mais dans ce cas précis, sans s'en rendre compte et sans le vouloir, la loi protège les gens d'eux-mêmes. De fait, vous avez raison de dire qu'une peine pouvant aller jusqu'à dix ans de prison dépasse évidemment la mesure, car Messieurs les juristes ne se représentent manifestement toujours pas bien, malgré tous les récits des gens eux-mêmes ou des écrivains, ce que représentent dix ans de prison pour un homme vivant. Mais il n'en reste pas moins que je considère la protestation en elle-même, sous la forme proposée, comme plus dommageable qu'efficace.

Avec les compliments de

Stefan Zweig

------<o>------

A Alfredo Cahn [1]

Salzbourg, 22 oct. 1928

Cher Monsieur,

Je vous remercie beaucoup pour votre aimable et amicale lettre et pour le numéro de *Nation* [2] que vous m'avez envoyé et qui m'a fait particulièrement

------

1. Alfredo Cahn (1902- ?), traducteur de Zweig en espagnol, agent littéraire et journaliste en Argentine.
2. Sans doute le journal argentin *Le Nación*.

plaisir : bien entendu, vous pouvez traduire de mon œuvre ce que vous voulez ; la seule chose, c'est qu'il y a actuellement des négociations en suspens pour une édition de mes essais sous forme de livre, et le cas échéant, je vous le signalerais aussitôt à ce moment-là. En revanche, j'ai été très surpris de voir que mon adaptation tout à fait libre de *Volpone* n'avait pas encore trouvé sa place en espagnol. Elle a été jouée d'innombrables fois en Allemagne et dans tous les pays européens, sort à Paris dans une traduction de Jules Romains, et a déjà largement plus de cent représentations à son actif au Theatre Guild à New York. Peut-être cela vous amuserait-il de jeter un œil à cette œuvre ; bien entendu, vous vous doutez bien que le *Jérémie* a plus d'importance à mes yeux, et j'espère qu'on y arrivera vraiment un jour ou l'autre. Je sais très bien que chez vous la vie intellectuelle avance à grands pas, et je crois qu'après des années d'immobilité relative dans la langue espagnole, un nouvel élan viendra justement d'Argentine. Je suis personnellement déjà déterminé depuis longtemps à retourner un jour en Amérique du Sud (non pour y faire des conférences, mais simplement pour voir). Je ne connais que Mexico et Cuba, mais je crois que c'est plus important et intéressant pour nous que l'Amérique du Nord. Je m'en suis toujours senti bien plus proche en esprit, et m'y suis toujours senti plus proche de ce qui est vivant.

Votre anthologie des écrivains de langue allemande sera un apport extraordinairement important pour l'Allemagne : cela fait longtemps qu'un tel ouvrage était nécessaire. N'oubliez simplement pas de me l'envoyer pour que je puisse y faire dûment référence chez nous.

Salutations cordiales et sincères remerciements
Stefan Zweig

———◦———

A Erich Ebermayer

Salzbourg, le 10 décembre 1928

Cher ami !

La tristesse et la mélancolie vous vont aussi mal qu'une moustache noire à des cheveux blonds. Au contraire, qui sait si l'issue n'a pas été bénéfique pour vous, car Rütten & Loening seraient mille fois mieux [1], et je considère également le métier de lecteur comme le plus usant et le moins réjouissant qui soit (je le sais, parce que je l'exerce moi-même depuis des années, pour ainsi dire à titre de charge honorifique) [2].

Une chose encore, je pars dans les jours qui viennent au bord du lac de Genève pour m'isoler un peu, et travailler aussi j'espère. Mais quel que soit le moment où vous veniez chez nous, la maison reste là pour vous accueillir, et vous serez toujours le très bienvenu

Bien cordialement
Stefan Zweig

———◦———

1. Ebermayer ne fut pas publié chez Rütten & Loening.
2. Zweig conseillait les éditions Insel et occasionnellement Reclam, à Leipzig.

A Karl Geigy-Hagenbach[1]

[Montreux, non datée ;
cachet de la poste : 26.12.28]

Cher Monsieur, merci beaucoup. J'arriverai sans faute par le train de 11 h 57 et je trouve extrêmement aimable de votre part que vous vouliez venir me chercher, mais je vous en prie, ne le faites que si vous n'avez *absolument* rien d'autre de prévu ! J'ai reçu de Maggs[2], provenant de la Sotheby Auction (comme cadeau de Noël que je me suis acheté à moi-même) un dessin de Blake et le Stravinski. En revanche, à ce qu'il dit, le Dickens a rapporté (je n'arrive pas à le croire) 7 500 livres. Moi qui croyais être invraisemblablement généreux en en proposant 700 ! On voit bien à ce type de signes combien l'Europe est devenue pauvre en comparaison de l'Amérique. Je me réjouis d'avance et vous adresse les salutations cordiales, votre dévoué

Stefan Zweig

———◦———

A Manfred Sturmann[3]

Salzbourg, 17 janv. 1929

Cher Monsieur,

Ma dette à votre égard est immense, et je pré-

---

1. Karl Geigy-Hagenbach (1866-1949), gros industriel suisse collectionneur de manuscrits.
2. Marchand d'autographes londonien.
3. Manfred Sturmann (1903-1989), écrivain allemand.

férais savoir pourquoi je vous étais si redevable : j'ai donc dû commencer par étudier de près votre livre [1], pour avoir ensuite les mains libres pour vous remercier. De vos deux nouvelles, à dire vrai, seule la deuxième m'a vraiment convaincu – la première est encore traversée d'un très léger souffle de sentimentalité fleurie. La deuxième en revanche explore une idée de nouvelle élémentaire et vraie, une idée véritablement porteuse et convaincante, et elle est menée avec toute la rigueur et l'élan nécessaires. J'ai été extrêmement ému par la nouvelle, non seulement parce que des thèmes voisins me préoccupent moi-même actuellement, mais aussi parce qu'elle y exprime vraiment le tragique de l'existence et atteste par rapport aux autres, rédigées deux ans plus tôt, un progrès considérable. Vous pouvez être tout à fait satisfait du début (à l'exception du titre peu heureux), et je vous souhaite véritablement de tout cœur de réussir maintenant cette œuvre de plus grande proportion à laquelle vous vous préparez certainement – j'espère qu'il est encore temps de remettre à Vienne une annonce pour le livre, et que cela n'a pas déjà été confié à quelqu'un d'autre. Je me renseigne dès aujourd'hui.

Après ce remerciement aisément et librement exprimé, en voici un autre, difficile à formuler, parce qu'honteux : je continue, après 25 ans (hélas !) d'activité littéraire, à être bouleversé et gêné lorsque je reçois de quelqu'un un encouragement particulier sur mon existence et mon être-à-l'œuvre, et cette fois n'a

---

1. *Der Gaukler und das Liebespaar*, Berlin, 1929. La première des deux nouvelles est éponyme, la seconde s'intitule « Selbstmord in Dur ».

pas fait exception[1]. Mais j'aimerais pouvoir enfin vous rencontrer personnellement ! J'ai été récemment à Munich, juste une soirée, pour ne pas faire faux bond à mon cher ami Carossa le jour de son anniversaire. Mais peut-être que la belle neige ou le printemps vous inviteront un jour à vous lancer dans les deux heures de train électrique qui vous séparent de Salzbourg : je pourrais vous y dire bien mieux ma reconnaissance que par ces mots quelque peu rougissants.

Bien cordialement et sincèrement, votre

Stefan Zweig

———◇———

A Victor Fleischer

[Salzbourg, non datée ; cachet de la poste : 14.II.29]

Cher V., je viens de travailler sur Pietro Aretino[2] ces derniers jours et je me suis fait la réflexion que l'un des livres les plus rares, les plus beaux, les plus chers, les plus recherchés qui soit est l'ancienne traduction allemande de Raggionamenti, en allemand *Italienischer Hurenspiegel*, Nuremberg 1672. Les éditions Insel ont publié en leur temps une nouvelle traduction allemande confidentielle, elle est épuisée depuis longtemps et c'est une rareté. Une édition

---

1. Sturmann avait rédigé un article sur Zweig dans la *Jüdische Rundschau*.

2. Poète italien du XVIe siècle, auteur de *Ragionamenti*, Venise (?), 1539.

fac-similé (Manul [1]) de cette ancienne traduction tirée à 600 exemplaires serait à mon sens épuisée *immédiatement*. Jettes-y un œil à la Bibliothèque Royale [2], elle comporte de très jolies gravures sur bois et serait, je crois, une affaire *fabuleuse*. Totus tuus

Stefan

J'espère que tu n'es pas gelé !

———◦———

A Otto Heuschele

Salzbourg, 22 février 1929

Cher ami !

Je vous remercie beaucoup de m'avoir offert le *Humboldt* [3], et je compte lire les essais aussitôt. A ma grande honte, je ne connais presque rien de Humboldt, pas même les lettres à la fiancée auxquelles vous rendez un si bel hommage dans votre précieuse contribution. Cela fait partie de ces livres qui demandent un bon bout de temps et de la concentration. Je l'ai noté pour une liste des livres que je veux emporter un jour pour m'isoler. On est embarqué en fait dans une sorte de manège de livres, et la tête nous tourne de tous ces noms et ces titres. On prend l'habitude de lire vite, à la hâte, uniquement en diagonale. Ces

---

1. Procédé de reproduction par transfert photographique (réflex).

2. Bibliothèque de Berlin.

3. Il s'agit d'une édition d'œuvres choisies de Wilhelm von Humboldt (1767-1835) postfacée par Otto Heuschele (Leipzig, 1928).

derniers temps, j'endigue énergiquement, n'écris pas sur les livres, et n'en lis que peu. Parmi les allemands, le livre de Remarque *A l'Ouest rien de nouveau*[1] m'a fait grande impression, ainsi que le nouveau roman de Robert Neumann, *Déluge*[2], une réussite narrative de premier ordre, juste un peu trop chargée. Avec ça, une quantité de livres français, et puis beaucoup pour mon propre travail – je pourrais publier un dictionnaire sur la Révolution et l'Empire tant je maîtrise la matière jusque dans le moindre détail. Cela semble peu productif, de se plonger ainsi dans l'histoire, mais pendant que je travaillais sur mon *Fouché* (qui doit paraître à l'automne), je suis tombé sur un excellent sujet pour une pièce de théâtre qui m'occupe actuellement[3]. C'est un matériau comique de premier ordre, mais il me pousse imperceptiblement hors de la sphère légère. Cela donnera certainement une tragi-comédie, ou une comédie amère dans le genre de *Volpone*. Si du moins cela marche ! Je n'en suis encore qu'aux tout premiers travaux de rédaction.

Si je ne vous ai pas encore écrit à propos de l'anthologie[4], cela tient sans doute à une certaine déception, qui n'est pas due à votre choix, qui, Dieu m'en soit témoin, est excellent. Mais peut-être que j'ai déjà quelque peu perdu de la fraîcheur de mon intuition, ou le critère de ce qui est important, en

---

1. *Im Westen nichts Neues* venait de paraître au Propyläen-Verlag (Berlin, 1929).

2. Robert Neumann, *Sinflut*, Stuttgart, 1929.

3. SZ, *Das Lamm des Armen*, Leipzig, 1929. Il s'agit de l'histoire du lieutenant François Fourès et de sa femme Pauline, que Zweig avait lue dans les *Mémoires* de Madame la Duchesse d'Abrantès.

4. Il s'agit d'une anthologie de poésie contemporaine réalisée par Heuschele, *Die Ausfahrt*, Stuttgart, 1927.

bref : je n'ai pas trouvé chez tous ces jeunes gens de souffle important, qui me saisisse et m'emporte comme un poème de Walt Whitman, qui m'enlève et m'enthousiasme comme des strophes d'Hölderlin, pas un seul poète qui me passionne vraiment. Depuis Rilke et Werfel, il n'est encore « venu » personne, personne qui fasse époque, enthousiasme la jeunesse, se crée un cercle. Cela n'empêche pas que j'aime énormément des personnages comme celui d'Erika Mitterer[1], que je me réjouisse des écrits de jeunes gens comme Manfred Sturmann avec la plus sincère sympathie, mais – ultime critère – je ne connais aucun des poèmes par cœur, aucun ne m'est resté si pleinement. Vous comprendrez, cher ami, que cela n'est pas dirigé contre vous. Il nous faut simplement constater que, comparés aux résultats extraordinaires du roman et des essais en Allemagne aujourd'hui, la poésie et le théâtre sont au plus bas, et vous avez fait votre cueillette d'une main aimante dans ce maigre sillon. Mais peut-être qu'une prochaine édition d'*Ausfahrt* découvrira une Amérique, de nouveaux continents artistiques.

Vous voyez donc désormais vous aussi, comme Felix Braun et bien d'autres, que je n'ai pas mal perçu la situation chez Insel. Une dramatique résistance contre le rythme et l'esprit de l'époque y est sensible. Les longues hésitations, le comportement prudent, le choix par trop éclectique ne sont pas adaptés à notre monde dynamique. Il leur manque un jeune homme, et tant qu'il n'y en aura pas, rien ne changera. Mais on ne rattrape pas le temps perdu ! Il en est de même

---

1. Erika Mitterer (1906- ?), écrivain autrichien.

du domaine artistique : une fois que l'on a perdu le rythme, on ne le rattrape jamais plus.

Une dernière chose brièvement, à titre personnel : j'ai récemment déniché un nouveau poème d'Hölderlin, une version totalement inconnue de son poème sur l'amitié. Je l'ai donné à Zinkernagel qui le publiera prochainement

Bien cordialement, votre fidèle

Stefan Zweig

------◦------

A Romain Rolland [lettre en français]
[Salzbourg,] 7 mars 1929

Cher ami, je vous dois une longue lettre. Mais j'étais pris soudainement par une pièce qui m'occupe jalousement. Je l'ai commencée comme une comédie et entre mes mains elle se transforme en tragi-comédie. Je suis très hanté par le sujet et les personnages. Il y a des horizons là-dedans et un mouvement très intense. Enfin une pièce qui m'attire – le pauvre Lux [1] reste toujours abandonné après avoir été bâti presque jusqu'au faîte ; je n'ai pas le courage pour le toit. Vous connaissez sans doute ces tristes expériences (très nécessaires). Un jour Phénix sortira des cendres avec un nouvel élan.

J'ai eu des visites de Russie. La situation économique passe par la plus dure des crises (plus de café, de chocolat etc.), mais il se prépare la grande consolidation. Le centre de la bataille est Bakou et

---

1. SZ, *Adam Lux*.

les Russes ont concentré toutes leurs forces organi-
satrices sur l'augmentation de l'exportation et de la
production du pétrole : les Anglais commencent à en
avoir peur (Deterding et son trust [1]), les Américains
à s'en approcher amicalement. Le renfort matériel par
l'Amérique (très proche) serait pour Staline ce que
serait la paix avec le pape pour Mussolini : le relève-
ment du prestige. Derrière les coulisses se préparent
donc des événements énormes pour le futur – si la
Russie surmonte cette crise (et nous l'espérons) le
conservatisme anglais sera frappé mortellement. Vous
ne comprendrez la haine politique des Russes contre
les Anglais que si vous connaissez bien l'histoire des
combats à Arkhangelsk, à Bakou, au Turkestan, où
les Anglais ont attaqué (sans risquer un tommy) la
Russie révolutionnaire en tous les points sensibles [2].
Et l'Afghanistan [3] hier et demain – qui sait ? Quelle
grandeur dans ces perspectives et si un jour la Chine,
les Indes s'en mêlent, notre « grande » guerre appa-
raîtra comme une petite escarmouche.

Je vais le 16 à Bruxelles tenir une conférence
sur « L'idée européenne ». J'en avais peu envie, mais
on m'a forcé car la Belgique est un terrain chaud et

---

1. Sir Henri Deterding, directeur général de la Royal Dutch
Petroleum Company qui avait fusionné en 1907 avec la Shell
Company.
2. Zweig fait vraisemblablement allusion au fait que les
Anglais avaient usé de leurs relations économiques et politiques
pour consolider leur position dans les territoires en question.
3. Le royaume d'Afghanistan était au XIXᵉ siècle l'objet de
luttes d'influence entre l'Angleterre et la Russie. Les deux pays
avaient communément garanti l'indépendance du pays en 1907.
A la suite d'incidents anti-anglais, une paix fut conclue en 1921.
Le roi Amanollah mis en place par la Grande-Bretagne dut
quitter le pays en 1929 sous la pression de la résistance islamique.

jusqu'à présent inaccessible pour la littérature allemande. Donc on m'a choisi parce qu'on sait tout de
même ce que j'ai fait pour Verhaeren : et puis je suis
Autrichien. Je ne pouvais pas refuser mais j'y vais sans
entrain : mon ardeur reste ici près de la pièce interrompue (qui s'appellera *l'agneau du pauvre*), l'éternelle
histoire que l'homme riche prend au pauvre son seul
bien. C'est l'histoire de ce lieutenant Fourès en
Egypte, auquel Bonaparte prenait sa femme pour le
temps de son séjour en expédiant le mari incommode.
Chez moi Fourès devient le héros, l'homme honnête
qui refuse de marchander, de se faire payer avec des
avancements ou de l'argent, qui reste incommode et à
la fin naturellement sera broyé par la grande machinerie du pouvoir. Je l'appelle tragi-comédie parce que
ce combat d'un petit lieutenant contre l'homme le plus
grand est très douloureux pour lui mais un peu ridicule
vu par les autres : tous sont pour lui moralement, et
tous agissent contre lui. Je crois que la pièce me réus-
sira assez bien et mes études sur Fouché (qui a la
mission à la fin d'étouffer l'affaire, devenue désagréable pour le consul) m'ont bien aidé. Tout en partant je suis déjà impatient de revenir.

Et vous mon cher ami ? Toujours au travail ! Je
n'en doute pas. L'hiver m'a rendu bien mélancolique
par sa longueur et puis une perte après l'autre. Bazalgette, et un mois plus tard mon ami Paul Zifferer
(vous l'avez connu), puis Arthur Schurig, le biographe de Mozart qui était souvent avec nous. Je
suis impatient de voir le soleil et surtout la lumière
dans les ténèbres du travail. A vous, cher ami, de tout
mon cœur, votre fidèle

Stefan Zweig

360

Je crois que le Burgtheater se met enfin en route !

Avez-vous remarqué qu'après la centième représentation mon *Volpone* est devenu une pièce de Jules Romains et figure dans ses « œuvres dramatiques » ? Je suis réduit à un petit et presque introuvable « en collaboration ». C'est comme si je mettais *Le temps viendra* parmi mes œuvres dramatiques ! Heureusement cela m'amuse, un autre aurait crié sur tous les toits que le V[olpone] de Romains n'est qu'une toute simple traduction sans une scène, un personnage, un mot ajouté ; seulement un peu raccourci (travail de metteur en scène).

———◦———

A Romain Rolland [lettre en français]
                                        Salzbourg 26 juin 1929

Mon cher ami, je reviens de Vienne où j'ai assisté un jour au meeting international du Pen-Club – par courtoisie, je ne voulais pas le manquer quand il se réunissait en Autriche. Mais c'est une bien triste affaire, dénuée de sens et le bon Crémieux[1] veut en faire une académie internationale. On perd son temps en y assistant. J'avais fait inviter les Russes – ils n'ont pas pu venir : pas de passeports ! J'ai fait inviter Borgese et Enrico Rocca[2] : ils sont venus mais ont dû garder le silence. Donc analogie complète. J'ai

---

1. Benjamin Crémieux (1888-1944), écrivain français.
2. Enrico Rocca (1895-1945), journaliste italien, ami de Zweig.

beaucoup entendu parler de là-bas : les pauvres ! Mussolini ne fait pas seulement une politique réactionnaire et anti-historique (le temps des conquêtes et des colonies est passé), mais il veut aussi imposer à la morale, à la pensée une direction rétrograde. Il semble qu'on étouffe là-bas.

En Allemagne les nationalistes sont au désespoir. Le livre de Remarque *Rien de nouveau à l'Ouest* [!] – tirage de 600 000 en 12 semaines et il ira à un million – les a bouleversés. Ce livre simple et vrai a fait plus que la propagande pacifiste de 10 ans – seulement par la (j'oserais presque dire) candeur avec laquelle il décrit la vie d'un jeune homme dans les tranchées. C'est un événement qu'un homme dont on ne sait pas s'il est poète ait pu soulever toute une nation. D'ailleurs : détail très touchant. Je viens de recevoir le 600ᵉ mille avec une lettre de Remarque : il me dit qu'il n'osait pas m'envoyer le livre à sa parution parce qu'il ne le trouvait pas assez bon, mais qu'il veut maintenant faire son devoir, car il y a huit ans, dans un moment de désespoir moral, il s'était adressé à moi et m'avait envoyé des poèmes. Et je lui aurais sauvé sa vie morale en lui écrivant une lettre et en l'aidant. Et dire que j'avais complètement oublié que ce jeune inconnu était le même qui est si célèbre aujourd'hui. Je vous raconte cela parce que je sais combien de temps vous (et moi, votre humble élève) perdons avec des lettres et que c'est une récompense pour nous de savoir que « le grain ne meurt pas toujours ».

Je vous ai écrit à propos du Journal de jeunesse de Beethoven [1] que j'ai acheté à Londres. Je triom-

---

1. Il s'agit d'un carnet de notes tenu par Beethoven entre fin 1792 et début 1794.

phais parce que j'ai cru que cela serait une acquisition qui ne pourrait pas être égalée et que cela serait ma plus étonnante acquisition. Eh bien, la réalité surpasse souvent nos vœux ! Entendez donc, cher Beethovénien, et n'enviez pas un vieil ami : j'ai acheté hier à Vienne au docteur Stefan Breuning le grand secrétaire de Beethoven qui était dans la maison de la Schwarzpainerstraße [1] et qui contenait la lettre à l'immortelle aimée et sa fortune (en actions). Quand vous reviendrez au Kapuzinerberg vous verrez cette sainte relique* qui n'a été du jour de la vente 1827 jusqu'à aujourd'hui que dans la famille de Breuning. Et peut-être que j'obtiendrai aussi le portrait de B. donné aux Breuning. Je suis un peu confus qu'on puisse acheter pour une somme vraiment insignifiante de tels trésors et je n'ose presque pas dire que je les possède. Je me sens seulement pieux gardien et mon respect (qui ne se diminuera pas) excuse la soi-disant possession.

Mille amitiés de votre fidèle

Stefan Zweig

* dont vous trouverez la photographie chez Bekker [2] et partout.

———◦———

1. Dernière adresse de Beethoven à Vienne.
2. Zweig fait allusion à la biographie de Beethoven par Paul Bekker (Berlin, Leipzig, 1911).

A Anton Kippenberg

[Salzbourg, non datée ;
cachet de la poste : 18.7.29]

J'ai été absent deux jours, me suis offert le luxe de
ne pas lire de journaux, et je ne l'apprends qu'à l'instant à mon retour : Hofmannsthal [1] ! D'abord Rilke,
maintenant lui – ce n'est plus un hasard, mais un
symbole, et pas un bon. Vous l'avez certainement
ressenti ainsi également. Bien cordialement

Stefan Zweig

◄◇►

A Romain Rolland [lettre en français]

[Salzbourg, non datée ;
cachet de la poste : 20.7.1929]

Cher ami, je ne sais pas si vous l'avez lu : Hofmannsthal vient de mourir – avec lui et Rilke la vieille
Autriche a fini. Sa vie était une longue tragédie – perfection à 20 ans, et puis les dieux lui ont retiré leur
voix. Je l'aimais peu personnellement, mais j'étais son
élève, et sa mort m'a beaucoup ému. Fidèlement,
votre

St Z

◄◇►

---

1. Hugo von Hofmannsthal était mort le 15 juillet 1929.

A Ben Huebsch

Salzbourg, le 16 août 1929
In great hurry !

Cher Monsieur !

Je vous remercie vivement pour votre aimable lettre qui m'a fait beaucoup plaisir. Le *Fouché* est maintenant terminé, et l'exemplaire (sensiblement meilleur que les premières épreuves) vous parviendra dans les prochains jours. Pour ce qui est du contrat [1], je crois que nous pouvons le faire directement entre nous. Le mieux serait qu'il sorte au printemps, et à l'automne, ou peut-être même avant, l'autre livre, *Balzac, Dickens, Dostoïevski*, qui est déjà traduit, de façon à ce qu'on arrive à une certaine succession régulière, et peu à peu à une vision générale.

En ce qui concerne ma pièce, Dieu merci, elle a quitté la maison hier pour la reproduction. Dès que j'en aurai un exemplaire, je vous l'enverrai. Je l'ai lue à quelques personnes, elle a de bonnes chances de son côté. Je crois que par son sujet justement, elle pourrait avoir un certain succès en *Amérique*, et se prêter également à un film. Bien entendu, je vous réserverai également les droits pour l'Amérique, comme pour le *Fouché*. Nous pourrons nous entendre là-dessus, comme sur tout le reste, de la façon la plus totale et la plus sincère qui soit. Dès que vous connaîtrez vos projets pour l'Europe, communiquez-les-moi je vous prie, je serai immédiatement prêt à venir à

---

1. L'édition anglaise de *Fouché* parut en 1930 chez Cassel à Londres et Viking Press (maison d'édition de Huebsch) à New York.

votre rencontre, où que ce soit. De toutes les façons, je dois vraisemblablement aller en septembre passer quelques jours à Berlin pour la pièce, et je combinerais volontiers cela avec une visite chez vous. Je me sens nettement plus léger que vous ne l'imaginez : une fois que l'on a les choses derrière soi, on trouve un autre souffle et un autre élan, et je peux désormais également me déplacer plus facilement. J'aimerais donc beaucoup pouvoir vous saluer et saluer votre chère femme, peut-être même passerez-vous nous voir !

A bientôt donc, et sincères salutations à vous, et à vos enfants aussi. Bien cordialement, votre

Stefan Zweig
un peu pressé aujourd'hui

Parmi les nouveaux livres pour vous, Insel a en préparation deux ouvrages très prometteurs pour l'Amérique (je les connais tous deux pour avoir lu les manuscrits) : un roman sur *Cortez*, de Richard Friedenthal [1], et une monographie sur *Hill* [2], un photographe de génie, des années 1860-1870 environ, avec des photos *superbes*, qui fera sensation dans le monde de l'art et de la photographie, en particulier en Angleterre et en Amérique. Vous devriez les réserver suffisamment tôt. Je crois avoir là une juste intuition. Pour *A l'ouest rien de nouveau*, j'avais raison. Il y a également en préparation chez Zsolnay un

---

1. Richard Friedenthal, *Der Eroberer. Cortes-Roman*, Leipzig, 1931.

2. Heinrich Schwarz, *David Octavius Hill. Der Meister der Monographie*, Leipzig, 1931. Le peintre écossais David Hill (1802-1870) était un pionnier de la photographie.

roman de Werfel [1] très important. Je l'ai déjà signalé aux Paul [2].

Peut-être vaut-il mieux que nous fassions le contrat directement entre nous. Je voudrais éviter cela aux Paul !

———◦❰◦❱◦———

A Ferenc Herczeg [3]

Salzbourg [non datée ;
vraisemblablement postérieure au 18 août 1929]

Monsieur, S. E. le Conseiller Julian Weiss [4] me dit que vous voudriez bien avoir la gentillesse de m'aider dans cette désagréable affaire dans laquelle m'a *violemment* impliqué la grossière indiscrétion d'un journaliste hongrois [5]. Je vous remercie vivement pour ce geste de bonne camaraderie : j'espère pouvoir vous rendre la pareille.

Encore un mot à titre personnel. Monsieur S. a

---

1. Franz Werfel, *Barbara oder die Frömmigkeit*, Berlin-Vienne-Leipzig, 1920.

2. Eden & Cedar Paul.

3. Ferenc Herczeg (1863-1954), écrivain hongrois d'origine allemande.

4. Julian Weiss (1856-1944 ?), journaliste hongrois spécialiste de littérature allemande et dénonciateur de l'idéologie « Blut und Boden » en littérature.

5. Béla Székeley (1891-1955), désigné par l'initiale S. dans la suite de la lettre, avait publié un article où il rendait compte d'une interview de Zweig. Celui-ci critiquait l'inertie des écrivains hongrois face à la montée de la « réaction ». Zweig aurait également tenu dans cette interview des propos pro-soviétiques très mal reçus en Hongrie.

intitulé son article « *Trahison* des écrivains hongrois ».
Je n'ai *jamais employé* ce mot. Monsieur S. m'a inter-
rogé sur ma position sur la situation hongroise. Je
lui ai répondu : *nous* ne pouvons rien y faire, et à mon
sens, seuls les artistes d'un pays *eux-mêmes* sont habi-
lités à se défendre ou à lutter quand ils se sentent
opprimés. Toute intervention venant de l'extérieur –
Sacco & Vanzetti, qui n'ont été exécutés *que* par la
faute des intellectuels européens – *nuit* au lieu d'être
utile, et c'est aux Hongrois eux-mêmes de se défendre
s'ils sont insatisfaits. Monsieur S. a donc *totalement
omis* mon préambule de refus et m'a par là même
imputé une intrusion que je voulais justement éviter,
même dans une conversation *absolument privée* qui n'a
jamais été destinée à être rendue publique.

Je n'écris que ces quelques lignes à la hâte pour
que la lettre arrive à temps à B [1]. Je vous remercierai
bientôt *plus longuement !!!*

Avec les respects de votre sincèrement dévoué
Stefan Zweig

—◦—

A Joseph Roth

Bagdastein, 5 sept. [1929]

Cher Josef Roth, votre lettre, qui m'a été réexpédiée
aujourd'hui, m'a beaucoup secoué [2]. Nous parlions par

---

1. Budapest.
2. Roth avait informé Zweig de l'aggravation de l'état de sa
femme, qui souffrait de schizophrénie et venait d'être hospita-
lisée.

hasard sans cesse de vous, Höllriegl[1] et moi, et je dois voir aujourd'hui Karl Otten[2], et j'étais animé par un sentiment de confiance sereine... et voilà que vos propos m'informent soudain de cette terrible crise qui vous touche. Quand je vous ai vu à Salzbourg, cette tristesse pesait déjà sur vous, et peut-être qu'en fin de compte les décisions dures sont plus bénéfiques que les tensions usantes : et pourtant, le désespoir de ne pas pouvoir venir en aide reste pour les proches la plus terrible des détresses ; je ressens moi-même une partie de cela en vous écrivant. Il n'y a que sur un point que je puisse et veuille chercher à vous réconforter, et je vous dirai donc que vous ressentez trop douloureusement le caractère stérile de cette interruption de votre activité créatrice. Des césures de ce type nous sont imposées à tous, et une telle jachère a d'autant plus de sens qu'elle naît d'une véritable détresse – ce qui est intolérable, c'est l'improductivité sans raison, le vide *incompréhensible*, le renoncement nerveux (j'ai connu cela pendant trois mois l'année dernière). Mais toute impossibilité de continuer née d'un trop-plein de sentiments est respectable, elle est même une preuve d'honnêteté intérieure : tous les artistes capables de continuer à produire en restant logiquement éveillés et conscients de leur art à côté des bouleversements les plus intimes me sont suspects. *Cela* ne doit pas vous causer de souci, mon cher Josef Roth, pas *cela*. Au contraire, je ne pourrais vous admirer et vous respecter autant si vous me faisiez part dans le même temps de l'avancée d'un nouveau livre.

---

1. Arnold Höllriegl (1883-1939), journaliste berlinois installé à Vienne depuis 1914.
2. Karl Otten (1889-1963), écrivain allemand.

J'aimerais beaucoup être près de vous en ce moment. Peut-être viendrai-je bientôt à Berlin, je suis maintenant plus libre (j'ai maintenant derrière moi le *Fouché*, et une pièce de théâtre importante malgré tout) — Je crois qu'une conversation dans laquelle vous sentiriez vraiment derrière la maladresse de mes propos ma sollicitude profonde pourrait vous rendre sinon plus serein, du moins plus résigné au sens le plus noble du terme. Puisse cette tension se dénouer bientôt : Dieu sait qu'après ces années si difficiles et sombres, vous devriez avoir droit à l'insouciance à tous les sens du terme. J'ai un peu honte devant vous que ma vie se déroule sans accroc, alors qu'au plus profond de moi, je ne ressens non seulement pas la peur, mais même un mystérieux désir de bouleversements tragiques. Mais ce serait malhonnête que de m'approprier ceux d'autrui.

Je compatis du fond du cœur avec vous malgré la distance : j'espère pouvoir bientôt le faire de près. Je sens derrière vos propos une tension très doulou-reuse, j'imagine que chaque jour, et peut-être plus encore chaque nuit qu'il faut supporter seul vous torture en ce moment. Mais je crois que toute souf-france se brise et se dénoue soudain par son trop-plein même ; pensez à votre mission, pour laquelle il vous faut conserver intact ce qu'il y a de meilleur en vous. Vous ne vous appartenez pas, pas plus qu'à votre femme, vous appartenez à toute une généra-tion qui (je le sais) attend de vous une œuvre essentielle.

Votre présent[1] est à Salzbourg. Je vous

---

1. Sans doute le manuscrit du roman de Roth, *Hiob*, Berlin, Kiepenheuer, 1930 [Le poids de la grâce].

remercierai encore de là-bas. Avec toute mon affection – mes vœux cherchent toute leur force pour vous soutenir. Bien fidèlement, votre

Stefan Zweig

——◈——

A Max Brod [1]

Salzbourg, 18 sept. 1929

Cher Max Brod,

Un livre de vous a toujours pour moi tant d'importance que j'abandonne aussitôt tout le reste et commence par le lire, et j'étais incroyablement curieux de cette pièce en particulier [2]. J'avais besoin de me reposer de ce roman kitsch atroce, presque criminellement bavard d'Edschmid [3], et j'ai donc aussitôt entamé votre pièce qui m'a frappé au plus haut point, et subjugué dans de nombreuses scènes. Je trouve que vous avez extrêmement bien décrit le personnage, il est véritablement historiquement vrai au sens le plus noble, et j'aurais seulement souhaité un peu plus de sévérité dans quelques scènes, notamment celle sur la vanité de Byron et tout ce bavardage par lequel il a causé la perte de tout le monde. Sa relation avec Augusta [4] n'aurait jamais été connue du

---

1. Max Brod (1884-1968), fonctionnaire tchèque, écrivain, critique, ami de Kafka, éditeur de ses œuvres posthumes.

2. Max Brod, *Lord Byron kommt aus der Mode*, Vienne, 1929.

3. Kasimir Edschmid (1890-1966), *Lord Byron. Roman einer Leidenschaft*, Vienne, 1929.

4. Sœur par alliance de Byron, avec laquelle le poète eut une liaison qui fit scandale.

monde s'il n'était pas allé la confesser et la raconter à tous ses amis dès le lendemain matin, et c'est la même chose pour tous ses autres soi-disant péchés qu'il claironnait aussitôt à ses éditeurs dans ses lettres ou ses livres. Ce trait de caractère très cru, antipathique fait pour moi partie de Byron parce qu'il est une réaction maladive à sa terrible solitude intérieure. Et la seule chose que vous n'ayez pas exprimée dans votre pièce, et qui n'est peut-être pas exprimable sous forme théâtrale, c'est qu'à côté de ce Byron perpétuellement en proie aux dangers, il y avait un homme, un poète, qui pendant des semaines ne sortait pas de chez lui, n'échangeait pas même un mot avec son serviteur, cette nature primitive en lutte avec elle-même. J'aurais apprécié de trouver dans la pièce une scène de ce type, et un moment où Byron soit *seul* avec lui-même, un moment où l'on voie qu'il souffre quand les gens lui parlent et qu'il doit parler aux gens. Cela permettrait aussi de mieux comprendre le poète. Peut-être pouvez-vous encore intégrer cela.

Je trouve superbe la première scène avec Augusta, justement parce qu'elle n'est pas historique. Ce que vous inventez fait corps de façon géniale avec les deux personnages. La deuxième scène, la scène d'amour, est également forte. Mais je l'aurais pourtant voulue différente : il m'y manque quelque chose, le *défi* de Byron, le fait qu'il cherche, comme il l'a dit lui-même un jour, un péché qu'il ne connaît pas encore. Le désir mauvais d'agir *contre* la société, d'être l'exclu et le *fuoruscito* de la morale habituelle. Je crois que vous pourriez encore intégrer dans quelques scènes une immense provocation contre Dieu, contre la loi du monde, avec laquelle il enivre aussi Augusta. Cela permettrait aussi de rendre avec davantage de force l'aspect démonique de son caractère, la force de cet instinct qui le pousse. Pour moi, il est trop éveillé dans cette scène : il faudrait qu'il se prenne au jeu de ses propres paroles, se perde dans la situation comme dans un poème, qu'il s'enivre lui-même et communique cette ivresse à Augusta (et aux spectateurs). Il faut que l'on comprenne et que l'on sente dans cet acte ce qu'il y a de *volontairement* criminel, de diabolique et de démonique dans sa nature*.

Somptueuse à nouveau la fin, où vous mettez en lumière avec l'intuition la plus pénétrante qui soit le cœur de la tragédie, la façon dont Augusta est martyrisée par Lady Byron [1]. C'est à mon sens un final saisissant.

Je suis très franc, et dans la mesure où je connais Byron depuis des décennies, vous pouvez accorder quelque valeur à mon avis si je vous dis que la pièce est vraie, d'une vérité supérieure à celle de l'histoire restituant froidement les faits, et je suis certain qu'elle remportera sur scène un très grand succès. Mais il faut toujours que vous gardiez en tête cette réserve : le public ne sait rien de cet homme, rien de ce poète, et il verra le poète comme un poète sans spécificité : il faudra à mon sens en tenir compte dans la scène d'amour avec Augusta, qui devrait être plus « manfrédienne » [2], plus sombre, et éclairée par toutes les flammes de l'enthousiasme, une provocation consciemment démonique contre tout l'ordre du monde, et pas seulement une scène d'amour. Peut-être pourriez-vous encore, avant que la pièce soit publiée, dans une juste inspiration, peindre de façon héroïque

---

1. Anne Isabella Milbanke, épouse de Byron.
2. Allusion à la pièce de Byron, *Manfred* (1817).

l'*hybris* du provocateur qui seul fait d'un véritable
drame une pièce dramatique ? Vous comprenez que
ce ne sont pas là des critiques, mais que je vous
souhaite en toute amitié que vous touchiez là au
sommet, pour l'effet du texte sur le public. Il doit
sentir par le ton, la couleur, l'angoisse, la provocation
qu'il ne s'agit pas ici d'une simple histoire d'amour,
mais de quelque chose d'*incroyable et de singulier*, et
donc de quelque chose *qui le conduira à sa perte*. Je
crois ici vous donner un bon conseil et un conseil
d'ami. Etant donné que vous ne publierez vraisemblablement pas le livre avant que la pièce ne soit
représentée, il devrait être possible de réécrire ces
quelques pages ou éventuellement d'insérer un nouveau feuillet, car c'est là le centre de la pièce, et la
suprême élévation dans le caractère et la dimension
de provocation universelle de sa nature n'y sont justement pas encore atteintes tout à fait. Et vous
pourriez les atteindre.

Bien entendu, j'écris immédiatement au Burgtheater pour qu'ils s'assurent de créer la pièce[1].
Aslan[2] est sans aucun doute l'homme qu'il faut pour
cela, et pour la couleur et la tonalité, c'est toujours
de la meilleure qualité. Je ne doute pas un instant
que cela se fasse.

Veuillez trouver, cher ami, une preuve de ce que
je pense à vous dans une ligne que j'ai écrite dans la
postface à un petit livre d'Oskar Baum[3] que je vous
envoie par le même courrier. J'écris dans la presse

---

1. La pièce de Brod ne fut pas jouée au Burgtheater.
2. Raoul Aslan (1886-1958), acteur et metteur en scène.
3. Oskar Baum, *Nacht ist umber*. Dans la postface, Zweig désignait Brod comme le plus dévoué des amis.

374

et simultanément en un autre endroit sur l'ensemble des livres sur Byron, et je pourrais y donner un coup de pouce à votre pièce.

Bien cordialement, votre

Stefan Zweig

* Je lui ferais aussi citer, au lieu de Napoléon, par exemple, plus logiquement, un extrait du superbe drame de John Ford sur l'amour incestueux, un drame shakespearien qu'il connaissait bien évidemment.

———— ◇ ————

A Fritz Adolf Hünich

Salzbourg, 18 sept. 1929

Cher ami !

Encore un jour ou deux et je répondrai plus en détail à toutes vos questions. Je me trouve en effet dans une drôle de situation : j'ai deux nouvelles qui sont presque terminées [1], et je ne sais pas encore laquelle je prends pour la chronique [2], mais le manuscrit arrivera sans faute dans les jours qui viennent. Dites à Monsieur Kippenberg qu'il excuse ce retard, mais je suis en ce moment très perturbé par les négociations théâtrales. La pièce [3] devait être créée au Volkstheater de Vienne avec Moissi, mais je la lui ai arrachée, étant donné que le Burgtheater a fait venir

---

1. Sans doute « Buchmendel » et « Die gleich-ungleichen Schwestern ».
2. SZ, *Kleine Chronik. Vier Erzählungen*, Leipzig, 1929.
3. *Das Lamm des Armen*

Werner Krauss [1] exprès, et pour Berlin, les négociations sont en cours. En outre, l'affaire semble marcher en Amérique. J'ai maintenant le sentiment que
la pièce va prendre le bon chemin.

Je préfère ne pas écrire l'article sur le *Beethoven*
de Rolland, il faut pour cela un spécialiste de premier
ordre. Je suggérerais que vous vous adressiez soit à
Rolland lui-même et lui demandiez quelques-uns des
articles qui sont parus en Angleterre ou en France (il
y a certainement un homme de la plus grande valeur
musicale qui s'est exprimé à ce sujet), ou alors,
Richard Specht écrirait certainement là-dessus
depuis Vienne. Je dois maintenant me concentrer
entièrement sur mon nouveau travail [2]. N'oubliez pas,
cher ami, de penser à moi pour les nouveaux livres :
les lettres de Rilke, le Rolland, le Stendhal, le Jean
Séb. Bach, les conversations de Goethe (relié cuir),
et l'art du Japon [3].

Dommage que vous ne veniez pas cet automne :
les journées sont somptueuses, incomparables !

Bien cordialement, votre

Stefan Zweig

◆◇◆

---

1. La pièce de Zweig ne fut jouée à Vienne qu'en avril 1930.
Le rôle du lieutenant Fourès fut tenu par Ewald Balser et non
Werner Krauss.

2. SZ, *Die Heilung durch den Geist. Mesmer – Mary Baker-Eddy –
Freud*, Leipzig, 1931.

3. Il s'agit des dernières publications des éditions Insel.

Salzbourg, 24 sept. 29

Cher ami !

Je dois solliciter votre indulgence si j'écris plus
hâtivement et brièvement que je le souhaite et que
j'en ressens le besoin. Mais les derniers temps ont été
saturés de visites, de corrections, de toutes ces négociations très compliquées pour la pièce, à cela s'ajoute
par-dessus le marché un discours sur Hofmannsthal [1]
que je ne peux pas refuser au Burgtheater parce qu'ils
ont obtenu Werner Krauss spécialement pour ma
nouvelle pièce, – suffisamment de raisons pour solliciter l'indulgence d'un ami, même quand on lui est
redevable.

J'ai évidemment lu votre roman [2], sans oser à
vrai dire le qualifier de roman. C'est en tout cas un
roman allemand au sens ancien du terme, lorsqu'il
désignait encore véritablement une confrontation spirituelle, une dissolution de l'âme dans le paysage, un
mouvement de prolongation de soi dans le monde, et
non une simple description concrète d'événements
accumulés et mouvementés. Chez vous, les racines
plongent bien loin, jusqu'à Stifter [3] et Mörike [4], et
c'est de là que vient d'ailleurs cette sève si particulière
et cette si douce puissance du discours qui lie magné-
tiquement les hommes les uns aux autres. Chez vous,

---

1. Franz Herterich, directeur du Burgtheater de Vienne, avait
demandé à Zweig de rédiger un discours à la mémoire d'Hofmannsthal pour la cérémonie de commémoration organisée au
Burgtheater.
2. Otto Heuschele, *Der Weg wider den Tod*, Leipzig, 1929.
3. Adalbert Stifter (1805-1868), écrivain autrichien.
4. Eduard Mörike (1804-1875), écrivain allemand.

la langue se fait toujours plus pure et plus assurée dans le détail, de même qu'elle a plus d'élan dans les préfaces que vous aviez offertes à cet autre livre, et je loue le courage avec lequel vous restez fidèle à quelque chose qui à dire vrai est révolu ou en passe de l'être. On fait peu de cas aujourd'hui d'une telle fidélité aux choses du passé ; le destin d'Hofmannsthal en est la preuve, comme celui de notre ami Felix Braun ; vous êtes en littérature ce qu'étaient en France les derniers huguenots qui préférèrent émigrer dans une région inhospitalière plutôt que d'abandonner la foi dans le passé, et, parce qu'ils sont délibérés, cette dimension pieuse, cet attachement au passé deviennent justement ce que vos livres ont de plus puissant.

Une bonne conversation nous donnera certainement l'occasion d'entrer dans le détail, et je tiens également à vous remercier pour ce que vous dites du *Fouché*, ce livre avec lequel je me suis étonné moi-même tant l'univers dont il venait était différent. Je travaille actuellement sur un de ses compatriotes, Mesmer[1], sur qui l'on dispose malheureusement d'incroyablement peu d'éléments, et dont Justinus Kerner[2] et ses livres aujourd'hui également oubliés constituent aujourd'hui les meilleurs témoins. Si par hasard vous pouviez me trouver dans quelque journal régional ou au cours d'une conversation avec un

1. Franz Anton Mesmer (1734-1815), théologien et médecin, fondateur de la doctrine du magnétisme animal. L'essai biographique de Zweig est l'un des trois volets du volume *Die Heilung durch den Geist*.
2. Justinus Kerner (1786-1862), médecin et écrivain romantique souabe passionné par les phénomènes parapsychologiques et l'occultisme.

bibliothécaire savant quelques éléments sur la jeunesse souabe tout à fait obscure de Mesmer, je vous en serais reconnaissant. Je crois que je parviendrai à transformer la position que cet homme totalement oublié, conspué des décennies durant pour son soi-disant charlatanisme occupe dans le paysage allemand ; il se situe dans la continuité de Paracelse, et donc de la grande intuition, et aboutit à la science neurologique moderne, soit la connaissance nouvelle – il est donc à la fois homme du passé génial et homme d'un avenir génial, et c'est la raison pour laquelle il a été si parfaitement ignoré dans le présent de son existence. Tout ce que vous pourrez dénicher sur lui en dehors des livres publiés (notamment dans les journaux locaux ou dans des études) sera toujours très bienvenu.

J'espère que le souci que vous vous faisiez pour votre sœur s'est déjà dissipé. Je sais combien vous étiez lié à elle et le rôle qu'elle a joué dans votre science par sa présence et sa sollicitude. Je me permets de vous demander de lui dire mes vœux les plus sincères bien que je ne la connaisse pas.

Salutations amicales*

Votre
Stefan Zweig

* Faute de frappe, par Zeus[1] !

———— <o> ————

1. Zweig avait d'abord tapé « salutations cordiales », puis modifié le texte à la main.

A Hermann Bahr

Salzbourg, 30 septembre 1929

Cher Monsieur,

 Je dois une fois de plus vous remercier pour les propos pénétrants que vous avez consacrés à mon *Fouché*. A la vérité, ce livre était né vraiment par hasard, parce que je voulais m'expliquer à moi-même cet homme étrange, et je me réjouis qu'il plaise aux gens qui comptent le plus et qu'il soit déjà très remarqué, particulièrement à l'étranger. J'ai également écrit une pièce sérieuse qui sera montée au Burgtheater avec Werner Krauss, et aussi à Berlin, et je me demande maintenant quel est l'endroit où paresser le plus agréablement 8 jours sur un mode contemplatif, Berlin, ou Paris.

 J'ai été très affecté et attristé que vous ne soyez pas passé par Salzbourg et que je n'aie pu vous attraper à temps à Gastein. Les heures de promenade en votre compagnie font indissolublement partie des bonnes choses de mon existence, et elles me manquent autant que les Virginia quand je travaille. J'ai l'intention de venir exprès à Munich pour rattraper une de ces heures. La présence de Madame votre épouse m'a un peu consolé[1]. L'heure de cours a été pour moi inoubliable, et je voulais écrire spécialement un article à ce sujet, j'avais déjà disposé du papier pour cela, mais 200 visiteurs sont alors venus piétiner mon temps, et j'ai sévèrement payé le fait d'être resté trois semaines à Salzbourg pendant le festival (d'autant plus qu'il ne m'est pas même resté le temps d'assister à une seule représentation). L'une de ces

---

 1. Bahr était encore à Bagdastein, mais sa femme avait donné une conférence à Salzbourg.

visites était importante et plaisante : celle de Kahane [1]
– plaisante, parce que j'aime cet homme, et puis parce
qu'il m'a rapporté bien des choses réjouissantes à
votre propos : vous auriez terminé un roman [2], vous
auriez repris vos mémoires. Cela m'a fait particulièrement plaisir, car votre autoportrait est encore
fragmentaire [3], et en ce moment même par exemple
où l'on m'a sollicité pour faire un discours en mémoire
d'Hofmannsthal, et où je cherchais dans quel cercle
s'était produite sa dernière apparition à Vienne,
– pardonnez à un vieil ami dévoué ! – je vous ai un
peu maudit de ne pas avoir encore écrit le second
volume ; car j'y aurais tout trouvé, en un instant.
Nous ne nous avouons pas à nous-mêmes que pour
une autre génération une bonne part de notre vie est
aujourd'hui devenue de l'histoire et s'inscrit dans un
passé à valeur philologique. Nous souvenir et faire
mémoire est presque pour nous de l'ordre du devoir.

Vous me dispenserez certainement de la tâche
superflue qui consiste à vous assurer de mon affection, qui ne cesse de devenir plus solide et plus
durable avec les années. Et mille salutations à votre
chère femme

votre dévoué
Stefan Zweig

Monsieur Hermann Bahr
Munich

———◦———

---

1. Arthur Kahane (1872-1932), écrivain et journaliste allemand, auteur attitré du Deutsches Theater de Berlin.
2. Hermann Bahr, *Österreich in Ewigkeit*, Hildesheim, 1929.
3. Bahr avait publié le premier tome de ses mémoires en 1923
(*Selbstbildnis*). Par la suite, il rédigea un journal mais ne poursuivit
pas ces mémoires, contrairement à ce que semble penser Zweig.

A Herbert Günther[1]

Salzbourg, 2 octobre 1929

Cher Monsieur,

Merci beaucoup pour votre livre sur Berlin[2] qui m'intéresse énormément, et que je vais entamer dès les prochains jours. A en juger par les noms, le choix me semble judicieux. Je regrette juste au premier coup d'œil de ne pas trouver un chapitre de *Kubinke*[3], qui pourtant était (au moins pour la génération précédente) un des portraits littéraires caractéristiques de Berlin. Je crois que vous aurez beaucoup de succès avec ce livre – pour ce qui est de moi, ce succès vous est acquis d'avance, et il ne reste donc plus aux mille autres lecteurs qu'à bientôt suivre le mouvement.

Avec les compliments de

votre très dévoué
Stefan Zweig

Monsieur Herbert Günther
Berlin-Lankwitz
Corneliusstraße 2

—◦—

---

1. Herbert Günther (1906-1978), écrivain allemand.
2. Il s'agit d'une anthologie de littérature contemporaine : Herbert Günther, *Hier schreibt Berlin. Eine Anthologie von heute*, Berlin, 1929.
3. Georg Hermann (1871-1943), *Kubinke*, Berlin, 1910.

A Romain Rolland [lettre en français]
Salzbourg 18 oct. 1929

Mon cher ami, enfin je peux vous écrire ! J'avais
beaucoup à faire : un petit recueil de contes [1], les
épreuves de la pièce (qui ne sera montée qu'au printemps), un discours au Burgtheater sur Hofmannsthal et mille autres choses. Je suis maintenant assez
fatigué et je me propose d'aller demain à Paris pour
une semaine (sans voir d'autres personnes que Masereel et Jean-Richard Bloch). Je veux absolument me
retenir de lire un livre et d'écrire des lettres pour une
semaine : cela sera ma cure !

Nous avons eu en Autriche des jours assez mouvementés [2]. On ne le croirait pas : mais un peuple ne
supporte pas la liberté. Il en devient fatigué, surtout
les jeunes. Et le mécontentement matériel et économique est sûrement dirigé contre les socialistes par
l'argent et la presse de la grande industrie allemande,
le fascisme italien et hongrois. On a donné des uni-
formes gratuitement (et des armes) à des centaines de
milliers de gens et ils veulent les promener. Et les socialistes n'ont plus rien à promettre – ils ont eu tout ce
qu'ils ont voulu. Donc – comme la gratitude n'existe
pas au monde – ils se retournent vers les autres. La
réaction en Europe se fortifie. En France la richesse

---

1. *Kleine Chronik.*
2. Le 10 octobre 1929, l'Allgemeine Österreichische Creditanstalt n'avait pu être sauvée de la banqueroute que par une
fusion avec l'Österreichische Creditanstalt für Handel und
Gewerbe. Le danger d'une crise de politique intérieure aiguë
s'était fait sentir. Ces événements avaient eu pour conséquence
un renforcement du pouvoir de la Heimwehr pendant tout l'été
et un progrès des courants fascistes.

renaissante tue le socialisme, en Italie la force brutale – l'Allemagne est encore sous l'instigation de la haine : donc je ne peux pas applaudir aux belles phrases qui se déroulent généreusement à la Société des Nations. Je vois se répéter le même phénomène qu'en 1914 : à cette époque le peuple, faute d'imagination, ne comprenait pas ce que c'était que la guerre et maintenant ils ne comprennent pas ce que veut dire la réaction. Il y a très peu d'hommes qui sont nés pour la liberté – voilà ma conviction inébranlable. Et même ceux-là doivent apprendre à la défendre.

J'ai de vastes plans. Je veux écrire un petit roman[1], quelques portraits qui seront réunis en un livre et qui se proposent de montrer la force de l'esprit sur le corps (Mesmer, Baker-Eddy[2], Freud), un livre très curieux qui aura pour titre « La thérapie par l'esprit ». Aucun mysticisme, aucun penchant pour la charlatanerie – mais une tentative psychologique pour montrer la force de la suggestion, la supériorité du cerveau sur le corps. Je m'explique mal, mais vous verrez : j'y mettrai deux ans. En tout cas vous remarquerez que dans mes études je suis las de me laisser restreindre par le cadre étroit de la littérature : c'est l'homme dans toutes ses formes qui m'attire.

J'ai lu de belles choses : le nouveau roman de Werfel *Barbara*, *The fountain of loneliness*[3], la

---

1. SZ, *Rausch der Verwandlung*, roman inachevé.
2. Mary Baker-Eddy (1821-1910), fondatrice américaine de la Christian Science, qui avait développé une méthode de thérapie psychique pour venir à bout de ses propres souffrances d'origine nerveuse.
3. Radclyffe Hall (1886-1943), *The Well of Loneliness* I, *Sexual Perversion*, New York, 1928. La traduction allemande était parue en 1929.

biographie de Frédéric II par Kantorowicz [1] (une vue admirable sur l'Italie avant la Renaissance), beaucoup d'histoire. Et je vis toujours plus isolément : pour l'hiver je veux me réfugier sur la côte portugaise ou à Sorrente, j'ai besoin de recueillement avant que les distractions théâtrales ne commencent au printemps.

J'ai de mauvaises nouvelles de Guilbeaux [2]. L'Humanité l'a expédié, sa position matérielle est mauvaise : nous voulons rassembler quelques fonds pour lui. Il a enfin écrit le grand livre sur ses années en Suisse et en Russie [3]. Dès que je serai de retour je m'en occuperai.

La nouvelle que vous finissez votre roman [4] m'a fait grand plaisir ! Enfin cette œuvre ne pèsera plus sur vous, enfin je pourrai l'envisager comme unité. Et la grande œuvre sur l'Inde [5] finie également – quel triomphe du silence !! Maintenant encore le Beethoven et le Robespierre [6] et vos grands cycles seront terminés ! Vous ne pouvez pas deviner avec quelle

1. Ernst Kantorowicz (1895-1963), *Kaiser Friedrich der Zweite*, Berlin, 1927.

2. Henri Guilbeaux (1884-1939), germaniste et traducteur français, fondateur de la revue pacifiste *Demain* (1916-1918), devenu journaliste à *L'Humanité* après la Première Guerre mondiale.

3. Henri Guilbeaux, *Du Kremlin au Cherche-Midi*, Paris, 1933, et *Perspectives. Faits, documents, commentaires de notre temps*, Paris, 1934.

4. Romain Rolland, *L'Annonciatrice*, nouveau volet de la série *L'Âme enchantée*, Paris, 1933-34.

5. Romain Rolland, *Essai sur la mystique et l'action de l'Inde vivante*, Paris, 1929-30.

6. Romain Rolland, *Robespierre*, Paris, 1939.

joie j'observe de loin la logique intérieure qui domine et qui unit votre œuvre. Fidèlement, votre

Stefan Zweig

A Berlin j'ai acheté l'immortelle aria de Mozart de Chérubin dans Figaro[1] !

<hr/>

A Eugen Relgis

Salzbourg, le 8 novembre 1929

Cher Monsieur,

J'ai reçu vos écrits[2] avec le plus vif intérêt, ils mettent en lumière les problèmes du pacifisme avec une expressivité magnifique, et je réponds volontiers aux deux questions que vous avez posées dans le cadre de cette (très nécessaire) discussion.

J'approuve totalement votre invitation à enfin réunir en une seule instance supérieure les groupes, les associations, les tentatives et les efforts de toute sorte qui s'élèvent contre la guerre. Rien n'a jamais nui autant à l'idée de la paix que le fait que les amis de la paix n'aient pas maintenu la paix entre eux, que les différents groupes, du fait de conceptions divergentes du monde, mais malheureusement souvent aussi par incompatibilité d'humeur, soif de querelles ou vanité, aient agi individuellement, et

<hr/>

1. Zweig avait acheté le brouillon manuscrit de l'aria de Chérubin dans *Le Nozze di Figaro*.
2. Vraisemblablement l'essai « Der Humanitarismus und die Allgemeine Nährpflicht », sous forme manuscrite.

donc sans succès. Tous ces journaux au public de 500 à 1 000 personnes qui défendent la même idée de fond avec différentes nuances ruinent toute possibilité d'impact et tout effet de propagande. Un organe pacifiste unique, une organisation globale recouvrant tous les pays, ancrée dans toutes les classes, catholiques, communistes, quakers et individualistes réunis en un seul front, aurait un poids énorme. Car c'est justement cet éclatement des forces, cette malheureuse divergence d'idées au fond communes qui ouvre la voie aux représentants bien organisés de la violence. Votre appel arrive donc là à point nommé.

En revanche, je ne peux pas affirmer sans réserve que le nom d'humanitarisme soit le terme qui convienne pour une telle union. Réfléchissons bien : ce qui unit ces différents groupes qui ont chacun leur vision du monde, ce n'est *pas un objectif positif*, mais une tendance *négative* : le rejet de la guerre.

Tous ces groupes sont en grande partie en désaccord sur ce qu'ils veulent et sur la façon dont ils le veulent. Ils ne s'accordent que sur ce qu'ils ne veulent *pas* : la guerre, le règlement des conflits sociaux ou nationaux par la violence militaire, en un mot l'assassinat d'êtres humains.

A mon sens, il serait donc absolument nécessaire que le mot d'ordre fédérateur n'exprime pas quelque chose de positif, un idéal, mais quelque chose de négatif, à savoir l'hostilité à la violence, l'opposition à la guerre. Je comprends très bien ce que vous entendez par humanitarisme, et je suis personnellement très proche de votre idée, mais le *mot* humanitarisme suggère pour la plupart des gens – excusez ma franchise – une certaine mollesse, quelque chose de vaguement sentimental, quelque chose d'idéologique. Il faudrait à mon sens absolument qu'il soit remplacé par un mot plus véhément, plus combatif, qui annoncerait publiquement qu'il n'y a pas là à l'œuvre qu'une de ses sectes ingénument sentimentales, une sorte de regroupement de végétariens éthiques rêvant de créer du pain sur terre à partir de la bonté humaine et de la justice à force de persuasion amicale. On doit au contraire sentir à partir du nom même la forte détermination de plusieurs milliers, voire millions d'hommes décidés à s'opposer avec la plus grande véhémence et le plus grand dévouement à un ennemi qui existe véritablement, et menace le bonheur de toute l'humanité, à un crime (qu'est-ce d'autre que la guerre ?). Nous avons justement besoin pour ce groupe de ceux qui ne sont pas passifs, pas ingénus, pas naïfs, nous avons besoin d'une jeunesse qui veuille lutter contre ces adversaires, et le nom doit donc déjà désigner clairement l'adversaire général, et pas un idéal flou. Car je le répète : pour l'instant, nous ne sommes aujourd'hui tous d'accord que sur ce contre quoi nous luttons, et pas sur ce à quoi nous aspirons, et notre union n'a que le sens d'une coalition contre un ennemi commun, et pas celui de la disparition des convictions personnelles. Je sais que le mot représente beaucoup pour vous personnellement, parce qu'il est lié à une idée très présente en vous et, je peux en témoigner, une idée très pure et très noble. Mais nous devons distinguer les valeurs de l'esprit des valeurs d'usage, et c'est la raison pour laquelle, tout en souscrivant totalement à votre projet, je proposerais pour l'organisation un autre terme, sur lequel il faudrait que s'entendent les différents groupes. Cela ne sera pas difficile. Là où la

volonté existe, il existe aussi un chemin, et cette
volonté, nous devons, tous unis, l'imposer dans le
monde.

Bien cordialement, votre

Stefan Zweig

—◦—

A Sigmund Freud

Salzbourg, 6.XII.1929

Monsieur le Professeur,

Je suis *extrêmement* ennuyé de ce dont m'informe
votre aimable lettre [1]. Je ne connais pas Monsieur
Maylan, n'ai jamais non plus fait de compte rendu
public de son livre. Il me l'a envoyé en son temps,
avec une lettre, je l'ai plus ou moins consulté, *pas très
en détail*, et essentiellement parce qu'il y avait votre
portrait sur la première page, et que je voyais qu'il y
était essentiellement question de vous. Je lui ai
ensuite écrit que le livre revêtait de l'importance pour
moi au moment présent, parce que je travaillais moi-
même à une étude d'une certaine ampleur sur vous,
que je trouvais intéressant d'appliquer la méthode à
l'auteur, mais que la façon dont il le faisait me semblait quelque peu contournée. J'ai alors reçu une
lettre de Monsieur Maylan dans laquelle il me

---

1. Freud avait écrit à Zweig pour lui demander pour quelle
raison il avait rédigé un texte de recommandation pour un livre
sur lui écrit par le psychologue américain Charles Emil Maylan
(1886- ?), que Freud considérait comme peu recommandable.
Charles Emil Maylan, *Freuds Tragischer Komplex. Eine Analyse der
Psychoanalyse*, Munich, 1929.

demandait de lui spécifier ce que j'entendais par « contourné ». Je ne lui ai pas répondu – et voilà qu'à mon grand étonnement vous me rapportez qu'il est allé chercher je ne sais quelle phrase de pure urbanité dans ma lettre de remerciement pour un livre qu'il m'avait envoyé, et qu'il l'a placée sur une annonce. Je ne sais pas du tout ce qu'il est allé chercher, et je ne me rappelle évidemment pas du tout ce que je lui ai écrit. Mais cette utilisation abusive de propos extraits de lettres et coupés de leur contexte devient *véritablement insupportable*, et je vais immédiatement exiger de ce monsieur qu'il s'abstienne de cela ; il faut vraiment être prudent !

Je vous remercie sincèrement, cher Professeur, de ne pas avoir cru un seul instant que j'étais au courant de cette manigance. Je n'ai jamais été plus proche de votre œuvre et de vous qu'en ce moment, et c'est la raison pour laquelle, au moment de la lecture, une interprétation, même fautive et grossière, de votre œuvre (je vais maintenant regarder le livre dans le détail) ne pouvait qu'être intéressante pour moi. Vous pouvez bien personnellement être agacé par plus d'une interprétation erronée de votre théorie – nous, de l'extérieur, voyons la chose différemment, nous savons que toute œuvre voit se former ce type de végétations proliférantes et de ramifications, mais qu'avec le temps, ces surgeons « tombent » véritablement, mais en un autre sens, comme des feuilles mortes, et que seul subsiste le tronc pur, la forme. Je viens juste de lire peut-être 40 ou 50 brochures d'époque contre Mesmer, pour la plupart écrites par des gens qui avaient d'abord servi sa théorie, et à elles toutes, elles n'ont fait que renforcer mon intérêt pour lui, et de toutes, il n'est resté rien d'autre que le seul homme qui est à l'origine de l'idée créatrice. Vous trouverez dans ce travail sur Mesmer maint parallèle avec votre propre destin, cela me semble presque le fait de la fatalité, que la thérapie psychique se soit fondée une nouvelle fois dans la même ville, à presque 100 ans d'intervalle, et que les académies et les professeurs de 1785 aient une ressemblance désespérante avec ceux de 1885. J'espère que la thèse du livre vous intéressera : pour moi, Mesmer, c'est Christophe Colomb, parce qu'il a découvert la méthode de thérapie psychique, mais Colomb aussi au sens où il a été convaincu jusqu'à la fin de sa vie qu'il avait découvert la route des Indes alors qu'en réalité il avait découvert l'Amérique. A la différence des autres, je voudrais en fait montrer qu'il avait déjà entre les mains le phénomène de la suggestion, de l'hypnose, mais sans le savoir et sans le comprendre, parce que ses conceptions médiévales délirantes du magnétisme l'empêchaient de le voir. Mais il faudra montrer premièrement que Mesmer n'a jamais été un charlatan, mais un idéaliste et un chercheur honnête, deuxièmement que les académies et les universités l'ont méconnu un siècle durant de la façon la plus obtuse et la plus envieuse.

Le grand essai sur Mesmer est suivi d'un intermède sur Mistress Eddy – mi-sérieux mi-léger – et le deuxième élément principal du livre est ensuite l'étude sur vous et votre œuvre projetée depuis des années : donc, Mesmer, intuition, et vous, découverte de la méthode de thérapie psychique, la « guérison par l'esprit », comme s'intitulera le livre.

J'ai déjà demandé à Mademoiselle votre fille la permission de venir ensuite à l'occasion travailler 8 ou 15 jours à Vienne aux archives psychanalytiques, et qu'on mette peut-être aussi quelque matériau privé à ma disposition. J'ai déjà besoin, ne serait-ce que pour l'analogie avec Mesmer, des documents attestant la résistance, le mépris, les refus, des documents sur l'attitude des universités, les railleries dans les pamphlets et sur la scène, et j'espère pouvoir compter pour cela sur l'aide conjuguée de vos amis. Je vois d'ores et déjà très clairement la direction que prendra le travail, et peut-être n'est-ce pas trop ambitieux que de dire que le niveau sera sensiblement plus élevé que dans la plupart des études. Je me préoccuperai moins de la thérapie psychique elle-même que de son accueil dans le monde, de la transformation de tout le paysage intellectuel et moral qu'a entraînée cette découverte.

Je vous remercie encore une fois, cher Professeur, de ne pas m'avoir attribué de responsabilité dans cette affaire, je vais dire dès aujourd'hui clairement et distinctement mon sentiment à ce monsieur.

Avec ma sincère admiration

votre toujours dévoué
Stefan Zweig

Monsieur Sigmund Freud
Vienne

Je compte commencer en mars la grande étude sur votre œuvre (d'ici là j'en aurai fini avec Mesmer et la bonne Mrs Eddy), et j'espère pouvoir l'achever avant l'été.

—◦—

A Maxim Gorki

Salzbourg, le 16 décembre 1929

Cher Maxim Gorki !

Je ne voudrais pas que l'année se termine sans que je vous aie donné un signe de vie et une preuve d'affection. Il est dans mes projets de venir en janvier ou février passer deux semaines à Sorrente et Amalfi, peut-être aurai-je alors le plaisir de vous y revoir.

Ce que je voulais vous dire n'a rien de plaisant, mais est au contraire sincèrement agaçant. Je viens de lire les livres d'Istrati [1], et je suis très révolté de la façon dont il mésinterprète votre position. Il suffit d'un peu de sens de l'histoire mondiale pour comprendre le caractère incommensurablement difficile de votre position, et je crois la comprendre tout à fait. Il est très facile d'attaquer un bon nombre d'aspects de l'actuel gouvernement de Russie, et pour un étranger comme Israti, il est possible de le faire, bien qu'il ne se rende vraisemblablement pas compte que seules les parties négatives de ses livres seront utilisées comme armes d'attaque et que son opinion positive sur la révolution mondiale russe sera passée sous silence. Pour vous qui êtes un écrivain russe représentatif, en revanche, exercer la critique engage évidemment infiniment plus votre responsabilité. Je comprends qu'il doit vous être actuellement difficile de vous taire, mais quiconque est

_____

1. Panaït Istrati, qui avait d'abord été un partisan enthousiaste de la Révolution bolchevique, en était devenu un farouche adversaire. Au moment de la rédaction de cette lettre de Zweig, Istrati venait de publier *Vers l'autre flamme. Après seize mois en URSS*, Paris, 1929.

raisonnable et clairvoyant respectera ce silence. Il est parfois tout aussi parlant qu'une déclaration publique. De nos jours, la politique est partout dominée par les questions économiques plus que par les questions purement intellectuelles, et notre légitimité à dire oui ou non en est diminuée d'autant. Mais je vous prie de croire à ma sincérité : aucun homme raisonnable ni aucun homme qui vous aime, vous connaît et vous estime ne se déclarera d'accord avec les motifs naïfs que vous impute Istrati.

Je connais un peu Istrati, il est tout à fait fantasque et fabulateur, un homme d'imagination animé par la passion, très impressionnable ; mais l'intelligence calme, juste et clairvoyante n'a jamais été son fort. Ce qui se passe aujourd'hui en Russie, aucun contemporain ne peut en avoir une vision juste, ni le juger de façon définitive, – personnellement, je n'oserais jamais exprimer un point de vue, et j'admire et je respecte quiconque se limite dans ses remarques à ce qui est strictement humain et descriptif. A dire vrai, le monde me fait actuellement l'effet d'une politique entre deux actes, je ne vois qu'effervescence, préparatifs et lignes indéterminées. Il nous faut attendre que les contours se précisent.

J'espère que vous avez employé votre temps à de nouvelles œuvres ; peut-être me permettrez-vous, si je viens en Italie, d'en entendre quelque chose ?

Ceci à titre simplement de signe d'amitié et de souvenir sincère et affectueux.

Bien fidèlement, votre

Stefan Zweig

A Hermann Bahr

Salzbourg, 21 décembre 1929

Très cher Monsieur,

Votre roman a été accueilli avec joie, exhumé aussitôt de l'immense arrivage de Noël, et je l'ai lu immédiatement avec passion. Il est vrai que je pourrais discuter longtemps avec vous de ce que ce n'est à dire vrai pas un roman, puisque les gens n'y évoluent pas dans leur manière de voir les choses, tandis que l'essence du roman me semble résider dans la transformation des personnages et de leur perception des choses par les événements extérieurs et intérieurs. Mais tout cela n'est qu'affaire de mots, et je dois vous dire que j'ai eu un immense plaisir à découvrir la limpidité de votre présentation, l'intelligence des dialogues qui donnent fort envie d'entendre jouer cela sur scène. — Car il suffirait d'un rien pour transposer ces personnages aux contours très nets dans une pièce de théâtre, et nous aurions là la « comédie autrichienne » par excellence, et j'attribue d'emblée le rôle de la princesse Uldus [1] à Auguste Wilbrandt-Baudius [2]. Quel personnage que cette princesse ! Vous avez réussi là quelque chose dont la plupart des gens ne veulent pas entendre parler : nous rendre aimable la vieillesse, et lui donner l'éclat spirituel des choses anciennes et précieuses. Mettez-la sur la scène, sur la scène ! et donnez-nous une intrigue un peu plus animée en contrepoint ! Notre époque veut du mouvement plus que jamais. Pensez donc au

1. Personnage récurrent de l'œuvre de Bahr.
2. Auguste Wilbrandt-Baudius (1844-1937), actrice allemande très appréciée de Zweig.

dialogue avec le prélat ! Je ne suis pas fanatique de théâtre, mais jusqu'ici, vous n'aviez vous-même jamais écrit une fin d'acte comme celle de la page 111 ! Pour que la pièce soit l'Autriche incarnée, il m'y manque encore quelque chose qui devient un élément de plus en plus crucial : la corruption qui pousse comme du chiendent et ne cesse de donner de nouvelles fleurs à l'odeur assez peu agréable. Ajoutez-nous donc encore une bonne dose de cette corruption non pas démonique mais désordonnément pataude ; un tout petit peu de tension encore et voilà le roman malheureusement un peu insuffisant transformé en pièce de théâtre. Réfléchissez-y, cher et vénéré maître, et mettez en mouvement vos mains aguerries ! Le théâtre chez nous est si abandonné de Dieu et de l'esprit qu'il serait merveilleux qu'un démiurge de votre qualité remette en marche la machine grippée.

Je ne sais si je parviendrai à trouver un endroit où dire publiquement un petit mot tout simple sur votre livre, mais en tout cas je compte bien me prendre par la main prochainement et me présenter bientôt chez vous. J'espère ne pas y être importun.

Sincères salutations à Madame,

Votre fidèle
Stefan Zweig

Monsieur Hermann Bahr
Munich

Salzbourg, 23 décembre 1929

Cher ami,

Ce que vous me dites du livre de Friedenthal[1] ne me fait plaisir qu'à moitié. L'excellent Benjamin Huebsch s'est adressé à vous sur mon conseil dès cet été à propos du Friedenthal, et il aurait donc fallu lui réserver la priorité. Mais en tout cas, je me réjouis beaucoup qu'une négociation ait abouti pour Friedenthal, je l'apprécie extraordinairement, de même que son livre.

Encore tous mes meilleurs vœux pour la nouvelle année

Stefan Zweig

Monsieur Fritz Adolf Hünich
Insel-Verlag
Leipzig

◄○►

A Maxim Gorki [lettre en français]

Naples [non datée ;
vraisemblablement 11 ou 12 janvier 1930]

Cher et grand Maxim Gorki, je suis pour dix ou quinze jours à Naples au Parker Hotel, et je viendrai avec plaisir le jour que vous m'indiquerez, sans vous prendre plus d'une heure de votre temps précieux. Mais vous permettrez que ma femme, qui désirerait

---

1. *Der Eroberer. Ein Cortes-Roman.*

vivement vous voir, m'accompagne. Choisissez *tout à votre gré* l'heure et le jour qui vous conviennent, et ne cédez pas à l'amabilité le droit qu'exige votre travail.

Votre fidèlement dévoué
Stefan Zweig

◄◦►

A Joseph Gregor

Naples [non datée ;
vraisemblablement 24 janvier 1930]
Du 25.I au 7.II, *Rome*, Hôtel Hassler

Cher ami, si vous postulez effectivement[1], il n'est *personne* pour qui je m'engagerai aussi passionnément. Une seule chose me serait impossible – faire quoi que ce soit contre Buschbeck[2] en temps qu'homme de théâtre ; j'aimerais beaucoup que sa position soit garantie au moment du changement.

Mais vraiment, cher ami, je vous en conjure : n'acceptez pas la situation sans avoir d'immenses garanties. Le B[urg] Th[eater] est *intenable* si l'on ne vire pas les vieux traditionalistes, si l'on ne peut pas se permettre d'être *énergique*. S'il n'entre pas un vent puissant dans cette fétide atmosphère de vestiaires, ce n'est pas la peine de se donner tant de mal : si les femmes là-bas étaient aussi bonnes comédiennes qu'elles sont bonnes intrigantes, il faudrait qualifier le B. de meilleur théâtre du monde. A vrai dire, pour

---

1. Après le départ d'Herterich, Gregor postula à la direction du Burgtheater. Le poste fut attribué à Anton Wildgans.

2. Erhard Buschbeck était dramaturge au Burgtheater.

moi, la situation y est sans espoir en raison de la politique qui contamine et empoisonne tout : on a à peine le temps de montrer *ce dont on est capable* et de s'attaquer dignement à la forteresse que déjà l'on bute sur une intrigue.

Je fais donc *ce que* vous me dites [1]. A la *N[eue] F[reie] P[resse]*, c'en est fini de mon influence – je suis plutôt en opposition avec ces messieurs ; vous voyez, on n'accorde même plus à mes livres comme le *Fouché* l'honneur du supplément littéraire, mais on les renvoie comme mes propres articles dans la partie critique – j'ai un peu trop été dans les pattes de certains messieurs, et comme j'en suis conscient, je me suis totalement mis en retrait. Le mieux serait d'annoncer votre candidature depuis l'extérieur (Berlin : E. H. Jacob, Fontana). A Vienne, tout est affaire de tendance. Et à dire vrai, je ne connais personne parmi les politiciens. Schreyvogel [2] semble être soutenu personnellement par Seipel [3], mais l'affaire s'est peut-être engagée trop tôt pour lui – à dire vrai, je ne vois pas de candidat sérieux, étant donné que Mell [4] ne veut certainement pas, que Wildgans n'est pas assez ingambe du strict point de vue de sa santé, que l'affaire est réglée pour Lothar [5] à cause de son

1. Gregor avait demandé à Zweig de soutenir sa candidature et de faire en sorte qu'il ait bonne presse dans la *Neue Freie Presse*.
2. Freidrich Schreyvogel (1899-1976), enseignant à l'Académie de musique et d'art dramatique.
3. Ignaz Seipel (1876-1932), prélat catholique et politicien autrichien, Premier ministre de 1926 à 1929, était alors ministre des Affaires étrangères.
4. Max Mell (1882-1971), poète et dramaturge autrichien.
5. Ernst Lothar (1890-1974).

sang sémite, et que Kindermann [1] n'a pour l'instant pas fait preuve le moins du monde de ses capacités. Vous êtes certainement le seul candidat sérieux, à supposer du moins que l'on se fie à des critères sérieux, et j'ai bien l'intention de le dire avec conviction à toute personne dont vous me donnerez le nom : je ne connais pas Schneiderhan [2] personnellement, mais si vous avez besoin de mon soutien enthousiaste sous quelque forme que ce soit, vous pouvez disposer de moi sans me le demander particulièrement. Si la décision devait traîner jusqu'à fin février-début mars, je pourrais aussi plus facilement intervenir depuis Vienne : je pars encore chez Gorki à Sorrente, et pour 15 jours à Rome. Je ne rentrerai qu'à ce moment-là. Mais je n'hésiterai pas à télégraphier et à faire tout ce qu'il faut si vous me dites où je peux mettre mon grain de sel.

Cela dit, si vous n'avez *pas* le B., n'en faites pas une histoire. Même à Berlin, il n'y a pas un endroit, pas un seul endroit où un théâtre puisse tenir sur un tel train – il n'y a plus que les théâtres de répertoire qui soient viables aujourd'hui. Il faudrait pouvoir *tout* changer, et commencer par détruire : alors seulement il y aurait une possibilité de reconstruction. Il reste que je suis persuadé qu'on va d'emblée voler dans les plumes du nouveau directeur. Mais je vois bien que je vous décourage au lieu de vous conforter – peut-être parce que j'aime trop votre force productive pour

---

1. Heinz Kindermann (1894-1985), universitaire, spécialiste de littérature et théâtre.
2. Franz Schneiderhan (1863-1938), directeur général des théâtres autrichiens.

accepter de vous voir vous fatiguer et vous gaspiller dans ce combat d'arrière-garde.

Bien cordialement, votre

Stefan Zweig

A Lavinia Mazzucchetti[1]

Roma, Hôtel Hassler
26.I.1930

Pregma Signorina Professor essa, una rapida parola soltanto ! La Sua lettera con la proposta per Fouché mi ha raggiunto a Roma – ma già troppo tardi ! Io spero tuttavia di avere il piacere di aver Lei come traduttrice, poiché so che Lei ha tradotto già altri volumi per la Casa Mondadori, ma io ho nel

---

1. « Très estimée Professeur, quelques mots rapidement ! Votre lettre avec la proposition pour Fouché m'a trouvé à Rome – mais trop tard !

J'espère tout de même avoir le plaisir de vous avoir comme traductrice, car je sais que vous avez déjà traduit pour la maison Mondadori, mais moi, j'ai déjà accepté pour Fouché une proposition de cette maison. Je vous remercie beaucoup pour vos observations et vos conseils mais je pense qu'ils me seront encore utiles pour les recueils de nouvelles ou autre chose même si la maison Mondadori était très adaptée au genre de Fouché. Je regrette beaucoup que votre lettre soit arrivée trop tard mais nous aurons sans doute une autre fois l'occasion d'être en relation avec la très estimable maison Treves et je vous prie de transmettre à la direction que je serais très heureux une autre fois de vous offrir un de mes livres.

Ces mots à la hâte : mais je pense aller à Milan avant de quitter votre si beau pays.

Avec toutes mes salutations Votre dévoué Stefan Zweig. »

frattempo già accettato per Fouché una proposta di questa casa. Ho gradito moto le Sue indicazioni ed i Suoi consigli, ma penso che mi varranno ancora per i volumi di novelle o per altro, mentre forse la Casa Mondadori sarebbe stata adatta al genere di Fouché. Mi rincresce molto che la Sua lettera sia arrivata troppo tardi ma forse avrò un'altra volta occasione di entrare in relazione con la casa si stimata di Treves e la prego di dire alla direzione che io sarò contentissimo di poter un'altra volta di offrire uno dei miei libri.

Queste parole in fretta : ma spero di venire a Milano prima di lasciare la Sua bellissima patria.

Con molti saluti il Suo devotissimo

Stefan Zweig

◄◦►

Destinataire inconnu

Salzbourg, 18 février 1930

Monsieur,

Que le théâtre allemand aille au-devant d'une crise, il serait lâche ou hypocrite de le nier, il faut au contraire bander toutes nos forces pour transformer cette crise en une crise productive et régénératrice.

La première menace est venue du cinéma. Il a d'une part éduqué le public à une consommation plus confortable, moins pensée et plus passive (c'est en cela qu'il est dangereux), d'autre part accru ses exigences en matière de recours aux dernières innovations (c'est là son mérite).

Il va de soit que le cinéma parlant [1] sera plus

---

1. Le cinéma parlant apparut en 1927.

concurrentiel encore dès qu'il aura atteint – et ce ne sera l'affaire que de quelques années – un certain degré de perfection. Or il ne sert à rien de partir en croisade contre le cinéma ni contre le cinéma parlant, car il s'est justement assuré la légitimité par l'adhésion passionnée de millions de gens. On ne peut et on ne doit pas lutter contre de telles évolutions organiques, ni jeter une feuille de papier devant une locomotive lancée à toute vapeur. La tâche qui nous incombe ne peut être que de réfléchir à la façon dont nous pouvons maintenir et conserver le facteur culturel extrêmement important qu'est le théâtre allemand.

Cela ne peut se faire à mon sens que si le théâtre s'adapte lui-même à temps à la loi de l'évolution économique. Et cette loi est la suivante : rassemblement de toutes les forces par la concentration, par la rationalisation sans relâche jusque dans les forces intellectuelles. S'ils veulent tenir tête à des films produits à grand renfort de millions, les théâtres allemands doivent chercher à progresser continuellement d'une manière ou d'une autre dans leur qualité, et plus le cinéma fera appel aux instincts les plus grossiers, plus il leur faudra conserver imperturbablement leur tenue intellectuelle pour atteindre cette ultime vibration de l'âme qui reste malgré tout inaccessible à la restitution purement mécanique.

Dans la pratique, on ne pourra à mon sens atteindre un tel résultat que si les théâtres allemands de province renoncent à leur système d'isolement et de concurrence réciproque pour s'unir en groupes plus importants. Je trouve absurde qu'alors que Londres ne se paye pas d'opéra permanent, 5 villes du centre de l'Allemagne situées à une heure à peine les unes des autres comme Francfort, Mayence, Wiesbaden,

Darmstadt et Mannheim financent chacune un ensemble d'opéra assez important qui ne peut jamais être utilisé à plein. De la même façon, je pense que ce serait une bonne chose que, pour le théâtre aussi, des villes situées à proximité les unes des autres, comme par exemple Brême, Lübeck, Kiel, tout en gardant une certaine spécificité, élaborent un programme commun, et à l'occasion mettent leurs acteurs et leurs décors à la disposition les unes des autres ; on économiserait ainsi d'énormes frais de matériel, on ferait progresser la qualité des différents ensembles, on augmenterait le nombre des répétitions et on obtiendrait davantage de liberté de mouvement sur le plan intellectuel. Et si l'on joue aujourd'hui mieux que jamais à Berlin, c'est pour la simple raison qu'en fait, tous les théâtres berlinois pris ensemble forment un ensemble unique dans lequel chaque acteur peut être sélectionné pour chaque rôle de la façon la plus exacte et la plus précise. Etant donné que tous les théâtres allemands sont communément touchés par la misère et communément menacés, mon seul espoir en une amélioration créatrice des performances individuelles, et donc en un réveil de ce vieil amour allemand pour le théâtre réside dans la plus étroite collaboration des villes voisines. Le public est devenu plus exigeant, remercions-en-le, et cherchons à répondre à ses exigences en n'agissant pas les uns contre les autres, mais en faisant progresser nos forces autant que possible, et en les unissant en vue d'une défense commune. Car vous avez raison, l'ennemi est à nos portes.

Avec les compliments de votre

Stefan Zweig

Destinataire inconnue

Chère Mademoiselle, si seulement je pouvais mettre dans l'enveloppe en même temps que ces lignes le ciel bleu au-dessus du lac ! je le ferais bien volontiers, pour vous rendre heureuse comme vous le méritez ! Merci beaucoup encore pour votre touchant souvenir, un vœu si printanier devait forcément aider, et l'a d'ailleurs fait. Me voilà maintenant ici, le regard posé sur des montagnes malheureusement enneigées, animé d'un insatiable désir de chaleur ; et je me console en repensant à des heures meilleures, et bien entendu ma vieille frénésie de voyages se réveille, mais je n'y céderai sans doute que cet été ou au début de l'été. Je ne sais pas encore aujourd'hui où j'irai, et à dire vrai, je suspens intérieurement ma décision au mouvement de mon cœur ; il n'y a rien de plus beau que d'attendre dans l'indécision et de s'abandonner au premier véritable appel. D'ici là, je compte travailler dur ! Si vous vous décidez pour la musicologie, je peux peut-être vous conseiller, et cela sera toujours de bon cœur. Mais pour l'instant, reposez-vous bien, et saluez pour moi, quand vous serez rentrée, votre aimable amie. Avec le meilleur souvenir de votre dévoué

Stefan Zweig

Salzbourg, 7 mai 1930

Mon cher Otto Heuschele,

Hier encore je me faisais la réflexion que je n'avais pas de nouvelles de vous depuis bien long-temps, et je voulais vous écrire, et voilà que votre bonne lettre est arrivée. Il y aurait tant de choses à aborder et certainement à dire publiquement... Les questions que vous évoquez, à savoir le terrifiant désintérêt de l'Allemagne pour tout ce qui est forme d'expression personnelle, me préoccupent éga-lement. Aujourd'hui, le contenu est tout, le monde veut des comptes rendus documentaires sur les gens, les faits et les époques, un livre doit nécessairement avoir un « genre », il doit exprimer un contenu nou-veau, indifféremment presque de la forme sous laquelle cela se fait, d'où le triomphe des récits de guerre, des biographies, de ce qui est purement fac-tuel. Pour moi en particulier je n'aurais pas trop à me plaindre, étant donné que beaucoup de mes tra-vaux se situent sur cette ligne, mais je vois dans le cercle de mes amis proches et très proches, en par-ticulier chez les gens que j'apprécie spécialement en tant qu'écrivains, certains hommes en butte au rejet et à l'oubli, une situation qui se répercute dangereu-sement de façon inquiétante jusque sur les conditions matérielles ; un homme comme Wildgans se voit contraint d'accepter la direction du Burgtheater parce qu'il ne pouvait pas vivre de sa plume, Felix Braun perd son temps dans une ridicule pseudo-université à Palerme, et chaque lettre m'apporte plainte sur plainte de la part de nombreux autres amis. Cela fait des années qu'aucun poète n'a pu acquérir une considération passable par sa poésie, et un livre comme celui dont vous parlez, celui d'Erika Mitterer [1] – vous vous rappelez que c'est à vous le premier que j'avais demandé il y a des années de publier des essais d'elle – passera quasiment inaperçu ; je ferai de mon mieux, mais cela n'ira pas bien loin, car la poésie est devenue pour l'Allemagne une sorte de copte et d'araméen, une langue dont seuls les lettrés ont encore connaissance, et devant laquelle les autres passent sans la voir, les yeux froids. Je ne peux pas croire que cela dure, car la matière contemporaine n'est pas inépuisable, un beau jour, la guerre, la grande ville, le sport, les biographies seront thématiquement épuisés, et on reviendra alors forcément à des écrits purement psychologiques et ennoblis par leur forme. Il est donc urgent d'attendre que la vague se soit éteinte, et cela n'a pas de sens de se jeter contre elle. Car le courant continue à passer de façon souterraine. J'ai eu une agréable surprise : un tout jeune poète du nom de Walter Bauer [2], qui était ouvrier dans une usine et qui aujourd'hui, à 24 ans, est arrivé à force de travail à devenir instituteur dans un trou perdu, a publié il y a un an un magnifique livre, *Camarades, c'est vous que j'appelle !* [3], qui est paru chez Kaden & Co. à Dresde, le travail poétique le plus humain que je connaisse en Allemagne ; et voilà qu'un an après, le livre m'est tombé entre les mains ; il n'a pas eu droit à trois comptes rendus, personne ne s'en est soucié. Or je viens de lire sous forme manuscrite

---

1. Erika Mitterer, *Dank des Lebens*, Francfort, 1930.
2. Walter Bauer (1904-1976).
3. *Kameraden, zu euch spreche ich*, Dresde, 1929.

un second livre de lui, *Les Usines Leuna*[1], excellent
également, et je fais tout pour le faire publier.
J'espère y arriver – mais c'est devenu bien difficile,
il y a bien peu d'éditeurs aujourd'hui qui aient encore
le courage d'oser une fois de temps à autre un livre
de poésie absolue.

Comme vous n'avez manifestement pas reçu ma
pièce par Insel, je vous l'envoie volontiers. Chose
étrange, elle a eu un fort écho, bien que ce soit véritablement un « unpleasant play », une pièce anti-
héroïque avec une fin « insatisfaisante », mais c'est
justement la difficulté qui m'attire, et je lutte donc
contre toute proposition de « happy end » ou de fin
tragique, parce que je suis convaincu qu'il y a dans
la vie ordinaire quelque chose comme une sorte de
tragique non dramatique, le tragique de la résignation, valable pour des millions d'hommes et pour cela
même plus vrai que les rares cas d'exceptions
pathétiques.

Les autres travaux, Mesmer, Eddy, Freud qui
doivent ensemble former un nouveau livre sont bien
avancés. J'aimerais ensuite écrire un petit roman
pour lequel je dispose déjà de certains éléments et
que je ne trouve pas le courage d'entamer. Mais il faut
laisser les choses relativement importantes mijoter
intérieurement et prendre forme clairement. Car nous
sommes de ces gens démodés qui croient encore à
une sorte d'architecture dans l'œuvre, et d'ailleurs, à
terme, c'est nous qui aurons raison.

Je me représente votre travail sur Günderode[2]

---

1. *Stimmen aus dem Leuna-Werk*, Berlin, 1930.
2. Otto Heuschele, *Karoline von Günderode [1780-1806]*, Halle,
1932.

comme quelque chose d'extrêmement intéressant ; si vous ne trouvez pas à le placer dès maintenant, ne vous faites pas de souci, vous devriez plutôt songer à écrire des livres à structure organique (tout ce qui est isolé reste dépourvu de force) et peut-être à placer aux côtés de Günderode quelques autres figures, Rahel [1], Bettina [2], Droste [3] – cela donnerait un jour un livre ample et important sur la poétesse allemande à travers ses différents types, un livre qui trouverait un large écho et aurait une véritable substance, et que vous êtes plus habilité que quiconque à écrire. J'espère que nous pourrons en parler plus longuement si vous passez par ici, je reste ici jusqu'au festival, et la route depuis la Suisse n'est pas longue. Ne manquez donc pas le paysage de Wengen qui me semble être le plus beau, et choisissez peut-être la route qui mène au Tyrol en passant par l'Engadine via Landeck, le train n'y passe pas encore, il n'y a que la diligence, et vous pourrez ainsi descendre en une journée toute la gamme, entièrement musicale, qui va des hautes Alpes jusqu'à la vallée. Connaissez-vous, à Zurich, Faesi [4], un ami, professeur d'université et l'un des meilleurs poètes qui soit ? Je vous donnerais volontiers un mot pour lui, même si le simple fait de vous réclamer de moi suffira sans aucun doute dans la mesure où il vous connaît par votre œuvre. Il est agréable, intelligent et clair, et il pourra aussi vous faciliter considérablement les choses pour vos cours.

---

1. Rahel Varnhagen von Ense (1771-1833).
2. Bettina Brentano/Elisabeth von Arnim (1785-1859).
3. Annette von Droste-Hülshoff (1797-1848).
4. Robert Faesi (1883-1972), universitaire ; historien de la littérature, écrivain suisse.

Oui, cher ami, venez me voir bientôt, vous êtes toujours le très bienvenu, sincères salutations de votre

Stefan Zweig

Monsieur Otto Heuschele
Waiblingen

❖

A Erhard Buschbeck

Salzbourg, le 14 juin 1930

Cher Buschbeck,

Je vois que cette semaine aussi vous faites un programme végétarien, et excluez la viande d'agneau [1]. Est-ce qu'il est déjà définitivement passé à l'abattoir ? A vrai dire, cela m'étonnerait un peu, car à ce qu'on m'a rapporté en privé, il bêlait encore vaillamment devant un public nombreux au beau milieu de l'été. Ou alors est-ce que Balser [2] a à nouveau disparu de Vienne et est-ce qu'il est prévu de le reprendre à l'automne ?

Bien cordialement, votre

Stefan Zweig

❖

1. Allusion à la pièce de Zweig « L'agneau du pauvre » (*Das Lamm des Armen*, qui avait été donnée au Burgtheater d'avril à juin 1930.
2. Ewald Balser, qui jouait le rôle du lieutenant Fourès.

410

A Hermann Struck [1]

Salzbourg, le 18 juin 1930

Monsieur,

Je vous remercie très vivement pour votre aimable lettre. Cela fait longtemps à vrai dire que j'éprouvais le besoin de vous écrire. Depuis de nombreuses années, et même depuis le début de mon éveil intellectuel, je suis un grand admirateur de votre œuvre et j'ai, en fait, souvent cité votre nom, notamment à titre d'exemple moral. Si je n'ai pu depuis le début du mouvement sioniste me défendre d'une certaine méfiance, c'était parce que les dirigeants intellectuels et artistiques préféraient rester en Europe, prétendument pour se mettre plus efficacement au service de l'idée. J'ai toujours eu la conviction qu'un exemple est plus efficace que mille paroles et discours, et que les adeptes véritables auraient dû les premiers donner l'exemple du sacrifice, et s'installer en Palestine. Je suis convaincu que sur le plan moral, cela aurait influé plus fortement sur la jeune génération que ne l'ont fait tous ces discours, ces paroles, ces livres et ces brochures. Vous êtes le seul qui – sacrifiant certainement là bien des succès personnels et des profits matériels – l'avez fait avec détermination, et chaque fois que le thème s'est présenté dans une conversation ou une discussion, je vous ai pris en exemple, vous chez qui seul coïncident totalement la conviction intérieure et le mode d'existence extérieur. Je ressentais fortement le besoin de vous le dire un jour personnellement, mais cela me sem-

---

1. Hermann Struck (1876-1944), peintre sioniste installé en Palestine depuis les années 20.

blait intrusif et illégitime. Votre lettre a donc revêtu pour moi beaucoup d'importance, et elle m'a fait très plaisir ; elle me permettait désormais d'exprimer auprès de vous ce que j'ai si souvent dit à d'autres, et je suis très heureux de faire votre rencontre de manière au moins épistolaire alors que nous sommes si loin.

Votre indication m'a été très précieuse. Je ne connaissais la légende que sous sa forme adaptée, dans la réinterprétation qu'en fait la religion chrétienne. Bien entendu, je corrigerai l'erreur dans la version publiée [1].

Voilà des années que les circonstances extérieures m'empêchent de réaliser mon souhait de me rendre en Palestine, mais le projet ne sera plus différé bien longtemps, et je sais maintenant que je peux venir sans souci vous rendre visite. Cela augure bien, et me renforce dans mon souhait de me décider bientôt à faire le voyage.

Avec la plus sincère estime de votre très dévoué
Stefan Zweig

◄○►

A Victor Fleischer

Salzbourg, le 7 juillet 1930

Cher Victor,

Ta lettre a été rangée aussitôt dans ma collection.

---

1. Struck avait relevé une « erreur » dans le texte de Zweig « Rahel rechtet mit Gott » : Laban n'y accepte de donner Rahel pour épouse à Jacob qu'au bout de sept ans, et non sept jours.

Pas dans la collection d'autographes, mais dans une autre, qui s'étoffe très rapidement en ce moment : celle des lettres offensées. J'en ai reçu ces derniers temps un bon nombre, venant de vieux amis, et ce n'est vraisemblablement pas immérité. Que toi aussi tu atterrisses dans ce carton représente évidemment pour moi une blessure. Ce que tu dis de Berlin est vrai et faux à la fois – en effet, je ne suis pas venu te rendre visite, mais me suis contenté de monter te serrer la main, et j'ai bien évidemment dû éviter toute véritable conversation, de même qu'avec Camill (également offensé). Il s'agissait pour moi de prouver que même lors d'un séjour berlinois d'un jour et demi et au milieu des pires tracasseries je tenais à me signaler auprès de toi. Ce que j'ai dit, je ne le sais pas, ce n'était certainement pas très malin. En tout cas, la morale de l'histoire est la suivante : il ne faut pas faire les choses au pas de course, or, ces dernières années, j'ai véritablement passé ma vie à courir. Tout ce trafic me répugne, quinze lettres et cinq livres par jour, alors que ma curiosité pour des gens nouveaux et des livres nouveaux est sévèrement restreinte, voire quasi éteinte, qu'avec ça mon propre travail devient de plus en plus difficile parce que je vais chercher des choses de plus en plus difficiles et parviens rarement à me ménager une période de concentration. Quant à savoir comment modifier et arrêter ça, je ne suis pas au point sur la question. Cela ne sera vraisemblablement faisable que si je pars une bonne fois pour six mois et si j'élimine, comme je l'ai fait il y a des mois de ça, tout le travail critique, ce qui a bien évidemment déjà occasionné à l'époque toute une série de vexations et d'offenses. Mon absence de confiance en moi ne me donne pas la dureté suffisante pour me défendre comme ce serait nécessaire ; il ne reste donc plus que la fuite, et jusqu'ici, en raison des pesanteurs familiales, il ne m'a *jamais* été possible depuis douze ans de rester absent plus de trois semaines d'affilée. Il va falloir imposer cela désormais, pour que je puisse enfin me mettre ou ne pas me mettre à un travail de plus grande envergure. Quoi qu'il en soit, il faut que je sorte de ce bagne qui ne fait que m'oppresser : ce que tu appelles le « succès », je ne le ressens pas du tout ainsi, mais seulement comme un fardeau. Quelque chose de la naïveté et de la joie pure s'est irrémédiablement perdu à cause de cette frénésie et de cette chasse et de cette fuite, et j'ai l'impression d'être un chasseur qui en réalité est végétarien, et à qui le gibier qu'il doit tuer ne procure aucune joie. Rien ne me préoccupe davantage que cette tentative de transformation de mon mode d'existence. J'ai déjà éliminé bien des choses, des conférences, des articles, tout ce qui est public, mais je n'ai pas encore trouvé la formule qui me rendra libre. Et sans liberté, je suis sans force d'âme véritable. Vu de l'extérieur, tout cela doit sembler parfaitement absurde, et même antilogique et aberrant, mais il n'y a rien à faire, c'est justement une aporie, et je ne comprends pas moi-même pourquoi je ne m'en sors pas. Il me manque quelque part dans mon état d'esprit un nécessaire sursaut de brutalité et d'assurance.

L'affaire du livre de Gundolf[1] m'a surpris. A l'époque, quand tu m'avais dit que tu avais vendu Adler[2], j'avais eu le sentiment que tu ne voulais pas continuer la maison d'édition. J'ai seulement omis

---

1. Friedrich Gundolf, *Romantiker. Fünf Aufsätze*, Berlin, 1930.
2. Contexte impossible à reconstituer.

d'en parler. De loin, je n'arrive pas à me rendre compte si c'est raisonnable ou non d'investir là le meilleur de ta force. Je n'ai aucune idée de la situation actuelle dans l'édition, et je ne sais pas si à terme l'individu peut y échapper à la cruelle loi de la concentration. J'aimerais bien parler avec toi de cela et de quelques autres choses, mais mes projets de voyage sont très incertains. Fritzi est actuellement en Suisse avec sa fille, et pour moi, la seule chose que je sais, c'est que je dois (de très mauvais gré) partir en août. Je préférerais de beaucoup rester chez moi en ce mois où le monde entier voyage, mais cela fait partie du chapitre de la fuite devant les gens : dès le début de l'agitation festivalière, je suis pris d'une peur panique, et, par expérience, non injustifiée.

Peut-être que j'aurais terminé mon gros livre d'essais avant l'automne, mais je ne le ferai paraître qu'au printemps pour lire lentement les corrections et ne pas être dans la précipitation. Quoi qu'il en soit je te ferai signe pour dire dans quelle direction le mois d'août me poussera, peut-être même que nous nous verrons.

Salue bien ta femme. J'ai failli la voir à Vienne, mais je me suis enfui dès que possible, et on m'a réexpédié par retour de courrier des lettres d'amis du même acabit que la tienne. Mais, comme je te l'ai dit, il est dans ma nature de toujours donner raison aux autres, et je suppose qu'il doit y avoir quelque chose de fondé dans cette aversion accrue. Peut-être, de ma part, des phénomènes de misanthropie liés à l'âge.

Bien affectueusement à toi,

Stefan

A Romain Rolland [lettre en français]

9 juillet 1930

Mon cher ami, je vous réponds immédiatement. Ne croyez pas que je sois insensible aux nécessités d'un homme et camarade comme Guilbeaux[1]. Je lui ai envoyé 400 marks il y a quelques mois, je lui ai procuré 300 marks pour les manuscrits de vous, pour les sauver d'une vente publique, je lui ai envoyé 200 marks il y a huit jours. Mais naturellement je ne peux pas lui assurer la vie tout seul. J'ai bonne conscience : j'ai donné plus de 10 000 marks l'année passée aux amis en détresse, cette année ce sont au mois de juillet déjà plus de 6 000. La misère est énorme, surtout parmi ceux de ma génération et ceux qui sont autour des 60 ans, personne n'achète plus leurs livres, ils ont une femme (généralement deux) et des enfants. Naturellement la part de chacun diminue en proportion du nombre. Je vous écris cela à vous seulement pour vous montrer que j'ai déjà donné pour ma part autour de 1 000 francs suisses à Guilbeaux. La loi juive demande 10 % du revenu pour les pauvres − je peux dire de moi que je surpasse bien le pourcentage formulé par l'Ancien Testament, car je donne plus de 10 %. Ils oublient tous qu'on ne peut donner que parce qu'on vit soi-même la vie d'un petit employé : je suis, je crois, le dernier écrivain d'Allemagne qui ne possède pas encore son auto et qui ne voyage pas dans les boîtes de luxe. Et si vous aviez le train de vie de la plupart d'entre eux, il ne resterait rien pour ceux qui sont en détresse.

---

1. Guilbeaux avait prié Rolland d'intercéder auprès de Zweig pour que celui-ci le soutienne financièrement.

Le cas de Guilb[eaux] est extrêmement difficile, parce que sa faculté de produire semble diminuée. Il n'a jamais été très fort comme écrivain et il raconte en général de petites anecdotes au lieu de donner de larges vues. Un homme qui a vécu les années de Lénine en Russie devrait avoir de grandes choses à dire. Je tâche de faire tout mon possible pour placer son autobiographie, car, pour un emploi, l'Allemagne a 2 millions 1/2 de sans-travail, l'Autriche 200 000 !! Chaque jour un autre vieux camarade est flanqué à la porte. Mais je m'occupe naturellement de sa personne − seulement les quelque mille marks dont il semble avoir besoin sont impossibles à trouver. Fidèlement

StZ

A Maxim Gorki

Salzbourg Kapuzinerberg 5
actuellement à Hambourg,
le 12 août 1930

Très cher Maxim Gorki,

Voilà honteusement longtemps que je n'ai pas donné de mes nouvelles, mais nous avons souvent et très cordialement pensé à vous, en particulier récemment, lorsque nous avons appris que ce paysage italien que nous aimons tant était menacé par un tremblement de terre[1]. Je suis actuellement en

---

1. Le 22 juillet 1930, un tremblement de terre avait fait 3 000 morts et 6 000 blessés dans les environs de Naples.

vacances et j'ai déjà achevé avec bonheur une grande partie de mon travail, si bien que je peux reprendre mon souffle et m'adresser à nouveau cordialement à vous. Il est tout à fait possible que je voie Vladimir Lidine [1] ces jours-ci, soit ici, soit à Berlin, et je suis extrêmement curieux d'en apprendre de sa part sur la situation en Russie davantage que je ne peux le faire indirectement par l'intermédiaire de journaux dont les comptes rendus ne sont que très partiellement objectifs et déforment la plupart du temps les événements dans un sens pessimiste. Je crois que la situation n'a jamais été aussi tendue, jamais si tragique et grandiose que cette année : la prochaine génération d'écrivains russes trouvera un objet aussi grand, voire encore plus grand que les événements de la Révolution française. Pour la première fois, la dimension économique est dotée de la majesté et du caractère élémentaire d'un phénomène naturel, un plan économique qui a quelque chose d'aussi exaltant qu'une bataille de géants. Si l'on veut comprendre ces événements, il faut entièrement réviser ses connaissances, ses sentiments, ses catégories totalement périmées, et je me donne tout le mal possible et imaginable pour en comprendre le plus de choses possible tandis que la plupart des intellectuels chez nous passent sur ces nouvelles catégories avec une indifférence et une indolence qui me semblent inexplicables. Ils ne semblent pas se rendre compte – ou ne veulent pas avouer – que dans le destin de la Russie c'est aussi le destin de toute la prochaine génération, peut-être même du prochain siècle qui est en jeu. Pour vous, mon cher, mon très cher Gorki, cela doit être très douloureux de ne pouvoir satisfaire cette

---

1. Vladimir Lidine (1894-1979), écrivain russe.

année votre désir de faire à nouveau un voyage en Russie. J'espère que votre santé n'en est pas la cause, et je vous souhaite qu'elle soit la meilleure possible. Vous devriez y veiller avec la plus grande attention. Vous nous devez encore la fin de votre grande œuvre narrative [1], et je l'attends avec une impatience quasi acharnée.

Il est tout à fait possible que je descende encore cet hiver à Naples ou à Sorrente. A dire vrai, je préférerais quitter tout à fait l'Europe pour deux ou trois mois ou au moins me rendre aux Baléares. Mais tout cela est encore très incertain, car il me faut d'abord achever un grand livre psychologique qui me retient auprès des bibliothèques et des villes : ce n'est qu'ensuite, fin septembre je pense, que je serai libre, et j'ai l'intention d'écrire un petit roman. Pour ça, il n'est besoin de rien d'autre que 20 feuilles de papier blanc et une plume, et on en trouve partout. Je me réjouis déjà de cette sorte de liberté, car je deviens intérieurement plus nomade d'année en année, et plus indépendant des lieux, des pays et des langues. Ce qui parle en faveur de l'Italie, c'est le désir de vous revoir et de revoir les vôtres, et si c'est le cœur qui fait pencher la balance, le choix de notre destination se fera certainement en ce sens.

J'espère que vous avez eu plus souvent des nouvelles de Rolland. Il est aujourd'hui le seul en France qui ait un rapport libre, clair et supra-politique avec la Russie, le seul avec qui l'on puisse parler humainement de ces choses, car sinon, il règne là-bas une ignardise déplorable, et une hostilité consciencieusement nourrie et exacerbée par les émigrés. Vous ne tiendriez pas huit jours à respirer cet air-là.

---

1. Maxim Gorki, *La Vie de Klim Samgine*.

Ce petit salut rapide pour vous montrer que nous pensons cordialement à vous, même lorsque nous faisons silence.

Avec mes compliments à vous tous,

votre fidèlement dévoué
Stefan Zweig

A Ben Huebsch

Salzbourg, le 22 septembre 1930

Très cher ami,

A l'heure qu'il est, vous nous avez certainement déjà échappé en traversant la mer, et mes sincères salutations vous accompagnent. Je me hâte de vous dire encore quelques mots. J'ai lu le *Mahdi* de Bermann [1] et lui ai dit sincèrement mon opinion, qui est que le livre est excellent, mais manque encore de densité et d'intensité dans certains passages. Il y travaille d'ailleurs encore. Cela donnera quelque chose de très bien dans l'ensemble. Sinon, pour ce qui est des nouveaux romans, j'ai lu celui d'un jeune auteur, Andreas Thom, *Vorlenz et Brigitte* [2], un bon livre, mais rien de capital, de même que *J'ai faim* de Fink [3], *peut-être un peu mieux*. Sinon, je n'ai rien eu entre les mains que je puisse considérer comme important, et même

1. Richard Arnold Bermann publia en 1931 sous le pseudonyme Arnold Höllriegel, *Die Derwischtrommel. Das Leben des erwarteten Mahdi*, Berlin.

2. Andreas Thom (1884-1943), *Vorlenz, der Urlauber auf Lebenszeit und Brigitte, die Frau mit dem schweren Herzen*, Vienne, 1930.

3. Georg Fink (1879-1944), *Mich hungert*, Berlin, 1930.

pour le roman de Feuchtwanger [1], je ne suis pas tout à fait au clair avec moi-même. Cet étrange mélange d'exagération, de satire, d'histoire et de caricature donne au livre quelque chose de fondamentalement inquiet, et je ne suis pas sûr qu'à l'étranger, où l'on ne dispose pas toujours des clés politiques permettant de comprendre les différents personnages, on perçoive bien et clairement de quoi il s'agit. Pour être honnête, j'attendais davantage après ces quatre ans de travail, ou inversement : peut-être que Feucht- wanger y a travaillé *trop* longtemps.

Je travaille actuellement beaucoup à mon livre, et je vous envoie aujourd'hui la première version du *Mesmer*. Le *Freud* suivra bientôt, et j'espère que vous n'avez rien contre le fait que j'en publie des parties dans un journal outre-Atlantique, en mentionnant bien entendu l'existence du livre. J'ai reçu de Leipzig et d'Oslo de bonnes nouvelles de *L'Agneau du pauvre*, mais la seule chose qui soit déterminante pour moi aujourd'hui, c'est de terminer, et d'écrire ensuite ce petit roman.

Soyez donc assuré que je surveillerai de près tout ce qui se passe, rien d'important ne m'échappera, et je vous écrirai ou vous télégraphierai immédiate- ment.

Saluez votre femme de ma part, et croyez à mes sentiments amicalement reconnaissants.

Stefan Zweig

❧

---

1. Lion Feuchtwanger (1884-1958), *Erfolg. Geschichte einer Pro- vinz*, Berlin, 1930.

A Romain Rolland [lettre en français]
Salzbourg, Kapuzinerberg
1er oct. 30

Mon cher ami, depuis longtemps je tiens à vous écrire, mais les temps sont si passionnants. J'observe avec une peur toujours croissante le terrible flux de la passion guerrière qui envahit l'Europe. Finlande, Pologne, Hongrie, Espagne, Italie, Yougoslavie, la moitié a déjà accepté la dictature, le reste suivra, demain l'Allemagne, après-demain l'Autriche : nous sommes déjà en face de l'ennemi. Et plus caractéristique encore : où sont les ex-nationalistes de 1914 et les chantres de la réunion pacifique entre la France et l'Allemagne de 1920, où sont-ils ? Je n'entends plus parler de leurs banquets et de leurs discours ! Flaireurs du vent, ils commencent à se couvrir la tête pour ne pas attraper froid. On ne fait plus d'affaires avec le pacifisme – donc réouvrons l'autre boutique, celle de 1914 ! Nous serons bientôt de nouveau entre nous, cher ami, on nous cédera bientôt la place.

Je ne veux pas chercher les raisons de ce changement. Sûrement la France a sa bonne part de culpabilité, elle qui se refuse à la révision nécessaire [1]. Et vraiment un pays avec 3 millions de sans-travail ne peut pas payer des sommes pareilles. Mais la vague a des couches plus profondes dans l'inconscient. C'est l'Europe qui veut se tuer : elle n'a pas réussi complètement en 1914. Maintenant elle renouvelle le bel effort. Vous avez bien senti cela le premier, vous avez remarqué que si le soleil se couche chez nous, il se lève au même moment dans l'autre

---

1. Il s'agit de la révision de la politique des réparations.

hémisphère. Hélas, je ne crois plus à la raison ou plutôt à son effet direct et immédiat. Et je trouve que le bon Freud était plus sage qu'on ne supposait[1].

D'ailleurs je travaille dans cette matière. Les deux autres essais sont finis, je prépare le troisième. Puis je veux écrire un petit roman. Assez d'essais et de psychologie. Inventer, créer, « créer tant qu'il fait jour » comme le bon Goethe disait[2].

J'approuve et je regrette à la fois que vous n'écriviez pas cette histoire de la musique en portraits[3]. Elle aurait gagné des milliers ou des millions de gens à l'amour de cet art qui nous console de toutes les stupidités journalières de nos chers frères en peau humaine et si peu frères dans l'esprit ! Mais je vous sais en bon travail.

J'ai grande envie de vous revoir. Je crois que je viendrai exprès en Suisse pour vous voir pendant l'hiver. Je vous avertirai. Et au mois de janvier février mars je me transplanterai peut-être jusqu'aux Baléares pour vivre enfin isolé de l'Europe et pour écrire mon livre.

Fidèlement, votre

Stefan Zweig

1. Zweig fait allusion à *Malaise dans la civilisation* [*Das Unbehagen in der Kultur*] paru au printemps 1930.
2. Propos de Goethe recueilli par Frédéric Jean Soret (1785-1865) dans ses journaux.
3. Zweig avait transmis à Rolland une proposition d'un éditeur allemand en ce sens.

Salzbourg, le 17 octobre 1930

Cher Eugen Relgis,

Je pars à l'instant et je vous envoie juste la réponse souhaitée, que vous pouvez modifier et compléter vous-même [1]. Je vous en donne pleine autorisation.

1) Pourquoi la jeune génération est-elle belliqueuse ?

Par un sentiment erroné d'infériorité. Elle a devant elle une génération d'hommes qui ont aujourd'hui de quarante à cinquante ans et qui ont été au front et s'en vantent. Maintenant, ils ont honte de paraître moins courageux devant ces hommes plus âgés et aguerris, et craignent, s'ils refusent de prendre sur eux cette démonstration de force et refusent pacifiquement la guerre, que l'on interprète leur attitude comme de la lâcheté. C'est la raison pour laquelle ils adoptent un comportement militaire – mais au plus profond, il n'y a là que la crainte d'être jugés insuffisamment virils, le motif le plus vil qui soit et en aucun cas de véritable haine.

2) Les livres de guerre servent-ils ou non le pacifisme ?

Je les considère malheureusement, malgré leur orientation presque univocément pacifiste, comme plutôt préjudiciables. La jeunesse cherche le romantisme, la tension, et elle les trouve dans la description de la guerre. Elle apprend ainsi à se rêver dans ces situations, même les plus atroces, et les rêves ont

---

1. Relgis avait manifestement expédié à Zweig une circulaire sous forme de questionnaire.

toujours dangereusement tendance à vouloir se réaliser. Une dernière chose : tous les livres de guerre sont écrits par des hommes qui sont rentrés de la guerre sains et saufs, et ils donnent donc aux jeunes gens l'espoir de sortir indemnes de telles aventures. Si les morts pouvaient parler, eux qui ont vécu ce qu'il y a de plus terrible, leur voix à elle seule ferait impression.

3) Comment est-ce que je vois la situation actuelle de l'Europe, entre Révolution et fascisme ?

Ce que les hommes supportent le plus mal, c'est l'incertitude, et c'est justement cette incertitude qui pèse aujourd'hui sur notre monde. Personne ne sait précisément ce qui peut se produire l'instant d'après, toutes les valeurs vacillent, il n'y a rien de stable. Or, les hommes aspirent tous aux certitudes, et ils adhèrent inconsciemment aux tendances qui promettent un régime, un ordre véritable. Qu'ils attendent cet ordre de la Révolution ou du fascisme, pour la plupart des gens, ce n'est en fait qu'un choix lié au hasard. En réalité, ils veulent tous en finir avec la peur plutôt qu'avoir peur indéfiniment, et rien ne s'apaisera tant qu'une évolution plus paisible ne sera pas garantie par l'union des Etats européens, au moins pour deux cent cinquante millions d'hommes.

4) Est-ce que j'observe déjà la présence d'un esprit européen ?

A vrai dire, non, je ne remarque que des intérêts européens communs. Les grands groupes industriels se sont jusqu'ici unis dans les faits, tandis que les artistes et les intellectuels se contentaient de parler d'unité européenne. Nous devons faire montre d'une grande méfiance à l'égard d'une grande partie des écrivains qui se comportent aujourd'hui comme des pacifistes, premièrement parce que ce sont pour la plupart les mêmes qui pendant la guerre étaient les plus virulents bellicistes, ensuite parce qu'ils pratiquent ce pacifisme en accord avec le gouvernement, et, en réalité, parce que c'est momentanément dans l'intérêt de leur patrie. Ils réclament le désarmement, mais pas dans leur propre pays, d'abord dans les autres. Ils attaquent les gouvernements des pays étrangers, mais pas le leur, alors qu'il est évident que le pacifisme courageux, le véritable et honnête pacifisme doit se dresser contre toute tendance guerrière et contre tout nationalisme, en premier lieu dans sa propre nation.

Certes, on se met ainsi dans une position inconfortable et impopulaire, mais nous pour qui le pacifisme n'est pas une conjoncture mais une conviction, nous devons d'ores et déjà nous habituer à avoir à effectuer un travail difficile et même dangereux, et nous devons justement aimer cette résistance, parce qu'elle exige de nous nos meilleures forces morales. Pour moi, nos adversaires militaires sont des ennemis moins dangereux – parce que déclarés – que ces affairés pacifistes d'après-guerre qui vont chercher leurs informations et leurs convictions auprès du ministère des Affaires étrangères, et n'interviennent et ne se montrent que là et précisément là où le ministère veut améliorer sa position et là où cela sied à leur patrie.

5) Est-ce que je nourris l'espoir que l'influence exercée sur la raison par l'esprit et la morale l'emportera ?

En toute honnêteté, je ne peux que répondre : pas de sitôt, et en aucun cas immédiatement. Il nous faut organiser nos efforts sur le long terme, et nous préparer à rencontrer beaucoup de résistances, et nous ne devons en aucun cas nous imaginer qu'il suffit d'un peu de discours intelligent pour que la passion et plus encore l'intérêt de la majorité soient subordonnés à la raison. Le seul espoir que je nourrisse en l'effet de la raison est celui que Freud a si merveilleusement exprimé lorsqu'il a dit : « Nous pouvons souligner autant que nous le voulons que comparé à la vie de pulsions de l'homme, l'intellect humain est sans force »[1], et nous pouvons bien avoir raison en le disant. Mais il y a cependant quelque chose de particulier dans cette faiblesse ; la voix de l'intellect n'est pas forte, mais elle ne s'arrête pas tant qu'elle n'a pas été entendue. A la fin, après d'innombrables refus souvent renouvelés, elle finit par l'être. C'est l'un des rares points sur lesquels on puisse être optimiste pour l'avenir de l'humanité, mais cela n'est pas rien. Le primat de l'intellect se trouve certainement à bonne distance, mais n'est vraisemblablement pas inaccessible.

6) Mes propres travaux ?

Je travaille actuellement à présenter dans mon livre trois grandes figures de psychologues. Ce type de portraits qui doivent d'une certaine manière être des peintures morales me semblent nécessairement montrer aujourd'hui, par des exemples et des contre-exemples, que l'effort intellectuel ou artistique finit toujours par s'imposer, et que les grandes œuvres nous procurent un bonheur qui nous console de la folie et de l'absurdité du présent. C'est pourquoi j'aime de temps à autre intercaler entre mes propres œuvres poétiques ce type de portraits en pied, pour

---

1. Citation non attestée.

apprendre moi-même de ces modèles, et donner en particulier à une génération plus jeune l'élan nécessaire à une grande patience et à un grand don de soi.

En toute hâte (je pars à Vienne à l'instant)

Stefan Zweig

◄◦►

A Romain Rolland [lettre en français]

25 oct. 1930

Mon cher ami, j'étais à Vienne et à Munich. Maintenant le travail m'a repris. J'espère finir mon livre en novembre. Puis les épreuves et puis – aux Baléares, pour écrire un petit roman. L'Europe est dégoûtante : haine, politique, stupidité. Mais tout de même je vois dans l'esprit combatif de la jeunesse d'Allemagne et de l'Europe entière quelque chose de sain : leur haine contre l'indécision comme on la pratique dans les palais de Genève, contre cette infecte méthode de ralentissement artificiel de toutes les questions. Ils veulent *voir* enfin des décisions. Ils sont las de ces pourparlers ennuyeux qui veulent anesthésier l'opinion publique et couvrir le fait qu'ils ne font *rien* à Genève que remplir des paperasses. Cette méthode du ralentissement continuel est naturellement contraire à l'esprit de la jeunesse – et grâce à Dieu, je me sens jeune aussi dans ce sens. Je hais et je condamne ces acteurs (mauvais acteurs) d'une entente européenne (Briand et tutti quanti) *plus* que les activistes, même plus que les francs nationalistes. Douze ans depuis la soi-disant paix, cinquante, cent cinquante « séances » pour couvrir qu'on ne fait rien parce qu'on ne veut pas faire quelque chose. Et l'Europe qui s'impatiente, une jeunesse qui ne croit plus à ces discours moelleux et contournés, qui tend l'oreille aux paroles (au moins claires) des Mussolini et Staline. Si vous croyez que ce soit juste, j'aimerais écrire un essai d'accusation contre la fainéantise de la « Société des Nations » qui rend impossible *notre* mouvement européen en disant qu'elle le prépare (et en vérité le ruine) [1]. Vous voyez donc que je ne suis pas de l'avis des autres qui voient du malheur dans la radicalisation de la jeunesse. C'est une réaction *très juste*, et sortie *inconsciemment* (malheureusement dans une fausse direction) d'un sentiment très juste. Il faudrait prendre de l'avance sur eux et attaquer *nous-mêmes* la Société des Nations pour sa lâcheté, sa paresse, son bureaucratisme stérile. Je crois qu'on ferait une bonne œuvre si on se réunissait pour lui donner un coup de fouet qui la réveillerait.

Cher ami, je vois que j'ai éduqué en vous un dangereux élève. J'avais commandé naturellement les esquisses de la « Neuvième » chez Heck [2] (trésor unique que le bon ignorant n'appréciait pas à sa juste valeur) et j'ai entendu que mon élève en autografibus a bien appris qu'il faut commander des choses précieuses par télégramme pour devancer les autres ! Excellemment fait, mon cher et bon élève ! Vous avez

---

1. Zweig rédigea effectivement un article sur le sujet : « Revolte gegen die Langsamkeit. Epilogue aux élections allemandes », in : *Die Zeitlupe*, Berlin, 1931.
2. Zweig possédait un certain nombre de manuscrits de Beethoven et avait été très intéressé par la mise en vente des brouillons de la « Neuvième » par le marchand d'autographes viennois V.A. Heck.

bien surpassé votre maître et aïeul ! Ah, je me mettrai dès maintenant en garde contre vous !

En littérature peu de choses importantes ! En Allemagne après la série A (guerre) maintenant la série B (révolution et après-guerre). Glaeser[1], Renn[2], Feuchtwanger[3] ont écrit le même livre à la fois. Très beau un roman de Joseph Roth, *Job*[4] (je lui dirai de vous l'envoyer) et *délicieux* un roman chinois du XVIIᵉ siècle, *Kin Ping Meh*. Le Insel Verlag vous l'enverra sans doute si vous le désirez.

A Vienne j'ai vu Katayama[5]. Il logera chez le bon Rieger et je vois déjà qu'ils seront bons amis.

J'attends votre Goethe et Beethoven ! Travaillez bien – c'est la plus belle invention du bon Dieu pour les pauvres hommes ! Votre fidèle

Stefan Zweig

Mes respects à M. votre père et mademoiselle votre sœur !

<><o><>

A Ben Huebsch

[Salzbourg, non datée ;
cachet de la poste : 31.10.1930]

Cher Monsieur, je voudrais vous signaler deux livres, premièrement le roman de *Ed. Heinr. Jacob* : « *La fille*

---

1. Ernst Glaeser (1902-1963), *Frieden*, Berlin, 1930.
2. Ludwig Renn (1889-1979), *Nachkrieg*, Berlin, 1930.
3. Lion Feuchtwanger, *Erfolg*.
4. Joseph Roth, *Hiob. Roman eines einfachen Mannes*, Berlin, 1930.
5. Toshihiko Katayama (1898-1961), écrivain japonais et traducteur de Rolland en japonais.

d'Aix-la-Chapelle »[1] qui sort en janvier dans le *Berl. Tageblatt* puis chez Rowohlt et qui doit être *extraordinaire* : je ne connais que le contenu et considère Jacob comme l'un des meilleurs écrivains qui soient.

Puis un petit roman plaisant d'*Helene Eliat, Saba rend visite à Salomon*[2], tout à fait dans la veine de ce roman américain d'Erskine (je crois qu'il s'appelle comme ça) *La Vie privée d'Hélène* – soit une parodie amusante. Rien de capital, mais amusant tout de même. Paru chez Ullstein. Vous devriez en tout cas le lire. Je vous écris bientôt davantage.

Pour aujourd'hui, je vous salue

Stefan Zweig

———— ◦ ————

A Otto Heuschele

Salzbourg, le 10 décembre 1930

Cher Otto Heuschele,

Je vous remercie vivement de vos vœux[3]. A dire vrai, on arrive à un âge où l'anniversaire apporte déjà certaines mélancolies ou plutôt certaines résignations. Je l'ai dignement fêté en ce que j'ai enfin terminé ce grand livre d'essais et ainsi dégagé la voie pour mon propre travail. Je m'y suis engagé plus profondément que je ne le voulais, et j'ai dû beaucoup raccourcir pour que cela ne soit pas un pavé. C'est un livre qui appelle la contradiction, mais

———

1. Heinrich Eduard Jacob, *Die Magd von Aachen. Eine von 7000*, Berlin, 1931.
2. Helene Eliat, *Saba besucht Salomo*, Berlin, 1930.
3. Zweig avait eu 49 ans le 28 novembre.

j'espère qu'il mettra en branle certains cercles de pensée. J'ai lu votre *Hofmannsthal*[1] avec grand plaisir. Vous avez eu bien raison d'abandonner tout à fait votre présentation à ce sentiment enthousiaste et de ne pas le contenir. Célébrer le gouverneur de la langue, le véritable poète, voilà la véritable fonction à laquelle vous êtes appelé, parce que vous-même savez ce qu'est la langue et devenez poète dans la parole. Il était nécessaire, en particulier aujourd'hui, d'opposer la noblesse de cette figure à la dimension commerciale de l'activité littéraire. Ce que j'écrirais encore volontiers sur Hofmannsthal, je dois renoncer à le faire. J'aimerais dépeindre la tragédie de son existence, le fait qu'il ait distingué ce qu'il y avait de plus élevé, l'ait approché dans son œuvre, et ait mystérieusement manqué de l'énergie ultime qu'il faut pour achever une œuvre de grande envergure. *La Mort de Titien*[2] aurait dû être une œuvre de portée mondiale, et avec ce fragment, elle est restée coincée dans le XIXᵉ siècle. C'est à nouveau la même chose dans le dernier roman que vous avez pu lire dans la *Corona*[3] : il commence plus somptueusement qu'aucune œuvre de prose allemande, et puis cette faiblesse des nerfs est revenue, cette étrange peur en lui, cette inquiétude qui le poussait à se tourner rapidement vers quelque chose de plus facile, de plus proche, de plus accessible, et tout cela conjugué a mené à une insatisfaction tragique en un

---

1. Otto Heuschele, *Hugo von Hofmannsthal. Dank und Gedächtnis*, Tübingen, 1930.

2. Hugo von Hofmannsthal, *Der Tod des Tizian. Ein dramatisches Fragment* écrit en 1892, publié à Berlin en 1901.

3. Hugo von Hofmannsthal, *Andreas oder die Vereinigten. Fragment eines Roman*, in *Corona*, nº 1, Munich-Zurich, juillet 1930.

homme chez qui pourtant le génie était plus évident que chez tout autre écrivain de notre époque.

J'aime beaucoup *La Poésie et la vie*[1] et je regrette de ne plus écrire sur les livres, sinon, je l'aurais fait volontiers à son propos. Mais c'est pour moi l'un des livres auxquels on revient pour trouver le bon critère d'appréciation du présent. Vous avez raison de ne pas appliquer à notre époque le critère sévère, mais le critère élevé. C'est une différence que peu de gens remarquent. Il n'est pas besoin de condamner ce qui est propre à l'époque : il suffit de faire l'éloge de ce qui est éternel. C'est la seule façon de créer de la distance sans blesser ceux dont le souci est autre, et en faisant l'éloge, on exerce son jugement sur un plan plus élevé.

Avez-vous lu le beau roman *Kin Ping Meh* paru chez Insel ? Avec le *Job* de Joseph Roth, ça a été pour moi la joie la plus pure de cet automne. Je tiens aussi beaucoup à vous recommander le livre de Walter Bauer *Voix des usines Leuna*, aux éditions Malik. C'est un instituteur de vingt-quatre ans, ancien ouvrier, qui a écrit ces poèmes, et je les trouve pour une part extraordinaires par leur grande sincérité et leur simplicité.

Bien fidèlement, votre

Stefan Zweig

---

1. Otto Heuschele, *Dichtung und Leben*, Heidelberg, 1930.

Salzbourg, le 10 décembre 1930

Cher ami,

Je t'envoie une lettre privée de M. Felsenthal [1] que je te demande amicalement de me retourner. Dans ma réponse, j'ai particulièrement attiré son attention sur *La Femme de Jephta* [2] et ta nouvelle pièce [3], et je lui ai promis que tu lui en enverrais un exemplaire. Ces jeunes gens ont monté le *Jérémie* à Düsseldorf et à Munich, à l'intérieur de leur communauté de travail, et qui plus est d'une façon qui était largement plus artistique et plus satisfaisante que toute représentation théâtrale. Des chœurs de récitants très travaillés, de jeunes gens qui, sans contrepartie, par simple passion, répètent quarante, cinquante soirs après leur travail quotidien au bureau ou à l'université, sans rémunération, une médiation comme un écrivain ne peut en rêver de meilleure. Ce n'est pas seulement par amitié personnelle pour toi, mais aussi à cause de ton *Jephta et Moïse* que j'ai tout de suite pensé à toi, et cela me ferait plaisir de pouvoir offrir à ces gens un vraiment beau texte, et t'offrir à toi une digne représentation de ton œuvre.

Dans l'affaire Specht [4], le résultat provisoire est pour l'instant réjouissant. On peut vraisemblable-

---

1. Herbert Felsenthal (1902-1945), avocat à Düsseldorf, très impliqué dans l'Union de la jeunesse juive dans le cadre de laquelle il avait mis en scène, à Düsseldorf et Munich, la pièce de Zweig *Jérémie*.

2. Ernst Lissauer, *Das Weib des Jephta*, Berlin, 1928.

3. Ernst Lissauer, *Der Weg des Gewaltigen*, Chemnitz, 1931.

4. Contexte impossible à reconstituer.

ment compter aussi sur la ville de Vienne. Je me suis une fois encore adressé directement au maire.

Porte-toi bien, et sois salué au nom de notre vieille amitié

Stefan Zweig

———◆———

A Franz Servaes

Salzbourg, le 11 décembre 1930

Très cher Franz Servaes,

Je voulais juste vous remercier et vous saluer pour votre aimable lettre. Cela fait bien longtemps ! Je suis profondément immergé dans un travail sur un essai, mon livre *La Guérison par l'esprit*, une excursion téméraire au mystérieux pays de la médecine psychique. Mais c'est là ma passion, arriver toujours par un autre chemin que celui qu'on attend, et, profiter de ce que les domaines sont si éloignés les uns des autres pour apprendre davantage de la vie en étudiant. Je suis très curieux de savoir quand nous devons attendre à nouveau de vous quelque chose d'assez important, j'espère que votre dur travail au journal [1] vous laisse encore du temps pour votre œuvre personnelle. Votre *Rembrandt* [2] représente encore tant de choses pour moi que je souhaiterais que vous continuiez à travailler en ce sens. Les livres

---

1. Servaes travaillait depuis 1919 pour le *Berliner Lokal-Anzeiger*.

2. Franz Servaes, *Rembrandt im Rahmen seiner Zeit*, Vienne, 1926.

de cette veine perdurent et comptent, tandis que les mots écrits dans le journal s'envolent.

Je ne viens pas à Berlin pour l'instant. Après ce dur travail, j'ai l'intention de partir en janvier dans le Sud et d'essayer de voir si je suis encore capable d'écrire quelque chose de littéraire après tant de choses marginales.

Bien fidèlement, votre

Stefan Zweig

———◦———

A Rudolf G. Binding

Salzbourg, le 5 janvier 1931

Très cher Monsieur,

Je vous remercie beaucoup pour votre important article qui a cette grande tenue qui caractérise vos travaux publiés. C'est une merveille que cette formule de « sens corporel » [1] ; cela fait partie des formulations les plus riches de significations qui aient été trouvées ces derniers temps. Je l'aurais bien volontiers reprise dans mon nouveau livre que vous aurez entre les mains dans un mois. J'y ai évoqué dans le même esprit, mais pour ainsi dire en marge, le fait que malgré tous ses défauts, notre époque a conquis la vertu de la sincérité, et que tout dogmatisme dans le domaine intellectuel devient toujours très vite insupportable. Nietzsche avait déjà vu cela, le fait que, comme il dit, « les grands systèmes sont

---

1. L'article comme les citations de Binding auxquelles il est fait référence n'ont pas été identifiés.

une sorte de nobles puérilités »[1], et nous prenons conscience chaque jour davantage que c'est justement ce qui est sujet à transformation qui exprime la véritable pérennité de la vie. J'aime beaucoup votre expression selon laquelle « l'ouvert correspond davantage à l'esprit du temps que le fermé » – La seule chose qui importe est que nous continuions à respecter le fermé, et que nous cessions de qualifier de faux ce qui n'est pas vraisemblable comme se le donnait pour règle l'insolente philosophie des Lumières aux XVIIIe et XIXe siècles. Tout comme vous, je me sens du côté de la nouvelle génération, contre les rétifs et les incrédules. Cela augmente mon impatience de lire votre prochain livre, car seul peut être vraiment productif celui qui acquiesce fondamentalement à son temps, au présent et au futur. J'aime ce puissant « oui » qui traverse votre œuvre.

Je pars dans quelques jours pour l'Espagne, ou plutôt pour les Baléares en passant par l'Espagne, pour tenter de m'y couper de l'Europe en travaillant à une œuvre narrative. Entre-temps, mon livre va paraître. Il traite d'un thème psychologique et je ne saurai qu'en avril et en mai quelle approbation et quelle agitation il aura éveillées.

J'aurais presque envie aujourd'hui de vous souhaiter quelque chose de méchant, à savoir que votre route vous mène à nouveau à Gastein[2]. Mais vous savez ce que j'entends par là : je ne souhaite que le plaisir de votre visite et d'un bon moment passé ensemble.

---

1. Zweig cite de mémoire, et très approximativement, un passage du *Crépuscule des idoles* (26).
2. Bedgastein, célèbre station thermale autrichienne proche de Salzbourg.

Bien cordialement à vous, votre respectueuse-
ment dévoué

Stefan Zweig

————◆◇◆————

A Ben Huebsch

Cap Antibes, 27. II [1931]

Cher ami,

Je vous ai écrit il y a quelques jours, et voilà
que je reçois votre aimable lettre de Salzbourg, qui
m'a été réexpédiée, et je veux encore vous remercier
et vous répondre rapidement. Les Paul m'ont écrit
qu'ils n'avaient pas grand-chose à faire, et je leur ai
donc demandé de s'occuper *aussitôt que possible* de la
Thérapie, pour qu'il soit encore possible de boucler
une parution à l'automne. Je crois qu'il est particulièrement important pour ce livre qu'il ne se passe
pas trop de temps entre la parution actuelle et celle
qui aura lieu en Amérique. Je vous remercie vivement pour les livres [1]. Nous nous réjouissons déjà
beaucoup à la perspective de les trouver à Salzbourg.

Joseph Roth et moi parlons ici souvent et cordialement de vous, et j'espère que vous ressentez un peu
de nos bonnes pensées. Je répète combien nous nous
réjouirions tous deux de vous revoir cet été ou cet
automne, et nous vous saluons tous bien cordialement

Votre
amicalement dévoué
Stefan Zweig

———————

1. Huebsch avait envoyé à Zweig la traduction anglaise de ses
Trois Maîtres et du *Joseph Fouché*

J'avais confié l'essai sur Freud à une agence d'ici qui s'occupe de différentes langues, mais je n'ai pas encore été informé de son sort. D'ici là, vous aurez déjà depuis longtemps le livre entier. Je pense naturellement déjà au prochain, et j'y travaille, un roman dont j'espère qu'il avancera bientôt et dont je pourrais vous montrer une grande partie, si ce n'est la totalité cet été. Mille salutations !

◈

A Jean-Richard Bloch [lettre en français]

[Salzbourg, non datée ;
cachet de la poste : 30.3.1931]

Mon cher Jean-Richard,
Revenant d'un long voyage je trouve ton livre [1] et inutile de dire que c'est une joie personnelle pour moi de le lire. J'entreprends maintenant un petit roman très sérieux et très serein ; ce n'est pas facile même pour un vieux travailleur comme ton fidèle

Stefan Zweig

◈

A Sigmund Freud

Salzbourg, le 16 juin 1931

Monsieur le Professeur, j'espère qu'en tant que « connaisseur des hauts et des bas » vous ne jugerez

---

1. Jean-Richard Bloch, *Destin du théâtre*, Paris, 1930.

pas totalement superflu ce tirage hors commerce que je ne communique qu'à un cercle *des plus restreint* : ces neuf lettres écrites par Mozart à l'âge de vingt et un ans et dont je ne publie ici qu'*une* lettre *in extenso* jettent d'un point de vue psychologique une lumière très singulière sur son érotique personnelle, qui révèle un infantilisme et une coprolalie effrénée que l'on ne trouve avec cette force chez aucun autre grand homme [1]. Ce serait à la vérité une étude intéressante pour un de vos élèves, car toutes les lettres tournent globalement autour du même thème. Je saisis cette occasion pour vous dire mon admiration et mes vœux les plus sincères pour votre santé, et je reste votre toujours fidèle

Stefan Zweig

---◇---

A Frans Masereel

Salzbourg, le 18 juin 1931

Cher Frans,

Je laisse tomber Winterthur [2]. Je me suis déjà décommandé bien que j'aie été fermement déterminé, mais je présumais que j'y verrais Rolland et tu sais par suite de quel triste événement il est exclu de le

---

1. Zweig avait acheté à Vienne au printemps 1931 quatre des neuf lettres de Mozart à sa cousine Maria Anna Thekla Mozart et avait fait un tirage hors commerce à 50 exemplaires d'une des lettres.

2. En 1929, Masereel avait dessiné 13 mosaïques pour le solarium de Georg Reinhardt à Winterthur. Les mosaïques avaient été réalisées et mises en place entre 1929 et 1931.

rencontrer au cours des prochaines semaines [1]. Dommage, cela m'aurait tellement fait plaisir pour toi, et puis surtout je voulais discuter avec toi de l'affaire russe [2]. Ecris-moi surtout pour me dire si tu *es vraiment partant* ; mon éditeur américain vient bientôt, et je pourrais négocier avec lui cinquante-cinquante pour les journaux et les livres comportant des dessins de toi, et te procurer l'avance nécessaire pour l'anglais, l'allemand, et vraisemblablement l'espagnol. Cela donnerait un livre superbe. Dis-moi seulement si tu envisages ça sérieuseel, je crois que nous pourrions partir dans six ou huit semaines jusqu'à la frontière chinoise direction le Turkestan et la Crimée, ce serait fabuleux.

Pour ce qui est de tes tableaux, je prie Monsieur le Bien-Né de bien vouloir avoir l'amitié de m'adresser quelques photographies des plus récentes ainsi que les indications de taille et de prix pour que je puisse considérer de plus près son offre amicale. Tu vois que je procède de façon strictement « commerciale ».

Juste une chose encore pour l'affaire russe : j'obtiendrais certainement des éditeurs l'argent pour des avances, je me ferais également tranquillement offrir des billets gratuits pour les trains en Russie, en revanche, la condition serait pour moi que nous n'acceptions *pas un* rouble de subvention provenant du gouvernement ou d'un de ses services. Il faut rester entièrement libres. Donc, je t'en prie, réfléchis

---

1. Le père de Rolland était mort le 16 juin 1931.
2. Zweig avait proposé à Masereel un voyage commun en Russie pour réaliser un livre. Le projet n'aboutit pas.

bien. Avec les reproductions dans les journaux, le livre rapporterait des sommes fabuleuses.

Bien cordialement à toi

Stefan Zweig

———————◇———————

A Anton Kippenberg

[Thumersbach, 7 juillet 1931]

Prof. Kippenberg

Cher Monsieur, je vous ai renvoyé aujourd'hui l'introduction corrigée du *Gorki*[1] : si vous voulez encore corriger quelque chose, je n'ai rien contre. S'il le faut, elle peut également paraître dans l'Almanach ou Inselschiff.

Mon travail avance. Il n'y a qu'au milieu du roman qu'il reste encore un fossé profond que je n'arrive pas à passer. Mais peut-être que des ailes vont soudainement me pousser et que j'aurai alors la voie libre.

Je viens encore d'acquérir une jolie pièce de choix à Vienne[2]. Mais ça suffit pour cette année. Il faudra d'abord recommencer à gagner de l'argent.

Bien cordialement, votre

Stefan Zweig

—————————————

1. Zweig avait rédigé une introduction à un volume de nouvelles de Gorki publié par Insel en 1931.

2. Zweig fait allusion aux lettres de Mozart. Anton Kippenberg possédait à l'époque une des plus belles collections de manuscrits de Goethe. Dans *Le Monde d'hier*, Zweig note que leur commune passion pour les manuscrits contribua à les rapprocher.

7 juillet 1931
Thumersbach chez Zell au bord du lac

Je reçois à l'instant votre présent inattendu [1] qui me réjouit au plus haut point ! Hirzel [2] a dû être le modèle de vos débuts inaccessible en apparence : vous l'avez dépassé depuis ! Que sa conception du monde semble aujourd'hui étroite au regard de la vôtre !

L'intérêt que vous avez la bonté de me témoigner est tel que dès que je l'aurai entre mes mains, je vous révélerai quelle pièce je viens d'obtenir à Vienne – c'est une relique de la même veine que les autres grandes que je possède. Il faut y aller maintenant, ce sera sans doute la dernière moisson. Et ce que l'avenir nous réserve est pour le moins incertain ; je ne parviens pas à partager l'optimisme général sur le plan Hoover [3]. Soit on abolira *très prochainement* les frontières douanières à l'intérieur de l'Europe, soit l'Europe est fichue. Contre deux organismes géants aussi unifiés que l'Amérique et la Russie, l'Europe éclatée, non organisée ne pourra pas s'affirmer économiquement : qu'est-ce que cette misérable Société des Nations et cette politique d'affrontement et cet idiot pacte de paix à toutes les nations ont pu faire comme dégâts ! Quand retrouverons-nous tous vrai-

---

1. Vraisemblablement le catalogue de l'exposition berlinoise de la collection Goethe de Kippenberg.
2. Salomon Hirzel (1804-1877), libraire de Leipzig qui possédait une importante collection de manuscrits de Goethe.
3. Le plan Hoover de mars 1931 instituait un moratoire sur le règlement des dettes entre Etats.

ment chez nous la confiance, ce combustible de toute
réalisation !

Bien cordialement, votre

St. Z.

<hr />

A Fritz Adolf Hünich

Salzbourg, le 22 août 1931

A Monsieur Fritz Adolf Hünich
Cher Monsieur,

Vous savez que je ne suis pas très favorable aux
encarts publicitaires, mais le cas est trop amusant et
peut-être pourriez-vous faire parvenir aux journaux
l'encart suivant [1] :

« *La thérapie par l'esprit adaptée trois fois au théâtre.*
Quelques semaines à peine après sa parution, la
grande étude de Stefan Zweig sur Mary Baker-Eddy
dans le livre L.T.p.l'E. a suscité non moins de trois
pièces de théâtre. Ernst Toller et Hermann Kesten
en ont fait une pièce, *Miracle d'Amérique* [2], Ruth Langner la pièce *La Sainte d'Amérique* [3] et l'écrivain suisse

<hr />

1. Les éditions Insel ne donnèrent pas suite à la proposition
de Zweig.

2. Ernst Toller (1893-1939) et Hermann Kesten (1900-1996),
Wunder in Amerika. Mary Baker Eddy, Berlin, 1931 (texte du spectacle, exemplaires hors commerce).

3. Ilse Langner (1899-1987) (et non Ruth Langner, agent
théâtral de Zweig aux Etats-Unis), *Die Heilige aus dem USA. Ein
Drama*, Berlin, 1931 (texte du spectacle, exemplaires hors
commerce).

444

Cäsar von Arx [1] a également rédigé une tragédie, ces trois pièces devant être jouées cette année sur les scènes allemandes. »

Si je suis pour la rédaction de ce texte ou d'un texte de ce type, c'est qu'à l'exception de Cäsar von Arx, les autres n'ont pas sollicité auprès de moi d'autorisation ni ne m'ont informé, et qu'il peut être tout à fait bénéfique au livre que l'on voie d'où ils ont tiré leur moût. Bien entendu, pas question de mentionner cela dans le texte, c'est juste que cela m'amuse.

J'espère que vous vous êtes déjà bien remis, sincères salutations de votre

Stefan Zweig

───────◆◇◆───────

A Wieland Herzfelde [2]

Salzbourg, le 12 septembre 1931

Cher Monsieur,

Ne m'en veuillez pas de ne pas signer la pétition pour Sinclair [3], car à mon sens il n'y a *primo et unico loco* qu'un seul homme qui entre en ligne de compte pour le prix Nobel, un homme qui est consciencieusement ignoré depuis vingt ou trente ans, un homme plus âgé, et à mon sentiment plus important : Maxim Gorki. Je trouve abominable que pour des raisons

---

1. Cäsar von Arx (1894-1949). Le texte n'est pas identifié.
2. Wieland Herzfelde (1896-1988), écrivain allemand, cofondateur des éditions Malik à Berlin en 1917.
3. Upton Sinclair (1878-1968), écrivain américain. Herzfelde avait lancé une pétition pour l'attribution à Sinclair du prix Nobel de littérature 1931.

politiques la Russie continue à être ignorée quand il s'agit d'un problème strictement littéraire, et que l'on soit allé en son temps jusqu'à passer Tolstoï sous silence. J'admire et je respecte beaucoup Sinclair, mais les deux personnes qui sont plus âgées et dont l'âge avancé ne souffre plus d'ajournement – Maxim Gorki et Sigmund Freud – passent pour moi avant lui.

Bien cordialement, votre

S.Z.

[Court texte en français [1] :]
Mon cher et grand Gorki, voilà ma réponse à une requête qui demande le prix Nobel pour Upton Sinclair. Je ne cesserai de le demander pour vous ! Je viendrai au printemps en Russie pour un grand voyage et un livre. Votre fidèle

Stefan Zweig

—◦—

A Max Brod

Salzbourg, le 15 octobre 1931

Mon cher Max Brod,

Votre roman [2] m'avait déjà été adressé par Zsolnay, et je m'en suis saisi aussitôt, car chaque livre de vous m'importe, en particulier lorsqu'il touche à

---

1. Le texte en français était joint à la lettre d'Herzfelde que Zweig fit suivre à Gorki.
2. Max Brod, *Stefan Rott oder das Jahr der Entscheidung*, Vienne, 1931.

un si noble débat. Je trouve que vous y avez extraordinairement bien réussi l'essentiel de ce que vous vous étiez proposé, à savoir la peinture de cette double voie que suivent les jeunes gens chez qui la matière première, dans le cerveau comme dans le sexe, se trouve dans une même ébullition concomitante, s'y déployant en une intellectualité parfaitement pure et extatique et exigeant dans le même temps une véritable décharge. Cela est vrai, et c'est la seule chose vraie : la chair et l'esprit veulent chacun affirmer leur droit en une continuelle opposition, et l'idéalisme de la pensée a souvent besoin du cynisme de la parole pour se maintenir en équilibre. Tout cela est somptueux, et j'aime peut-être même Anton [1] encore plus que Stefan, car chez lui, l'état intérieur atteint un plus fort état de conscience de soi. Vous avez touché là un problème très profond. Car tandis que tous les autres veulent isoler l'idéalisme dès qu'il s'agit d'un homme jeune, vous l'avez mis en relation dynamique avec le monde de ses pulsions, une démarche véritablement humaine et morale qui va dans un sens très juste et très pur. De ce fait, votre confrontation avec le problème de la jeunesse se fait sur un plan tout à fait différent et bien plus élevé que les habituels livres programmatiques ; d'un côté un type de la masse, de l'autre le seul qui nous importe, le type de l'élite ; d'un côté, la jeunesse moyenne qui s'embourgeoise peu à peu, de l'autre, le portrait de quelques jeunes gens dont on sent qu'ils sont importants parce qu'ils abordent ce qui est problématique de façon problématique. Je trouve également très juste et très bien vu le fait que

---

1. Anton Liesegang, « génial camarade de classe cynique » (Max Brod) du héros éponyme.

vous ayez situé cette jeunesse dans les jours précédant la guerre, mais en un endroit où la guerre était déjà présente de façon latente avant de devenir visible avec les déclarations de guerre. Le livre prend du même coup une valeur documentaire. Je ne cherche pas à en diminuer la valeur en le désignant, au contraire de votre dernier livre [1], comme un livre pour hommes, car il y a là aussi une certaine rigueur qu'une forme aimablement légère, et légère en apparence seulement, ne peut dissimuler. Il s'agit là de décisions intérieures, et même les dialogues en apparence purement dialectiques relèvent de la décision.

La seule réserve que je pourrais émettre à propos de votre livre est quelque chose que vous revendiquerez peut-être, à savoir que ce roman n'est pas terminé. Vous abandonnez votre Stefan au moment même où il prend de l'importance à nos yeux. Il est maintenant formé, effilé comme une flèche : on voudrait maintenant le voir voler, savoir où il ira, jusqu'à quelle hauteur et à quelle distance. Vous ne pourrez faire autrement que de continuer à le montrer à tous ceux à qui vous l'avez rendu intéressant. Je crois que vous n'éviterez pas un deuxième roman, car je ne trouve personnellement pas dans la fin de solution ni de résolution, et le livre a d'une certaine façon éveillé ma curiosité au lieu de la satisfaire vraiment. Vous comprendrez, cher ami, que cela n'est pas une critique, peut-être même, vraisemblablement même que mon souhait est un compliment honnête, car je voudrais en savoir davantage encore sur ce personnage auquel je me suis attaché, ou plutôt sur tous les personnages. Et en même temps, quel travail

_____

1. Max Brod, *Zauberreich der Liebe*, Berlin, 1928.

que de les dépeindre justement pendant la guerre et après la guerre, pas comme Hasek [1], de façon magnifiquement gaie, ironique, mais avec tout le sérieux historique que réclame une confrontation qui dure depuis des siècles ! Vous pouvez être heureux de ce livre, mais vous ne devez pas vous reposer. La force de son contenu n'est pas encore épuisée, le thème n'est qu'esquissé ; en avant donc, en avant. Vous vous êtes sans vous en rendre compte attelé à une immense tâche, maintenant, il vous faut la mener à bien.

Je suis très heureux que vous ayez réussi ce livre, et je suis d'autant plus à même de l'apprécier que j'ai moi-même essayé un roman. Mais je l'ai mis de côté, il n'était pas assez intense encore à mon goût, et un livre comme le vôtre me montre combien il faut placer la barre haut. Il m'a beaucoup appris, une responsabilité sérieuse, sévère et intellectuelle, et l'élève en moi vous remercie aussi sincèrement que le lecteur heureux.

Permettez-moi de vous prendre la main sincèrement et de la serrer au nom de notre longue amitié et du lien qui nous unit. Vous avez écrit là ce qui n'est peut-être pas votre plus beau livre, mais certainement le plus important et le plus essentiel.

Bien fidèlement et cordialement, votre

Stefan Zweig

Quel dommage que nous nous voyions si rarement ! Je voyage beaucoup, mais la plupart du temps vers l'ouest et le sud ; je viens à nouveau de passer auprès de Rolland des heures merveilleuses. Je réagis

---

1. Jaroslav Hasek (1883-1923), écrivain tchèque, auteur des *Aventures du brave soldat Chveik*

intérieurement avec calme à ce que l'époque a de chaotique – je sens dans tout cela une volonté métaphysique. Cette déliquescence est un acte organique qui se situe au-delà de la raison, nous ne pouvons pas l'accélérer ni le ralentir – l'essentiel serait de le comprendre. Ce qui m'a beaucoup réjoui aussi dans votre livre, c'est qu'il se situe au-delà de toute amertume, qu'il acquiesce, même là où profondément il aurait voulu que le monde soit différent.

◦

A Lavinia Mazzucchetti

Salzbourg, le 17 octobre 1931

Chère Lavinia Mazzucchetti,

Mille mercis pour votre aimable lettre, cela me fait un plaisir immense que la *Thérapie par l'esprit* paraisse prochainement ; l'édition française est loin d'en être là, j'en ai retardé la sortie conformément à ma promesse, et même le *Freud* n'a pas encore été donné à l'impression (on ne commence que maintenant). Pour le roman, je n'en ai fait que la moitié, et je travaille maintenant à une grande et très intéressante biographie[1] qui avance rapidement et qui vous plaira.

Une chose : j'ai appris le 1er septembre par une lettre de Mondadori[2] que je devais toucher 2 971 lires. Je ne les ai pas encore reçues et ne l'ai pas non plus relancé, et ce pour une raison précise. Je n'ai pas de scrupule à vous ouvrir mon cœur : nous avons

_____

1. SZ, *Marie-Antoinette*, Leipzig, 1932.
2. Editeur de Zweig à Milan.

depuis huit jours une nouvelle ordonnance sur les devises qui stipule que l'on est obligé de déclarer immédiatement toutes les sommes perçues en monnaies étrangères, ainsi que les avoirs que l'on a auprès d'une banque étrangère – mais *pas* auprès de particuliers vivant à l'étranger. Vous comprendrez donc qu'en fait, cela m'arrangeait de ne pas recevoir l'argent en lires en ce moment même, puisqu'en bon citoyen, je devrais le déclarer aussitôt, mais que je préfère attendre encore un peu, sachant que cette clause impossible sera vraisemblablement supprimée, ou alors jusqu'à ce que je me rende moi-même en Italie ou en France. Il y a maintenant trois possibilités :

premièrement, je laisse encore l'argent tranquillement là-bas et je reste votre débiteur

deuxièmement, je vous fais virer le tout, et vous êtes assez aimable pour toujours garder à ma disposition la part qui me revient quand je viens en Italie ou en France, ou

troisièmement j'écris à Mondadori de commencer par vous virer mille lires, et de laisser le reste sur mon compte.

Je ferai donc tout en fonction de vos propositions, les trois possibilités sont correctes d'un point de vue légal, et ne constituent pas d'infraction à la sacro-sainte loi. Faites-le-moi savoir d'une ligne, et envoyez-moi peut-être, si je dois écrire à Mondadori, un bref brouillon en italien, car mon italien est plus adapté à la rédaction d'un poème qu'à celle d'une lettre commerciale.

Bien cordialement, votre

Stefan Zweig

A Benno Geiger [1]

Dear old Benno, c'était une surprise, mais une bonne surprise de recevoir de toi une confession poétique, pour moi, un bout de jeunesse soudainement mis en lumière, et des souvenirs brusquement ravivés. Etant donné que cette confession [2] est privatissime, son aspect cru et par trop exact ne me gêne pas, tu sais, et personne ne sait aussi bien que toi que les minauderies n'ont jamais été mon genre, et quand la vie privée est si parfaitement sublimée par la forme poétique, tout ce que cela a de pénible disparaît. J'ai beaucoup apprécié ces vers et leur alternance de liberté voulue et de dure vibration métallique ; qu'ils soient dépourvus de pathos et tirent parfois d'eux-mêmes une imposante solennité sans la rechercher ni la mettre en scène me les fait apprécier intimement. Comme d'habitude, tu es, avec ce livre inclassable et totalement singulier, un homme singulier – un *fuor-uscito* de toute « littérature », avec toute la fierté et la possibilité de souffrance que confère cette position marginale.

Nul besoin de te dire que j'aimerais beaucoup te revoir un de ces jours. Les « succès » rendent ma vie plus publique que je ne le voudrais – je me réfugie auprès de moi-même en faisant beaucoup de voyages et d'escapades, et je m'étonne ensuite de ce qu'à

---

1. Benno Geiger (1882-1965), historien de l'art, vécut à Rodaun (près de Vienne), puis à Venise où il fut marchand d'art. Il fut aussi poète et traducteur.

2. Vraisemblablement Benno Geiger, *Die drei Furien. Gedichte*. Sans doute tirage privé hors commerce.

cinquante ans, on s'amuse exactement aussi impuné-
ment, on se débrouille pour être aussi puéril et bête
qu'en l'an 1910, qu'on n'est donc pas calcifié et
pétrifié comme la plupart des monuments d'argile de
notre littérature, qui sont des parodies d'eux-mêmes
sculptées dans le marbre. Je crois que tu ne serais
pas trop déçu : les premiers choix d'amitié que l'on
fait spontanément dans la jeunesse ont davantage de
sens que toutes les vieilles récoltes postérieures : il
s'y joue des attractions et déterminations plus mys-
térieuses que les simples associations cérébrales.

Je vais en Italie de temps à autre, plus souvent
à Paris. Mes amis d'en bas sont essentiellement
Enrico Rocca et toujours Borgese. Sinon je vis ici
– dans ma maison qui a considérablement changé
depuis l'époque – une vie monacale (avec parfois des
pensées de faune, comme tout moine qui se respecte).
Je travaille et m'émerveille de voir qu'une bonne
partie de ça procure du plaisir aux autres. Porte-toi
bien, vraiment bien, sois heureux, et sois assuré de
l'amitié de ton vieux

Stefan (un peu grisonnant)

———◇———

A Clara Katharina Pollaczek [1]
Salzbourg, le 28 octobre 1931

Madame, j'éprouve le besoin de vous adresser un mot
et de vous remercier pour toute la bonté et l'amitié

———

1. Clara Katharina Pollaczek (1875-1951), poète et traductrice
autrichienne.

que vous avez témoignées ces dernières années à notre estimé Arthur Schnitzler[1]. Cela m'a souvent peiné de penser combien il avait été seul – par respect pour lui, je n'osais l'aborder autant que j'aurais peut-être dû le faire – et j'étais toujours intérieurement réconforté en pensant à la profonde et respectueuse amitié dont vous avez embelli ses dernières et plus dures années. Nous tous qui savons qui il était sommes plus liés que jamais aujourd'hui qu'il n'est plus là, et vous comprendrez donc sans doute que ce désir de vous saluer est né d'une sincère émotion.

Votre toujours dévoué

Stefan Zweig

◆

A Felix Salten

Salzbourg, 2 nov. 1931

Très cher Monsieur, je vous remercie vivement pour votre bonne lettre : seule la sincérité peut répondre convenablement à des propos si affectueux. Je ne veux pas me faire meilleur que je ne suis, ne veux pas dire que c'est mû par un noble sentiment ou une digne modestie que je refuse une célébration dont je perçois très clairement l'importance, et qui m'honore[2]. Mais j'avoue la vérité – je souffre de

---

1. Schnitzler, qui connaissait C.K. Pollaczek depuis 1905, était mort dans ses bras le 21 octobre 1931.

2. Salten avait proposé à Zweig d'organiser une célébration de son cinquantième anniversaire dans le cadre du PEN-Club autrichien, dont il était président.

454

complexes vis-à-vis du public, d'une phobie absurde, mais incurable (que vous connaissez certainement à cause du festival). Il m'est impossible d'être le centre ou l'objet principal de l'attention, d'écouter un discours sur moi, de m'asseoir à une table avec un grand nombre de gens ; je me sens aussitôt mal à l'aise, gêné, je dis les choses les plus stupides, et à ma grande honte (oui, c'est bien de la honte) je n'ai dans les moments importants pas de tenue devant les gens, ou alors une attitude ridicule. Il n'y a qu'assis à mon bureau que je me sente en sécurité, ou en compagnie de quelques personnes de mes amis, partout ailleurs, j'ai un stupide poids dans la gorge, et un vide de sang dans le cerveau qui ne passe pas longtemps inaperçu. C'est la raison pour laquelle j'ai évité, à Paris et partout, tous les banquets du Pen-Club, et toutes les autres invitations (au grand dam de mon éditeur, Grasset, qui avait déjà convoqué tous les gens possibles et imaginables[1]) mais vraiment je ne *peux* pas, bien que je le désire beaucoup. Transmettez, je vous prie, à votre cher collègue mes plus vifs remerciements et mon sentiment collégial. Et personnellement, je n'oublierai jamais la cordialité et la bonté avec laquelle vous m'avez invité.

Je viens juste – avec grand plaisir – de commencer votre livre[2]. Peut-être pourrai-je écrire un article que je projette depuis longtemps, « Prison pour les animaux »[3], et prendre votre livre à témoin

---

1. Bernard Grasset avait vraisemblablement voulu organiser une célébration du même type.
2. Felix Salten, *Freunde aus aller Welt. Roman eines zoologischen Gartens*, Vienne, 1931.
3. Zweig n'écrivit pas d'article portant ce titre.

en posant la question de savoir de quel droit nous autres hommes enfermons à vie des animaux innocents. Pour les hommes, on peut bien construire la notion de « culpabilité », mais les animaux, qu'ont-ils fait ? Je perçois déjà cette accusation dans les trente premières pages de votre livre, et j'espère que je trouverai un endroit où placer ce débat qui à mon sens n'est pas sans importance. Dès que je l'aurais lu en entier, je vous écrirai.

J'éprouve un intense besoin de m'entretenir bientôt plus longuement avec vous. J'ai récemment écrit à Ernst Benedikt [1] et d'autre part à Werfel pour leur demander si nous ne devrions pas enfin adopter une position plus active envers les manifestations de plus en plus insolentes de cet esprit monstrueux qui en Autriche vise les intellectuels. La brutalité avec laquelle Freud a été traité par l'Université [2], l'absence démonstrative du recteur et du ministre lors de la conférence d'Einstein [3], le fait que le président fédéral ait « oublié » d'adresser ses condoléances au moment de la mort d'un des plus grands écrivains autrichiens [4], ces provocations préméditées qui se répètent à bref intervalle ces derniers temps devraient nous voir réagir de façon unie et concertée. Je ne songe pas à des déclarations ni

---

1. Ernst Benedikt (1882-1973), camarade de lycée de Zweig au Maximilian-Gymnasium, directeur de la *Neue Freie Presse*.

2. Aucune célébration universitaire officielle ne fut organisée à l'occasion des 75 ans de Freud le 6 mai 1931.

3. Einstein avait donné une conférence le 14 octobre 1931 dans le grand amphithéâtre de l'Université de Vienne.

4. Le président autrichien Wilhelm Miklas (1872-1956) n'avait pas officiellement présenté ses condoléances à la famille d'Arthur Schnitzler.

à des plaintes, mais à un refus de notre part de prendre part à toutes les manifestations publiques autrichiennes – on ne tient pas compte de Schnitzler et de Freud. Eh bien, que ces Messieurs ne comptent pas sur nous non plus quand ils ont besoin de nous à fin de représentation devant des étrangers. Je n'ai rien contre les national-socialistes qui écrivent honnêtement sur leurs pancartes : « Entrée interdite aux Juifs » ; au moins, la situation est claire. Mais je déteste cette lâcheté de ces officiels autrichiens qui font comme s'il n'y avait pas de différence et disent « mes respects » dans leur plus beau dialecte quand ils sont dans la pièce, et manifestent ensuite publiquement leur peur de passer pour philosémites s'ils prononcent un mot à l'enterrement de Schnitzler. Vous comprendrez, n'est-ce pas, ce que j'attends de nous autres écrivains juifs : pas de pleurnicheries plaintives (ce serait trop d'honneur) mais une attitude commune et déterminée consistant à refuser de collaborer chaque fois que ces Messieurs ne craignent rien ou ont besoin de nous. En fin de compte, aux yeux de l'étranger, l'Autriche, c'est *nous*, et pas Monsieur l'instituteur Czermak[1] et Monsieur le Professeur de lycée Miklas[2]. Abandonnons ce petit pays, ce misérable reliquat envillagisé et paysannisé de la véritable Autriche à ces Messieurs et à leur clique.

Je viens de recevoir de la « Fondation de

---

1. Emmerich Czermak, ministre de la Culture du gouvernement autrichien, membre du parti chrétien démocrate et nationaliste pro-allemand, avait été professeur de lycée puis directeur d'école avant de commencer sa carrière politique.

2. Wilhelm Miklas avait été directeur de lycée.

Strasbourg » (Adresse : Dr Rudolf Kayser, Berlin
Neue Rundschau) un ouvrage scientifique qui est en
lice, et je signale à mon tour le vôtre à M. Kayser [1].
Si la décision dépendait de moi, elle serait déjà prise.

Merci *vivement* encore et sincères salutations de
votre

Stefan Zweig

◄○►

A Richard Strauss

Salzbourg, 3 novembre 1931

Très cher Monsieur, je vous remercie vivement pour
votre remarquable lettre, et je me permettrais de vous
demander dans la seconde quinzaine de novembre si
ma visite ne vous dérangerait pas ; je voudrais simplement vous demander de pouvoir loger à l'hôtel, je
ne suis jamais sûr, quand je suis chez les gens, de ne
pas déranger.

Les deux projets dont je voudrais vous parler
sont très différents. Le premier me semble plus
important et plus essentiel, et – même si je ne l'évoque
que sommairement pour l'instant – il vous semblera
au premier abord moins intéressant. Je crois pourtant qu'il pourrait vous convaincre – si je vous le
présente dans le détail – en raison des immenses possibilités qu'il recèle. Il s'agit – je vous en prie, ne
refusez pas sur-le-champ ! – d'une pantomime dansée
du plus grand style, mais qui, loin d'être un jeu

---

1. Rudolf Kayser (1889-1964), écrivain allemand alors rédacteur de la revue *Die Neue Rundschau* publiée par Fischer à Berlin.

chorégraphique, met en lumière sous une forme universelle et compréhensible par tous *le* problème de la musique, l'art en général [1]. Je songe à une œuvre (pour parler maintenant d'un point de vue purement pratique) limpide dans ses lignes, compréhensible par tous, sur n'importe quelle scène dans le monde, dans toutes les langues, devant tout type de public, accessible de façon évidente à un public intellectuel aussi bien que naïf, une œuvre qui exigerait des musiciens la plus aboutie des performances, une œuvre qui embrasse tous les contrastes de l'art, depuis le tragique jusqu'au léger, depuis l'apollinien jusqu'au dionysiaque, totalement intemporelle – une œuvre dans laquelle un homme et un musicien comme vous pourrait placer l'essence de l'œuvre de toute sa vie. Cela fait 10 ans que le projet est rangé dans mon pupitre, réglé jusque dans les moindres détails. Je ne l'ai montré à personne, et en fait je n'ai pensé qu'à vous [2] – si je ne me suis pas adressé à vous, c'est uniquement pour la raison bien naturelle que je ne voulais pas faire preuve de manque de tact à l'égard d'Hofmannsthal [3]. Du point de vue du temps, je songe à un cadre du type de celui d'*Elektra* [4] – un acte très majestueux, plein de grandeur et d'action, tout en mouvements. Si je semble ici faire mon propre éloge, ne vous trompez pas je vous en prie. Je voudrais seulement vous dire que si je

---

1. SZ, *Marsyas und Apoll*.
2. Zweig « oublie » qu'il avait d'abord envisagé de confier la pièce à Stravinski ou Honegger. *Cf.* lettre du 2.9.1925 à Werner Reinhart.
3. Hofmannsthal avait beaucoup collaboré avec Richard Strauss.
4. La tragédie de Strauss, *Elektra*, livret d'Hugo von Hofmannsthal, a une durée de 1 h 50.

pense à cette œuvre plus qu'à toute autre, je ne voudrais pas vous entraîner dans une *œuvre secondaire* comme le terme de pantomime vous le fait peut-être redouter. Au contraire je pense justement que vous vous situez aujourd'hui à un stade de votre vie et de votre production où l'on ne doit pas se gaspiller avec des œuvres secondaires, où l'on doit absolument choisir pour son inspiration une œuvre qui montre une fois de plus la totalité de son art tout entière rassemblée. Et je me prends à rêver que cette œuvre puisse créer un champ de tension tel qu'aucun opéra n'en a jamais créé.

Bien entendu, la nature du contenu permettrait également que j'en fasse un livret d'opéra. Il n'en reste pas moins que je le ressens comme plus universel *encore* sous cette forme muette – cette pantomime ne sera interrompue qu'une fois par la voix humaine, en son point culminant, et je me représente comme à la fois saisissante et belle la façon dont l'auditeur, abandonné tout à fait à la langue des instruments, sera soudainement presque *effrayé* d'entendre cet instrument qui est le plus sacré et le plus élevé qui soit, la voix humaine.

Le deuxième projet est un opéra plus gai, plus enlevé, très facile à écrire et qu'il faudrait jouer sans l'alourdir aucunement, avec des personnages presque classiques – au centre, une femme pleine de charme, d'esprit et d'exubérance, une douzaine de personnages autour d'elle, un milieu amusant [1]. A dire vrai, les seuls nouvelles et romans que j'apprécie sont ceux qui ont suffisamment de matière dramatique visible pour que l'on puisse en faire un film, et les seuls livrets d'opéra que j'apprécie sont ceux que l'on comprend même sans

_____

1. SZ, *Die schweigsame Frau.*

460

avoir le texte – tout livret qu'il faut lire à l'avance ou consulter en écoutant la musique, que l'on ne comprend pas entièrement par les sens depuis la salle me semble provoquer un alourdissement de l'œuvre, une dispersion de l'attention. Ma conception de l'œuvre d'art est qu'elle doit trouver un écho européen et véritablement universel, qu'elle ne doit pas être cantonnée dans un petit nombre de villes en raison d'un équipement trop important, mais doit pouvoir, comme un oiseau ailé, faire son nid partout, même dans une cabane de village. C'est à mon sens quelque chose que l'on peut atteindre sans renoncer à un positionnement littéraire véritablement droit, du moment que l'on satisfait à une condition : celle de donner à l'œuvre une structure légère et élancée, un certain charme universellement compréhensible, universellement émouvant. Si je puis parler franchement, je trouve les derniers textes d'Hofmannsthal trop alourdis par la recherche d'un style, trop enserré dans une symbolique qui ne convient plus à l'acuité visuelle normale d'un simple spectateur non équipé de lunettes spéciales pour livret d'opéra. Je suis sûr que vous ne mésinterpréterez pas mes propos. Je suis tout à fait conscient de la portée de la vision hofmannsthalienne, et seul l'élan de sa langue pouvait en donner la pleine mesure. Mais je crains que cette tendance à rechercher une autre dimension n'ait été dommageable à l'effectivité de la transmission – la validité universelle d'une œuvre d'art pour tout un chacun n'est certes pas la condition de sa valeur, mais elle n'en constitue pas moins l'ultime épreuve.

Je ne vous ai imposé cette longue lettre que pour vous suggérer que je ne cherchais pas avec cette pantomime à vous proposer quelque chose de confus ni de marginal : je pense là aussi bien à Innsbruck qu'à Milwaukee et Séville, à *toutes* les scènes et pas seulement aux douze ou vingt grands opéras qui existent dans le monde (pour moi, la légende de Joseph[1] est encore par trop liée au costume, à la splendeur et au style, et toujours trop peu variable dans son déroulement). Quoi qu'il en soit, vous voyez bien, Cher Monsieur, que si je viens vous voir, ce ne sera pas pour vous sortir de mon sac un texte rédigé en passant, et que je place mon objectif aussi haut que mon admiration pour vous et pour votre œuvre. C'est-à-dire très haut : il n'est pas moyen aujourd'hui de dépasser cela.

Je suis rivé à un travail jusqu'au 15, 16 environ (vraisemblablement). Mais je ne viendrai en aucun cas sans vous avoir télégraphié au préalable pour m'assurer que je ne viens pas à un moment inopportun.

Avec toute mon estime

Votre dévoué
Stefan Zweig

A Victor Fleischer

Salzbourg [non datée ; cachet de la poste : 11.XI.31]

Cher Victor, le faire-part d'Alberto[2] qui est arrivé aujourd'hui a été pour moi un choc inattendu – je ne

---

1. Richard Strauss, *Josephslegende*, livret de Harry Kessler et Hugo von Hofmannsthal, Berlin, 1924.
2. Alberto Stringa (1880-1931), peintre italien et ami de Zweig, était mort le 7 novembre.

me doutais absolument pas que sa santé pouvait être menacée ! Lui que l'on ne pouvait imaginer autrement qu'en pleine possession de sa force physique ! Eh bien mon cher, tout cela veut dire qu'il faut soi-même être vigilant, sans pour autant avoir peur – Felix[1] était là hier, nous avons longuement parlé de Benno[2], de toi, du vieux cercle d'amis, et pendant ce temps-là il y avait déjà dans un sac de la poste une lettre encadrée de noir, et je l'ai ouverte ce matin. Je connaissais le père de Stringa, la génération dont il était issu – ah, je suis tout à fait troublé, voilà que tout tourne et se mélange. On aimerait parfois dormir huit jours d'affilée pour être à nouveau tout à fait frais. Je me suis bien fatigué ces derniers temps, j'espère que tu fais plus attention à toi. Tu vois, il est urgent de saisir la vie à pleines mains, elle t'échappe salement vite... Affectueusement

Stef

---◦---

A Victor Fleischer

[Salzbourg, non datée ;
vraisemblablement 14 novembre 1931]

Oui, mon cher Victor, je ne sais pas encore moi-même comment c'est arrivé ; j'ai juste reçu chez moi un faire-part indubitable, encadré de noir, et si je m'étais douté que tu n'avais pas été mis au courant directement, je ne t'aurais pas, sous le coup de la première

---

1. Felix Braun.
2. Benno Geiger.

émotion, tout persuadé que j'étais de m'adresser à quelqu'un qui était au fait, jeté la nouvelle au visage sur une carte postale comme si cela allait de soi. La mort d'Alberto m'a salement secoué. En ce moment où tout devient tellement problématique, un tel coup te montre que l'on est soi-même déjà au bord du précipice ; je n'ai pas été bien gai toutes ces dernières semaines, je sens un orage dans l'air, et cet éclair, peut-être n'est-il pas le dernier. Pourtant, il n'y a rien d'autre à faire qu'aller de l'avant, encore et encore, c'est peut-être encore plus difficile pour ceux qui sont plus jeunes que pour nous, qui finalement avons déjà derrière nous un bon bout de vie plus ou moins correcte – je suis seulement salement oppressé par une certaine fatigue, et le sentiment que le monde ne redeviendra pas bienfaisant de sitôt. Quoi qu'il en soit, la vie continue, et il faudrait juste que nous nous rapprochions un peu les uns des autres comme les oiseaux quand la tempête approche. Embrasse ta chère femme ! Bien affectueusement à toi

S.

Je t'écris dès que j'en sais davantage.

—◦—

A Victor Fleischer

[Munich, non datée ;
vraisemblablement 21 novembre 1931]

Cher Victor, j'étais en voyage depuis plusieurs jours, et je viens seulement de trouver les lettres, mais la tienne ne doit pas glisser sous la table sans que je t'aie remercié. Alberto était un homme heureux, il aimait ce qu'il créait avec une joie naïve, et n'avait d'autre orgueil que d'être fidèle à lui-même. Sa production était limitée par une certaine indolence – ce qui était humainement si magnifique, cette indifférence à l'égard du succès, cette façon de se placer en dehors de toute concurrence, correspondait évidemment pour sa création à un manque de ressort. Etrange, toute notre génération, j'ai passé hier un long et bon moment avec Leonhard [1] qui est étonnamment jeune, et pourtant fatigué aussi : nous avons tous les années de guerre derrière nous, et même si nous sommes bien conservés physiquement, nous avons été trop violemment ébranlés dans notre confiance en ce monde. Je ne peux pas me plaindre, j'ai malgré tout bâti toute mon œuvre et ma position publique dans les 12 années qui ont suivi la guerre. 12 livres ou plus, qui chacun ont compté pour l'époque, et tous les livres antérieurs, mis à part le *Jérémie* qui constituait le tournant, n'existent plus. Mais je l'ai payé : si je compte la consommation que j'ai faite de lettres, de gens, de services rendus, je comprends que je ressente parfois une certaine fatigue. Chaque matin commence dans un soupir avec 30 lettres et 5 livres sur la table, et quand tu dis que j'ai travaillé librement, je dois rétorquer que cet autre métier fait de rapports humains *à lui seul* correspondrait au travail d'un dramaturge ou d'un lecteur dans l'édition.

Sur le plan personnel, entre nous, je n'ai pas mauvaise conscience. Je sais combien je m'implique dans tout, même bien trop, et qu'il y a aussi des moments où je ne peux tout simplement pas, ou je prends pour ainsi

---

1. Leonhardt Adelt.

dire des vacances de moi-même. Il faudrait un jour que tu passes deux semaines chez moi pour comprendre – de temps en temps, justement je lâche, je le sais, mais ma vie a pris tellement d'envergure, je suis sans le vouloir associé à tellement de destins et d'affaires (sans évidemment que cela ait pour moi le moindre avantage) qu'il y a parfois des secondes où je ne peux faire autrement que baisser les bras. Dans l'ensemble, je crois qu'à part Rolland, personne n'a jamais autant donné de sa personne – parfois pour des choses qui ne le méritaient pas, ou étaient inutiles, tu as raison, mais cette implication fait partie de ma nature, et je dirige, outre mon travail quantitativement tout à fait respectable, une agence de traduction, une centrale de relations et de renseignements, depuis quinze ans maintenant. Voilà des années que je n'ai pas été véritablement libre, que je ne suis pas allé dans un théâtre berlinois – ici, à Munich, je me repose actuellement totalement incognito[1], je vais écouter l'Auberge du Cheval blanc[2], Bruno Walter[3], *Elektra* et je respire enfin à nouveau pour moi. En réalité, ma vie est très singulière et n'est pas comparable à celle des autres écrivains, et dans l'ensemble, je crois pouvoir dire que je n'ai pas été égoïste. Ajoute à ça les poids secrets, le lien à la famille à Vienne qui me donne actuellement beaucoup de souci, les difficultés chez moi où j'ai le sentiment de bâtir et d'accumuler dans le vide – non, Victor, j'ai le *droit* d'être fatigué parfois, de dire non parfois, une ou

---

1. Zweig était parti pour Munich pour échapper à toute éventuelle célébration de son anniversaire.

2. *Im weißen Rössl*, opérette de Ralph Benatzky (1887-1957).

3. Bruno Walter (1876-1962), chef d'orchestre des Gewandhauskonzerte à Leipzig, avait donné un concert à Munich le 19 novembre.

deux fois par mois, et cela touche alors tous ceux qui viennent me voir en ces jours noirs. Je n'ai pas eu de soucis matériels, c'est certain, mais j'ai pris sur moi les soucis de dizaines de gens. J'aurais pu vivre librement de mon travail, et j'ai assumé des charges — non, Victor, cela n'a pas été et cela n'est pas aussi facile et aussi sans anicroche que vous ne le pensez, ajoute à cela que je porte sur mon travail un regard clairvoyant et suspicieux, que je ne me réjouis pas du « succès », et, comme tu le vois, en évite les manifestations extérieures depuis des années. Ce qui me fait plaisir, c'est que mon corps tient encore, que ma sensibilité n'est pas émoussée mais que je suis encore curieux de beaucoup de choses et que je n'ai peur de rien, ni de l'échec ni de l'oubli ni de perdre de l'argent ni de mourir — il n'y a que de la maladie du vieillissement ou de l'amertume que j'ai peur. Enfin, j'espère qu'il y en a encore pour quelques années avant d'en arriver là, et je les passerai avec autant de bravoure que possible. Ce qui me pèse, c'est de ne pas pouvoir ramasser tout ce qui est en moi en *une* œuvre, un roman — mais peut-être que cela aussi viendra.

Je suis très content que ta maison d'édition marche. Je ne l'aurais pas cru en une telle période. Mais je pense que le plus dur est passé pour l'Allemagne, j'ai du moins le sentiment que ce poison de l'inflation a disparu de l'économie dans cette crise, et si le malade survit à la crise, alors la guérison suivra son cours. Affectueusement à Mary et à toi

Stefan

Actuellement à Munich.

A Erich Ebermayer

Cher ami, je fuis mon anniversaire et je me cache ici la tête sous les couvertures pour ne pas voir le monde avec des yeux vieux de cinquante ans ! Mille mercis pour vos propos – vous savez *à quel point* je me suis senti lié à vous dès le premier jour, et il nous faut continuer ainsi, pour commencer jusqu'à vos cinquante ans !

Bien fidèlement, votre

Stefan Zweig

◦

A Alfred Zweig

[Salzbourg, non datée ;
vraisemblablement 28 novembre 1931]

Cher Alfred, je te remercie de tout cœur pour ta lettre. Entre nous, il n'est pas besoin de beaucoup de mots, nous avons toujours et en toutes choses été unis dans une confiance inconditionnelle, jamais l'un de nous n'a dit de mensonge ni tu quoi que ce soit à l'autre – je ne vois pas pourquoi, après un demi-siècle de mise à l'épreuve et de confirmation sans relâche, une relation fraternelle si fortement cimentée pourrait s'affaiblir. Les temps à venir nous réservent vraisemblablement une foule de surprises et d'épreuves, et un tel lien s'y révélera plus nécessaire que jamais. Je ne me fais pas de souci pour cela, et te remercie de l'amour que tu me témoignes.

La célébration principale de mon anniversaire devrait être [...] [1] maintenue : je viens juste de lire dans les journaux allemands des choses assez explicites. Mais je me sens en cas de besoin encore suffisamment frais pour envoyer promener tout le mobilier et recommencer du début : en bons fils de notre père, nous avons appris de lui à nourrir un certain détachement personnel vis-à-vis de nos besoins. Je pourrais très bien vivre dans deux pièces ; quelques cigares, un tour au café tous les jours, je n'ai à la vérité pas besoin de plus. Il est donc inutile de se faire beaucoup de souci, nous arriverons aussi sans encombre à subvenir aux besoins de maman pour ses dernières années, quoi qu'il arrive, et quant au fait que toi et moi n'ayons pas d'enfants, voilà longtemps que j'ai appris à le considérer comme une chance. Ce qui me pèse parfois, le fait que j'aie en l'espèce des enfants de Fritzi des personnes très différentes et éloignées de mes intérêts, cela me soulage aussi d'un autre côté ; à la vérité, le seul devoir qui nous incombe est donc de vivre dignement notre propre vie jusqu'au bout, et nous y parviendrons certainement grâce à un lien si indéfectible. A la vérité je n'ai plus peur de rien.

Nous passerons l'anniversaire lui-même ici, tranquillement, et jusqu'ici j'ai échappé avec succès à toutes les lettres et télégrammes. Bien affectueusement à toi

Stefan

Chère Stefanie [2], juste un mot de remerciements. Tu as encore un bon bout de temps devant toi avant d'en

---

1. Une ligne du texte de l'original a été rendue illisible.
2. Epouse d'Albert Zweig.

arriver à ces chiffres de mauvais augure qui commencent par un cinq (la plus mauvaise note qui soit) et se terminent par un zéro (signe de ce qu'il n'y a plus grand-chose de bon qui nous attende). Je te salue affectueusement et espère que nous nous verrons bientôt !

St.

———◅●▻———

A Franz Servaes

Salzbourg, le 30 novembre 1931

Mon cher et vieil ami !

Eh oui, cela fait bientôt trente ans que je suis venu à la rédaction pour la première fois pour apporter un manuscrit à un rédacteur, et qu'au lieu de ça j'ai ramené dans ma vie un véritable ami [1]. Merci pour cela, et pour tout ce que j'ai appris de vous et toute la sympathie que vous m'avez offerte. Ce que vous me dites de votre roman [2] me fait extraordinairement plaisir, mais il s'agit maintenant d'aller vite, car à force de fatigue, d'épuisement, de trop de bavardage [3], 1933 risque fort d'être une année anti-Goethe. Quant à savoir s'il y aura quelque chose à faire avec Insel, j'en doute : en matière goethéenne, Kippenberg

---

1. En 1904, Servaes, alors rédacteur en chef de la *Neue Freie Presse*, avait reçu Zweig pour parler avec lui de sa nouvelle *Die Liebe der Erika Wald*.

2. Franz Servaes, *Jahr der Wandlung. Goethes Schicksalwende 1775*, Braunschweig, 1935.

3. L'année 1932, centenaire de la mort de Goethe, fut inofficiellement déclarée année Goethe.

est un strict philologue draconien, et si vous vous trompez ne serait-ce que sur un *seul* détail, ses connaissances et sa conscience ne le supporteront pas. Mais n'avez-vous pas pensé à Knaur [1] ? Lui seul a l'énergie et la force de lancer un tel roman au beau milieu du peuple. Mon ami Richard Friedenthal y est conseiller littéraire, et je le mettrai au courant en temps utile.

Mille salutations à votre chère femme et à Dagny [2], avec ma sympathie inchangée et éprouvée trois décennies durant,

Stefan Zweig

———— ◁◦▷ ————

A *Felix Salten*
Salzbourg, 20 décembre 1932 [=1931]

Cher Monsieur,

Permettez-moi de vous remercier sincèrement et vivement pour le plaisir que m'a fait votre livre [3]. Voilà longtemps que je trouvais paradoxal, inexplicablement, que les connaisseurs affirment que les chasseurs passionnés étaient dans le même temps des amis enthousiastes et des amoureux de la créature. Dans votre *Bambi* [4] déjà, le sens véritable de leur position m'avait semblé crédible, mais ici, dans cette

———————

1. Editeur munichois.
2. Dagny Servaes (1894-1961), actrice.
3. Felix Salten, *Freunde aus aller Welt*.
4. Felix Salten, *Bambi. Eine Lebensgeschichte aus dem Walde*, Berlin, 1923.

construction considérablement plus dramatique, elle se fait vérité et totalement convaincante. Les derniers chapitres en particulier sont fascinants à mon sens par quelque chose que j'aurais presque qualifié d'humanité, mais c'est peut-être plus encore, à savoir un véritable sentiment de la créature du monde, et il n'est pas besoin d'un grand don prophétique pour vous dire que le succès dépassera encore dans les deux mondes celui du *Bambi*. Les animaux ne peuvent vous en remercier, il faut donc que les hommes le fassent. J'éprouvais un si pressant besoin de vous le faire savoir que d'ailleurs je ne fais qu'évoquer ma reconnaissance plutôt que de vraiment vous la dire, juste après avoir lu la dernière page et une heure avant un petit voyage.

Recevez avec amitié mes propos sincères ainsi que les salutations cordiales de votre très dévoué
Stefan Zweig

TABLE ALPHABÉTIQUE DES CORRESPONDANTS

ADELT (Leonhard) n.d., mi-10.1922 ; n.d., post. au 17.07.1925 ; n.d., fin 11.1925

AUERNHEIMER (Raoul) 31.12.1921 ; 12.12.1922 ; n.d., 18.7.1922 ; n.d., 10.1924 ; n.d., 16.9.1926

BAB (Julius) 03.01.1920

BACH (David Josef) n.d., fin 06.1924

BAHR (Hermann) 01.01.1921 ; 23.05.1921 ; 30.09.1929 ; 21.12.1929

BINDING (Rudolf Georg) 13.04.1928 ; 05.01.1931

BLOCH (Jean-Richard) 06.09.1920 ; n.d., 30.03.1931

BRAND (Adolf) 19.10.1928

BROD (Max) 18.09.1929 ; 15.10.1931

BUBER (Martin) n.d., 05.01.1928

BUSCHBECK (Erhard) n.d., ant. au 10.03.1924 ; 25.09.1924 ; 13.12.1925 ; 12.01.1926 ; 14.06.1930

CAHN (Alfredo) 22.10.1928

CHAPIRO (Joseph) 19.06.1920

COHN (Emil) 27.02.1926

DEHMEL (Ida) 21.02.1922

DESTINATAIRES INCONNUS 18.02.1930 ; 18.04.1930

EBERMAYER (Erich) 28.02.1924 ; 23.09.1925 ; 09.05.1927 ; 10.12.1928 ; n.d., 28.11.1931

EDITIONS INSEL 16.03.1922 ; 04.12.1922

EDITIONS WREMJA 08.11.1926

FISCHER (Samuel) 17.11.1920 ; 25.10.1926

FLEISCHER (Victor) n.d., 27.01.1920 ; n.d., 22.08.1920 ; 29.06.1922 ; 03.11.1923 ; 10.06.1924 ; n.d., 02.02.1925 ; n.d., 05.03.1926 ; n.d., 28.07.1926 ; n.d., 23.12.1926 ; n.d., début 04.1927 ; n.d., 22.08.1927 ; 05.09.1927 ; n.d., 14.02.1929 ; 07.07.1930 ; n.d., 11.11.1931 ; n.d., 14.11.1931 ; n.d., 21.11.1931

FONTANA (Oscar Maurus) n.d., post. au 25.12.1926 ; n.d., 12.11.1927

FREUD (Sigmund) 03.11.1920 ; 15.04.1925 ; 08.09.1926 ; 06.12.1929 ; 16.06.1931

GAMERDINGER (August) 03.11.1927

GEIGER (Benno) 20.10.1931

GEIGY-HAGENBACH (Karl) n.d., 26.12.1928

GINZKEY (Franz Karl) 13.03.1922 ; 26.02.1923 ; n.d., début 01.1924

GOLL (Claire) 06.04.1927

GORKI (Maxim) 29.08.1923 ; 16.12.1929 ; n.d., 11 ou 12.01.1930 ; 12.08.1930

GREGOR (Joseph) n.d., 24.01.1930

GÜNTHER (Herbert) 02.10.1929

GUGGENHEIM (Siegfried) 21.04.1928

HATVANY (Baron Lajos) n.d., ant. au 13.08.1925

HEIMANN (Moritz) 29.06.1922

HERCZEG (Ferenc) n.d., post. au 19.08.1929

HERZFELDE (Wieland) 12.09.1931

HEUSCHELE (Otto) 02.06.1923 ; 28.11.1923 ; 12.01.1924 ; 27.10.1924 ; 16.04.1927 ; 22.02.1929 ; 24.09.1929 ; 07.05.1930 ; 10.12. 1930

HUEBSCH (Ben) 29.10.1927 ; 16.08.1929 ; 22.09.1930 ; n.d., 31.10.1930 ; 27.02.1931

HÜNICH (Fritz Adolf) 09.05.1922 ; 09.04.1923 ; n.d., 15.08.1927 ; 18.09.1929 ; 23.12.1929 ; 22.08.1931

JACOB (Heinrich Eduard) n.d., fin 09.1928

KEYSERLING (Comte Hermann) 07.03.1923

KIPPENBERG (Anton) 09.02.1920 ; 25.02.1920 ; n.d., 29.12.1926 ; n.d., 18.07.1929 ; 07.07.1931

KIPPENBERG (Katharina) 06.09.1921

KOLBENHEYER (Erwin Guido) 03.10.1921 ; 31.12.1921 ; 05.03.1923

KUTSCHER (Artur) 17.04.1923

LANGER (Felix) 20.12.1923 ; 28.09.1926 ;

LISSAUER (Ernst) n.d., 21.04.1924 ; 10.12.1930

LUDWIG (Emil) 02.05.1928

MARCUSE (Ludwig) 28.12.1921 ; 01.03.1922

MASEREEL (Frans) 29.03.1920 ; n.d., début 05.1920 ; n.d., 20.07.1925 ; 10.01.192 [11.1925] ; 18.06. 1931

MAZZUCCHETTI (Lavinia) 26.01.1930 ; 17.10.1931

MEYER-BENFEY (Heinrich) 27.04.1921 ; 23.11.1923 ; 10.01. 1924

MINDE-POUET (Georg) 06.06.1924

PANNWITZ (Rudolf) 13.09.1920 ; 25.01.1921 ; n.d., 15.05.1922

POLLACZEK (Clara Katharina) 28.10.1931

REINHART (Werner) 02.09.1925

RELGIS (Eugen) 24.03.1928 ; 08.11.1929 ; 17.10.1930

ROLLAND (Romain) 14.01.1920 ;
02.11.1920 ; 22.04.1921 ;
03.05.1921 ; 29.05.1921 ;
04.09.1921 ; 17.06.1922 ;
25.06.1922 ; 04.08.1922 ;
11.10.1922 ; 07.04.1923 ;
13.07.1923 ; 09.10.1923 ;
16.11.1923 ; n.d., 31.03.1924 ;
n.d., 17.07.1924 ; 05.08.1924 ;
16.12.1924 ; n.d., 26.01.1925 ;
04.05.1925 ; 09.03.1926 ;
25.10.1926 ; 20.05.1927 ;
02.09.1927 ; 21.11.1927 ;
09.04[05].1928 ; 24.07.1928 ;
31.08.1928 ; 21.09.1928 ;
03.10.1928 ; 07.03.1929 ;
26.06.1929 ; n.d., 20.07.1929 ;
18.10.1929 ; 09.07.1930 ;
01.10.1930 ; 25.10.1930
ROTH (Joseph) 05.09.1929
SALTEN (Félix) 08.02.1925 ;
02.11.1931 ; 20.12.1932[31]
SANDER (Ernest) 30.03.1927 ;
25.05.1927
SARNETZKI (Detmar Heinrich)
04.01.1927

SCHERLAG (Marek) 22.07.1920
SCHNITZLER (Arthur) 18.05.1927 ;
15.05.1928
SCHWARZKOPF (Emil) (?) 13.08.1927
SERVAES (Franz) 22.01.1923 ;
11.12.1930 ; 30.11.1931
SIDOW (Max) 22.09.1927
SPECHT (Richard) n.d., 16.10.1922 ;
01.05.1926 ; 19.12.1926
STRAUSS (Richard) 03.11.1931
STRUCK (Hermann) 18.06.1930
STURMANN (Manfred) 17.01.1929
WARBURG (Siegmund) 09.10.1923 ;
25.10.1926 ; 29.10.1927
WEGNER (Max Christian) 27.07.1927
WERFEL (Franz) 16.09.1926
WINTERNITZ (Friderike Maria von),
voir Zweig
ZINKERNAGEL (Franz) 08.05.1925
ZWEIG (Alfred) n.d., 28.11.1931
ZWEIG (Friderike Maria) n.d.,
27.01.1920 ; n.d., 25.10.1920 ; n.d.,
20.11.1921 ; n.d., 25.11.1921 ;
n.d., 26.01.1924 ; n.d., 10.06.1925 ;
12.08.1925 ; n.d., 04.11.1925 ; n.d.,
10.12.1926 ; n.d., 11.09.1928

LE JOUEUR D'ÉCHECS, Stock ; Le Livre de Poche.

JOURNAUX, Belfond ; Le Livre de Poche.

MAGELLAN, Grasset.

MARIE-ANTOINETTE, Grasset ; Le Livre de Poche.

MARIE STUART, Grasset ; Le Livre de Poche.

LE MONDE D'HIER, Belfond ; Le Livre de Poche.

MONTAIGNE, PUF.

NIETZSCHE, Stock ; Le Livre de Poche.

PAYS, VILLES, PAYSAGES, Belfond ; Le Livre de Poche.

LA PEUR, Grasset, « Cahiers Rouges » ; Le Livre de Poche.

LA PITIÉ DANGEREUSE, Grasset, « Cahiers Rouges ».

PRINTEMPS AU PRATER, Le Livre de Poche.

LES PRODIGES DE LA VIE, Le Livre de Poche.

ROMANS ET NOUVELLES, Le Livre de Poche.

ROMANS ET NOUVELLES, THÉÂTRE, Le Livre de Poche.

SOUVENIRS ET RENCONTRES, Grasset, « Cahiers Rouges ».

LES TRÈS RICHES HEURES DE L'HUMANITÉ, Belfond ;
    Le Livre de Poche.

TROIS MAÎTRES, Belfond ; Le Livre de Poche.

TROIS POÈTES DE LEUR VIE : STENDHAL, CASANOVA,
    TOLSTOÏ, Belfond ; Le Livre de Poche.

UN CAPRICE DE BONAPARTE, Grasset, « Cahiers Rouges ».

UN MARIAGE À LYON, Belfond ; Le Livre de Poche.

VINGT-QUATRE HEURES DE LA VIE D'UNE FEMME, Stock ;
    Le Livre de Poche.

WONDRAK, Belfond ; Le Livre de Poche.

Composition réalisée par IGS-CP

Achevé d'imprimer en Espagne par Liberduplex
Barcelone

Édition 01
Dépôt légal éditeur : 61559-09/2005
Librairie Générale Française – 31, rue de Fleurus – 75278 Paris Cedex 06

ISBN : 2-253-10857-X

Composition et mise en page par IDT-CR

Achevé d'imprimer par ... imprimerie par ...
Juin ... fois

Juin ...

Dépôt légal ... : 01/00/000X
Imprimé en France (Printed in ...) par ... à ... (Paris-Orléans)

ISBN 225310857X